大神級超人氣作家
冬天的柳葉——著

韶光慢

卷七

二〇一　西姜御使

屋內很安靜，黎光書看著冰娘一言不發。一盞茶的時間眨眼就過去了大半。
「你放心，我知道該怎麼做的。」冰娘開口打破了沉默。
「我——」黎光書張了張嘴，彷彿有一團棉花堵在喉嚨中，讓他吐字艱難。
冰娘彎唇一笑。「我只是沒料到，老爺的家是龍潭虎穴。」如果沒有落到那位三姑娘手中，她原本不必走到這一步的。
黎光書苦笑。「我也沒料到。」他的母親是個開明人，大哥是個不靈光的，他以為回來後可以當家做主，怎麼會料到變成這樣子呢？
「替我把浩哥兒照看好吧，以後不必告訴他有我這個生母。」
黎光書猶豫了一下，點頭說道：「嗯。」
冰娘緩緩綻放一個絕美的笑容。「跟老爺在一起的這幾年，其實是我最舒心的日子。你不必多想，我們這樣的人落到這樣的下場，再正常不過了……」
黎光書面露不捨，深深看了冰娘一眼，閉上了眼睛。很快重物撞擊牆壁的聲響傳來，整面牆壁都在震動。
「冰娘——」黎光書摟著撞得頭破血流的冰娘放聲大喊。
眾人先後從門口擁進來。黎光書緊緊抱著冰娘，淚流滿面。

喬昭對晨光使了個眼色。晨光會意，走到黎光書身邊，俯身去探冰娘鼻息。

「你幹什麼？」黎光書用力推了晨光一把。晨光紋絲不動。黎光書愣了愣，加大了力氣。

晨光撇撇嘴。「二老爺，你還是省省力氣吧。」

「別碰她！」黎光書推不動，只能放開嗓子大吼。

晨光完全不理會黎光書的話，伸手在冰娘鼻端探了探，小聲嘀咕道：「真的在乎，怎麼會讓心愛的女人在自己面前撞壁呢？」他自以為聲音小，奈何在軍營中大嗓門慣了，這話讓在場的人都聽得清清楚楚。

喬昭翹了翹唇角，輕咳一聲道：「晨光，怎麼樣？」

晨光直起身來。「死了。用的力氣很大，頭骨都碎了呢——」

「嘔——」四姑娘黎嫣捂著嘴巴跑了出去。

劉氏擔心地看了女兒一眼，卻沒有追出去。她是有意帶著長女經歷這些場面的，女兒現在看著難受，比將來流淚要好。只是她沒想到冰娘居然就這麼碰壁自盡了。這個女人真是了不得，對別人狠，對自己更狠。想到這裡，劉氏心底直冒寒氣。這樣的女人要是留在黎家後宅中，時日一久，她和兩個女兒恐怕連骨頭渣都剩不下。幸虧了三姑娘的幫忙！

劉氏看向喬昭的目光滿是感激，就連黎光書摟著冰娘屍身傷心欲絕的樣子都沒讓她走神半分。晨光說得對，真把冰娘當命一般地在乎，怎麼會讓她在眼前撞了壁？呵呵，什麼男人都沒三姑娘可靠！

鄧老夫人皺眉看著滿地鮮血，深深嘆了口氣。這都是造了什麼孽，滿心盼著的小兒子自從回來後家裡就沒消停過。

「行了，把人抬出去葬了吧。」

人都死了，自然就沒什麼可說的了。

黎光書抱著冰娘的屍身站了起來。「娘，我想——」

不等他說完，鄧老夫人就打斷他的話。「想都別想，冰娘不許葬進黎家墳地！」

「娘，冰娘畢竟給兒子生了浩哥兒！」

鄧老夫人冷笑。「你給我閉嘴！你是豬油蒙了心嗎？讓一個瘦馬葬進祖墳，不怕黎家列祖列宗氣得從棺材裡爬出來掐死你？現在就兩條路，要嘛花點錢把她葬到義莊，要嘛直接拉到亂葬崗了事，你看著辦吧。」

「兒子知道了。」黎光書垂頭喪氣道。

冰娘的屍身很快被抬了出去，留在地板上的血跡被清洗了一遍又一遍，依然能聞到血腥味。

「老夫人，今晚您要不就搬去兒媳那裡住吧，等請了道士做了法事再搬回來。」劉氏勸道。

鄧老夫人一臉無所謂。「老婆子行得端坐得正，沒什麼可怕的。」

劉氏見勸不動，只得作罷。

喬昭離開青松堂往雅和苑走，路過小花園時發現黎嫣坐在長椅上發愣，腳步一頓，抬腳走了過去。四妹與她不同，是個真正的十四歲少女，見到今天這樣的血腥場面，所受衝擊定然不小。

「四妹怎麼坐在這裡？」來到黎嫣面前，喬昭輕聲問道。

黎嫣緩緩抬頭。「三姊？」她喊完，忙站了起來，勉強露出個笑容。「三姊，妳坐。」

喬昭順勢坐下來，笑道：「四妹也坐。」

姊妹二人並肩坐在木製長椅上。二月的京城，風依然是冷的，小花園裡幾乎見不到綠色，黎嫣臉色蒼白絞著手指，欲言又止。

喬昭態度溫和。「四妹是不是有話想說？」

黎嫣閉了閉眼睛，許是劉氏一直以來的耳提面命起了作用，下意識就把眼前的堂姊當成了可以依靠的人。

「三姊，我一閉眼，就是滿頭滿臉鮮血的冰姨娘躺在我爹懷裡的樣子。」

「嚇到了？」喬昭伸手握住黎嫣的手。

黎嫣打了個冷戰，眼神茫然。「我不知道……我，我想到冰娘那樣子又覺得有些可憐……不，我不該可憐她，可我又忍不住想，妻妾之間一定要這樣妳死我活嗎？」小姑娘語無倫次，明顯受到的刺激不小。

喬昭聽了黎嫣的話，一時沒有回答。

妻妾之爭，她並沒經歷過。她的祖父只有祖母一人，一輩子沒有小妾通房。父親人近中年時，由母親主動張羅著收了個通房，但他也鮮少踏進通房的屋子，那位通房在母親面前連大氣都不敢出，就更別提爭鬥了。

到了她……前世成親兩年多沒見過自己男人，別說沒小妾，就算有小妾大概也鬥不起來，一塊打牌消磨時間還差不多。

「三姊，我是不是想錯了？」黎嫣有些慚愧。母親讓她跟在身邊看，是打著鍛煉她的主意，可她卻這麼不爭氣。這些困惑她不敢對母親講，母親聽了定然會氣死。

喬昭乾巴巴地勸慰道：「妻妾之間，大概不是東風壓倒西風，就是西風壓倒東風吧。」

黎嫣沉默了一會兒問：「那未來的三姊夫要是納妾，妳會怎麼辦呢？」

這個問題喬昭還真沒考慮過。邵明淵會納妾嗎？總覺得這是沒有必要去擔心的問題，那個人從沒讓她產生過這樣的疑問。小姑娘還睜大了眸子，眼巴巴等著喬昭回答。

喬昭伸手揉了揉黎嫣軟軟的髮，笑道：「四妹，這個問題其實並沒有一定的答案。每個女孩子自身情況不同，遇到的人不一樣，選擇自然也會不同。」

黎嫣聽了越發不安。她萬一特別倒楣，遇到父親這樣的男人和冰娘那樣的小妾怎麼辦？

喬昭隱約猜到黎嫣的心事，笑道：「不過三姊可以告訴妳一點，這世上如冰娘那樣敢殺人的小妾太罕見，妳與其擔心妻妾之爭的問題，不如仔細想一想，冰娘這麼做是為了什麼。」

黎嫣聽愣了，喃喃道：「對呀，冰娘這麼做是為了什麼？」

為了不喝墮胎藥居然連殺兩個丫鬟逃走，可她這麼一逃本來就不可能再留下來，更別說她最終沒有逃出去，落得碰壁身亡的結局了。黎嫣越想越覺不解，一時倒把先前的問題忘了。

喬昭其實也在琢磨這個問題。要說冰娘為了保護腹中胎兒，她是斷然不信的。一個能對三歲兒子下蠱的人，會為了腹中還未成形的胎兒殺人並逃走？要真是如此，後來那樣乾脆俐落自盡就說不通了。這個冰娘或許不只是瘦馬那麼簡單。

喬昭心中存了懷疑，再與邵明淵見面時便把這事說了。

邵明淵聽了，沉吟片刻道：「我再派人去嶺南查查。不過嶺南那邊多少年來自成一體，外人想要深入調查有些困難。」

「人已經死了，盡力就是了。」喬昭當然明白這其中的困難。

冰娘是縣丞送給黎光書的瘦馬，在當地根本不算什麼祕密，甚至還能當成美談，可要深入調查冰娘身分是否另有隱情，自是不同了。

「走吧，咱們去春風樓。」邵明淵不想多談這些令人不快的話題，解釋道：「子哲親事定下來了，楊二鬧著一起聚聚，我們就定在了春風樓。」

喬昭眼睛一亮。「朱大哥訂婚了？」

邵明淵睇她一眼，似笑非笑道：「聽到子哲訂婚，怎麼比自己訂婚還高興？」

喬昭莞爾一笑。「朱大哥是好人啊。」

邵明淵輕笑出聲。「嗯，子哲確實是好人。」

「與朱大哥訂婚的是哪家姑娘？」喬昭好奇問道。

「是禮部尚書府蘇家的姑娘。」

喬昭腦海中立刻閃過一個氣質沉靜的少女形象。

對於尚書府的蘇姑娘她印象頗深，是她接觸過最喜歡下棋的女孩子。喬昭想到此不由笑了。

「朱大哥棋藝出眾，蘇姑娘喜歡下棋，以後他們在一起不會無聊了。」

邵明淵一聽這話就心中打鼓了。

昭昭琴棋書畫出類拔萃，他頂多算是粗通；昭昭醫術出眾，得了李神醫真傳，他只會給自己包紮一下傷口，撐死了能看看戰馬的毛病，勉強算是獸醫吧；昭昭廚藝……平平，而他大概是在野外鼓搗吃食多了，似乎還挺有天賦的……

邵明淵越往下想越覺得不妙。數來數去，他和昭昭好像沒有什麼共同點。

「怎麼了？」察覺身邊男人忽然沉默，喬昭抬眸問道。

邵明淵抿了抿薄唇，好看的劍眉微微蹙起。「昭昭妳放心，以後咱們的日子也不會無聊的。」

喬昭睇了他一眼。「好端端怎麼說到咱們身上去了？」

「嗯，多生幾個娃娃，就有共同愛好了。」

邵明淵握了握喬昭的手，笑著沒吭聲。

喬昭與邵明淵先到了春風樓，不多時池燦三人便陸續到了。都是熟人，氣氛很是隨意，楊厚承一屁股坐下來，朝朱彥舉了舉酒罈子。「子哲，今天你要用這個喝。」

朱彥苦笑著討饒。

「行了，子哲酒量不行，你讓他用酒罈子喝不是為難人嘛。」池燦瞪了楊厚承一眼，直接把碗遞過去。「子哲，咱用這個就夠了。」

朱彥原本感激的笑容立刻凝結在嘴角，看著大碗發暈。

「要不還是聽楊二的？」池燦笑吟吟問。

朱彥默默把碗接過來倒滿了酒，舉起來無奈道：「知道今天躲不過去，我就把這碗酒乾了。不過之後你們可別再灌我，不然到時沒法回家。」

他說完，目光緩緩掃過在場眾人，端起碗大口喝起來。

幾人都知道朱彥酒量一般，並不催促，見他喝光了酒把碗翻過來讓大家看，紛紛叫好。朱彥一張臉已是紅了，拿出帕子擦拭了下唇邊淌出的酒液，動作依然優雅。

楊厚承嘆了口氣。「子哲，我還以為你好歹下半年才訂婚的，你這時訂婚可把我害慘了。」

「怎麼？」朱彥笑問。

對這門親事，他並不在意早一些還是晚一些，到了他這個年紀訂婚本就是天經地義的事。蘇姑娘與妹妹交好，品性定然不會差，他相信以後他們會舉案齊眉過完這一生。

「別提了。」楊厚承灌了口酒。「我祖母一聽說你都訂婚了，立刻就要給我張羅親事，我稍微表達了下拒絕的意思，她就拿雞毛撣子把我狠抽了一頓。還別說，老太太力氣真不小，把雞毛撣子都給抽斷了。」

喬昭聽楊厚承這麼說，立刻就想到鄧老夫人那虎虎生威的一拳，忍不住輕笑出聲。要論老太太們誰力氣最大，似乎非祖母莫屬。

「黎姑娘笑什麼？」楊厚承不解地撓撓頭。

喬昭輕輕抿唇。「聽著有趣罷了。」

「來，咱們喝酒。」池燦舉起酒杯。

幾人杯盞交錯，酒意微醺，忽聽喧嘩聲從樓下傳來。

「快點把你們這裡最好的雅間騰出來，沒看我們大人與貴客們等著嗎？」

「什麼，有客人了不能騰？你這小二眼珠子是擺設嗎？認不出我們大人是什麼人？」

楊厚承皺眉把酒杯往桌案上一放，不耐煩道：「我去看看是誰，喝個酒都不讓人安生。」

池燦一把拉住他，精緻的眉揚了揚，懶洋洋道：「別衝動，我看看到底是什麼玩意兒。」他出去瞄了一眼，嗤笑道：「在這裡也能見到那些礙眼的，還真晦氣。」

「什麼人啊？」楊厚承探頭問。

「鴻臚寺卿張洪山，陪著西姜來的人亂竄呢。」池燦冷冷道。

楊厚承一聽，嫌棄地皺了皺眉。大梁人對南倭北虜深惡痛絕，對於貌似中立的西姜同樣沒有好感。歷史上，西姜可沒少當過牆頭草。

更令人不快的是，與南倭北虜不同，西姜文化傳承大梁，兩國有許多相似之處。大梁強盛時期西姜像孫子似地俯首稱臣，一旦大梁國勢衰弱，立刻踩大梁一腳不說，還恨不得把大梁史上的名人名勝全都說成他們的。

「老西姜王去年底才死，新的西姜王不是才繼位嘛，今年的歲貢都沒來，怎麼在二月份跑咱大梁來了？」楊厚承嘀咕道。

池燦笑笑。「正是才繼位，過年時顧不上大梁這邊，現在才派人來試探大梁態度。」

「怎麼講？」

池燦重新坐下來，或許因為母族是皇族，對這些異族有種天生的排斥厭煩。「新的西姜王正當年富力強，好不容易掌了西姜大權，見大梁正是內憂外患之際，怎麼會不想來摻一腳？你們看著吧，那些西姜使節這次過來定然要鬧么蛾子的。」

朱彥放下手中酒杯，嘴角笑意稍減。「我聽說西姜這次來的使節中，地位最高的兩人，一位是新任西姜王一母同胞的王弟，一位是他們的王妹。」

池燦抬了抬下巴。「沒錯，現在都在下面呢。」

朱彥不由看向邵明淵。「庭泉，那我們——」鴻臚寺卿帶著西姜使節過來，鬧不好就是外賓事宜了。

邵明淵轉了轉酒杯，站起來。「出去看看。」

幾人走下樓梯，正聽到張寺卿訓斥下屬：「咱們是大梁的官員，代表的是朝廷的臉面，你這樣大呼小叫的成何體統？不知道的還以為咱們是哪家紈綺子——」

噗哧一聲笑傳來，張寺卿立刻張望問道：「誰？」

池燦最先走下來，笑吟吟道：「張大人放心，別人定不會誤會您是紈袴子的。」

張寺卿剛露出個笑，面前俊美絕倫的男子便補充道：「畢竟哪有這麼老的紈袴子呢。」

「咳咳。」跟在池燦後面走下來的楊厚承忙低下頭咳嗽一聲，掩飾笑意。

張寺卿要變的臉色在認出池燦身分後硬生生憋了回去，訕笑道：「原來是池公子。」他往後一看，彎了彎唇角打招呼：「楊世子、朱世子……」

看到走在最後的邵明淵時，他下意識繃緊了身子，輕鬆的態度明顯謹慎起來，拱手道：「下官見過侯爺。」在這京城裡，隨便掉下個瓦片就能砸到一個五品官，他區區鴻臚寺卿真算不得什麼，不過因為接待的是外賓，自然有些特殊。

「張大人不給我們介紹一下嗎？」一名站在張寺卿身邊、樣貌清秀的年輕男子，操著一口流利的大梁官話問道。

張寺卿客氣地介紹：「這位是我們大梁的冠軍侯，這是泰寧侯府的朱世子，留興侯府的楊世子，長容長公主府的池公子。」介紹完己方，又介紹身邊的年輕男子，「這是來自西姜的恭王。」

恭王向邵明淵等人行了個西姜特有的禮儀。

張寺卿又介紹緊挨著年輕男子而立的少女：「這是西姜公主。」

西姜公主比大多數大梁女子生得還要嬌小些，柳眉細目，膚色白皙，眸光流轉時很有些嫵媚氣質。她似是被池燦非同尋常的俊美吸引住，多看了他一眼才看向邵明淵，盈盈淺笑道：「貴國冠軍侯的大名，我早就聽王兄提過呢。」

邵明淵矜持點頭。在北地多年，他早已養成面對陌生女子不苟言笑的習慣。那些被救下來的女子心情恐慌，最是容易對救她的男子產生依賴，他若是溫和有禮，還不知要惹多少麻煩。

「張大人帶著王爺與公主來喝酒嗎？」池燦問。

這個西姜公主是怎麼回事，看看他也就罷了，畢竟他長得好看，盯著他看的人多了，可她找庭泉說話幹什麼？

張寺卿笑著回道：「王爺想嚐嚐咱們京城的特色美酒，我便向他推薦了春風樓的『醉春風』。」

池燦點點頭。「品味不錯。」

「呵呵。」張寺卿乾笑。這位池公子是有名的性情不定，脾氣上來誰的面子都不給，他可不想因為說了什麼而丟面子，還是保持微笑最靠譜。

西姜公主發覺張寺卿對池燦態度有異，明顯有些忌憚，不由好奇多看了一眼。

「張大人要的雅間剛剛我們在用。」邵明淵淡淡開口。

張寺卿一怔，汗顏道：「下官不知是侯爺與幾位公子在裡面。」

西姜恭王悄悄皺了皺眉，把不快遮掩好。這些令人眼花繚亂的侯府公子也就罷了，但在冠軍侯面前他沒必要多言。

大名鼎鼎的冠軍侯，不止名聞大梁與北齊兩國，在他們西姜也是如雷貫耳的。這麼年輕的常勝將軍真是可怕呢，要是哪天大梁的皇帝犯糊塗把他弄死就好了，不然有這麼個人在的一日，他們西姜就要多琢磨一下。

西姜恭王眼底蔑視一閃而過。

父王曾經就對他與王兄說過，二十多年前大梁就有這麼一位常勝將軍，最後的結局是被大梁皇帝滿門抄斬，連小娃娃都沒放過。那位將軍一死，給了北齊十多年的好日子過，直到眼前這位冠軍侯如耀眼明星般出現。而他們西姜在那十多年裡也得了不少好處。

西姜地處大梁西北，與大梁和北齊都是鄰居，因著土地貧瘠、物產匱乏，北齊人根本不屑搶掠他們，而大梁在他們面前則一直持著優越感。他們西姜最期望看到的局面，就是大梁與北齊兩國國勢相當，讓夾在中間的他們有發展良機。

「不要緊，我們吃完了，等酒肆夥計收拾乾淨，張大人就好生款待王爺與公主吧。」邵明淵說完返回樓上雅間把喬昭帶出來。

恭王與西姜公主沒想到樓上還有女子，皆向喬昭望去。

「咦？」西姜公主眸中驚詫一閃而逝。

西姜公主一聲輕呼，把眾人目光都吸引了過去。「抱歉，我有些驚訝這裡還有位姑娘。」

「這是本侯的未婚妻。」邵明淵淡淡解釋道。

冠軍侯的未婚妻？西姜公主與恭王對視一眼。

「張大人，我們就先走了。」邵明淵朝張寺卿略一頷首，再對恭王點頭示意，帶著喬昭等人往外走去。

張寺卿收回目光，向恭王與西姜公主伸出手。「王爺與公主裡面請。」

那些跟來的大梁官吏與西姜侍衛都留在酒肆大廳裡，張寺卿則帶著恭王與西姜公主進了雅間。待酒菜上來，西姜公主淺酌一口，滿臉好奇問道：「張大人，冠軍侯的未婚妻是什麼人啊？」

張寺卿微怔。姑娘家關注的重點為什麼這麼奇怪？

西姜公主笑著解釋道：「在我們西姜，大家都以為貴國的冠軍侯生有三頭六臂，沒有女孩子敢嫁呢。」西姜重文，更欣賞文采飛揚的美男子，便如她剛剛看到的那位池公子，而不是一手能擰斷人脖子的凶狠男人。

「呵呵，在我們大梁不是這樣，人人都羨慕冠軍侯的未婚妻有福氣呢。」

西姜公主興趣更濃。「哦，那是怎樣人家的姑娘能嫁給冠軍侯？莫非是王孫貴女？」

「並不是，冠軍侯的未婚妻是翰林修撰之女。」

「翰林修撰？」西姜公主柳眉微挑，一臉錯愕。「莫非貴國與我們西姜不同？在我們那邊，翰林修撰是六品官。」

張寺卿聽了，心裡默默補充一句：從六品。

「據我瞭解，兩國這一官職品階相當。」西姜恭王接話道。

張寺卿暗暗冷哼一聲。當然一樣，你們西姜連史書都沒有的時候，不就是直接把我們大梁的這些文化拿過去用嘛！娘的，用完了還跑來說和他們的一樣，什麼玩意啊！

張寺卿暗罵了幾句，面上卻依然掛著客氣的笑。在其政謀其位，他是鴻臚寺卿，幹的就是接待外賓的活兒，可不能因為個人的小情緒讓西姜人覺得大梁官員不懂禮數。

「哦，這樣啊，難怪大家都羨慕那位姑娘的好運呢，在我們西姜，這就叫飛上枝頭變鳳凰了。」西姜公主笑吟吟道。

張寺卿默默扯了扯嘴角。「飛上枝頭變鳳凰」這句話也是他們的，西姜這些強盜的可惡程度真不比北齊韃子差多少。

不，認真來說更可恨，對他們這些自幼飽讀詩書的人來說，有些東西靠拳頭是永遠奪不走的，但西姜人太可氣了，讀著大梁的四書五經，學著大梁的規矩禮儀，然後這些瑰寶不知什麼時候就成了他們的。不能再想下去了，再想下去他這鴻臚寺卿就不想幹了，撂挑子後先挽起袖子，把茶水潑這些強盜臉上再說。

「張大人——」西姜公主蹙著秀氣的眉喊了一聲。

張寺卿回神。「嗯，公主要說什麼？」

西姜公主嫣然一笑。「張大人怎麼走神了？本公主是問你，貴國公主是不是地位非同一般？我看剛剛張大人對那位池公子很是客氣呢。」

張寺卿笑道：「池公子是長公主之子，長公主是我們聖上的胞妹，自然與普通公主不同。」

「原來如此。」西姜公主垂眸啜了一口酒。

張寺卿見西姜公主如此，心中得意笑了：大梁公主無論怎樣都是金尊玉貴的人兒，可不像西姜的公主，居然還有嫁給堂兄的！

恭王與西姜公主回到住處，支開伺候的人密談。

「王兄，你是不是也發現冠軍侯那位未婚妻很特別？」

恭王雙腿交疊，坐姿隨意。「是很特別。」

西姜公主托腮一笑。「王兄比我會掩飾，我見到冠軍侯的未婚妻那瞬間簡直大吃一驚，她竟然與你府上養的一位舞姬生得有九分相似。王兄莫非沒有留意到你府上那位舞姬？」

王兄府上舞姬頗多，那位舞姬雖然生得好，處在女人堆裡說不定就暗暗受著排擠，沒有機會站到王兄面前也是可能的。

恭王眸光微閃，修長手指輕輕敲了敲琉璃茶几，笑而不語。

西姜重文，文人權貴喜歡追求風雅，好幼女是貴族們心照不宣的事。恭王府上養了不少舞姬，大部分都在十四、五歲之間，而這些舞姬通常在十二、三歲時便開始取悅他和貴客了。王妹提到的那位舞姬，正是恭王頗喜歡的一個。

對他柔情似水的舞姬居然與冠軍侯的未婚妻長得如此相似，只要想到這一點，他便覺得有趣。

「王兄，你真沒留意到？」西姜公主輕輕拉了拉恭王衣袖。

恭王回神，牽唇一笑。「如此絕色，怎麼會沒有留意呢？」

據說大梁男子都是些道貌岸然的傢伙，女子不滿十五歲即便成親也不會與之圓房，在他看來簡直可笑至極。小姑娘十二、三歲，金釵豆蔻之年，正是最令人心動的時候，那種青澀的美妙能直接撓到人心尖上。

西姜公主遺憾嘆口氣。「真想看看冠軍侯見到王兄舞姬後的表情，可惜了呢。」

恭王伸手點了點西姜公主額頭，寵溺笑道：「王妹又調皮，這可一點不可惜，冠軍侯永遠不知道才好。」

來大梁前，王兄特意交代要留意冠軍侯此人，直言大梁有冠軍侯在，至少二十年內無憂。他與王妹出使大梁，冠軍侯是他重點關注人物中的頭一號，在與王兄商議時，對付大梁這位冠軍侯原本毫無頭緒，現在他倒是有些想法了。

冠軍侯的未婚妻，他的舞姬……這兩者之間，或許真有可圖。

「王兄又說這些高深莫測的話了。」

恭王笑了。「妳不用操心這些，只要在大梁貴女們面前展示出咱們西姜公主的風采，讓她們自慚形穢就夠了。」

西姜公主抿唇一笑，自信滿滿道：「這是自然的，王兄不需要擔心。」

喬昭幾人離開春風樓，各自散去。

朱彥喝得有些多，回到泰寧侯府的世子所後，才脫下外衣換上家常衣裳，杜飛雪就旋風般衝了進來。

「表妹？」朱世子酒意瞬間嚇跑了一半。

因為還在孝期，雖然年關才過，杜飛雪卻一身素衣，哭得滿臉都是淚，髮絲凌亂黏在面頰上，看著頗有些可憐。

朱彥的酒徹底醒了，不著痕跡後退數步，笑問道：「表妹來找我有事嗎？我喝了酒才回來，正準備沐浴——」

杜飛雪撲上來。「表哥——」

早有準備的朱彥往一側避開，杜飛雪撲了個空，腳下一個踉蹌往前倒去。朱彥當然不能眼看著杜飛雪摔慘了，伸手扶住她。

杜飛雪抬著頭用衣袖擦了擦眼淚。「表哥，你還是關心我的，是不是？」

朱彥鬆開手，嘆口氣，語氣很是認真。「飛雪表妹，我當然關心妳，就像顏兒關心妳是一樣的，我們都把妳當妹妹……」

杜飛雪搖搖頭。「彥表哥，我不想你把我當妹妹。」

朱彥笑了。「飛雪表妹，妳有沒有想過，妳若不是我們的表妹，又如何住在這裡呢？妳是朱家表姑娘的身分，我當然把妳當妹妹。」

朱彥這話說得雖委婉，卻再明白不過：杜飛雪若非相關人家的姑娘，又哪有當妹妹的資格。

杜飛雪眨眨眼，成串淚珠掉下來。「表哥……」

求求你，能不能別訂婚？再等兩年多，我會努力變成你喜歡的樣子……

杜飛雪心底這樣吶喊，卻沒有說出口。她還沒有傻到這個地步，彥表哥的親事已是不可改變之事。她就是不甘心。她明明從小就心悅彥表哥，所有的期待都與彥表哥有關，小心翼翼把他捧在心尖上，這份甜蜜又苦澀的心事連對著最親近的皎表姊都不願意提起，就怕其他人看到彥表哥的好，讓她將來嫁給他的機會更小了些。

可她盼了這麼久，等了這麼久，別人什麼都不用做就能輕易實現她的夢呢？這真是不公平！

朱彥沉默看著杜飛雪無聲哭泣，見她哭夠了，輕輕嘆了口氣，溫聲勸道：「表妹，回房去吧，別讓老夫人知道了擔心。」

杜飛雪垂著頭，盯著腳尖。「彥表哥，你心悅蘇姑娘嗎？」

朱彥沒有回答。杜飛雪猛然抬頭，眼底有了光亮。「表哥，你不喜歡她，是不是？」

朱彥失笑。「這個問題，表哥暫時沒法回答妳。」

杜飛雪露出困惑神色。朱彥知道不把話說明白了將來對誰都不好，耐心解釋道：「我與蘇姑娘從未私下相處過，自然談不上喜歡不喜歡。不過我相信將來我們可以好好相處的，只要她是位好姑娘，我便會喜歡。」

「難道換了任何一個姑娘成為你的妻子，你都會喜歡嗎？」杜飛雪很討厭朱彥的說法。

朱彥笑笑。「不一定會，但既然那是我的妻子，為什麼不盡力試試呢？」

杜飛雪張了張嘴，凝視著朱彥溫和含笑卻又平靜無波的眉眼，心中一冷，掩面扭身跑了。

良久後，小廝悄悄挪過來，喊了一聲：「世子——」

朱彥淡淡睇了小廝一眼，叮囑道：「今天的事不得傳出去。」

「世子放心，小的知道。」

「出去吧。」

待小廝退下，朱彥從架子上隨意拿了本書坐下慢慢翻看起來。

杜飛雪回到住處，伏在枕頭上痛哭了一場，坐在梳妝鏡前看著眼睛紅腫如桃子的自己發了會兒呆，打發人去睿王府給黎皎送信。

黎皎自從進了睿王府的門，心情就一日比一日忐忑。

她原以為睿王對她一見鍾情，可是現在看來分明不是這麼回事，這麼多天了，睿王根本沒碰她。剛開始睿王還進她的屋子，她矜持了幾天發現情況不對，刻意主動了些，沒想到此後睿王連她的門都不進了！

黎皎走在能抵得上整個黎府那麼大的睿王府花園裡，見到丫鬟僕婦們竊竊私語，便覺那些人是在嘲笑她。她心煩意亂回了屋子，氣悶地坐在桌案旁，拿起翻看了一半的話本子掃了幾眼，卻半點看不進去。

「姑娘，泰寧侯府的杜姑娘給您送了信來。」

黎皎瞪了杏兒一眼。「說過多少次，不許再叫我姑娘，讓別人聽到了怎麼想？」

杏兒忙認錯。

「罷了，把杜姑娘的信拿來。」

黎皎打開杜飛雪的信看過，面上一派平靜令人瞧不出多餘情緒，心中卻輕笑一聲。

這位在她面前一直高高在上、天之驕女般的表妹，也有這般無助的時候。所以說，沒了娘的姑娘哪有不可憐的。

杜飛雪自小喜歡朱世子，泰寧侯老夫人雖沒有透露過親上加親的意思，看著小輩們來往亦沒有阻止。要是她舅母朱氏還活著，在老夫人面前哭求幾句，杜飛雪未嘗沒有機會嫁進外祖家。

只可惜朱氏一死，外孫女的身分到底比親女兒隔了一層，泰寧侯老夫人的考量就更多了。人的理智一旦凌駕於感情之上，又怎麼會不清楚杜飛雪絕對不是世子夫人的人選呢？

黎皎沒有寫信，直接打發杏兒去泰寧侯府傳話。

「杜姑娘，我們姑娘說現在住在王府不比在娘家時方便，等您出了熱孝再想法子接您過去玩。」杏兒轉達了黎皎的意思，暗暗搖頭。這位杜姑娘的親娘去年臘月才故去，連她這樣的下人都知道該麻衣素食，不得出去見人的，怎麼杜姑娘卻不在意呢？

「我知道了。」杜飛雪失魂落魄說了聲，把杏兒打發走。

沒出幾日，喬昭收到了一張請帖。

明康帝傷心江堂之死無心過問俗事，令睿王與沐王共同接待西姜使節。

睿王與沐王多年來連明康帝的面都見不著，都快忘了皇帝親爹的模樣，難得有了這樣在皇帝親爹面前露臉的機會，哪有不憋著勁好好幹的，是以這場宴會格外盛大，幾乎遍邀京中有頭有臉的人物與貴女。

喬昭看了一眼精美的印花請帖便放下去，笑著對邵明淵道：「既然邀請了這麼多人，多我一個不多，少我一個不少，我就不去湊這個熱鬧了。」

邵明淵自是不會強迫喬昭，婦唱夫隨道：「不去便不去，那我也推了算了。」這些歌舞昇平的宴會，他原就不耐煩去的。

二〇二 略施小計

邵明淵決定推了宴會不去，睿王與沐王得知後頓時傻眼。

以恭王為首的西姜使節可是特別說了，西姜上下對大梁的冠軍侯仰慕已久，想要在宴會上好好見識一下冠軍侯的風采。冠軍侯不去可怎麼行？

「五哥，我聽說你前不久納了一房妾室，與冠軍侯的未婚妻是親姊妹？」沐王笑吟吟問睿王。

睿王一聽就明白了沐王的意思——這是讓他去請人呢。

冠軍侯又不是那些靠著家族關照過日子的公子哥兒，更非寒窗苦讀一批批走上仕途的學子們，人家的功勞是一拳一刀打出來的，放眼整個大梁都找不出第二個人來。他曾承諾欠睿王一個人情，但睿王不是傻瓜，當然不想把這人情浪費在這裡。

「雖說是親姊妹，但黎氏只是妾室，我與冠軍侯可稱不上連襟，說起來與六弟和冠軍侯的關係並無多少差別。」

「哎，五哥這就說笑了。小嫂子與冠軍侯的未婚妻是親姊妹，有著這層關係在，冠軍侯就是看著未來岳丈的面子也不會與你疏遠的。」沐王意味深長道。

睿王是個老實口拙的，聽了乾笑一聲。

元宵節那晚，他順水推舟納了黎修撰的長女為妾，抱的就是這個想法。他派人打聽過，黎修撰的長女是元配所生，次女則是繼室而出，姊妹二人關係並不算好。不過小姑娘家的感情好壞並不重要，誰家娶妻都不單純看這女子本身，而是照著她的家族去的。他納了黎修撰的長女為妾，正如沐王所說，等將來他透過黎修撰求到冠軍侯頭上，冠軍侯好意思拒絕嗎？

只可惜黎氏家世太尋常，娶她當繼妃是不成的，除非將來黎氏給他生下一兒半女才有扶正的資本。到那時他與冠軍侯才是名正言順的連襟，無論冠軍侯承不承認，在旁人眼中冠軍侯就是他這一派的人。想到這裡，睿王心中隱隱發熱。李神醫交代他一年之內不能近女色，算起來期限快到了……這一年對一個正當壯年的男人來說，實在太難熬！

沐王盯著睿王若有所思。

自從去年春天老五把李神醫專門請進京城，他就派人悄悄打聽情況，睿王府中有好幾個他的探子，現在請神醫進京的原因已經清楚，就是為了調理老五的身體。沐王想到這裡，心中危機重重。老五不爭氣，一連夭折了幾個孩子，目前還後繼無人。正因如此，重視子嗣傳承的大梁百官中才有不少人站在他這一邊。不然他非嫡非長，與年長他的老五比起來有什麼優勢呢？

他們的皇帝親爹態度太過含糊了，他想走孝順的路子都走不通，因為親爹十數年如一日堅持不見他們，他真不記得父皇長什麼樣了。不能打感情這張牌，那他只能憑最實在的條件打敗老五。

老五的致命弱點便是沒有子嗣！

「五哥，邀請冠軍侯的任務就交給你了。這場宴會是咱們共同辦的，多少年來還是頭一次。父皇對此定然關注，知道咱們辦得漂亮肯定高興，咱們當然要盡力別讓父皇失望，你說是吧？」

沐王見睿王還不鬆口，長嘆道：「反正我與冠軍侯毫無交情，要是五哥不去請，那就只能告訴西姜使節讓他們別盼著了。」

睿王這才點頭。「那我盡量試試吧，冠軍侯願不願意來可不保證。」

「那是自然。」沐王面上笑著，心中卻一片冰冷。

那個冠軍侯，還真以為會打仗就能蹲在皇子頭上拉屎了，簡直不知所謂。

這天下是他們姜家的天下，不是李家、王家，更不是邵家的天下，再能耐的人要為這天下的主人所用才行，如果反過來騎在主人脖子上作威作福，甚至讓主子看他臉色，那還留著幹嘛？

哼，等他坐上那個位子，只要天下安定，頭一個拿冠軍侯開刀！

沐王回到王府中，正好潛入睿王府的探子傳來了消息。

密室中，沐王抬了抬手。「起來吧，說正事。」

那人站起來，彎腰湊到沐王耳邊低語幾句。

沐王眼神猛然一縮。「呵，睿王新納的小妾一直獨守空房？」

那人點頭。

「這不應該啊。」沐王皺眉。睿王納黎家女為妾，明擺著是為了與冠軍侯攀上關係，為何會冷落新納的妾室？拋開這些不提，一個如花似玉的少女擺在眼前，正常男人哪有不吃的道理？

正常男人？想到這裡，沐王心中一動，隱隱想通了什麼。

「睿王對新納的小妾態度如何？」

那人回道：「睿王晚上從不進黎氏的屋子，但平日二人相處時態度很是溫和。」

沐王閉閉眼。不對勁，一定有哪裡不對勁。他在小小的密室中來回踱步，心中翻騰不已。

對年輕貌美、出身不錯的小妾並不厭惡，晚上卻不進她的門——

沐王打了個激靈，瞬間想到了一種情況：睿王不能人道！

得出這個結論，他卻又立刻否認：不對，如果睿王不能人道，那還折騰什麼，就算繼承了皇位最後還不是便宜了別人？

聯想到睿王請李神醫進京並不間斷泡藥浴的情況，沐王終於想明白了：睿王不是不能人道，而是不能近女色。這個不近女色，一定是有時限的！也就是說，如果睿王在時限未到之前近了女色，這麼久以來的調理身體就會功虧一簣！

沐王一顆心怦怦跳起來。如果讓睿王徹底絕了有子嗣的機會，他完全不用去爭，只要硬硬朗朗地活著，這皇位就會落到他頭上。

沐王猛然停住腳步，壓抑著激動的心情吩咐道：「立刻給本王查清楚，李神醫當時怎麼對睿王交代的。」只要在那個期限之前讓睿王破功，他就成功了。

等等——沐王抬手扶額，忽然覺得自己想複雜了。想要睿王破功根本不需要打探到那個期限，現在睿王不進黎氏女的屋子，這已證明了那個期限還沒到。

所以，他只需要越快行動越好！

沐王彎唇一笑，吩咐道：「去吧，想辦法和那位黎氏女聯繫一下，想必她正茫然無措呢。」

沐王成功把邀請冠軍侯的任務甩到睿王身上，睿王琢磨半天，還是捨不得把當初的人情用了，抬腳去了黎皎住處。黎皎一見睿王過來，心中一喜，面上依然保持著端莊文靜的樣子見禮。

「不必多禮。」睿王伸出雙手把她扶起。

男人特有的氣息傳來，黎皎臉色微紅。睿王雖然年紀略大了些，卻正是年富力強之時，加上身形偏瘦，看起來就如清秀書生，如果撇除當妾的身分，她其實算滿意的。

少女白皙秀美，肌膚吹彈可破，好似一朵盛放的鮮花令人心旌搖曳。

睿王定定看了黎皎片刻，微微有些失神。黎皎看在眼裡，垂眸露出羞澀的笑意，心中難免有幾分自得。王爺對她的模樣分明是滿意的，為何卻不碰她呢？

「咳咳，皎娘，來王府後還習慣吧？」睿王輕咳一聲問道，心中暗暗嘆氣。

實在是不近女色太久了，定力竟然差了許多，險些在一個小姑娘面前失態，實在是不該。還好，再過一個多月就可以恢復正常了。

李神醫給他開的是調理身體的藥物，並非讓人清心寡欲，他發現隨著期限越近自制力卻越發地差。說起來倒是委屈這小姑娘了，他從不碰她的身子，又不便明說，也不知她心裡是如何想的。

黎皎聽了睿王溫和的問話，眼眶一紅，柔聲道：「習慣的。」

睿王牽著她的手坐下來，笑道：「既然習慣，為何哭了？」

黎皎忙用帕子按了按眼角，赧然道：「雖然王府很好，畢竟在娘家住了十幾年，有些想祖母、父親他們了。」

睿王府沒有王妃，偌大的王府是跟著睿王時間最久的一個妾打理著，那個妾要當好人，對她一個新人自然不會管太寬，可她卻連三日回門的資格都沒有。

不能回門，就算她混得再好又如何？不過錦衣夜行罷了。

睿王一聽笑了。「想家了？那妳今天就回去看看吧，我讓王府管事陪妳回。」

黎皎心頭一喜，低頭抿唇笑道：「多謝王爺。」

睿王伸手勾住她的下巴，輕笑道：「低頭做什麼？」

黎皎睫毛輕閃，緩緩抬眸。「王爺……」

「難得回去一趟，多留一會兒也無妨，乾脆吃完飯再回來吧。」

「多謝王爺。」黎皎大喜。回黎府後能留下來用飯，足以讓別人看到王爺對她的恩寵了。

「這有什麼可謝的。」睿王捏捏黎皎的手，語氣一轉道：「對了，本王與沐王將要共同舉辦一場宴會接待西姜使節，給妳三妹也下了帖子，後來長史回我說黎三姑娘不來。妳這次回去便誠心邀請一下，妳們二人在宴會上也有個伴兒。」

黎皎微怔。宴會？先前無人對她提起的，怎麼黎三也要參加嗎？

見黎皎愣神，睿王解釋道：「西姜使節中有西姜公主，所以這次宴會特別請了一些貴女相陪。黎三姑娘是冠軍侯的未婚妻，若是不來未免不美。」

根據多方打聽的消息，冠軍侯對未婚妻很重視，只要黎三姑娘赴宴，冠軍侯自然會來的。這樣的話，他就不必賣臉去請冠軍侯了。

黎皎一聽睿王的話，心跟針扎似地疼。因為是冠軍侯的未婚妻，堂堂王爺還要專門留意她會不會去赴宴？黎三為何有這樣的好運氣！

「怎麼了？」睿王問。

黎皎回神笑笑。「王爺放心，妾回去後好好和三妹說說。」

她不能沉不住氣，將來的路還長著，等王爺坐上那個位子，她縱使當不了皇后，一個妃位是少不了的，到那時，冠軍侯夫人又算什麼？在她面前還不是要低頭行禮。

睿王拍拍黎皎的手，抬腳走了出去。黎皎送到門口，看了好一會兒才回屋梳妝打扮。

自從冰娘撞壁自盡，又要安撫被冰娘刺死的兩個丫鬟的家人，鄧老夫人心情頗不好。

掏出真金白銀安撫不算什麼，但兩個小丫鬟青春少艾，正是花朵一般的年紀，就這麼橫死實在太讓人可惜了。這都是老二造的孽！

鄧老夫人畢竟上了年紀，一連串糟心事應付下來，身子就受不住了，從昨日起便有些不爽利。聽到丫鬟稟報說王府派人來送信，皎姨娘要回娘家看看，老太太當時就皺了眉。大孫女回來做什麼？一個妾室能隨便回娘家，這其中一定有問題。

老太太人老成精，略一琢磨便有了這樣的認定。

黎皎在王府管事的陪同下帶著不少禮物回到西府，走在黎家狹窄的青石小路上，掃視著逼仄的院子，一股優越感油然而生。

整個西府還沒有王府的花園子大，一輩子住在這樣的地方有什麼趣？還有這些下人，年前她失意的那段日子，偶爾出來走走就要承受他們各種的眼神，現在個個還不是拿豔羨的目光看著她。她真是受夠了西府的窮！

黎皎想到要見祖母，站在青松堂門口撫了撫鬢髮，暗暗吸了口氣。她的祖母是個古怪人，最不待見小妾，對她這個當了妾的孫女定然不滿。可祖母怎麼不想想，她是給王爺當妾，再怎麼樣也比那些小門小戶的正妻強許多吧？更別提把她嫁到京郊莊子裡去了。這次回來她要好生與祖母談談，定要把祖母說通。有娘家人支持，她以後在王府腰桿能更直一些。

黎皎做好了會一會鄧老夫人的心理準備，誰知直接被大丫鬟告知老夫人病了，見不了人。吃了個閉門羹的黎大姑娘憋屈極了，當著王府管事等人的面又不好露出形色，只得吩咐人招待好王府眾人，自己帶著丫鬟杏兒去找喬昭。

「大姑娘找我們姑娘？」冰綠站在門口扠著腰，一臉警惕。

黎皎額角青筋暴起。這丫鬟長著一張欠收拾的臉，為什麼能好好活到現在？

「有日子不見三妹，我有些想她了，正好回府看看。」

冰綠悄悄撇嘴。想我們三姑娘？別逗了，她要是相信就是傻子！

「大姑娘，實在不巧了，我們姑娘與冠軍侯約會去了。」冰綠笑瞇瞇道。

有本事妳找冠軍侯去要人啊。

黎皎回了趟娘家，鄧老夫人沒見著，黎三姑娘也沒見著，又不想與何氏見面，最終陪她用飯的是二太太劉氏。

劉氏心情同樣好不到哪裡去。她那一攤子糟心事還沒料理清楚呢，哪有閒心陪著當了小妾的隔房侄女吃飯呀。不過如今府上主子們都不出門，她不陪著也不合適。

劉氏暗暗瞥黎皎一眼，壓了壓唇角。當小妾的就是煩人，這時候不規矩地在王府待著，跑回來幹什麼？

「二嬸清減了。」黎皎一臉關心。

西府總共四位姑娘，她進了王府，黎三許給了冠軍侯，只剩劉氏兩個女兒沒有著落，自覺被繼母壓得抬不起頭來也是有的。這樣的話，她和這位二嬸倒是能好好親近親近。

劉氏聽了笑笑。「我苦夏呢。」她可沒興趣與大姑娘閒扯淡。

苦夏？黎皎臉上的笑險些繃不住了。這剛到春天，苦的哪門子夏啊？

得了，這頓飯也吃不下去了，還是去見見三弟吧，算起來今天正好是三弟沐休的日子。

黎皎打發丫鬟杏兒去請黎輝見面，沒過多久杏兒回來傳話道：「姑娘，三公子說您是王府貴人，今時不同往日，雖然是親姊弟也不好私下見面，請您早些回去吧。」杏兒說得委婉，想起三公子說這話的神色，心中暗暗嘆氣。

黎皎臉上時青時白，再也待不下去，憋著一口氣回到睿王府。

睿王正一心盼著，一聽黎皎回來便抬腳就過來了。

「黎三姑娘還是不去嗎？」

「是，祖母有些不舒坦，三妹要侍疾，沒心思出門赴宴。」黎皎面不改色說著謊話。她可不想實話說沒見著黎三，王爺再讓她去一趟。到時候黎三還是不去，那她可就沒臉了。

睿王站了起來。

「王爺，妾泡了茶——」

睿王擺手。「不必了，本王還有事，妳自己喝吧。」

「王爺——」黎皎連睿王一個衣袖都沒抓住，只能眼睜睜看著他走遠了，氣得把茶几上的茶杯掃落在地。

杏兒忙跑進來，小心翼翼喊了一聲：「姨娘……」

黎皎狠狠瞪了杏兒一眼。「妳是木頭只知道杵著嗎？還不快收拾！」

聽著杏兒收拾的動靜，黎皎心煩意亂，狠狠捶了捶枕頭站起來。

不能再這樣下去，她現在還是新人王爺就不碰她，那以後豈不是更沒盼頭了？

黎皎走了出去，茫然地在花園子裡亂逛，忽然聽到花木後有低低的聲音傳來，隱約聽到「睿王」二字不由駐足聆聽。

「說起來啊，新入府的那位姨娘還真可憐，花一樣的年紀，就夜夜獨守空房……」

「我也奇怪呢，王爺既然不喜歡新姨娘，為何要納她進府？」

先前說話的女人低笑一聲，意味深長道：「王爺哪裡是不喜歡啊——」後面沒了聲音，急得黎皎暗暗握了拳。這人是什麼意思？難道王爺不碰她另有隱情？怎麼不說下去了呢！

「哎呀，照妳這麼說，王爺是喜歡新姨娘的？我可不信。王爺要是喜歡會不進新姨娘的門？

我可記得一年多前的雲姨娘入府，王爺有三個月時間都歇在她屋子裡呢。」

黎皎悄悄聽著，臉臊得通紅。那個雲姨娘她見過的，論姿色遠不如她，聽說還是個浣紗女，王爺春遊時無意遇見的。就這樣的人還能把王爺留在屋子裡三個月，她卻至今沒和王爺圓房……

到底是什麼原因？黎皎閉閉眼，恨不得衝過去問問。

所幸那人在同伴好奇的追問下又開了口：「王爺不是不喜歡新姨娘，是有心無力呢——」

「什麼！妳是說王爺不行？」

黎皎驚訝之下不小心踩到了地上枯枝，幸虧被另一人的驚呼聲掩蓋住，嚇出一身冷汗。

「我不是在良醫所做事嘛，王爺隔三差五要吃藥呢，就是為了調理那方面的。」

黎皎一聽，恍然大悟。難怪王爺身上總是隱隱帶著藥味，原來如此！

「那王爺還能成嗎？」

「怎麼不能，只是吃了那藥就沒什麼興致，因為清心寡欲才能好好養身體嘛。我聽良醫正說王爺身體有些弱，再調養個一、兩年就不需要這樣了。」

「那新姨娘豈不是慘了，兩年後王爺還能記得她是誰呀。」

「可不嘛。其實吧，王爺不近女色快一年了，養精蓄銳這麼久，最是容易讓人受孕的時候，可惜府上這些姨娘都是沒福分的……」

「行了，王爺的私事還是別說了，當心被人聽見，咱們可就沒命了。」

二人窸窸窣窣地走遠了，黎皎緩緩轉出來，面上平靜猶如深潭，眼底卻跳動著火焰。

轉日，睿王通過池燦傳話，終於得到冠軍侯會赴宴的答覆，心情卻並不好。

就這麼用了一個人情實在是虧大了，可是他答應了老六要請到冠軍侯，要是沒辦成又丟面子。罷了，人情用就用了，有黎修撰那層關係在，不怕以後沒有機會與冠軍侯親近。

睿王自我安慰著，抬腳去了黎皎那裡。見睿王過來，黎皎暗喜。

「什麼味道？」睿王輕嗅幾下。

「妾從娘家帶來的合香，王爺要是聞不慣，妾就換了。」

「不用了，挺好聞的。對了，昨日妳說泡茶，莫非皎娘還擅長茶道？」想到昨日對黎皎的冷落，睿王又有些憐惜。

「擅長談不上，只是略有涉獵。王爺想喝茶的話，妾給您泡吧。」黎皎覺得一切順利極了，原本睿王不提起，她也會把話題往茶水上引。

黎皎取出茶具，開始展示茶藝。少女靜如處子，茶香裊裊中舉手投足盡顯優雅，睿王不由看出了神。

「王爺，請喝茶。」黎皎低眉淺笑奉上香茗。

睿王接過來喝了，看著眼前眉目如畫的少女心中的火忽然不可抑制冒了出來，越燒越旺。他伸手捏住了黎皎手腕。

「王爺——」黎皎驚呼，卻並沒有躲閃，睜著一雙水汪汪的眸子凝視著近在咫尺的男人，鼓起勇氣把朱唇湊了上去。

一時間被翻紅浪，雲雨初歇。

黎皎見睿王睜開眼，嬌羞垂首。「王爺，您醒了。」

睿王看著身畔僅著了蔥綠肚兜的嬌羞女子，腦海中一片空白。

「這……是怎麼回事？」

「王爺——」黎皎羞澀喊了一聲，垂頭不語。

睿王猛然抓住黎皎手腕。「本王問妳呢，這究竟是怎麼回事？」

黎皎駭白了臉，不解地看著睿王。「王爺，您不記得了嗎？那時您……」

睿王腦子裡終於有了印象，卻無法接受這殘酷事實，一把掀開了蓋在二人身上的錦被。錦被底下白花花的身體晃得他眼暈。

「王爺，您怎麼了？」黎皎覺得睿王反應有些不對勁，柔聲問道。

從那兩個僕婦的議論中，她知道睿王為調理身體服用了清心寡欲的藥物，但真的發生了這種事為何一副如喪考妣的樣子？就算調理身體，也沒必要一直不近女色啊。

睿王回神，看著含羞帶怯的女子就覺刺眼，揚手狠狠打了她一個耳光。

黎皎初經人事，本就渾身痠軟無力，哪裡受得住成年男子含怒的一巴掌，當下整個人就被打得栽倒在床榻上，眼前天旋地轉。

睿王卻沒有半點憐香惜玉的樣子，伸手抓黎皎過來，含怒問道：「妳先前做了什麼手腳？」

黎皎鮮血順著一邊嘴角流下來，斷斷續續否認：「王爺，我……我沒有……」

「沒有？難道本王是沒見過女人的毛頭小子，見到妳就發瘋嗎？」睿王眼睛都紅了，手上用力直接把黎皎拽到了地板上。

重物落地的響聲傳來，門外傳來侍女的詢問：「王爺，您有什麼吩咐嗎？」

睿王聽到外面的聲音，稍微恢復了幾分冷靜，揚聲道：「去把良醫正給本王找過來！」

「是。」

睿王冷冷看著摔在地上的黎皎，恨得一顆心在滴血。他牢記李神醫的叮囑足足小一年沒近女色，眼看勝利在望，誰知被這賤人給毀了！

「王、王爺……」黎皎完全被打懵了，用手強撐起身體，眼前陣陣發黑。

一條錦被扔到她身上，睿王冰冷的聲音傳來：「裹好了自己，良醫正很快就會過來。」

良醫正？黎皎心中一慌。

她不怕被什麼良醫正查出端倪來，可良醫正是個外男，王爺就這麼叫他過來，那把她當成了什麼？她今天要是這般模樣被良醫正撞見，以後就別想見人了。

黎皎裹著錦被慌亂爬起來，因為摔得重，腿腳痠軟，還沒站起來就又跌倒在地，狼狽極了。

睿王冷眼看著，渾不在意。黎皎一顆心越發涼了，使出十分力氣強撐著爬起來，含淚躲到了屏風後去穿衣裳。她這邊才把腰帶繫好，良醫正就到了。

「見過王爺。」

黎皎透過屏風間隙偷偷往外望去，就見一名四旬左右的男子正給睿王見禮。

「不必多禮，本王叫你來檢查一下這茶水是否有問題？」睿王沒心思繞彎子，開門見山道。

他回憶了一下，問題最有可能出現在黎氏給他泡的茶水上。

良醫正不敢多問，道了聲「是」立刻檢查起來。黎皎躲在屏風後，一動不敢動。

好一會兒後，良醫正聲音響起：「王爺，茶水並無問題。」

黎皎無聲笑了笑。睿王一怔，似是不敢相信這結果，追問道：「真沒問題？」良醫正點頭。

「難道真的是本王不近女色太久，才如此沒有自制力？」

良醫正聽得心驚。「王爺，您——」

睿王起身。「去書房說。」

很快開門又關門的聲音傳來，腳步聲漸遠。黎皎這才從屏風後繞出來，軟軟倚靠著屏風發愣。

書房中，睿王鬱悶道：「剛剛本王破戒了，這可如何是好？」

良醫正聽得瞠目結舌。「破戒？不是還有一個多月嗎？」

睿王臉色鐵青。「現在說這些還有何用？本王要知道，現在破戒的話真的會功虧一簣嗎？」

一看睿王臉色不對，良醫正擦了擦冷汗，勸慰道：「王爺先不要急，現在離李神醫規定的期限沒有多長時間了，想來不至於前功盡棄。」

「本王要肯定的答覆，不要猜想！」

良醫正苦笑連連。他又不是李神醫，如何能給肯定的答覆啊？這小一年來，他負責的就是按李神醫留下的方子給王爺配藥而已。

「要是李神醫還在就好了。」睿王知道逼死良醫正也沒用，重重嘆了口氣。

良醫正沒敢接話。李神醫出海死了，現在上哪找人去啊，他還是當一個安靜的大夫好了。

「來人——」睿王猛然睜開眼，高喊一聲。片刻間，數名下人進來。

「把黎氏給本王關到小祠堂去。」

睿王妃活著的時候因連續夭折兩子，傷心過度之下在王府最偏僻的地方設了個小祠堂，整日躲在裡面吃齋念佛。睿王妃仙逝後，小祠堂空了下來，漸漸變成睿王打發犯了錯的姬妾的去處。這時雖是初春，小祠堂卻陰冷得很，一應用度不消多說自是最差的，進去就是活受罪的份。

「王爺，不可……」良醫正忍不住說了一句。

睿王冷冷看了他一眼，見良醫正一副欲言又止的樣子，擺擺手讓進來的人出去。

「王爺，那位得了您臨幸的姨娘，最好不要打發到那麼淒冷的地方去。」

「怎麼，你替她求情？」

良醫正連忙澄清：「下官不是替那位姨娘求情，只是想著以防萬一……」

「萬一？什麼萬一？」睿王一時沒反應過來。良醫正湊在睿王耳邊低語幾句。

睿王神色微變。良醫正提醒得不錯，他是要考慮黎氏受孕的可能。

萬一他因為破了戒再不能使女人受孕，說不定唯一的希望就落在黎氏身上了。

該死，明明恨不得把那女人弄死，卻還要好生養著，這感覺實在太窩火了！他就忍一個月看看，黎氏要是能有孕就算了，要是不能……就一起秋後算帳。

黎皎躲在屋裡，心中七上八下好久，忽然房門打開，數名丫鬟端著托盤魚貫而入，走在最前方的丫鬟笑盈盈道：「姨娘辛苦了，王爺吩咐婢子們來伺候您更衣用飯呢。」

黎皎一頭霧水，享受著幾個王府婢女細心周到的服侍，茫然中生出一種劫後餘生的喜悅。

黎府隔壁宅子中，喬昭眉宇間有些憂慮。「若沒事我就回去了，祖母這兩日有些不舒坦。」

「祖母病了？那我隨妳去看看。」

喬昭搖搖頭。「算啦，老人家上了年紀，心情不好之下有些不爽利，不是什麼大病。你去了，祖母還要梳妝見客，平白折騰她老人家。」

邵明淵一聽不樂意了，挑眉問：「我是客？」他明明是老太太的孫女婿，怎麼會是客呢？

「反正你就別過去了，家中發生的事有些難堪，祖母是要強的人，不願意讓人知道呢。」

邵明淵這才點頭。「那好，聽妳的。今天過來是想和妳說一聲，睿王與沐王舉辦的宴會我還是要去的。」

喬昭略一思索，笑道：「睿王私下找你了？」

邵明淵一怔。「妳怎麼知道？」

「讓我猜猜，他是通過池大哥找上你？」

邵明淵更加詫異。「昭昭，妳什麼時候會算命了？」

喬昭莞爾一笑。「算命我可不會，不過昨天我大姊突然回來了，還特意來找我。你知道的，我與這位姊姊素來不和，她難得回來，要是無事怎麼會來尋我？我便想到這場宴會上去了。」

說到這裡，她含笑瞥了邵明淵一眼，輕嘆道：「我別的沒有，自知之明還是有的。這樣規格的宴會，我這尋常官宦家的姑娘參不參加有什麼緊要的？她是藉著請我的名義把你請去呢。」

邵明淵笑著點頭。「對方還挺聰明，知道妳去的話我定然會去的。」

「是呀，想到這些我就推說不在，沒見她。睿王見我大姊沒辦成事，只能動用人情請你了。」

邵明淵又是一怔。「妳知道我欠睿王人情？」

喬昭睨他一眼。「當初你從睿王府把李爺爺請出來，不靠人情，難不成是靠臉嗎？」

邵明淵低笑起來，朝喬昭眨眨眼。「靠臉也未嘗不可。」

喬昭白他一眼。年輕將軍伸手握住喬昭的手，心頭微暖。「昭昭，妳當初既然想到這個，怎麼還狠心不與我相認？」原來昭昭把他做的一切都看在眼裡，他的女孩一直這般聰慧。

喬昭拍拍他的手。「你只是賣個臉，我就要與你相認？我大哥是你舅兄，你連人家妹妹都殺了，為大舅哥做點事不是應該的？」

「是、是，確實是應該的。」邵明淵笑著點頭。他就喜歡昭昭這般不見外的樣子。

「昭昭，那這次宴會妳參加嗎？」

當初昭昭不想參加，他順勢不去，原就想著讓睿王把他曾欠的人情用一用。雖說請他參加宴會不足以抵銷他請李神醫的那次人情，但至少以後睿王再有什麼事情會多尋思一下。

人情總是越用越薄，最好在這種無關緊要的事上多用幾次，省得他將來頭疼。

至於睿王想藉黎大姑娘與他拉上關係，他完全不擔心。黎大姑娘與昭昭姊妹情薄，他不用為了昭昭的面子去妥協，睿王將來想拉攏他無非要通過岳父大人的路子。呵呵，走岳父大人這條路他就更不擔心了，就岳父大人那耿直脾氣，能認當妾室的女兒這份情才是太陽從西邊出來了。

「我就不去了，這樣的宴會怪沒意思，說不準還要出亂子。」

「嗯，此話怎講？」

「池大哥那天在春風樓不是說過，西姜使節這次前來不會安分。他們要出么蛾子，這樣遍邀京中貴人的宴會上不就是最好的時機？」

喬昭這話還真說中了。

宴會是在皇家園林中舉辦的，男賓與女賓分開，各占東西二園，西園這邊由沐王妃出面主持。

沐王妃身穿一件綠羅織金鳳紋袍，襯得身材高眺的她端莊穩重。前來的貴婦們同樣穿著隆重禮服，倒是未出閣的姑娘們換上了輕盈靈秀的春裝，給這皇家西園帶來了一抹亮色。

「一到春天啊，人都活泛了，滿眼花花綠綠，看著都養眼。」

因為江堂的死，整個京城在正月都是沉悶壓抑的，好不容易有了這樣盛大的一場宴會，貴婦們三三兩兩說著閒話，嘴角掛著輕鬆笑意。

小姑娘們則對還未到場的西姜公主很是好奇。

「聽說這位西姜公主才貌雙絕，不知是真是假？」一名粉衣少女好奇問道。

另一名少女撇嘴笑道：「論美貌，西姜公主能比得上咱們大梁的九公主？論才，還有馥山社的姊妹們在呢。」

「說得也是，反正別讓西姜公主把咱們大梁貴女比下去就好。」

人群一陣騷動。「西姜公主來了。」

不少人好奇看去，就見一名身穿西姜服飾的嬌小少女走了過來。

西姜公主穿了一件類似與大梁貴女正式場合所穿禮服的長裙，不同之處是腰帶直接束在胸口處，結成蝴蝶結的長長緞帶隨意飄落下來，隨著走動別有一番風情。

有的少女眼睛一亮，與身邊好友咬耳朵道：「這樣穿倒是顯得人腿長些呢，回頭我把長裙改成這樣試試。」

「可以啊，西姜公主個子不高，這樣穿著顯得很嬌俏。」

一聲冷哼傳來：「少見多怪，五代時期就流行這樣的齊胸襦裙了，又不是西姜人的東西。」

兩名少女聽到這般諷刺的話，扭頭便要回擊，一見是蘭惜濃立刻老實了。當朝首輔的孫女她們可惹不起。蘭惜濃涼涼地看她們一眼。「有研究別人裙子的工夫，不如多讀點書！」

「妳——」一名少女忍不住要還嘴，被同伴猛拉了一下衣袖，這才低頭不語。

待蘭惜濃轉移了注意力，那少女滿是委屈，小聲道：「有什麼了不起，我幹嘛要讀五代史書來研究那時候的姑娘穿什麼裙子，我就是看著西姜公主穿得好看，不行嘛？」

「好了，讓蘭姑娘聽見了不好。」另一名少女息事寧人地勸道。

西姜公主美眸流轉，對貴女們的反應很滿意，輕提裙襬，由沐王妃引著坐到了上賓位子。

樂聲響起，宴會正式開始。

女子聚在一起，宴會無非就是一邊閒聊一邊飲酒。

西姜公主彎唇笑道：「這樣有什麼趣，不如咱們雙方比試一下才藝，哪邊輸了便罰集體喝酒，王妃覺得這樣的玩法如何？」

二〇三　投壺比試

沐王妃猶豫了一下。

平日裡的聚會，小姑娘們聚在一起展露才藝原就是再尋常不過的事，各府夫人太太們正好藉這樣的機會觀察誰家姑娘性子好，誰家姑娘聰慧靈巧，可以說大家對此都喜聞樂見。

然而這次又有不同，一旦涉及到兩國之間的比試，就不那麼簡單了。她身為沐王妃主持女賓這邊的宴會，要是出了岔子定要被沐王怪罪。西姜在史上大多時期都向大梁進貢，一旦答應比試，大梁貴女們要是輸了那就丟大臉了，要是反過來把西姜公主欺負得太過，似乎也不大好。

無論如何，這都是個左右為難的局面。

西姜公主一見沐王妃遲疑，揚眉一笑。「當然啦，王妃要是酒量不佳，就當我沒提了。」這就是委婉地笑話大梁不敢比的意思了。

此話一出，頓時激起大梁貴女們的憤慨。

「王妃，咱們大梁文化源遠流長，比試才藝還怕了小小西姜不成？」

「就是啊，我們難道還比不過西姜貴女？王妃這時猶豫，真是讓人不解……」

貴女們的議論聲雖小，零星幾句還是鑽入沐王妃的耳裡。

沐王妃面上維持著大氣的笑容。「既然公主有此雅興，身為主人自當奉陪。」

一眾大梁貴女這才紛紛點頭，露出笑意。王妃早該這麼說了，沒得墮了自家威風。

「不知公主想比試哪門才藝？」沐王妃把選擇權交給西姜公主，此舉盡顯大梁風範，算是扳回一局。

公主嫣然一笑。「不如抽籤好了，琴棋書畫、歌舞花茶、投壺射箭，抽到哪個就比哪個。」

沐王妃心頭多了幾分凝重。西姜在這些方面向來奉大梁為師，這西姜公主口氣未免過於自信了。對方究竟有什麼憑仗？但事已至此，無論如何思量，雙方比試已是箭在弦上不得不發。

「那好，就依公主所言。」沐王妃吩咐婢女拿來籤筒，「公主遠來是客，就由公主抽第一籤。」

西姜公主接過象牙雕花籤筒，漫不經心轉了轉，掉出一支花籤。她伸出塗了丹寇的纖纖玉手撿起花籤，看了一眼不由笑了。「竟然是投壺。」

投壺？貴女們面面相覷，皆感覺不妙。

若比琴棋書畫這些，今日馥山社出挑的幾位姑娘都在場，定然不懼這些西姜人。可一提到投壺，她們只想到了一個人：江詩冉。

身為錦鱗衛指揮使的女兒，江詩冉投壺射箭極為出眾，也因此得以進入馥山社，並成為副社長之一。可惜江大姑娘出意外死了，除了江大姑娘，她們沒聽說哪家姑娘擅長此道。

「王妃說怎麼比？」

沐王妃笑道：「既然是公主抽的第一籤，如何比試由公主說吧。」

西姜公主略一思索，黛眉舒展開來。「王妃看這樣如何，我們規定幾種名目，雙方各出一人開始比試。一人失敗，那麼她所代表的這一方所有人都要罰酒一杯，然後換另一人上場。雙方各出六人，贏的人可以一直比下去，輸的人退下後不得再上場。哪一方先沒有參加比試的人，就算徹底輸了，咱們再抽籤開始新的才藝比試。」

沐王妃聽著並無不妥，沉吟了下問道：「這六人需要提前選出來嗎？」

西姜公主美目從大梁貴女們面上一掠而過，笑盈盈道：「不需要吧，本就是宴會娛樂，大家都有參與的機會。當然，王妃若想提前選出也是可以的。」

沐王妃笑笑，自是不會提前選人。她們現在完全摸不清西姜人的底細，提前選人太被動了。

「那咱們就開始吧，不然酒都冷了。」

西姜公主側頭喊了一聲：「英娜，妳先來吧。」

隨著公主話音落，一名頭梳高髻的西姜少女走了出來。

公主介紹道：「英娜是我叔叔的女兒，是我們西姜的郡主，不知貴國哪位貴女願意出來與她比試一番？」

貴女們不由看向蘭惜濃。無論她們心中對蘭惜濃的傲氣如何不滿，在這種比試才藝的時候，下意識便以馥山社為首。

沐王妃見此彎唇笑笑。「我這個年紀對小姑娘們誰擅長什麼是一頭霧水，蘭姑娘，不如就由妳來建議比試的人選吧，我聽說妳們馥山社有不少才華橫溢的小姑娘。」

「馥山社？」西姜公主突然出聲，見眾人向她望來，繼續說道：「我聽王嫂提過貴國馥山社的大名呢，說馥山社聚集了大梁最有才氣的貴女們，是大梁貴女心嚮往之的地方。」

西姜公主的王嫂便是兩年多前和親到西姜的六公主，如今已是西姜王后了。

聽了西姜公主的話，大梁貴女們暗暗皺眉。這位公主可真會說話，這樣一頂大帽子扣下來，等會兒她們這方若是輸了，臉面可就丟得一乾二淨了。

西姜公主無視大梁貴女們的神色變化，臉上掛著無害的笑容。「我聽了王嫂的話，對貴國的馥山社憧憬已久，今天總算能見識一番了。」

「廢話真多。」冷冷的聲音響起。西姜公主一怔，聞聲望去。

蘭惜濃面無表情地訓斥上茶的婢女。「我讓妳上茶，妳照著先前的茶水上就是了，還要問我吃紅茶還是綠茶，哪來這麼多廢話？」

貴女們心知肚明蘭惜濃是在指桑罵槐，皆低頭偷笑。

西姜公主自然聽懂了蘭惜濃的意思，但對方沒有直言，她不好揪著不放，便笑笑道：「那咱們就開始比試吧。」

蘭惜濃看看眾美女，視線最終落在一位膚色微深的少女身上。「肖姑娘，這場妳先來吧。」

肖婉玲是嘉南副總兵肖強之女，投壺之技比起江詩冉僅略輸一籌。

蘭惜濃想得很明白，這第一場絕對不能輸了陣勢，把己方水準最強的推出來，是輸是贏就各憑本事了。肖婉玲要是贏不了，再推出幾個人都只有丟臉的份兒，不如乾脆認輸開始下一場。

被點名的肖婉玲站出來，與西姜郡主英娜相對而立，投壺比試便開始了。

第一局是很規矩的玩法，雙方各執八枝矢，依次把矢投入分別正對二人的壺中，擲入壺中的矢多者則勝。不同的是，平時的投壺遊戲，投壺者距離壺的距離是兩矢半，這一場在西姜公主的提議下距離改成了三矢。

「二位可以開始了。」沐王妃發話道。

西姜公主笑道：「籤既是我抽的，這一局就由肖姑娘先來吧，第二局再輪換。」

肖婉玲抿了抿唇，對西姜郡主英娜行了個揖禮，暗暗調整一下呼吸，手揚矢落，正中壺中。

「好！」貴女們低聲叫好，各府夫人們亦含笑點頭。

在對方開了好頭的情況下，西姜郡主面上沒有絲毫波動，揚手把矢投出去落入壺中，動作輕鬆自如。緊接著，肖婉玲投出第二枝矢，再次投中。西姜郡主眼簾都未抬，揚手把矢甩了出去，又是準確落入壺中。

很快的，二人皆成功投出了五枝矢，氣氛開始緊張起來。

「洛衣，妳覺得誰會贏呢？」朱顏低聲問蘇洛衣。

蘇洛衣輕輕搖頭。「看對方的樣子明顯是有備而來，肖姑娘恐怕難以支撐。」

雖然進行到此刻雙方都是五投皆中，但一方全神貫注，一方漫不經心，誰強誰弱一望便知。

「只希望咱們這一場輸得不要太難看吧。」蘇洛衣低聲嘆道。

朱顏一雙美目緊盯著場內。「最後一枝矢了。」

眾人注意力高度集中，連大氣都不敢出。在眾人注視下，肖婉玲咬了咬唇，深吸一口氣把第八枝矢投了出去。

箭矢落入壺中的清脆撞擊聲傳來，貴女席上響起一陣低呼。

肖婉玲長吁一口氣，擦了擦手心上的汗水。這樣遠的距離她還是第一次嘗試，還好八投皆中，總算沒給大梁丟人。

不錯，在這一刻，無論是場上的肖婉玲，還是觀看比試的貴女們，心中只有一個想法：不能給大梁丟人。這些女孩子有脾性相投的，也有素來不合的，但此刻無人想著這些芥蒂，恨不得把自己的運氣分給肖婉玲一分。

西姜郡主笑笑，隨手一扔，最後一枝矢穩穩落入壺中。

「平局呢，王妃，那咱們雙方就共同舉杯吧。」西姜公主端起酒盞，笑盈盈道。

沐王妃自然不能弱了氣勢，端起酒杯。「公主請。」

在座雙方皆舉杯一飲而盡。

「那麼就進行投壺第二局吧，咱們加大些難度，把驍箭、横耳、倚竿等名目寫在紙條上，由英娜郡主與肖姑娘各抽一次，加上這第一局，總共三局，正好可以三局兩勝。王妃看這樣如何？」西姜公主問道。

沐王妃自然沒有異議。不多時，侍女捧著裝有紙條的大肚陶罐走到二人中間。

「妳們誰先抽？」沐王妃問。

肖婉玲做了個請的姿勢。「郡主是客，請郡主先來。」

西姜郡主點頭致謝，伸手從陶罐中取出一個紙團交給婢女。

在沐王妃示意下，婢女打開紙團，輕啟朱唇道：「橫耳。」

肖婉玲聽了，心中一陣緊張。所謂橫耳，顧名思義投出的箭不是落入壺中，而是橫在壺耳上。

這種投壺技藝她當然練習過，但就不像普通投壺那樣容易了。

「可以開始了，這次郡主先投。」沐王妃開口道。

西姜郡主隨意拿起一枝矢，看了一眼目標，把矢投了出去。飛出的箭矢穩穩橫在壺耳上。

「中了。」貴女們低低的驚嘆聲響起。

西姜郡主既然敢出來比試，投中並不奇怪，令她們驚訝的是對方輕鬆無比的姿態，彷彿加大難度對她來說沒有絲毫影響。

「咱們輸定了。」蘇洛衣輕嘆道。

朱顏抿了抿唇。「幹嘛長他人志氣滅自己威風？或許有奇蹟發生呢。」

蘇洛衣苦笑。「只是實話實說罷了，妳也說了，要寄望於奇蹟發生。可真正的比試，靠的永遠是實力。」

「好了，妳們兩個不要聒噪，下一場咱們說不準誰就要上，若是輸了就主動請辭副社長吧。」

蘭惜濃冷冷道。早知道她就苦練投壺了，現在被西姜人壓了一頭實在不爽。

許驚鴻則一言不發，平靜的表情讓人看不出在想什麼。

江詩冉死後，馥山社便剩下她們四位副社長，四人各有所長，正好占了琴棋書畫，下一場四人中會有人上場已是可以預見。

朱顏聽了蘭惜濃的話，忽然緊張起來。四人中，她擅長書法，可是馥山社中她的書法不是最好的！她腦海中閃過一個人的影子。黎家的三姑娘，一手書法是被疏影庵的師太盛讚過的。

等會兒若是抽到了「書」這一項，她該如何是好？她不怕輸，可是怕輸給西姜人，她不能讓大梁貴女們都跟著沒臉面。

「洛衣，我想——」朱顏輕輕握了握蘇洛衣的手，後面的話沒有說出口。

蘇洛衣卻好像猜到了朱顏的心思，輕聲道：「再看看吧。」

論棋藝，她在馥山社何嘗是最好的，那個不動聲色間與她下成和棋的女孩子才是馥山社當之無愧的第一人。

「中了，咱們中了！」幾人說話間肖婉玲投出了一枝矢，不少貴女忍不住歡呼出聲。

肖婉玲呆呆看著橫在壺耳上的矢，手心全是濕漉漉的汗水。

居然中了，她都不知道怎麼投出去的！

「肖姑娘不錯。」西姜郡主彎唇笑笑。

貴女們聽了這話，心中很是窩火。用這般居高臨下的語氣誇人，西姜郡主這是認為自己贏定了呢。好吧，氣也沒用，投壺進行到這時候水準孰高孰低已經很明顯了。

技不如人，真是氣死人啊！

第二局很快進行到只剩下最後兩枝矢，肖婉玲的後背已經濕透，垂下來的碎髮被汗水打濕，黏在蒼白的面頰上，瞧著就有些狼狽。

匡咚一聲響，她投出去的矢落在了地上。
場內外一片死寂，所有人眼都不眨地盯著西姜郡主的手，西姜郡主把最後一枝矢揚手投了出去。箭橫在了壺耳上，又中了！
這樣一來，肖婉玲最後一枝矢都不用投，第二局大梁這邊已經輸了。
「既然這樣，王妃——」
肖婉玲揚聲打斷西姜公主的話：「不，我還沒有投完。」
場外一片寂靜，場中少女努力挺直脊背。就算結果已定，她也不能半途而廢。
「繼續吧。」沐王妃溫聲道。這小姑娘不錯，可惜遇到的是千里無一的投壺高手，能有這樣的結果已經很好了，她即便想責怪也無從開口。
肖婉玲咬著牙把最後一枝矢投了出去。
中了！貴女們忍不住低呼一聲，隨後是令人壓抑的沉默。要是第七枝矢也中就好了，實在太可惜。肖婉玲盯著投出去的最後一枝矢，淚花在眼中打轉。她真的已經盡力了，八投七中，這是她以前玩「橫耳」時從未有過的戰績。
西姜公主彎唇一笑。「我們僥倖贏了一局，多謝承讓了。」
「公主太謙虛了，比試憑的是本事，哪有承讓一說。」
西姜公主端起酒壺親手替沐王妃斟滿一杯酒，狀似天真道：「看來王妃酒量很好呢。」
沐王妃笑得勉強，舉杯一飲而盡。一人輸了，己方所有人都要罰酒，各府夫人與貴女們默默舉杯，只覺今日的酒格外苦澀。
「那就進行第三局吧。」沐王妃把喝空的酒杯放在酒桌上，淡淡道。
投壺第三局勝負看來不用再想了，她就不信琴棋書畫這些技藝，大梁貴女們會贏不過西姜貴女，現在丟的面子稍後一定要贏回來！

這次輪到肖婉玲抽籤，到了這時她已經過了緊張階段，只剩下麻木。她把手深入陶罐抓出一個紙團遞給侍女，侍女打開紙團後一臉詫異，連聲音都變了調：「盲投。」

所謂盲投，就是投壺者背對壺投矢，是所有投壺名目中最難的玩法。

肖婉玲只剩下苦笑。她這運氣真是逆天了，居然抽到了盲投。

「肖姑娘先請。」西姜郡主依然面色平靜。

肖婉玲背轉過身去，捏著箭矢好一會兒才揚手投了出去。

「叮咚」一聲脆響傳來，緊跟著是大梁貴女們遺憾的嘆息聲。不必說，這枝矢落到了外面。

西姜郡主見此彎了彎唇角，背對著壺把矢反投出去。

「中了！」場外人發出驚嘆聲。肖婉玲咬咬唇，抽出第二枝矢。

西姜郡主忽然出聲：「肖姑娘不用再投了。」

此話一出，包括肖婉玲在內的大梁貴女們皆是一愣。郡主這話是什麼意思？

西姜郡主笑笑。「肖姑娘既然第一枝矢沒有投中，就不必浪費時間了。」

這樣一說眾人便聽明白了，看向西姜郡主的眼神帶上了怒火。郡主這樣未免太看不起人。

「英娜，快些投吧。」西姜公主笑吟吟道。

西姜郡主點點頭，把手中矢接二連三投了出去，到最後一枝矢投完，八投八中。

「我輸了。」良久後，肖婉玲蒼白著臉對西姜郡主一揖，默默走下場去。

「開始第二場比試吧。」沐王妃不願意讓這種憋屈的感覺蔓延下去，直接飲了一杯酒。

西姜公主美目一轉。「宴席總有散的時候，咱們的比試總不能一直進行下去。王妃看這樣如何，咱們就採取五局三勝制吧，三局兩勝的話比試名目太少，不太合適。」

到了這個時候，沐王妃已經不能反駁。三局兩勝對大梁太不利了，已經輸了一場，要是再輸第二場，那就直接完了。無論怎麼看，五局三勝都是最好的選擇。

西姜公主料定沐王妃不會反對，心中得意一笑：只贏兩場就分出輸贏太無趣，五局三勝才能讓這些大梁人輸得心服口服。

「這一次請王妃抽籤吧。」

沐王妃勉強掛著淡定的笑，晃動籤筒。一支花籤掉落出來，上面寫著一個「舞」字。

王妃面色微變。大梁雖未視歌舞為賤，但貴女們講究靜若處子，從小苦練跳舞的寥寥無幾。要說起來，大梁最出名的舞姬非九公主的母妃麗嬪莫屬，偏偏九公主忌諱麗嬪出身，明明有絕美的樣貌與身段，卻半點不碰歌舞。她總不能把麗嬪請來和西姜貴女比試吧，那回頭就該被皇帝公公打死了。

沐王妃心中發苦，大梁貴女們同樣不好受，許多人忍不住在心中埋怨：王妃這手氣也太差了，怎麼就偏偏抽到跳舞呢！

舞蹈比試如投壺一樣共比三局。

第一局抽籤決定跳什麼舞，名目從劍舞、胡旋舞、鼓上舞等舞蹈中抽取，雙方跳一樣的舞蹈，出眾者獲勝。

第二局同樣是抽籤，卻與第一局不同，把寫有春花秋月、蝴蝶流螢這類的紙團放入罐中，倘若抽中蝴蝶，那麼雙方推出的人所跳舞蹈必須與蝴蝶有關係。

第三局則由雙方跳自己最擅長的舞蹈，出眾者勝。

第二場比試很快就開始了，蘭惜濃等人卻已無心再看。

「有心算無心，咱們這一場贏不了。」蘇洛衣直言道。

並非大梁就沒有跳舞出眾的姑娘，而是那些姑娘不在這場宴會上，西姜卻定然把跳舞最出眾的女孩子帶了過來。一邊是精心排練過，一邊是毫無準備參加了宴會，試問大梁貴女如何能勝？

幾位姑娘蘭心蕙質，早已把這其中曲折想個通透。正是因為想透了，她們才越發明白，拋開第二場不談，後面三場每一場都會是惡戰。

琴棋書畫，這些她們篤定不會輸的名目，真的就萬無一失嗎？

朱顏澀聲開口：「倘若……這一場再輸了，後面我們只能贏，不能輸。」

在先失兩場的情況下需要連贏三場，她們辦得到嗎？

「琴棋書畫，誰輸了誰就退出馥山社。」蘭惜濃一字一頓道。

蘇洛衣淡淡看她一眼，嘆道：「請黎姑娘來吧。」

「黎姑娘？」蘭惜濃蹙眉。這個名字並不是陌生，而是太熟悉了，三天兩頭成為八卦的主角，她聽得耳朵都起了繭。

「黎姑娘棋藝比我高，不止一籌。」蘇洛衣坦然道。

朱顏立刻跟著道：「黎姑娘書法比我好。這個大家都是知道的，多少年來因書法得了疏影庵師太待見的，黎姑娘還是頭一個。」

「我沒意見。」許驚鴻開口說了第一句話。

蘭惜濃扯了扯嘴角。「那還等什麼，去請！」

見蘭惜濃要吩咐丫鬟去請喬昭，朱顏攔住。「咱們去請不合適。」

「嗯？」蘭惜濃高高揚眉，帶了一點不解。

朱顏心中嘆口氣。蘭惜濃是當朝首輔的孫女，恐怕從沒受過氣，自然不知什麼叫人情世故。她解釋道：「這是沐王妃主持的宴會，咱們私自去請，黎三姑娘來了未免尷尬，還是由王妃出面最好。」

蘭惜濃在這方面很是痛快，聽朱顏這麼說，當即起身。「我去對沐王妃說。」

因為舞蹈需要一段時間準備，沐王妃心中正打鼓，聽婢女說蘭姑娘找她有事，便對西姜公主告了一聲罪，起身離開。

「蘭姑娘有什麼事？」面對蘭惜濃，哪怕貴為王妃態度亦很和軟。

「後面的比試我們只能贏不能輸。」

沐王妃乾笑。「是啊。」她也知道只能贏不能輸啊，不然這臉就丟大了，可是蘭姑娘找她說這個幹什麼？比試才藝都是小姑娘們上場，總不能讓她一個王妃上去又蹦又跳吧？

「我們要請一個人來幫忙。」說出這話，蘭惜濃有些尷尬。

都怪蘇洛衣與朱顏先怯場，如果她們敢說一句在書、棋二項上無人能及，又何必去請別人。

沐王妃微怔。「蘭姑娘要請誰來幫忙？」

「不是我請，是我們。」蘭惜濃糾正沐王妃的話，「我們要請翰林修撰黎家的三姑娘來幫忙。」

「黎三姑娘？」沐王妃眼底飛快閃過驚訝。「冠軍侯的未婚妻？」

蘭惜濃不耐煩王妃的追問，淡淡道：「王妃若是再不派人去請，恐怕就來不及了。三局五勝，後面三場我們一場都不能失手。」

「那好，我派人去請。」沐王妃壓下心中詫異應下。

既然馥山社這些小丫頭們這麼說，她當然沒必要反對，不然最後把輸了的責任全推到她頭上就不美了。

彼時喬昭正窩在屋子裡睡回籠覺。大概是到了長個兒的時候，她近來飯量長了，還經常犯睏。

「王妃請我去參加宴會？」聽阿珠稟報說沐王府來人，喬昭匆匆穿戴好去了花廳。

自從與邵明淵訂婚，喬昭身分在人們眼裡水漲船高，沐王妃特意派了心腹管事嬤嬤過來。

此時見到喬昭，管事嬤嬤不著痕跡打量一番，心中直犯嘀咕。

這位黎三姑娘雖然打扮妥當，規矩禮儀亦無可挑剔，可卻瞞不過她一雙厲眼。這姑娘分明才睡醒。嘖嘖，這都什麼時候了，一個大姑娘家居然還在睡覺，簡直不像話。這樣一個姑娘，真能壓過那些西姜貴女嗎？她表示很懷疑。

不管心中如何想，管事嬤嬤的任務就是把人請到。

「三姑娘務必要去啊，我們王妃與馥山社的姑娘們都盼著呢。」

喬昭一聽便覺有些不對勁，面上並不露聲色，溫聲道：「嬤嬤能不能說清楚？」

管事嬤嬤立刻把事情來龍去脈說了一通，說到西姜公主對大梁的輕視時，格外憤慨。

「那好，我這就隨嬤嬤過去。」喬昭沒有遲疑便答應下來。

如果只是平時小姑娘之間的攀比，她並無興趣，但涉及到兩國之爭，關乎大梁榮耀，她身為大梁一員自是義不容辭。

喬昭趕到時，第二場比試已經到了尾聲。

大梁貴女們中固然有跳舞出眾的，但還是輸給了明顯經過長期練習的西姜貴女。連輸兩場，大梁這邊的夫人與貴女們已經有些坐不住了。一直以來她們都自得西姜人在這方面學的是大梁文化，應該以大梁為師，可從什麼時候起，她們這些引以為傲的技藝居然被對方反超了？

這不但讓人無法接受，還相當恥辱。

喬昭就在這樣令人沮喪的氣氛中悄悄坐到了朱顏幾人那裡。

「黎姑娘，妳總算來啦。」朱顏淺笑著拉喬昭坐下，向她細細講解目前的情況。「先前的投壺比試了三局，咱們大梁一平二負，輸了第一場。現在的舞蹈前兩局一勝一負，這第三局咱們這邊看來是輸了。後面還有三場比試，咱們要是再輸一場就完啦。」

喬昭頷首示意知道了，把目光投向場中。

場中西姜貴女把水袖高高拋起，做了個難度頗高的後跳結束了動作。

令人窒息的沉默過後，沐王妃輕輕拍手，臉上掛著勉強的笑。「貴國貴女確實跳得甚好。」

「又要讓王妃喝酒了。」西姜公主笑瞇瞇道。沐王妃捏著酒杯笑笑，一飲而盡。

西姜公主掩口一笑。「不知道王妃酒量如何，後面還有三場比試呢。」

沐王妃嘴角笑意一僵，一股邪火從心底冒了出來。西姜公主實在太過猖狂！

「後面或許就不用喝了。」沐王妃淡淡道。

西姜公主呵呵笑起來，銀鈴般的笑聲落入在座的大梁貴婦與貴女耳中，只覺無比刺耳。

「那咱們就接著抽籤吧。」西姜公主完全不在意那些恨不得弄死她的目光，笑盈盈道。

花籤落，上面是一個「琴」字。

大梁的貴女們鬆了口氣，紛紛看向許驚鴻。

許驚鴻的琴技好，這在貴女們當中是出了名的，她抬起眼簾剛要站起，西姜公主先站了起來道：「這樣吧，琴棋書畫本公主都稍有涉獵，後面三場便由我一人應戰了。王妃可以讓貴國貴女們推舉一位姑娘與我切磋一番，當然，若是沒有合適的人，任何人都可以試試的。」

此話一出，全場譁然。西姜公主這是以一己之身挑戰整個大梁的貴女。大梁這邊若沒有這樣一個人出來迎戰，後面三場即便勉強贏了也勝之不武，要是輸了就裡子面子全丟乾淨了。

「許姑娘，妳可以嗎？」坐在許驚鴻身側的寇梓墨輕聲問道。

「單論琴藝，我不懼任何人。」言下之意，其他的就不好說了。

「黎三姑娘，不知妳琴藝如何？」朱顏低聲問道。她從沒聽聞黎姑娘會彈琴。

喬昭看朱顏幾人一眼。「各位請我過來，就是為了西姜人的挑戰吧？」

幾人點頭。喬昭笑笑。「既然諸位姊妹抬舉我，那我必不令各位失望。」

「王妃，妳們有人選了嗎？」西姜公主笑著問道。

沐王妃目光投向蘭惜濃幾人所在方向。

喬昭越眾而出，站在西姜公主對面行了個大梁平輩禮。「大梁翰林修撰之女黎三願與公主切磋一番。」

「是妳？」西姜公主認出了喬昭，「冠軍侯的未婚妻？」

喬昭笑笑。「公主好記性。」

「妳真要與我比試？」

「公主遠道而來，既然好奇我們大梁貴女的才藝水準，我們當主人的自當奉陪。」

西姜公主看著喬昭似笑非笑，說了句令在場眾人摸不著頭腦的話：「要是舞蹈比試時，黎姑娘能參加就好了。」

這位與王兄府上舞姬相貌如出一轍的冠軍侯未婚妻，不知跳起舞來會不會更神似呢？想到這裡，西姜公主嘴角笑意更深。

喬昭敏銳察覺公主甜美笑容之下掩蓋的惡意，卻不知這惡意從何而起，只能歸為非我族類其心必異。她沒有悲天憫人的博愛情懷，認為天下人都是一樣的。身為大梁人，她對與大梁有摩擦的韃子、倭人還有西姜人同樣沒好感。

喬昭個頭不高，在這位西姜公主面前倒是罕見地無需仰視，微抬下巴道：「現在參加也不遲。」這話說得擲地有聲，令在場的大梁貴女們精神一振。

先前她們一直聽著西姜公主用話擠兌沐王妃，現在終於有人替她們找回場子了。黎三姑娘的話中之意很明白，後面三場比試她全都能拿下，所以現在參加一點也不晚。

不過這話聽著痛快，要是辦不到就更丟臉了。

貴女們一顆心高高懸了起來，與身邊人低聲議論著。

「我只聽說黎三姑娘的書法是極好的，別的方面到底行不行啊？」

「不知道，不過我剛剛看到黎三姑娘一來就去蘭姑娘她們那裡了，現在黎三姑娘能站出來，想必也是經過馥山社幾位副社長推選的，那應該是有些本事的。」

「可琴藝一項上，我不認為她會比許姑娘好。許姑娘的琴音我聽過的，說繞梁三日亦不為過。」

「是呀，這次許姑娘沒有出來比試真是可惜了，她要是出來，這場定然會贏。都是西姜公主狡猾，要一個人挑三場。」

「看來貴國的姑娘們對黎姑娘不是很放心呢。」西姜公主聽著竊竊私語，笑盈盈道。

她不信一個小小翰林修撰的女兒能在諸多才藝上贏過她。她從三歲起就開始苦練這些，可以說這十多年來每日除了吃飯睡覺，時間全都花在這上面了。

師父們說天道酬勤，何況她不但勤奮，還有天賦。

「公主要比什麼樂器？」喬昭淡淡問道。嘴上功夫永遠不如真刀實槍來得痛快。

西姜公主一怔。「什麼樂器都可以？」

「對，什麼樂器都可以，公主可以選一樣。」

西姜公主不由認真看了喬昭一眼。這樣狂妄的話，她還是第一次聽到。

喬昭的話同樣在大梁貴女們中激起了軒然大波。

「黎三姑娘未免太托大了，西姜公主萬一提出比試西姜獨有樂器，那可如何是好？」

「就是，無論如何不能把話說這麼滿，她代表的是咱們所有人的臉面呢。」

蘭惜濃目光冷冷掃過來。「妳這麼能，妳怎麼不上？」

黎三別的不談，說話太合她心意了。謙遜是分場合的，現在西姜公主已經把腳踩在大梁貴女的臉上來了，再謙遜就是窩囊！

西姜公主暗暗皺了一下眉。自從這個黎姑娘上場，她就有一種局面漸漸失控的感覺。先前明明已把大梁人壓得死死的，對方說了兩句話居然就讓形勢有了小小的逆轉。

哼，不過是逞口舌之利。

「樂器這麼多，黎姑娘讓本公主選，那我可為難了。若選我們西姜獨有的未免有失公平，這樣吧，我們就比試瑤琴吧。瑤琴雖然也是起源於我們西姜，但在貴國同樣風行。」

西姜公主這話一出，把大梁貴女們的臉都氣綠了，就連各府夫人們都沉了臉色。天哪，瑤琴什麼時候成了他們西姜的！

「黎三姑娘，妳加油！」一位貴女實在忍不住，在場外喊了聲。

「對，黎三姑娘加油啊。」

先不說後面兩場，這一場要是輸給西姜人，真的要氣死了。

喬昭抬了抬手，場外立刻安靜下來。西姜公主的瑤琴已經搬了上來。

「黎姑娘帶琴來了嗎？」西姜公主眼中閃過得意。「黎姑娘要是沒有順手的琴，那我也換成王妃提供的瑤琴好了。」

喬昭目光如水看著西姜公主，忽然笑了。「公主說瑤琴起源於西姜，那可否告訴我，瑤琴下平上凸，代表了什麼？」

西姜公主不料喬昭有此一問，微微一愣。

喬昭沒有停頓，繼續問道：「前廣後狹，又象徵什麼？」

少女走在瑤琴旁，素手輕抬，撥出三個音。「泛、散、按三音，又代表什麼？」

一連串的問題把西姜公主問得瞠目結舌。她學瑤琴，學的是彈奏技法，練的是古今名曲，誰管這些東西代表什麼？這難道還有什麼說法嗎？

喬昭彎唇笑笑，聲音甜美輕柔道：「公主不說，那我就告訴公主吧，其實這在我們大梁貴女中是常識。琴體下平上凸，象徵天圓地方；前廣後狹，象徵尊卑之別；泛音法天，散音法地，按音法人，象徵天地人之和合。這些正是我們大梁儒家禮樂思想的精華所在，所以古時先賢才說眾器之中，琴德最優，乃天地之音。」

喬昭見西姜公主臉色不大好，嫣然一笑。「當然啦，這些常識公主不知道亦不奇怪，畢竟不知出處嘛。」

西姜公主：「……」這個妖孽是哪來的？快來個高僧收了她！

大梁貴女們：「……」這樣的常識，她們今天跪著也要記下來！

各府夫人們：「……」以前總覺得黎家三姑娘名聲不好，現在看來，有才華的小姑娘難免惹人非議嘛，不招人嫉是庸才。

喬昭彷彿對氣氛的變化絲毫不在意，輕輕點頭。「嗯，既然瑤琴起源何處這個問題沒有爭議了，那咱們就開始吧。」

她霍然轉身，揚聲問：「各位姊妹，誰借我瑤琴一用？」

二〇四　驚豔之才

喬昭對瑤琴的一番解釋，讓貴女們聽得心潮澎湃，待她發出這一聲問，立刻有不少貴女紛紛表示願意借琴。

這時許驚鴻站了起來。「我帶了琴來，黎姑娘用我的吧。」她說完朝婢女示意，婢女把瑤琴抱來。許驚鴻伸手接過，親自抱著琴向喬昭走去。

熟悉許驚鴻的人面露驚色。許姑娘視琴如命，常用的琴除了指定的丫鬟，連同府姊妹都不許碰一下，現在居然願意借給黎三姑娘用。不過轉念一想，在這種時刻，對她們大梁貴女來說，心愛之物怎及榮辱之戰重要。只要有所需，她們任何一人定會鼎力相助。

許驚鴻走到喬昭面前，鄭重把瑤琴遞過去。「黎姑娘，請妳加油。」

喬昭接過，沉聲道：「定不負許姑娘所託。」

她把琴置於案上，素手輕調，悠揚清冽的琴音響起，不由看向許驚鴻。「琴音如雪夜敲冰，霜天擊磬，可是名琴『冰清』？」

許驚鴻微怔，隨後點頭，冷如霜雪的面上竟帶了一絲笑意。「正是。」

到現在，她終於徹底放下心來。她相信黎姑娘對琴道的造詣不在她之下。

許驚鴻退出場內，喬昭看向西姜公主。「不知公主想如何比試？」

西姜公主早已恨不得開始比試。剛剛己方氣勢被對方一而再、再而三的打壓，實在令人氣悶。離開西姜前，大王兄就對她與王兄交代，此次前來大梁，進貢是假，打探大梁虛實是真。而想要探出一個國家的國力如何，最直接的便是挑戰他們的尊嚴，看其底線在哪裡。倘若大梁人不斷後退，忍氣吞聲，足以說明大梁在北齊與倭國雙方夾擊之下已國力空虛，搖搖欲墜，那他們西姜就等到了漁翁得利的時機。

明明兩國文化相同，風俗相近，憑什麼他們西姜就要蝸居在西邊那樣小的貧瘠之地，大梁卻占據了廣袤沃土？

大王兄與父王不同。父王老病，早已沒了雄心壯志，大王兄卻是志在高遠的雄鷹。只要大王兄想要占領大梁，身為公主，她定會全力以赴相助。西姜公主又哪裡及得上大梁公主逍遙呢？

她忘不了第一次見到王嫂用早膳，琳琅滿目的吃食她聞所未聞，比年夜飯還要豐盛。王嫂挾了她多看了幾眼的小食給她，告訴她那是鴛鴦水晶卷，那時她就下了決心：她要當這天下最尊貴的公主，再不會有人指著東西告訴她這是什麼！

西姜公主挺直了身子，對喬昭微微一笑。「我初學瑤琴時，師父便對我說，琴為心聲，所以技法不是最重要的，能觸動人心才最重要。我們就隨興各彈一曲，誰能調動起在場之人的情緒，那麼便算贏了。黎姑娘覺得如何？」

琴藝師父的原話是：公主手指豐腴短小，從技巧上恐難攀到頂峰，但公主冰雪聰慧，或可以情入琴道。

她當時聽了險些沒氣死。居然說她手短！她一怒之下換了兩個師父，還是給出了同樣的建議，她便明白天賦如此，再難強求。從此之後她專注於以情動人，苦練十餘年終於大成。她彈奏的琴曲，能令聽者落淚，聞者傷心。

「既然公主想以情動人，那我願意奉陪。」

「好，那就由本公主開始了。」這一次她再沒客氣，在琴桌旁坐了下來。

既然是以情動人，先彈奏的就占據了優勢。當她的琴音讓在場之人感到哀愁時，對方若是同樣彈出哀曲便落了下乘；若是彈奏其他，要使聽眾的情緒轉變又豈是那麼容易？

琴音響起，彷彿秋雨淅淅瀝瀝下起，隨著琴音轉急，眾人彷彿看到漸漸變黃的芭蕉葉被秋雨打得輕顫著，慢慢地，那芭蕉葉子就由豔黃變成了焦黑，徹底枯萎。琴音轉入低婉哀怨，養在深閨的女子推開窗，呆呆看著枯萎的芭蕉葉，從傍晚看到了天明。

琴音忽然轉為輕快。

女子笑中帶淚，想到了與情郎年少時的美好時光。那時青梅竹馬，兩小無猜，他們悄悄勾著手約定了白首之盟。

隨著琴音變色，展現在眾人眼前的畫面又有了變化。

少時歡笑不再，情郎另娶新婦，獨留她對景傷情……

有貴女悄悄拭淚，對身邊好友懊惱道：「我、我不想哭的，誰知竟忍不住了。」

好友同樣憂心。「我聽了這琴音亦覺心事重重，彷彿想起來所有不開心的事，不知黎三姑娘可怎麼比得過。」

二人正說著，忽然錚錚琴聲響起，好似高遠天邊金烏驟然升起，撥開烏雲細雨，光芒灑滿大地。這光來得太突然，太刺眼，竟令在座之人忍不住伸手遮目，以免被這豔陽晃了眼。很快琴音變得曠遠悠然，眾人抬頭看到了藍天流雲，這才恍悟這不是悲戚的深秋。初秋將至，天高地闊。

倚窗哀泣的女子抬頭看天中流雲變化，瀟灑無邊，低頭看瓶中水平穩無波，恬靜自在。琴音交錯，那高山流水、水光雲影彷彿在她面前一掠而過，盛載了萬千山水的心再容不下深閨幽怨。

琴聲漸漸變得低緩悠遠，縹緲入無，女子彷彿忘了自己的存在。

她就是這瓶中水，天上雲。雲在天邊水在瓶，雲之瀟灑，水之恬靜，不在它們的形態，而在她的心境。

心無塵埃，方得自在。

琴音漸漸止了，可是那曠遠寧和的琴音依然迴蕩在眾人耳畔，先前的幽怨不平之氣早已被這天籟般的琴音撫平，每個人臉上都帶著祥和喜樂的微笑。

可是不和諧的琴聲幽幽響起，眾人輕皺著眉望去。

「公主是在彈第二曲嗎？」沐王妃問道。西姜公主手指一頓，琴音頓止，臉色蒼白得厲害。

她哪裡是在彈奏第二曲，剛剛對方琴音響起，直接把她的琴聲壓了下去，從始至終她都沒有停止過彈奏，可是看眾人反應便可知曉，這些人後來根本沒有再聽到過她的琴聲。

她輸得徹底！

喬昭明眸微轉，含笑看著西姜公主。

西姜公主從琴桌旁站起來，艱難道：「這一場，妳贏了。」

「承讓。」喬昭對西姜公主微微欠身，抱起瑤琴走向大梁貴女們當中。

大梁貴女們眼神熱切地看著走過來的喬昭。

怎麼能彈出這麼好的琴聲呢？好想拉一拉黎三姑娘的小手。

喬昭走到許驚鴻面前，把瑤琴遞過去。「許姑娘，完璧歸趙，多謝了。」

許驚鴻目露異彩看著她，輕聲道：「名琴易得，知音難覓。黎姑娘，這張『冰清』我送妳了。」

喬昭與許驚鴻對視。冷如冰雪的少女，一雙眸子如琉璃一般通透。

喬昭想，這樣一個女孩子說出的話，她無法拒絕。

「冰清我收下，多謝許姑娘相贈。」

「黎姑娘先上場吧。」

待喬昭返回場中，朱顏微訝道：「許姑娘，妳真要把冰清贈給黎三姑娘？」

許驚鴻愛惜撫摸著名琴，淡淡道：「她是比我更適合的主人。」

「冰清」音色偏冷，她以往彈奏的也是高冷之曲，可是今日從黎姑娘手中她才知道，原來「冰清」也能給人帶來這樣的愉悅享受。從黎姑娘的琴聲中，她聽到了生機勃勃，聽到了陽光普照，聽到了打破樊籠得到心靈自由的平靜。這樣的琴聲真好，比她一直以來推崇的高冷出塵之音要好得多。

她甘拜下風。

「公主，我們繼續下一場？」

輸了一場，西姜公主看向喬昭的目光帶了鄭重，微微頷首。「好。」

「等一下。」沐王妃笑得一臉溫柔。「公主可要嚐嚐我們大梁美酒？」

這小丫頭片子，先前她們大梁輸的時候一杯杯盯著她們喝酒，還要夾槍帶棒地擠兌人，現在風水流輪轉，莫非想要蒙混過去不成？有她在，休想！

沐王妃沒嫁人前也是個潑辣性子，現在面對外賓要端著王妃架子任人嘲笑，可憋屈死她了。

西姜公主一張臉漲得通紅，舉杯把酒一飲而盡，揚聲道：「再來！」

籤筒轉動，掉出一支花籤。西姜公主急忙去看，就見花籤上寫著一個「書」字。

大梁貴女席中立刻響起陣陣低呼聲。

「太好了，黎三姑娘的書法是得過疏影庵師太誇讚的，這麼多年來還是頭一人，這場比試定然沒有問題。」

「嗯，看了黎三姑娘琴藝這場比試，我對她的書法更有信心了。」

「看來運氣還是站在咱們大梁這一邊的。」

「什麼運氣，人家黎三姑娘憑的明明是實力嘛。」

議論聲傳入西姜公主耳邊，西姜公主心中一緊。

黎姑娘最擅長書法？剛剛的琴藝比試她就被黎姑娘壓了一頭，這次的書法比試絕不能再輸！

「這一次，公主認為該怎麼比？」

貴女席中響起竊竊私語。

「怎麼每一次都是由西姜公主訂規矩？這對咱們不公平。」

「這樣她們才能輸得心服口服嘛。」

「呃，說得也是。」

西姜公主聽在耳裡，氣得暗暗咬牙。這些人一朝得志便猖狂，不是前兩場輸得灰頭土臉的時候了。她看著面色平靜的少女，眼珠微轉。不行，既然書法是對方所長，那要好好想想規則才行。

喬昭把西姜公主的神態瞧在眼中，莞爾一笑。

對方想得多，證明了沒有自信。既然對方都沒自信了，那她只能更自信了。

祖父乃當世大儒，琴棋書畫無一不精，廣受天下文人墨客追捧。她雖不及祖父才學之萬一，卻自幼得祖父手把手教導，若比不過外邦公主，還真是無顏自稱喬先生的孫女。

「公主想好了嗎？」喬昭心平氣和等了一會兒，含笑問道。

西姜公主臉上微熱。等回到西姜，她就去王兄府上把那個舞姬的臉刮花狠狠出氣！

「一人寫一張字就判斷孰優孰劣未免無趣，畢竟咱們這是給宴會助興。黎姑娘看這樣如何，咱們拿一本書冊，在一炷香的時間內看誰寫得多，同時還能寫得好，這樣就有意思多了。」

喬昭微怔。「公主要與我比寫字速度？」

見喬昭遲疑，西姜公主心頭一喜，點頭道：「對，在保證字寫得漂亮的同時看誰寫得多，咱們就用簪花小楷來書寫好了。嗯，黎姑娘會簪花小楷吧？」

喬昭似笑非笑看著西姜公主，語氣溫和道：「會的。」

西姜公主想起先前眼前少女對瑤琴的那一番理論，忽然不敢多說了，轉頭對沐王妃道：「公平起見，書冊就由王妃提供吧。」

「不必。」少女平靜聲音響起。

西姜公主看向喬昭。「黎姑娘何意？」

「書冊由公主提供就好。若是王妃提供的書冊我看過，而公主沒看過，那有失公平。」

「既然這樣，我們乾脆抄寫《女誡》好了，此書我們都熟知，對雙方都公平。」西姜公主提議道。

她才剛輸了一場，不能讓人說她這一場怕了，想盡法子占便宜。若是比書寫優美她或許會輸給眼前的人，要是比速度，她贏定了。雙手書寫本就是她所長。

沐王妃很快命人布置好一切。

「二位若是準備好，我就命人燃香了。」

「等一下。」西姜公主指著書案上的狼毫小楷筆。「一支筆不夠用，我還需要一支。」

沐王妃心中驚疑，面上卻不露聲色，吩咐婢女乾脆給二人各送上一筒筆。

這西姜公主鬧什麼么蛾子？一筒八支筆，這下夠用了吧？

「開始了。」香煙燃起，氣氛陡然緊張起來。

西姜公主看喬昭一眼，一手提起一支筆，快速書寫起來。

貴女席中傳來倒吸冷氣的聲音。

「西姜公主居然會用雙手書寫！」

「太過分了，難怪她提出要比速度，規則憑什麼由她訂呀？」

「剛剛妳還說規矩由著她們訂，到時候才能輸得心服口服呢。」

「哎，妳們看黎三姑娘，她怎麼不動呢？」

「該不會是見西姜公主會雙手書寫，打算直接放棄了？」

就在這時喬昭有了動作。她拿起《女誡》先不疾不徐掃視了一遍，再仔細打量鋪開的宣紙片刻，手伸向筆筒。

「黎三姑娘用左手拿筆了，莫不是她也會雙手書寫？」

一位貴女猛然睜大了眼睛，喃喃道：「是我眼花了嗎？為什麼黎三姑娘拿起了三支筆？」

另一名貴女愣愣地點頭。「妳沒眼花，黎三姑娘真的拿起了三支筆。」

眾貴女完全看不明白場中的黎三姑娘想做什麼。

雙手書寫已是驚人，這不只是會左手書寫的問題，如果只是左手寫字，在場貴女中有不少人都能做到。而雙手同時書寫，需要一心二用，因為筆下寫出的內容是不同的。

西姜公主能夠雙手書寫，她們尚能說一句服氣，可是黎三姑娘拿起三支筆，她們已經完全想不出她想怎麼樣了。

「呀，黎三姑娘難道要用嘴叼著一支筆寫？」一個年紀略小的少女吃驚道。

旁邊姑娘推她一把。「妳想什麼呢？那成什麼樣子？」

聽到這話的貴女們默默想了一下，皆面色古怪。

嘴巴含著筆書寫，那場面確實不好看，要是那樣，即便贏了也有些怪怪的。

「妳們看，黎三姑娘寫字了！」

早已勾起十分好奇心的貴女們翹首看過去，就見原本拿起三支筆的喬昭右手握了兩支筆，左手握了一支筆，蘸上墨汁開始寫起來。

「我的老天，黎三姑娘不只能雙手同時書寫，右手還能拿兩支筆？」貴女們已是瞠目結舌。

而此刻，貴女們的震驚卻不及某些夫人來得大。

其中一位夫人甚至直接站了起來，失聲道：「喬先生的絕技？」

見眾人向她看來，那位夫人忙坐下，端起茶杯喝了口水來掩飾剛才的失態。

貴女們面面相覷。「喬先生的絕技？這是何意？」

「喬先生琴棋書畫皆已登峰造極，其中書法一道有項絕技令人嘆服不已。」朱顏開口解釋，眼中滿是崇拜與憧憬。

朱顏在馥山社中以書法聞名，正是因能雙手書寫，她一開口立刻吸引了貴女們的注意力。

「朱姑娘，到底是什麼絕技啊？」

朱顏眼中閃著璀璨光芒，比出三個手指。「喬先生能左右手各握三支筆，六筆同時書寫！」

「天，喬先生是如何辦到的？」

朱顏遙望著場中的喬昭，輕輕嘆口氣。「是呀，我也好想知道，喬先生是如何辦到的呢？」

她自幼好書寫，對書法大家喬拙先生崇敬無比，偶然從長輩們口中得知喬先生有此絕技只覺天方夜譚，甚至就在沒看到黎三姑娘書寫之前，還覺得那有些誇大其詞了。

可是現在，當她親眼看到黎三姑娘能用三支筆書寫，方知自己不過是井底之蛙罷了。今日一睹黎三姑娘三筆書寫風采，方恨生不逢時，未能有機會聆聽喬先生教誨。

「難怪喬先生在世時，天下才子皆視喬先生的隱居地嘉豐為聖地了。」一位貴女喃喃道。

另一位貴女嘆了口氣。「可惜了，喬先生的後人命運如此淒慘，要是喬先生泉下有靈，該多傷心啊。」

「妳們別忘了，不是還有喬家公子在嗎？」

「對，喬公子一定能重振喬家聲威的。」

「好了，還是看比試吧，現在最重要的是黎三姑娘狠狠贏過西姜公主，揚咱大梁聲威。」

貴女們重新把注意力放在場中。

而此時，西姜公主心已經有些亂了，在看到喬昭用三筆書寫的那一刻，手下一顫，一滴濃墨落在宣紙上，瞬間暈開了一小片。怎麼可能有用三支筆同時書寫的人？

她雙手書寫都是練了許久才學會的，饒是如此，若是不熟悉的書籍，她依然無法做到這一點。剛才她讓沐王妃提供書籍，就是料定了大梁人最愛裝大度，提供的一定是貴女們都熟知的。三筆書寫，這絕對不可能。她不能自亂陣腳，對方定然是唬人。

西姜公主努力讓自己冷靜下來，繼續往下寫。

一炷香的時間說長不長，說短不短，貴女們凝神屏息看著場內進展，時不時瞄一眼香還剩下多少，時而覺得這時間太過漫長熬人，可當看到香已經燃到盡頭，又恍覺實在太快了。

才這麼短的時間呢，也不知那冊厚厚的《女誡》，黎三姑娘寫了多少。

「時間到。」沐王妃揚聲道。

喬昭寫完最後一筆，把筆放下。西姜公主咬咬唇，跟著放下筆。

和她以往練習時相比，她這次已是超常發揮，多寫了兩張的字，就是不知對方如何了。

沐王妃看了一眼喬昭，卻從她平靜的面上看不出端倪來，於是淡淡道：「公主與黎三姑娘先退至一旁，大梁與西姜各出一人去檢查對方寫到何處。」

兩名少女步入場內。過不久，大梁這邊的少女先檢查完，揚聲道：「公主寫到《女誡》第五章專心，到『行違神祇，天則罰之；禮義有愆，夫則薄之』。」

眾人聽了暗暗心驚。《女誡》共有七章，短短一炷香內西姜公主能寫到第五章，雖然只是第五章的開頭，這速度已經讓人吃驚了。

這一場，黎三姑娘能贏過西姜公主嗎？因為只是在場外看著，喬昭三筆同書雖然給眾人帶來了震撼，卻還是讓人不踏實。

就在眾人翹首以待之時，西姜少女終於苦著臉公布了答案：「黎姑娘……寫完了！」

此起彼伏的驚嘆聲頓時響起。

「這、這不可能！」西姜公主大步流星走到喬昭的書案前，一眼看到平鋪在上面的紙張，登時傻了眼。那一列列清麗靈動的簪花小楷，竟然分不出絲毫差別！

她雙手書寫，左右手寫出的字若是細看還是有些不同的，畢竟左手沒有右手熟練，可對方是如何辦到的？

喬昭垂眸而立，想到幼時往事。祖父待她雖寬和，但在學習上卻嚴格，有次她被罰狠了，靈光一閃用三筆書寫，被發現後，祖父大笑著說到底是他的孫女，深得他真傳，便把多筆書寫的技巧傳給了她。原來祖父最開始練習此技同樣是因為少時被曾祖父罰得多了，這才絞盡腦汁想取巧的法子。可惜她天賦不及祖父，最多只能做到如此了。

「來人，把公主與黎姑娘寫的字傳給大家看看。」沐王妃只覺揚眉吐氣，面上還要竭力保持端莊的微笑。

女賓們不知道的是，這邊還沒開始最後一場比試，黎三姑娘能使三筆書寫的驚人消息就傳到男賓那邊去了。

「女賓那邊有人三筆同書？」

男賓這邊起了騷動。三筆同書，這委實太驚人了。

「是不是傳岔了？三筆同書這絕對不可能！」

「我聽說喬先生有六筆同書的絕技，沒想到現在居然能聽到三筆同書……」

西姜恭王修眉淡淡蹙起。「二位王爺，不知六筆同書是何意？」

睿王與沐王對視一眼，沐王笑著解釋道：「所謂六筆同書，就是雙手各執三支筆同時書寫，書寫出來的字並不相同。在我們大梁，只有已經仙逝的大儒喬先生有此絕技。」

恭王面露驚詫。「喬先生在我們西姜亦很有名望，只是遺憾沒有機會得見喬先生六筆同書的盛況。不知現在那位能三筆同書的姑娘，王爺可否令我等見識一番？」

已故的喬先生是世所聞名的大儒，他以前翻閱典籍時發現喬先生其實有他們西姜血統，這樣的話會六筆同書就不奇怪了。可一個小姑娘能三筆同書？這簡直是荒謬，就算他的王妹，西姜才華最出眾的姑娘，頂多只能雙手同書而已。

「這……」睿王遲疑看向沐王，沐王見狀暗暗冷笑。就老五這懦弱性子還惦記著那個位子？就算為了大梁天下別斷在老五手裡，他都要多加努力。

「既然王爺想要見識，這有何難？來人。」沐王接過話頭，叫來侍者低聲吩咐了幾句。

沐王妃那邊很快得到了消息，擰眉道：「王爺想看黎三姑娘的字？」

「王爺是這樣說。」

王妃吩咐婢女悄悄把喬昭寫的《女誡》裝入匣子中拿過來，命侍者帶走。

男賓那邊已等候多時。

「王爺，那位能三筆同書的姑娘的字帶到了。」侍者把匣子奉上。

「王爺快快打開匣子，讓我等瞻仰一番。」許多人趁著酒意紛紛喊道。

酒過三巡，在場大部分人都放得開了。

與池燦等人相鄰而坐的邵明淵捏著酒杯，入鬢長眉微微動了動。

三筆同書？若說西園那些貴女中誰能做到這一點，他不用想便可以確定，非昭昭莫屬。昭昭有此絕技居然沒告訴他，今天還是從別的男人口中聽到的，這滋味實在不好受。

邵將軍心裡正不舒坦，轉念一想，或許是媳婦絕技太多一時半會兒說不完，然而心情非但沒輕鬆，反而越發沉重。將來的孩子要是不聽明那一定是隨他了，連辯解的機會都沒有。

「庭泉，你想什麼呢？喊你都聽不見。」身側的楊厚承扯了邵明淵一下。

邵明淵轉眸看他。楊厚承摸著下巴道：「我琢磨著，能三筆同書的那位姑娘十之八九是黎姑娘。」

池燦嗤笑一聲。「這還用你說。」

沐王那邊已經打開了匣子把紙張取了出來，身邊的人紛紛湊過去看。

西姜恭王仔細看著那清麗婉約的簪花小楷，忽地搖頭。「這不可能是三筆同書寫出來的字！」

沐王揚眉。「恭王爺何出此言？」

「你們看。」西姜恭王伸手一指。「這些字提筆走勢如出一轍，怎麼會是同時用三支筆寫出來的？試問諸位有誰能做到嗎？」

眾人頓時一片沉默。他們當然做不到，別說三筆同書，就是雙手寫字亦做不到這一點。

誰知沐王卻笑起來。「小王的王妃傳來消息，西園那邊兩國貴女正在比試才藝，這位三筆同書的姑娘已經比試了琴藝與書法兩場，這些字是她在眾目睽睽之下寫出來的，寫好後就被王妃收了起來，想來無法作假。」

「這可真是不可思議，如果能親眼見識一番就好了。」

「是啊，喬先生六筆同書已是傳說，今日倘若能得見三筆同書的奇景，便沒有遺憾了。」

「不知貴國這位能三筆同書的姑娘是何人？」西姜恭王忍不住問道。

那位姑娘要是真能做到這一點，王妹定然不是她的對手。

宴會角落裡，新任錦鱗衛指揮使江遠朝獨坐一案，默默飲了一杯酒。

那位姑娘除了她，還能有誰呢？江遠朝今日已經飲了不少酒，眼神卻清明冷淡，遙遙瞥了邵明淵一眼。這個人，可真是把好運占盡了。

邵明淵似有所感，目光忽然調轉，與江遠朝的視線在空中交會。二人對視片刻，江遠朝率先移開目光。邵將軍垂眸冷笑。這小子莫非還惦記著昭昭？簡直不知所謂！

濃烈的殺意在他心頭劇烈翻騰，猶如燒開的沸水。不能這樣，因為是昭昭的愛慕者就想弄死，這樣的想法可不好，他又不是殺人狂。

可是好想任性一次怎麼辦？邵將軍摸了摸線條分明的下巴，認真思索起這個問題。

眾人對能三筆同書的姑娘是何人好奇到極點，沐王對著邵明淵舉杯，笑吟吟道：「說來就要恭喜侯爺了，那位姑娘正是侯爺的未婚妻。」

朱彥暗暗皺眉，擔憂看了邵明淵一眼。黎姑娘鋒頭太盛，不知道會不會引來不必要的麻煩？如果是他，並不願自己的未婚妻成為眾人議論的焦點。

卻見邵明淵端著酒杯面不改色，笑意淡淡道：「多謝。」

他的妻子，只要她想，他願意看著她光芒萬丈，而不是躲在宅院裡黯淡無光，僅僅因為她是女子。人的光彩不該因為男女有別而被掩蓋，既然這世情對女子不公，他願意盡力給她一個公平。

「竟然是侯爺的未婚妻，侯爺真是好福氣。」西姜恭王眼神閃爍，話中帶了幾分深意。

邵明淵微微一笑。「在下確實運氣不錯。」

「不知西園那邊比試如何了？」西姜恭王問道。

「目前比試了四場，雙方各勝兩場，現在應該開始決勝局了。」

「前面四場比試了什麼？」有人好奇問道。

「分別是投壺、舞、琴和書，前兩場西姜勝，後兩場大梁勝。」

聽了沐王的話，不少人反應過來：這麼說勝的兩場都是冠軍侯的未婚妻給贏回來的？這姑娘逆天了啊。

西姜恭王越發覺得不妙，問道：「不知最後一場比試什麼？」

王妹居然會連輸兩場？這可真是沒想到的事。

「小王遣人去打探一下。」

西園那邊，當沐王妃公布了花籤抽取的比試名目，現場一片死寂。

射箭，居然是射箭！

騎射原就是大梁貴族男子必須要掌握的技藝，到了女子這邊，因射箭門檻高，貴女們普遍學習的是投壺。可惜近年來大梁京城奢靡之氣漸重，學射的人越來越少了，特別是貴女們，精通者寥寥無幾。怎麼這樣不走運，居然抽到射箭呢？

大梁貴女們憂心忡忡看向場內身姿筆挺的少女。黎三姑娘這麼矮的個子，恐怕連弓都拉不開吧？真是愁死了。偏偏一早就說好了一人連比三場，連找人替換都不能。

西姜公主在得知抽到的名目是射箭後同樣怔了一下。

今天的比試，第一場就抽到了投壺，她以為斷斷不會還有射箭的名目。

這沐王妃好實在，她說琴棋書畫、投壺射箭這些名目都可以比試，這位王妃就真把「射箭」的花籤給放進去了。

騎射她當然是學過的，但沒有堂妹英娜郡主學得好。西姜公主下意識把視線投向場外的西姜郡主。這已經是決勝局，事關西姜榮辱，她輸不起了。可若是換人，該以什麼理由呢？

公主手心微微出了汗。

這時喬昭開口了：「公主需要換人嗎？」

西姜公主一愣，看向比她還矮了半寸的少女。少女纖弱嬌小，猶如嬌弱的一株蘭花，雖然美麗卻禁不得風吹雨打。這樣一個小丫頭，真的會射箭嗎？她或許連拉弓的力氣都沒有吧？

西姜公主忽然有了信心，臉上恢復了從容微笑。「黎姑娘是否需要換人？」

喬昭微微一笑。「雖然射箭並非我所長，但先前已說過一人需連比三場。百金不如一諾，我怎好對公主失信呢？」

西姜公主張了張嘴，被喬昭堵得說不出話來。

「當然，公主若是需要換人，我沒有意見。」喬昭臉上掛著坦然大方的微笑，眼底卻閃過狡黠光芒。剛剛西姜公主神色的細微變化被她看到，她便明白射箭恐非公主所長。既然如此，她自然要用言語擠兌著西姜公主不能換人。

投壺一項，西姜有西姜郡主那樣的高手在，射箭想必也不弱，若是把郡主換上來，即便她退下從大梁貴女們之中再次選擇，焉知有沒有人是西姜郡主的對手呢。

「不用換人，就咱們兩個比試！」西姜公主緊繃唇角道。

這死丫頭都說了百金不如一諾，她若張口換人就成了失信之人，豈不把西姜臉面都丟光了。

「那咱們就開始吧。」

而東園那邊已經得到了消息。

「哦，最後一場比試居然是射箭？」沐王神情微詫。

眾人紛紛搖頭。「騎射向來非女子所長，不知這射箭有什麼比頭？」

池燦聽了心中冷笑：就你們這些繡花枕頭還好意思嘲笑黎三，黎三箭法如何先不談，人家可是真正射殺過人的。庭泉曾對他說過，練就再高明的功夫，殺過人與沒殺過那是完全不同的，那種差別只有體會過的人才知道。

「這場還是小王的王妹與冠軍侯的未婚妻比試？」西姜恭王故作平靜問道，心中卻開始忐忑。王妹的箭法在女子中算是不錯，但比之堂妹英娜郡主還是差多了，這局若由英娜上場就有十足把握。

沐王笑著點頭。「對，還是公主與黎姑娘比試。百金不如一諾，她們先前約定的事自是不好更改。」當聽到王妃傳來的這話時，他都忍不住為那位黎姑娘叫好了。先不說最後一場比試輸贏如何，只為那個小姑娘的聰慧，就值得他一聲讚。

沐王把目光投向邵明淵。

這天下是他們姜家天下，天下間最好的東西就該歸他姜家所有，女子也一樣。等將來，凡是冠軍侯占了的，他定叫他吐出來！

「女子比射箭倒是有趣，王爺，小王可否去觀看一番？」恭王終是忍不住提出了這個要求。

早在得知王妹連輸兩場給冠軍侯的未婚妻，他就十分想去看看了。那個與他府上舞姬酷似的黎姑娘，究竟有何過人之處？

邵明淵把酒杯往桌幾上重重一放站了起來，笑道：「王爺既然好奇射箭，咱們兩國男兒何不比試一番？」

他雖然願意看著昭昭光芒萬丈，可讓一群大男人圍觀就不爽了。他不爽了就想教訓人，嗯，揍起西姜人來定然沒有揍韃子有勁，不過聊勝於無吧。

西姜恭王一聽就傻了眼。

他們東園這邊剛才同樣進行了比試，比的是拳腳功夫。這次前來大梁，王兄特意讓他帶上了西姜第一勇士，就是為了試探一下冠軍侯深淺，誰知他們的第一勇士上場後就被冠軍侯單手扔出了場外，後面的刀劍槍法乾脆就不比了。差距太大，何必自取其辱呢！

「這個……」在邵明淵灼灼目光的逼視下，西姜恭王輕咳一聲，「剛剛已經比試了武藝，這次不如換成文的。」

藉著酒意，雙方好勝心都被提了起來，紛紛問道：「王爺要比試什麼？」

西姜恭王笑道：「就下棋吧。」

此時西園那邊，比試射箭所需之物已經準備好了。

兩個箭垛擺在數十步開外，西姜公主握著長弓問喬昭：「黎姑娘想怎麼比？」

「公主說規則吧。」

西姜公主既已心生怯意，定會從規則上尋求對自己有利之處，而這樣的規則對她何嘗不是同樣有利呢？

「女子力氣天生不如男子，咱們比誰射得遠沒有什麼意思，便比誰射得準吧。我們各射十箭，脫靶不計分。從靶心到邊緣均分四部分，射中外側得一分，中間得三分，內側得六分，若是正中靶心便得十分。黎姑娘看這樣如何？」

「甚好，請公主先射第一箭。」

西姜公主並不推辭，默默調整一下呼吸，彎弓拉箭，箭如流星射出去，居然正中靶心。

全場頓時譁然。抽中「射箭」時，西姜公主表現不如先前自信，她們還以為她不擅射箭，沒想到這第一箭就射中了靶心！

「第一箭，公主得十分。」

西姜公主收起弓，笑吟吟道：「黎姑娘，該妳了。」

二〇五　不是平局

西姜公主一箭正中靶心，讓在場氣氛頓時緊張起來，眾人凝神屏息看著喬昭的表現。

喬昭手握長弓，對準了箭靶子。

她耳邊響起靖安侯府的演武場上，小叔子邵惜淵說過的那些話。

「二嫂，妳反正每天沒有事做，我教妳射箭可好？」

「二嫂，妳力氣小射不遠，咱們就練習準頭吧，我們邵家箭法可是有絕技的，妳按我教的好好學，定然能百步穿楊，嗯不對，妳肯定射不到百步……」

「咦，二嫂，我發現妳雖然學我們邵家的拳腳功夫很吃力，沒有半點天賦，但學射箭還是有些天賦的。我知道了，這肯定和二嫂安靜的性子有關。我爹說過，想要射得準，心首先要靜下來，心靜才能手穩。」

……想起這些彷彿過去很久的回憶，喬昭嘴角忍不住輕輕牽起。

她在那個深宅大院裡住了將近三年，和小叔子邵惜淵熟悉起來之後，隨他練習射箭兩年有餘，可以說只要離靶子距離不遠，準頭這方面還是不差的。

祖父曾經說過，技多不壓身，因為不知何時曾經學過的技藝就能助自己一臂之力，甚至救自己的命。所以不要浪費上天給的天賦，更不要把大好時光都磋磨在悲春傷秋之中。

喬昭握著長弓遲遲不動，貴女席中開始瀰漫著不安的情緒。

「黎三姑娘怎麼了？站在那裡拿著弓一直沒有反應啊。」

「糟了，黎三姑娘是不是怯場了啊？」

「其實……怯場也不怪她，她才多大呢，剛剛的兩場贏得那樣漂亮，已經是無人能及了。」

「是呀，可是這一場要是輸了咱們大梁就輸給西姜了，到時那個討厭的西姜公主又該陰陽怪氣說話了。」

「只能怪咱們運氣不好，誰讓最後一場抽到射箭呢，要是抽到下棋或者畫畫，我覺得黎三姑娘定然會贏了那個西姜公主。」

就在貴女們的竊竊私語聲中，喬昭動了。

她緊緊盯著數十步外的箭靶子，心徹底靜了下來，耳邊再也聽不到任何聲音，好像又回到了那個熟悉的演武場上。那個演武場，大概是她對靖安侯府的回憶中唯一的亮色。那裡揮灑了她的汗水，亦承載了她壓在心底的隱約期盼。

她從少時到長成雙十年華的女子，其實對祖父親自為她挑選的夫婿一直有著好奇，那好奇在心裡積壓多了，漸漸就發酵成若有若無的好感。那個少年將軍，是祖父看中的呢，她信任祖父的眼光，對他怎會沒有期待。

手鬆弦落，箭如流星飛出去，許多貴女竟嚇得閉上了眼，不敢看結果。

四周聽不到聲音，有的貴女閉著眼拉拉旁邊人的衣袖。「中了沒？中了沒？」

很快傳來旁邊人無奈的聲音：「別拉我，我也沒敢看！」

好在負責檢驗的人很快宣布了結果：「正中靶心，黎三姑娘得十分。」

聽到這個結果，大梁貴女們全都忘了素日的矜持端莊，歡呼出聲。

西姜公主猛然看了喬昭一眼，卻見對方垂眸靜立，全無半點反應。

公主皺眉。擺出這麼一副世外高人的模樣是想幹嘛？她才不會被嚇住！

「公主可以射第二箭了。」

西姜公主輕輕呼了一口氣，調整一下站姿，把第二箭射了出去。又是正中靶心！

「黎三姑娘，該妳了。」

喬昭卻與西姜公主不同，表情姿態完全沒有半點變化，彎弓拉弦把第二箭射了出去。

「正中靶心，黎三姑娘得十分！」

西姜公主咬咬下唇。真沒想到這世上還有女子處處壓了她一頭不說，竟無一屈於下風。好在她於箭法一道雖不及英娜郡主登峰造極，但在女子中亦屬出類拔萃，射這樣靜止不動的箭靶子，只要不出意外十箭全中靶心是不難的。

「正中靶心，公主得十分！」

「正中靶心，黎三姑娘得十分！」

貴女們看得眼花撩亂，一顆心落了又提起，提起又落下，到最後已有些麻木了。

「正中靶心，黎三姑娘得十分！」

好一會兒，站在場中的兩個人沒有任何反應。

「怎麼不繼續射了？」有貴女喃喃問道。

「好像，好像比完了……」

「比完了？我聽著好像一直是十分。」

「對，這麼說，黎三姑娘與西姜公主打平了？」

記錄分數的人公布了結果：「公主與黎三姑娘皆是十箭正中靶心，各得百分，這一場打平——」

「等一下。」喬昭忽然打斷了那人的話。

見眾人看過來，喬昭對沐王妃略一點頭。「王妃，我想請您派人去箭垛處檢查一下，這一局應該不是平局。」

喬昭這話一出，在場眾人頓時懵了。黎三姑娘這話是什麼意思？剛剛二人的表現她們都是睜大眼睛看著的，二人皆是十發十中，怎麼可能不是平局？

沐王妃吩咐身邊女官：「去檢查一下靶子。」

女官得了命令前去檢查，就見兩個箭靶中心各插著一枝箭，覆命道：「回稟王妃，公主與黎三姑娘的最後一枝箭都正中靶心。」

沐王妃看向喬昭。「黎三姑娘，這……」

「王妃不如請精通箭術的人前去查看。」

西姜公主一聲冷笑。「這局明明打平了，黎姑娘為何反覆要人去查看？莫非是覺得和本公主打成平手心有不甘？」

對方是異國公主，喬昭不願逞口舌之利，神色平靜看著沐王妃。

沐王妃略一沉吟便道：「這樣吧，我派人去東園請一位精通箭術的客人來評判一下，他們沒有看到比試過程，評判結果會更公平，公主以為如何？」

西姜公主輕笑點頭。「王妃請便。」

東園那邊，沐王得到消息眸光微閃。「西園箭法比試出現了爭議？明明公主與黎姑娘皆是十箭正中靶心，黎姑娘卻說不是平局？」

「是的，王爺。王妃請您選一位精通箭術的人前去評斷。」

邵明淵站了起來。「我去看看。」

沐王笑了。「侯爺，你的未婚妻是比試者，你去的話恐怕難以服眾呢。這樣吧，咱們幾個箭法都不弱，乾脆一起去看看。」

邵明淵同樣好奇那邊的比試結果，點頭答應。

幾人一道過去，檢查兩個箭垛後，皆指其中一個箭垛道：「誰射的這個箭垛誰便是勝出者。」

眾女愕然，皆向喬昭看去。喬昭面色平靜，西姜公主卻忍不住問道：「為何？」

沐王笑道：「公主可以移步前來一看，這個箭垛上只有一孔，而另一個箭垛上十孔雖然都在靶心處，卻四處分散。既然妳們這一場比試的是準頭，孰勝孰負便一望可知了。」

聽了沐王的解釋，在場眾人頓時議論紛紛。

「箭垛上只有一孔，這是怎麼回事呢？難道——我明白了，這說明黎三姑娘那十枝箭全都射到了一個點上，才只留下一孔！」

「天，黎三姑娘的箭法簡直神乎其技，她是怎麼練成的？」

旁邊貴女低笑道：「我猜是冠軍侯教的吧。」

邵明淵耳尖，聽到這樣的猜測心中頗不是滋味，遙遙看向喬昭。

喬昭恰在此刻目光投向他，二人視線相撞，朝他微微一笑。眾目睽睽之下看到心上人這一笑，邵明淵竟有種少時做壞事被長輩抓包的感覺，臉上微熱，移開了視線。

西姜公主猶不敢相信，快步走過去一看，果如沐王所言，喬昭所射的箭靶子上只留有一孔，而她那個箭靶子的靶心處則被射成了馬蜂窩。

西姜公主猛然看向喬昭。難道說這女孩子從一開始就想到了二人十箭全中靶心的情況，所以才留著這一個後手來確保萬無一失的勝利？

不，即便她自己也想到了，卻做不到十箭全都射到一個小孔上。

西姜公主心頭湧上強烈的不甘與無力。她信誓旦旦對大王兄許諾，這次前來大梁定然要狠狠打大梁貴女們的臉，替西姜人揚眉吐氣，可是為什麼偏偏碰到這樣一個人？

對方有如此能力，又有如此心機，將來與冠軍侯珠聯璧合，定會成為他們西姜心頭大患！

西姜公主心中殺機頓起，面上卻赧然道：「我輸了。」

她端起酒杯一飲而盡，隨其前來的西姜貴女們亦跟著喝光杯中酒，個個皆無精打采。先贏兩場卻連輸三場，實在讓她們覺得難堪。

沐王妃見此端莊一笑，舉杯道：「不過是為宴會添些趣味，輸贏沒什麼打緊的，公主不必往心裡去。來，咱們共同舉杯敬公主一杯。」

嘿，贏了！簡直神清氣爽！沐王妃舉杯飲酒的同時，眼角餘光掃到沐王視線落在喬昭身上，不由暗暗皺眉，待把酒喝完便對沐王笑道：「我們這邊勝負已經揭曉，王爺還要照顧那邊的客人，就回去忙吧，這邊有妾身在呢。」

「嗯，好好招待大家。」沐王沒有再多看，帶著幾人出去後對邵明淵笑道，「沒想到侯爺的未婚妻這般有才，可把許多男兒都比下去了。」

可惜那小丫頭年紀尚幼尚未長開，還是個小姑娘，也不知再過兩年會不會長成窈窕淑女呢？

「有才不分男女。」邵明淵淡淡道。

沐王微怔，而後笑道：「侯爺說得對，有才不分男女，東園那邊還在比試下棋，咱們快些回去吧。」現在他與老五正暗中較量，還不是得罪冠軍侯的時候，且讓他猖狂幾日。

西園這邊比試告一段落，又恢復了喝酒閒談。

喬昭回到原處，受到了貴女們的熱烈歡迎。

「黎三姑娘，妳的『三筆同書』是如何練成的啊？」

「我的琴藝師父時常說我技巧不差，卻始終做不到以情動人，黎三姑娘可否指點一二？」

喬昭生性好靜，自從重生後又受冷遇慣了，一時竟有些不適應被眾人這樣團團圍住，還是蘭惜濃出聲替她解了圍：「現在西姜人還看著呢，妳們能不能表現得矜持點？」

眾女這才不說話了。蘭惜濃微抬下巴看著喬昭，好一會兒後微微點頭。「今日多謝了。」她們馥山社招納了全京城最有才華的一批貴女，遇到這樣的比試必須站出來，可今天若沒有黎三姑娘，她們馥山社今後在京城就是個笑話了。

「不敢當蘭姑娘的謝，身為大梁百姓自當義不容辭。」喬昭暗暗嘆口氣，不願與蘭惜濃深交，歉然道：「家中祖母身體抱恙，原不該出門的，現在事情已了，我就告辭了。」

當朝首輔蘭山的手上染著她家人的鮮血，將來她總有討回的一天，所以注定與蘭惜濃做不成朋友。既然如此，不若一直離得遠遠的，以免將來為難。

聽喬昭說家中祖母抱恙，眾人也不好挽留。許驚鴻抱著瑤琴冰清走來。「黎三姑娘，妳的琴。」

喬昭的視線與許驚鴻淡然目光相觸，微笑把琴接過。「多謝許姑娘。」

見她沒有推辭，許驚鴻反而露出淡淡笑意。「有時間，我去找黎三姑娘聽琴。」

「隨時恭候。」喬昭抱琴而去。

蘭惜濃幾人圍坐一起，朱顏忽而笑道：「馥山社的社長，我覺得不該再空著了。」

其他三人皆看向她。

「別都看著我呀，莫非妳們現在心裡沒有人選？」

蘭惜濃淡淡道：「回頭我們寫了聯名帖子，請黎姑娘過來一敘。」

「好。」其他三人皆無異議。這一場宴會後，馥山社社長在她們心中非黎三姑娘莫屬。

日已西斜，宴會散場，回到住處的西姜公主來到恭王的屋內，臉色鐵青。

「王妹怎麼生這麼大的氣？」

「王兄，你不知道我今天丟了多大的臉，竟連輸三場！」

「好了，王妹，別生氣了，遇到能三筆同書的姑娘，妳輸得不冤。」

聽了這話公主好受了些，勉強笑道：「我也知道輸得不冤，可我就是嚥不下這口氣！」

「那王妹想怎麼樣？」西姜恭王笑問道。

「王兄，等回到西姜，你要把你府上那名舞姬送給我，讓我出氣！」

「哪名舞姬？」

西姜公主伸手推推西姜恭王，嗔道：「王兄竟裝糊塗，當然是那位與冠軍侯的未婚妻長相一樣的舞姬！」

西姜恭王搖搖頭。「那可不行。」

「王兄捨不得？」她暫時奈何不得冠軍侯的未婚妻，難不成還不能找個替代品發洩一下？

「不是捨不得，而是她大有用處呢。」

「什麼用處？」

西姜恭王眼中閃過亮光。「除掉冠軍侯！」

「王兄要利用那個舞姬除掉冠軍侯？」西姜公主眼睛一亮。

大梁現在明明國力已衰弱到了搖搖欲墜的邊緣，他們西姜卻一直不敢動，就是因為冠軍侯的存在。要是能除掉冠軍侯，他們就可以從邊境直接攻入大梁，與北齊一起對大梁形成合圍之勢。

北齊人野蠻粗俗，教化未開，不過是些頭腦簡單的蠻子，將來與大梁打得難解難分時他們西姜就完全可以漁翁得利了。

「冠軍侯十四歲遠征北齊，迅速成為天下聞名的常勝將軍，早在他在北地時大王兄就對此人多加關注了。冠軍侯不近女色，不重權欲，也沒有什麼弱點，今天在宴會上我派咱們西姜第一勇士試探他的深淺，可咱們的人連三招都沒走過就被扔下去了。」

西姜公主詫異睜大一雙美眸。「王兄，你說華勝在冠軍侯手下沒有走過三招？」

西姜恭王點頭。「所以我決定調整策略，對冠軍侯只能智取。」

西姜公主沉吟一番道：「其實想要對付冠軍侯，上策是離間計，讓大梁皇帝主動對冠軍侯開刀，就如多年前那位鎮守山海關的大梁將軍一樣。」

「離間計當然好，但這個大梁皇帝有事沒事就閉關，咱們一時半會兒恐怕鑽不了空子。」說到這裡，西姜恭王微笑起來，「好在上天是站在咱們這一邊的，冠軍侯的未婚妻居然與我府上舞姬生得一樣。」

「王兄的意思是──」

西姜恭王腦海中浮現場中少女如一株幽蘭般靜靜佇立的倩影，眼中閃過寒光。「我已經派人回去把舞姬悄悄帶進大梁京城，然後尋機會擄走冠軍侯的未婚妻，來個李代桃僵！」

「要是冠軍侯認出來怎麼辦？」西姜公主想到那個光芒萬丈的少女就輕輕搖頭。腹有詩書氣自華，她不認為那名舞姬可以冒充冠軍侯的未婚妻。

西姜恭王一聽笑了。「他們又沒成親，不會朝夕相處，只要舞姬能靠近冠軍侯，還愁沒有得手的機會嗎？」他會給舞姬準備一柄見血封喉的匕首或帶劇毒的銀針，只要能騙得了冠軍侯一時半刻，就能要了冠軍侯的命！

「那我就以茶代酒，在這裡先祝王兄旗開得勝了。」西姜公主端起茶杯沾了沾唇，放下杯子轉而問道：「那王兄打算如何處置冠軍侯的未婚妻呢？」

西姜恭王呵呵一笑。「她不是王兄府上的舞姬嗎？」

公主一聽臉色微沉。「王兄看上她了？」

「沒有的事。王妹妳想，舞姬一旦得手，我必不會留她活命，世人會以為冠軍侯與未婚妻一起死了。只有那位黎姑娘代替舞姬在我的王府生活，才是沒有漏洞的一局，不然被大梁發現是咱們西姜動的手，撇開北齊死咬著咱們西姜不放，到時就令人頭疼了。」

西姜公主深深看了西姜恭王一眼，冷冰冰道：「王兄沒有鬼迷心竅就好。我不妨把話跟你說明白，那個黎姑娘你拿捏不住，要是真動了不該有的心思，被反咬一口就麻煩了。」

「王妹放心吧，我自有分寸。」西姜恭王嘴上這樣安撫，心中卻輕笑一聲。

王妹到底不懂男人，不好駕馭的女子才是良駒，男人才有征服的興趣。他府上的小舞姬對他千依百順，哪怕床笫之間都任他索求，時間久了哪有什麼趣味。

喬昭回到府中，吩咐阿珠把許驚鴻相贈的名琴擺放到書房，去看過鄧老夫人與何氏後回到書房開始默寫琴譜。對方以名琴相贈，她當以絕譜相回。墨跡方乾，喬昭吩咐阿珠把新寫成的琴譜裝入匣中送到了許府。

許驚鴻剛剛用過晚膳，每當這個時候都是她撫琴之時，而今幽靜院落中卻沒有聽到琴音。

許夫人帶著兩個丫頭過來，嗔道：「鴻兒，娘沒想到妳真的把冰清給了黎三姑娘。」

許驚鴻目無波瀾看許夫人一眼：「娘不覺得冰清在黎三姑娘手中會更好嗎？」

「癡兒，妳給了別人，以後用什麼彈琴呢？」

許驚鴻垂眸，淡淡道：「沒有合心意的，可以不彈。」與其讓那些雜色汙了耳朵，她情願落個清淨。

許夫人朝身後丫鬟點頭。「把琴給姑娘擺到書房去。」

「娘——」

許夫人笑了。「先用著，將來遇到好琴再換。那位黎三姑娘……」

想到喬昭就這麼毫不推辭把女兒的心愛之物收下，許夫人有些不滿，可想想今天宴會上的事，這不滿又說不出口了。是她小心眼，不過是愛女心切罷了。

「夫人、姑娘，黎修撰府上的三姑娘派人送了東西來給姑娘。」

「把人請進來。」

阿珠進屋，把匣子呈給許驚鴻。許驚鴻不喜多話，並沒問匣中是何物，而是直接打開來。淡淡墨香撲面而來，看到匣子裡書冊上「長天遺恨」四個字，許驚鴻面色頓變，伸手拿出書冊快速翻閱，翻到最後已是眼角濕潤。「真的是絕曲〈長天遺恨〉失傳的後半段。這琴譜是黎三姑娘所寫？」

阿珠點頭。「是我們姑娘寫的，寫好後就命婢子裝好給許姑娘送來了。」

「那她——」許驚鴻嚥下了後面的話，愛惜撫著琴譜的封面，嘆道：「罷了，她以如此至寶回我，我又何必多問其他。」

蘭惜濃等人很快聯名下了帖子請喬昭小聚，喬昭略一思索便猜到幾人用意，以鄧老夫人身體未好的理由推了未去。她不是真正無憂無慮的閨閣少女，肩負著血海深仇，將來要對上的是隻手遮天的當朝首輔蘭山，自是沒有閒心當什麼社長。

西姜恭王派人暗暗盯了黎府好幾天也不見喬昭出門，決定夜裡潛入黎府先踩踩點。

那晚恰是夜黑風高，西姜探子蒙著臉順著黎府外牆角來回溜達，終於找到一處適合翻牆的地方。蒙面人縱身一躍掛在牆頭上，晨光笑嘻嘻拎著個燒火棍站到了他後面。見那人愣住掛在牆頭上不動，晨光拎著燒火棍衝上去，照著他後腦杓就來了一下。

劇痛傳來，蒙面人悶哼一聲，失去意識之前心裡罵了句娘：哪來的王八蛋這麼不懂規矩，這種情況不應該照著人屁股揍嘛，哪有上來就打腦袋的？

蒙面人從牆頭上掉下來，在地上翻了個滾便一動也不動了，晨光對隱藏在暗處的同伴招招手。

另一名親衛走過來，冷冷掃了地上的蒙面人一眼，低聲道：「這小子在這裡溜達好幾天了，不知道打的什麼鬼主意。」

「先看看他是誰再說。」晨光一把把蒙面人臉上黑巾扯了下來，嘴裡發出一聲輕咦。

「怎麼，認識？」另一名親衛跟著蹲下來，打量昏迷不醒的蒙面人一眼，皺眉道：「長得不咋地啊。」

晨光撇撇嘴。「可不，就是因為醜我才記得清楚啊。這人是西姜人，那個西姜恭王身邊的第一勇士，前幾天在宴會上居然找咱們將軍比試，讓將軍直接給扔出去了。」

「西姜人啊。」另一名親衛仔細打量一番。「嘖嘖，就這還沒咱們將軍腿高的玩意兒，居然還敢挑釁咱們將軍？」

「誇張了啊，再怎麼樣也比咱們將軍腿高吧。」

「那這人該怎麼處理啊？」另一名親衛問晨光。「這要是不認識的人直接挖坑埋了就算了，涉及到別的國家就複雜了。」

「複雜什麼？」晨光伸手把那人蒙面的黑巾拉上去，笑呵呵道：「喏，這不就不認識了。拖那邊去狠狠揍一頓扔大街上，注意力度，天亮前這人醒了就能自己回去了。」

二人拖死狗般地把蒙面人拖到角落裡，揮起拳頭痛扁一頓扔到了大街上。

「娘的，我就不信他以後還敢來！」晨光吐了口唾沫，拍拍另一名親衛的肩頭。「走。」

與此同時，一個靈活的身影悄悄離開杏子胡同，直奔江府。

「大人，您讓屬下盯著黎府那邊，那個踩點幾天的人今天終於有動作了。」

書房中光線不甚明亮，江遠朝放下書卷輕輕揉了一下眼睛，看向來回話的江鶴。「這一次，你沒被發現吧？」

江鶴立刻挺了挺胸膛。「大人您放心吧，這次屬下很小心的，保證無人發現。」

「嗯，說正事吧。那個人有了什麼動作？」

「那人翻黎府牆頭呢！」

江遠朝一聽，眼底殺機頓現，語氣轉涼：「哦，然後呢？冠軍侯的人沒有什麼動作？」

「有啊，那個給黎姑娘當了車夫的晨光用燒火棍把那人打暈了。」說到這裡，江鶴一臉興奮。「大人，您猜那人是誰？」

江遠朝淡淡睇他一眼。「再讓我猜，我就把你打暈。」

江鶴頭一縮，苦著臉道：「那人是西姜恭王身邊的第一勇士。」

大人怎麼越來越禁不起玩笑了啊？還給不給他這種樂觀開朗的屬下活路了？

聽了江鶴的話，江遠朝眼神一冷。「最後怎麼處理的？」

「他們把那人打了一頓，扔到大街上去了。」

江遠朝直接站了起來。「帶我去看看。」

不久後，二人出現在街頭。

江鶴一指蜷縮在地上的黑影，壓低聲音道：「大人您看，就在那呢。」

江遠朝大步走了過去，居高臨下打量著躺在地上的人片刻，蹲下來拉下他的蒙面黑巾。見到那人的臉，江遠朝眸光微閃。確實是西姜的人無疑。

江鶴蹲在旁邊摸著下巴道：「還別說，他們出手還是挺有分寸的，這人雖然被打得慘，但沒傷及要害，等會兒就算不被打更的發現，到了天亮時應該就能醒來了。」

他話音才落，就見寒光一閃，緊接著鮮血飛濺而出。

「大、大人？」江鶴吃驚地張大了嘴巴。

江遠朝拿出雪白的手帕擦了擦匕首上的血，站起身來。「走吧。」

江鶴跟著站起來，掃了地上那人一眼。那人蜷縮著身子躺在地上，臉上殘留著痛苦神色，喉嚨被深深割開往外流血汩汩，很快身下就流淌了一片。

「當心腳上別沾了血。」江遠朝冷冷的提醒聲傳來。江鶴忙往後退一步。

「還不走？」江遠朝淡淡瞥他一眼，抬腳往前走去。

江鶴跟上去，忍了忍問道：「大人，您……幹嘛殺了他啊？」

「多話！」

江鶴縮縮頭，不敢問了。

深夜的街頭空無人煙，只有遠遠傳來的打更聲在空蕩蕩的街上迴響：「天乾物燥，小心火燭──」打更人漸漸走進了，看到青石板的街道上一團黑影，揉了揉眼睛，小聲嘀咕道：「這是誰家的喝醉了睡這了？」

像這樣的醉漢，打更人碰到過好幾回，有一兩次還是認識的人。他並不覺得奇怪，提著銅鑼走過去，聞了聞空氣中的味道漸漸覺得不對勁。打更人上了年紀，雖然察覺出不對勁，可頭腦一時沒有反應過來，彎下腰去拍了拍地上的人。「快起來，回家睡，再睡下去要凍病了。」

地上的人毫無動靜。

打更人提起氣死風燈照了照那人的臉，最初的呆愣之後猛然把燈籠往外一拋，連滾帶爬往外跑著喊道：「殺人啦，殺人啦——」驚慌恐懼之下，他把銅鑼敲得震天響。

街道兩邊的民宅很快陸續亮了起來，不少人披上衣服提著燈籠出來瞧動靜。

「怎麼了，老李頭？」對打更人街坊鄰居們都是熟識的，有人張口問道。

打更人死死抓著那人的手，喘得上氣不接下氣。「死、死人，那邊有死人！」

人多膽大，聽到有死人人們一窩蜂擁了過去，把西姜勇士的屍身圍了個水洩不通。

燈火下，死者的恐怖死狀讓不少人驚呼出聲。

「媽呀，脖子都快割掉了，嚇死人了！」

「往後退，往後退，地上都是血！」

驚奇、恐懼、刺激，種種情緒衝擊下，在場的人竟沒有離開的，全都站在邊上瞧熱鬧。很快得到消息的官差就趕了過來。

「都讓開，都讓開。」官差們拿著棍子趕人。

圍觀的人站遠了些，依然伸長脖子看熱鬧。對這種情況官差們也沒有辦法，只得任由他們看著，開始檢查死者情況。

「咦，這人我瞧著面熟。」

「是西姜人！」一名官差驚呼一聲。

「不錯，之前兩位王爺舉辦宴會招待西姜使節，我遠遠看了一眼，這人當時就跟在西姜恭王身後。」死的人是西姜人，這事情就難辦了。眾官差飛快把情況上報。

順天府尹多年來一直由刑部右侍郎楊運之兼任，得到消息後頭髮花白的楊運之險些昏過去。他一個快要致仕的人了，為什麼會遇到這檔子棘手事啊？讓他當一個安靜的刑部侍郎不行嗎？

楊運之沒有猶豫，摸黑給刑部尚書府送了信。

刑部尚書寇行則頂著一對黑眼圈爬起來，昏暗中踩到自己的腳險些絆倒。

「老爺，您慢點兒。多大的事呀，天又塌不下來。」老夫人薛氏數落一句。

寇行則跺足。「天是塌不下來，可這事糟心啊。行了，不和妳說了，妳好好睡吧，我要趕到衙門去。」

寇行則帶著一身寒氣進了刑部衙門，衙門裡燈火通明，刑部侍郎楊運之等人已經等候多時。

「大人。」

寇行則沉著臉進了屋子。「到底怎麼回事？」

「西姜勇士死在大街上，半夜被打更人發現，當時驚動了四鄰八舍，所以事情已傳開了。」

「怎麼死的？」

「初步查看是死於割喉，現在仵作正在做進一步檢查。」

寇行則在太師椅上坐下來，閉上眼睛。

「大人？」

寇行則擺擺手。「該忙的就去忙，天亮再說吧。」他連夜趕到衙門裡，姿態已經擺足了，剩下的他也沒辦法啊，該怎麼查就怎麼查唄。

晨曦初露，寇行則睜開眼吩咐屬下：「去把都察院和大理寺的長官請來。」

皇上不上朝唯一的好處就是他們也不用上朝了，只要沒事睡到日上三竿也沒人管。

沒過多久張寺卿與左都御史就趕了過來，一見寇行則的面就嘆氣連連。

「別嘆氣了，咱們商量一下吧。」寇行則睡飽了，倒是顯得精神十足。

「還商量什麼呀，這事瞞不住，早點告訴鴻臚寺卿吧，讓他先跟西姜使節通通氣。這深更半夜殺的人，凶手哪是那麼好找出來的。」

寇行則眼神一閃。「劉大人說得對，這凶手不好查，說不定西姜使節那邊有線索呢。」殺千刀的西姜人三更半夜不好好在屋子裡待著，非要穿一身夜行衣跑出來，要說西姜恭王什麼都不知道才有鬼呢。

鴻臚寺卿得到消息後差點哭了，硬著頭皮去通知了恭王。

「你說華勝死了？」西姜恭王聽了消息後臉色發青。

這幾日他一直派華勝盯著黎府，可遲遲等不到那小丫頭出門，無奈之下只得命華勝夜裡潛入黎府探探情況。華勝這一去遲遲不回，他心裡早就生了不妙的預感，沒想到人竟然死了！

「他的屍身在何處？本王要去看看。」

「王爺請隨我來。」

二人走到門口，西姜公主迎面走過來。「王兄，怎麼了？」

「華勝出事了，我去看看。」

眼見西姜恭王錯身而過，西姜公主喊了一聲：「王兄，我也去。」恭王腳步一頓，點點頭。

華勝的屍身就安置在刑部衙門的停屍房裡。這個時節，停屍房中冰冷陰森，人一走進去手臂上就泛起一層雞皮疙瘩，一股陳腐的氣味直往鼻孔裡鑽。哪怕一群人擁進了停屍房，鴻臚寺卿還是覺得不適，趁人不注意悄悄退了數步，意外發現西姜公主面上一派平靜。

鴻臚寺卿頗覺詫異。這位看來嬌滴滴的西姜公主居然如此膽大，倒是稀奇。

他壓下心頭詫異，開始聽西姜恭王劈頭蓋臉的質問：「是誰發現了華勝的屍體？張大人，我們前來大梁朝貢，敬的是大梁乃禮儀之邦，可你們就是這樣對待我們這些使節的？華勝居然是被人割喉而死，以他的身手這絕不是尋常人所為。張大人，你今天務必給小王一個交代！」

鴻臚寺卿心中暗暗罵娘。他就是個招待外賓的，又不是查案的，他能給什麼交代啊？

「王爺不要著急，我們三法司的大人們從昨夜案發後就徹夜未眠，正努力追查凶手呢。」

「三法司？」西姜恭王目光落在寇行則三人身上。

鴻臚寺卿忙介紹道：「這位是刑部尚書寇大人、左都御史劉大人、大理寺卿張大人……」

西姜恭王看向寇行則。「寇尚書，不知貴部可查到凶手了？」

寇行則淡淡道：「王爺若是查看完了，咱們可否出去說話？」

他這老胳膊老腿的，在這種地方待久了可受不住。

眾人回到衙門的會客廳。

「你們三法司的長官既然在這裡，今天定要給小王一個交代！」

「王爺放心，我們定會徹查的。不過有個問題希望王爺能給我解惑，貴國勇士為何那樣一副打扮橫死街頭呢？」

西姜恭王一窒，與西姜公主對視一眼。這個問題還真難以回答，他總不能說是他派人過去夜探冠軍侯的未婚妻吧。

「是我有事吩咐他去辦。」西姜公主咬唇道。

西姜公主這一開口，便把眾人目光吸引過去。

「王妹——」西姜恭王壓下心中詫異喊了一聲。

「如果我猜得不錯，華勝是在西大街上被發現的吧？」

「不錯。」寇行則疑惑看著西姜公主。要說那個西姜勇士是西姜恭王派出去的還不奇怪，可這位公主怎麼站了出來？

「我之前打聽過了，西大街那裡有條杏子胡同，冠軍侯的未婚妻家就住在那裡，是不是？」得到肯定答覆，西姜公主忽然對西姜恭王行了一禮。「王兄，對不起，是我惹禍了。」

「王妹，妳怎麼這麼說？」

西姜公主面帶赧然。「前幾日的宴會上黎姑娘贏了我，我心中不服氣，又存了好奇心，想知道黎姑娘明明比我年紀還小為何能這樣厲害，便派了華勝去打探一二，誰知……」

聽了西姜公主的話，寇行則幾人頓時頭大如斗。這怎麼又和冠軍侯聯繫起來了？

「公主的意思，貴國勇士的死與黎家有關？」

二〇六　公主遇害

「這不是顯而易見的事嗎？王妹派華勝夜探黎府，結果華勝慘死街頭，難不成華勝還是自殺的？」西姜恭王接過話頭。

「自殺？」刑部尚書寇行則認真琢磨起來。

西姜人臉皮這麼厚，這種可能好像不是很大呀，不過真能以自殺定論就省心多了。

西姜恭王氣得嘴角一抽。他剛剛不過小小諷刺一下，這老傢伙居然琢磨起來。

「不管怎麼說，華勝的死與黎府定然脫不開關係，小王希望寇尚書立刻派人把黎府的人帶來問話。」

左都御史開口道：「王爺，貴國勇士夜探姑娘家住處，這不合適吧？」

他要是黎修撰或者冠軍侯，大半夜見到這麼一個人也得亂棍打死再說。

「即便不合適，難道就可以濫用私刑嗎？」西姜公主抬袖拭淚。「是我害了華勝，我只是吩咐他進去瞧一眼黎姑娘可有秉燭夜讀，一解心中疑惑，誰知竟害他丟了性命。」

西姜公主淚眼朦朧地質問左都御史：「難道說在大梁就是這般草菅人命的？華勝即便有錯，也罪不至死呀。倘若這事真的與黎府有關，我們有錯在先，沒想著什麼殺人償命，但黎府至少要給我們一個交代吧。」

「這……」幾人聽了西姜公主的話面面相覷。

夜闖別人宅邸被主人家發現殺死，這種事不是沒有，一般都是民不舉官不究，但要真有苦主報案，那確實是要問案的，何況還涉及到他國。

「那就先請黎修撰過來問問情況吧。」寇行則揉了揉額。「幾位先坐著，我去交代一下楊侍郎。」他踱步出去，抬頭看著陰沉的天空嘆了口氣。

「大人找我？」刑部侍郎楊運之匆匆趕來。

「這事和黎修撰家扯上關係了。」寇行則把情況說了一遍，交代道：「你再派個人去一趟冠軍侯府，把目前咱們掌握的情況對冠軍侯說明白了，請他來刑部衙門一趟。」

「大人放心，下官這就交代下去。」

晨輝傾灑進西大街的杏子胡同，拉開了一天的序幕。

杏子胡同口的油條攤前已經圍滿了人，人們一手提著用油紙包好的油條，一手提著現打的豆漿，口沫橫飛說著昨夜發生的凶案。

晨光起了個大早，跟喬昭告了假準備去一趟冠軍侯府稟告昨夜的事，才走到胡同口聽到那些議論就愣住了。什麼？那個三寸釘(注)死了？這不可能，他跟了將軍這麼久要是下手連這點分寸都沒有就不用混了。啥？還是被割喉死的？

聽到這話，晨光臉色就嚴肅了。割喉，尋常百姓可沒有這樣的手段。

他裝作若無其事往前走，路過油條攤時停下買了一份豆漿油條，這麼一會兒的工夫就把情況聽了個七八成，離開杏子胡同後撒腿就跑。

注　稱呼身形矮小之人，有侮貶意味。

「你說昨夜西姜勇士準備翻牆，你們把人打昏了扔到大街上，現在那人遭割喉而死？」

「是，卑職想著他是西姜人，殺了的話那個西姜王爺定然要瞎叫喚的，就只是狠狠收拾了一頓，哪成想他竟死了呢。」晨光發愁地抓了抓頭髮。「將軍，卑職是不是給您惹禍了？」

邵明淵淡淡看晨光一眼，眼底結了薄薄寒冰。「下次再有夜闖黎府的直接弄死，你一個親衛操這麼多閒心幹什麼？」屬下負責殺人，他負責善後，這樣配合一點毛病都沒有，晨光這小子真是欠收拾了。一想到有男人大半夜欲潛入黎府打喬昭的主意，邵明淵就殺心高漲，轉而想到把西姜勇士割喉的人，頓覺惱火。

如果他沒有猜錯，真正的凶手目標不是昭昭，而是他。這黃雀在後的一手，是想把他拉進這趟渾水。對方目的是什麼？讓他與西姜使節對立？那對方又能從中得到什麼好處？

邵明淵默默思索著，聽到親衛稟報說刑部衙門來人了，帶著晨光往刑部趕去。

邵明淵走到刑部的廳門口，正聽到黎光文怒喝道：「什麼，妳一個西姜公主竟然派個大男人夜闖我女兒香閨？邢尚書，這還用得著問我嘛，把主使者趕出咱大梁不就得了。」

三法司的這些長官們都是吃閒飯的嗎？光拿俸祿不幹正事。

寇行則對黎光文的心情就有些微妙了。原本冠軍侯是他外孫女婿，結果現在冠軍侯與黎棒槌的閨女訂了親，他還不得不給這棒槌幾分顏面，這滋味可真不爽。

寇行則不想說話，大理寺卿只得解釋道：「黎修撰，重點不在這裡，那個夜探黎府的西姜勇士死了。」

「死了？」黎光文緩了口氣，臉上露出個清風朗月般的微笑。「剛剛一聽說有人夜闖我們家就光顧生氣了，沒聽清後面。既然人死了，那我就不追究死人的責任了。」

大理寺卿幾人嘴唇翕動，竟不知該說什麼好。

西姜恭王冷笑一聲。「黎修撰，我們的人就這麼死了，貴府總該給個交代吧。」

「交代？」黎光文不解地睜大了眼。「又不是我讓他大半夜偷雞摸狗的，我能給什麼交代？」

「你——」西姜恭王頭一次見到這款的官員，被堵得一愣一愣的。

「可你們黎府殺了人，難道就想這麼算了嗎？」西姜公主插言道。

黎光文這才看了西姜公主一眼，皺眉道：「證據呢？你們派人來我們家偷雞摸狗，人就是我們府上殺的？說不定是哪個大俠看不得這種宵小行徑，路見不平拔刀相助呢。」

不等西姜公主反駁，黎光文又扯了扯嘴角。「再者說，你們不說那人是什麼西姜第一勇士嘛，你們第一勇士就這樣不濟，能讓我一個文官府上的家丁殺了？不怕告訴你們，我們家窮，總共只有三五個家丁，還包括一個老門房。」

大梁眾官員：「……」幹得漂亮！

西姜使節：「……」失策了，直接找冠軍侯就好了，趕緊把這傢伙弄走吧。

門外邵明淵聽了岳父大人的一番高談闊論險些笑出聲，抬腳走了進去。

門口官吏喊道：「冠軍侯到了。」

邵明淵示意晨光留在門口，抬腳走了進去。

眾官員迎過來。「侯爺。」

邵明淵向眾人打了招呼，問道：「聽聞本侯的泰山大人被請到衙門來問案，不知進展如何？」

進展？眾官員面面相覷。哪有什麼進展，只聽你岳父氣人玩呢。

「侯爺，你來了便好，小王——」

邵明淵掃西姜恭王一眼，聲音冷如寒冰：「聽說昨夜你們派人潛入本侯岳丈的府邸，想要夜探我的未婚妻子？」

西姜恭王身形偏瘦，正是西姜最受歡迎的文弱美男，騎馬射箭不過是貴族撐門面的消遣，哪裡有什麼真功夫，此刻在邵明淵的凜厲氣勢下頓覺壓力驟增，一時竟不知該如何回答。

他第一次真切感受到文人與武將的不同。對方猶如一匹孤狼，遠遠望去以為是無害的大狗，當露出凶相就讓人嗅到了死亡的味道。

邵明淵收回視線，看向大梁眾官員。「諸位大人要是沒有什麼要問的，我就帶泰山大人回去了。真要說起來，我泰山大人一家才是苦主。西姜勇士的死與我岳丈一家沒有絲毫關係，各位以後盡量不要請我泰山大人過來喝茶。」

「就是，我還要上衙呢，被你們耽誤這麼多時間，被上峰追究扣月俸的話算誰的？」黎光文不滿道。眾官員暗暗翻了個白眼。就你那一個月幾石米，哪個長官這麼黑心啊。

「等等！」見邵明淵真要走，西姜公主喊了一聲。邵明淵腳步一頓，沒有轉身。

西姜公主見狀乾脆走到邵明淵面前，微微挺直了背脊。「侯爺就這麼走了？」王兄竟然會忌憚冠軍侯到不敢說話，她可不會。

邵明淵劍眉蹙起。

「黎修撰說家中沒護衛，人不可能是他們府上殺的，那侯爺呢？沒派人保護你未婚妻子？」

邵明淵薄唇緊繃看向西姜公主。「本侯有沒有派人保護我的未婚妻，這個應該無須向任何人彙報吧？」他說完不再看西姜公主，環視眾人一眼，「本侯還是那句話，拿證據說話。」

「你——」西姜公主咬唇，卻無話可說。她真沒有想到大梁官員對冠軍侯如此忌憚，在他的質問下竟然連個大話都不敢說。

邵明淵神色略緩，對黎光文伸手。「泰山大人請。小婿來晚了，您沒受什麼委屈吧？」

留在廳內的眾人：「……」冠軍侯你能不能關心一下真正受委屈的人啊，例如他們這些一晚上沒睡的。

「王爺、公主，不如你們先回去歇著，我們這邊查到什麼線索會立刻通知你們的。」刑部尚書寇行則道。

邵明淵一走，恭王那鋪天蓋地的窒息感才消散，蒼白著臉道：「王妹，咱們先回去吧。」

「王兄——」

「回去再說。」西姜恭王輕輕拍了西姜公主一下。

等回到住處，公主忍不住嗔道：「王兄你是怎麼了？冠軍侯來了為何一句話都不說？」

西姜恭王一屁股坐到太師椅上，靠著椅背長吁了一口氣。

「王兄，你不舒服？」西姜公主伸手落在西姜恭王額頭，觸手一片濕冷。

西姜恭王掏出手帕擦拭了下額頭，沉聲道：「那個冠軍侯有點邪門。」

「邪門？」

西姜恭王坐直了看著西姜公主。「王妹，冠軍侯進來開口後，妳有沒有覺出異樣？」

西姜公主不解其意，思索了一下搖頭。「異樣倒沒有，就覺得他好強勢霸道。咱們西姜只是人少地小，可論國力現在不比風雨飄搖的大梁差多少。這次死的是咱們西姜人，大梁那些重臣都很重視，可冠軍侯卻如此冷漠，甚至連解釋都沒有就這麼走了。」

說到這，公主倒了杯熱茶遞過去，納悶問道：「王兄，你說冠軍侯邪門是什麼意思？」

西姜恭王喝了幾口熱茶，臉色緩解許多。「他看著我說話時，我就彷彿被狼盯上一樣，根本說不出話來。」

「王兄，你不要想著擄走冠軍侯的未婚妻了。要我說，那就是多此一舉，反倒容易打草驚蛇。」西姜公主一想到兄長原本的打算就很反感，趁機勸道：「等你的舞姬過來，直接讓她假扮冠軍侯的未婚妻，趁機殺了冠軍侯就好。只要冠軍侯一死，大梁的天就塌了一半。」

這時恭王也沒有什麼旖旎心思了，點頭道：「王妹說得對，冠軍侯必須死！」

那樣一個人，只要活著一天，他們西姜就動彈不得。

西姜公主嫣然一笑。「其實華勝死了也不是壞事。原本咱們該要回去的，想要拖到舞姬過來還要想個好藉口。現在省了麻煩，凶手一天不揪出來，咱們就可以理直氣壯留在大梁。」

恭王嘆口氣。「就是可惜了華勝。」

公主冷笑。「王兄怎麼這麼婦人之仁？華勝身手再好，在冠軍侯手下三招都走不過，要來何用？在我看來，他還不如你府上舞姬有價值。再者說，能替西姜捐軀，華勝定然是願意的。」

「嗯，我想沐浴一番，妳也去歇歇吧。」被邵明淵嚇出一身冷汗，恭王覺得渾身濕漉得難受。

「那王兄忙吧，昨夜我沒睡好，先回房躺躺，要是有事情你就派人叫我。」

西姜公主回到房中，換好衣裳把侍女們都打發了出去，側躺在床榻上閉目小憩。輕微的腳步聲傳來，公主皺眉斥道：「不是說了都出去嗎！」

她一直睡得不是很好，太醫曾說她思慮重，放寬心才能好轉，可從小養成的性子哪是她想就能改掉的，平日裡想要休息時最怕的就是人打擾。

腳步聲依然沒有停，輕緩從容。

「怎麼回事？」西姜公主坐了起來，沉著臉轉身，一雙美眸驀地瞪大了。沒等公主發出聲音，來人便死死捂住她的嘴，另一隻手落在那天鵝般優雅白皙的脖頸上，猛然收力。

「嗚嗚嗚——」西姜公主用盡全力掙扎反抗，那隻手卻好像大山般紋絲不動。

很快西姜公主便不再動彈了。

恭王沐浴更衣，隨手拿一卷書冊歪在榻上打發時間，等到了飯點卻遲遲不見自家王妹出現。

「公主怎麼還不過來？」

「公主睡了，說不讓婢子們打擾。」

恭王皺眉。「這都什麼時候了，去請公主過來。」

沒過多久侍女就驚慌失措衝了進來，面色慘白如鬼。「王、王爺，公主她……」

「公主怎麼了？」

侍女已嚇丟了魂，語無倫次道：「公、公主……」她牙關咯咯作響，竟是連話都說不出來。

恭王瞪了侍女一眼，乾脆起身直奔公主住處。

侍女剛才的失態已經引來不少侍女堵在西姜公主房門口，此刻見西姜恭王過來，俱是淚流滿面。恭王心中咯噔一下，冷喝道：「讓開！」

門口處很快就空了出來，恭王走進去，一眼就看到天青色的素雅紗帳被掀開，西姜公主悄無聲息躺在床榻上，一雙眼睛瞪得大大的，手無力垂在床邊。

「王妹！」西姜恭王目眥盡裂，狂奔過去，全然沒有了平時的風流姿態。

恭王奔至公主床前，抓住自家王妹垂落下來的手。「王妹，妳怎麼了？」

那隻玉手已然冰涼，沒了半點溫度。

西姜恭王抬手試探公主的鼻息，猛然跌坐在地，失聲道：「怎麼會這樣？怎麼會這樣？」

聞訊趕來的西姜人見此情形，全跪在地上痛哭。這番動靜很快驚動了鴻臚客館的大梁官吏。

「發生了什麼事？」一位小吏站在院門口問道。

跪在地上痛哭的一位西姜人起身衝過去把小吏按倒在地，邊哭邊喊：「打死你們這些大梁人，你們害死了我們公主——」

西姜公主才華橫溢，聰慧美貌，在西姜人心中就是神女般的人物，此刻她的死對這些西姜人的打擊相當巨大。見到同伴的舉動，其他人全都衝過去跟著打起來。

西姜恭王回神，大步流星走了出去。「住手！」

那些人動作一停。

「不要惹事，一個小吏打死了有何用？」

聽了西姜恭王的話，那些人默默站起來，被壓在最底下痛揍的大梁小吏已經成了豬頭。恭王的腳在小吏眼前停了停，快步向前走去。

前來朝貢的外賓一向都是被安置在鴻臚客館，鴻臚客館就在鴻臚寺後面，西姜恭王很快找到了鴻臚寺卿。一見西姜恭王殺氣騰騰的樣子，鴻臚寺卿笑道：「王爺是來問案件進展的吧？」

這西姜人真是小家子氣，死了一個護衛至於嗎？

「小王的王妹遇害了。」

「啥？」鴻臚寺卿以為聽錯了，忍不住摸摸耳朵。

西姜恭王強忍怒火，一字一頓道：「小王的王妹，西姜的公主，在你們鴻臚客館遇害了！」

鴻臚寺卿頭皮一麻，忙跟著西姜恭王去了西姜公主住處。

看到西姜公主慘死的樣子，鴻臚寺卿一顆心撲通撲通急跳起來。這是怎麼回事，西姜公主好端端為何會被人殺了？西姜公主這樣死在他們大梁，兩國說不定要打仗的。

鴻臚寺卿頭都大了，忙通知了刑部尚書寇行則等人。

寇行則收到消息心中咯噔一聲，與大理寺卿等人一同進宮面聖，卻被秉筆太監魏無邪告知皇上又閉關了。攤上個經常閉關的皇上，眾臣們很是無奈，商議一番後把此事稟報給了睿王與沐王。

睿王與沐王一聽，皆震驚不已。在鴻臚客館中死了一個他國公主，這事情可就麻煩了。

「父皇把宴會的事交給我們二人，現在出了問題誰都不想見到，五哥覺得此事該如何處理？」

「為兄現在心裡亂糟糟的，一時沒有什麼頭緒，六弟怎麼看呢？」睿王又把皮球踢了回去。

沐王暗暗冷笑一聲。就知道老五是個不頂用的，遇事完全指望不上，不過這樣也好，讓這些重臣們看看這樣毫無主見的皇子根本不適合那個位子！

「我認為殺害西姜公主的凶手必須要揪出來，只有這樣才能平息西姜人的怒火，不然兩國定要兵戎相見。」沐王沉吟一番道。

「這個凶手……」大理寺卿遲疑了一下。「西姜恭王認定與冠軍侯脫不了關係。」

「那幾位大人怎麼看呢？」

左都御史開口道：「西姜公主派人夜探黎府，冠軍侯對此很是惱怒，現在西姜公主一死，西姜恭王懷疑與冠軍侯有關再正常不過了。」

「那就請冠軍侯過來問個究竟好了。這次死的是西姜公主，不是隨便一個阿貓阿狗，如果不能給恭王一個滿意的答覆，那真的要打仗了。」沐王冷冷道。

「倘若凶手真是冠軍侯呢？」寇行則突然問道。

其他人聽了詫異不已。冠軍侯是寇行則的外孫女婿，這話別人可以問，他問就有些奇怪了。

寇行則彷彿沒看到眾人的詫異，繼續問道：「二位王爺可會把冠軍侯交出去，給西姜人一個交代？」

「六弟覺得呢？」睿王一副拿不定主意的樣子。

沐王擰眉。「寇尚書這是何意？」

寇行則笑笑。「老臣只是在想，如果凶手真是冠軍侯，咱們把冠軍侯交出去，或許這仗就打得更快了。」

眾人都沉默了。如今朝中可用之將寥寥無幾，邢舞陽伏法後新的抗倭將軍是勉強挑出來赴任的，能否在南邊站住腳還難料。難道要把冠軍侯推出去給西姜人出氣，然後等著韃子撫掌稱快嗎？

沐王睇了寇行則一眼。「寇尚書不必這樣為冠軍侯說話，倘若冠軍侯真是凶手，咱們是可以找個替罪羊交出去，但冠軍侯就一點責罰都不用受嗎？難道說他能打仗就可以無法無天？這算不算功高震主呢？」

眾臣聽了沐王的話，皆不出聲了。

「不管怎麼樣，先叫冠軍侯過來問話吧，西姜恭王可是認準了冠軍侯呢，咱們大面上總該過得去。」沐王最後拍板道。

然而邵明淵此時並不在侯府中，而是與喬昭一道去了京郊給楊厚承送行。

古道長亭，春風微寒。

楊厚承眼角微紅，擺了擺手。「行了，送君千里終須一別，你們就別送了。再耽誤下去萬一我祖母知道了，我可就走不了了。」

朱彥拍了拍楊厚承肩頭。「保重。」

楊厚承嘿嘿笑了。「放心，我肯定得保重自己，我還想多殺幾個倭寇呢。」

「你別缺胳膊少腿地回來就好。」池燦涼涼道。

楊厚承抬手捶池燦一拳。「你就不能說點好聽的？」

「說好聽的有何用？把我送的袖弩收好了，總有派上用場的時候。」

邵明淵問道：「重山，我跟你說的在戰場上該注意的事情，記下了嗎？」

「記著呢。哎呀，你們就別囉嗦了，我保證一根頭髮不少地回來，走了啊。」楊厚承揮揮手，轉身匆匆上馬。隨著他輕夾馬腹，馬兒開始跑起來，直到跑出老遠才停下來，馬背上的人轉頭用力搖搖手，在馬蹄聲中漸漸遠去。

邵明淵等人依然站在長亭外不動，直到再也看不到楊厚承的身影才收回視線。幾人一時都沒有說話。

遠處塵土飛揚，馬蹄聲急。

「庭泉，那好像是你的親衛和衙門官差。」朱彥遙望著來人提醒道。

池燦皺眉。「看到那些官差就覺得沒好事。庭泉，西姜勇士的死，他們還揪著你不放？」

「可能有了新變故。」邵明淵蹙眉道。他在刑部衙門已把話說得很明白，除非案情有重大進展且與他密不可分，不然三法司長官沒必要派人急匆匆來尋他。

三五來人很快到了近前，急急勒住韁繩，翻身下馬。

「將軍——」前來的親衛剛要稟報，邵明淵抬了抬手，看向領頭官差。

「侯爺，大人們請您去一趟刑部衙門，兩位王爺都在那裡等著您。」

「發生了何事？」邵明淵沉聲問。

領頭官差抬眼看了邵明淵一眼，回道：「西姜公主遇害了。」

邵明淵神情微訝，看向喬昭，溫聲道：「我去一趟刑部衙門，讓拾曦他們送妳先回府。」

喬昭搖頭。「我和你一起去看看。」邵明淵猶豫了一下。

「庭泉——」喬昭喊了一聲。

某人立刻點頭。「那好，一起去。拾曦、子哲，你們就先回去吧。」

池燦瞥官差一眼，淡淡道：「還回什麼，一塊去吧。」

眾人一起趕到刑部衙門。

沐王視線落在喬昭身上。「黎姑娘也來了？」

眾臣：「……」現在是計較這個的時候嗎？他們的大梁朝可怎麼辦喲，兩位皇子貌似都不是很靠譜的樣子。不過……好歹兩位皇子將來無論哪位繼承大統，至少會上朝吧？

嗯，應該會上朝。眾臣不確定地想。

「冠軍侯！」西姜恭王站起來，目光通紅盯著邵明淵。

邵明淵微一點頭。「王爺節哀。」

「你殺了我王妹，現在還要擺出一副事不關己的樣子，難道說你一個侯爺就能無法無天嗎？」

西姜恭王掉頭看向蘭山。「蘭首輔，貴國天子閉關，此事還請你替小王主持一個公道！」

西姜公主之死關係重大，寇行則幾人商議過後報給了內閣，首輔蘭山與次輔許明達皆趕了過來，六部九卿亦來了數位。

「王爺放心，此事我們定然會給你一個交代。」蘭山安撫西姜恭王幾句，面無表情看向邵明淵。「侯爺，事情前因後果我們都知道了，我身為當朝首輔，得陛下委以重任，對此事不得不過問一二，還望侯爺能配合調查。」

「本侯還是那句話，拿證據說話。」

「證據？」蘭山目光一閃，看向刑部尚書寇行則。「邢尚書，不是有人證嘛。」

人證？邵明淵揚眉。事情還真是有意思了，先不說西姜公主的死與他完全沒有關係，就是那個西姜勇士大半夜被晨光打了一頓，能有誰看到呢？這個人證，來得真蹊蹺。

人證很快就被帶上來，是位二十出頭的青年。年輕人一進來就撲通跪下來磕頭。

「說一說你昨天夜裡看到的事。」蘭山淡淡道。

年輕人戰戰兢兢抬了一下頭又飛快低下去。「小民是個夜香郎，昨天半夜出來挨家挨戶收夜香，走到西大街時忽然發現有兩人從杏子胡同拖著什麼東西出來。小民當時有些怕，忙隱在了一邊的巷子裡，等那兩人走遠才過去看，誰知——」

說到這裡，夜香郎渾身一顫，語氣中難掩恐懼。「誰知竟發現那東西原來是個人！」

「當時你看到那人是什麼樣子，是死是活？」刑部侍郎楊運之問道。

這人是不久前來衙門口擊鼓報的案，他聽完這人的話就知道冠軍侯要有麻煩了。

「那人……」夜香郎飛快看了邵明淵一眼，白著臉說不下去了。

「說！」蘭山不耐煩喝了一聲。

夜香郎縮了縮肩，鼓起勇氣道：「那人死了啊，脖子上好大一個口子，汩汩往外冒血呢！」

「你有沒有看清那兩個人的樣子？」刑部侍郎楊運之問道。

「昨夜有月光，小民躲在一旁雖然看得不是特別清晰，但因為其中一人是面熟的，所以一眼就認了出來。」

「那個人是誰？」

「是……」夜香郎又向邵明淵望去。邵明淵神色平靜，令人瞧不出端倪。

「再吞吞吐吐的，拉下去打板子！」刑部侍郎楊運之不耐煩道。

「是黎修撰府上的那個年輕車夫！」
這話一出，眾人俱看向邵明淵。
「冠軍侯，你還有什麼話說？」西姜恭王厲聲問道。
邵明淵定定看了夜香郎一眼，神色淡漠。「那就叫人來問問吧。」
沒多久晨光趕了過來，聽完事情原委險些氣歪鼻子，指著夜香郎道：「你說瞧見我殺人？」
夜香郎嚇得連連後退。蘭山輕咳一聲道：「侯爺，人證已經站出來了，依我看這個車夫就由三法司好好審問吧。」
邵明淵劍眉輕揚。「審問可以，不過這個人證——」
他說著輕瞥夜香郎一眼，語氣淡淡道：「我認為他在撒謊。」
夜香郎渾身顫了一下。
「哦，侯爺這樣說，不知有何憑證？」蘭山緩緩問道。
邵明淵沒回答蘭山的問題，清冷目光落在夜香郎面上。「你再描述一遍看到那兩人的情況。」
夜香郎不敢直視冠軍侯的眼睛，低頭道：「小民看到……看到那兩個人拖著個東西從杏子胡同出來——」
「等等。」邵明淵打斷他的話，「他們拖著那個東西出來後做了什麼？」
西姜恭王眉頭深深擰起。什麼叫拖著那個東西？那是他們西姜的第一勇士！
夜香郎被邵明淵乍然打斷，更緊張了。「就、就把那個東西丟到大街上了啊！」
「華勝的屍身。」西姜恭王終於忍不住糾正。
邵明淵牽牽嘴角，並不理會恭王的插言，繼續問道：「他們把那東西丟到大街之後呢？」

「就走了啊。」夜香郎神色茫然。冠軍侯反覆問這些做什麼？不知為何，他總覺得心裡發慌。

西姜恭王：「……」這些沒有禮貌的大梁混蛋！

「他們把屍體丟下就走了？」邵明淵再次問道。

夜香郎點頭。「對。」

邵明淵笑笑，看向刑部尚書寇行則。「寇尚書，發現華勝屍體的現場已經檢查過了吧？」

寇行則對刑部侍郎楊運之略一頷首。

楊運之開口道：「下官已經帶人仔細檢查了現場。」這種命案調查原本交給手下人就足夠了，但此次關乎兩國和睦，非同尋常，他是親自帶人去查看的。

「那麼從杏子胡同到發現華勝屍體的西大街上，這一路可有血跡滴落？」

眾人皆是一怔。

「楊侍郎？」邵明淵喊了一聲。

楊運之擦擦額頭。「這個當時並未留意。」

邵明淵輕笑一聲。「案發後西姜公主說華勝因夜探黎府而死，我以為楊侍郎該派人查過了。」

「下官慚愧、慚愧。」楊運之神色尷尬。

「還不派人去查！」寇行則沉聲道。真是一群酒囊飯袋，讓他連覺都睡不踏實！

很快衙役就報來檢查結果：「回稟大人，從杏子胡同到西大街並無血跡滴落。」

「那麼西大街發現屍體的地方呢？」邵明淵淡淡問道。

「那裡有一灘血窪，今天雖然剛剛清洗過，但還是洗不掉。」

邵明淵笑笑。「現在各位大人清楚了吧？夜香郎說看到兩個人把華勝的屍體拖到西大街上就走了。倘若華勝是先被殺而後拖到那裡，這一路怎麼會沒有滴落血跡呢？事情已經很明顯，華勝被拖到西大街上在先，被人割喉在後，夜香郎分明在撒謊。」

「大膽夜香郎，竟然敢胡亂說話！」寇行則狠狠一拍桌案。

夜香郎癱倒在地。「小民不敢亂說，真的不敢亂說啊。當時天色暗，小民看得並不清楚，也許是那兩個人把人拖到那裡後順手給了一刀……」

「侯爺，據我所知，黎府的這位車夫是你的親衛？」大理寺卿突然道。

言下之意，堂堂冠軍侯親衛，要把人割喉那只是瞬間的事。

邵明淵忽然笑了。「張寺卿對本侯的事很關注啊？」

大理寺卿笑笑。「偶然聽人提到而已。」

邵明淵忽然神色冷厲起來。「張寺卿說得不錯，黎府的這位車夫確實是本侯的親衛，而這更加證明這位夜香郎在撒謊。」

「侯爺此話怎講？」眾人不解其意。

邵明淵輕笑一聲。「倘若真是我的親衛殺的人，又被這位夜香郎看到，他焉有活命之理？諸位該不會以為本侯的親衛是酒囊飯袋，夜香郎能推著一車糞躲在不遠處而不被發現吧？」

眾人被問得啞口無言。對呀，就夜香郎幹活時的那氣味，別說冠軍侯的親衛了，就是個傻子都能發現啊。

邵明淵劍眉輕揚，睇了西姜恭王一眼。「當然還有最重要的一點。」

「什麼？」西姜恭王下意識問道。

「退一萬步講，即便西姜勇士真是我的親衛所殺，那與西姜公主的死有何關係？」邵明淵一字一頓問道。

喬昭一直站在邵明淵身畔，聽他說完不由抿唇淺笑。她原本打算開口的，現在看來是亂擔心了，沒想到他還是個能言善辯之人。

彷彿猜到喬昭此刻在心裡讚賞他，邵明淵悄悄握了一下她的手又快速放開，臉上笑意更深。

「如果各位大人想知道真相，不如好好審問一下這位夜香郎，看他站出來作偽證陷害本侯是受何人指使。」

「來人，把夜香郎帶下去嚴加審問！」寇行則厲聲道。

「蘭閣老，倘若沒有別的事，本侯就先走了。」

蘭山面沉似水看著邵明淵，最終緩緩點頭。「侯爺請便。」

「蘭首輔——」西姜恭王滿心不甘喊了一聲。

蘭山道：「王爺，這個證人的證詞確實漏洞百出，可以等嚴加審問之後再說，且就算最後證實是黎府的車夫殺了貴國勇士，公主遇害之事還要深入調查。」

這位西姜恭王真是天真，就算黎府車夫殺了西姜勇士，別說留下冠軍侯了，就連人家車夫都留不下啊。夜闖民宅，打死頂多就是賠錢了事，涉及外賓雖然麻煩些，但也不可能蹲大牢。

聽蘭山都這麼說了，恭王只得點了點頭。

邵明淵離開前提醒：「事關兩國和睦，公主遇害一案各位大人最好叮囑下屬嚴加保密。」

「這是自然。」眾人紛紛道。

不料這話才說了沒多久，西姜公主慘死鴻臚客館一事就如插上翅膀般傳遍了京城大街小巷。

二〇七　雪上加霜

「外面怎麼說？」黎府隔壁宅子的書房內，邵明淵揉了揉眉心。

「回稟將軍，外面說您衝冠一怒為紅顏，為了替黎姑娘出氣殺了西姜公主。」

邵明淵垂眸喝了口茶。

「將軍，卑職留意了一下，那些百姓倒是拍手稱快，沒人說您不好的。」

邵明淵沒有接話，吩咐道：「去看看黎姑娘來了沒？」

話音才落，少女輕柔聲音傳來：「庭泉，外面的情況我都聽說了。」

邵明淵迎過去，拉著喬昭的手返回室內坐下，摒退了親衛。

「昭昭，這次的事情應該是衝我來的，幕後之人定然還有後手。」

書房陳設簡樸，開著的窗外栽著一叢芭蕉，把春光遮擋去大半，使屋內光線有些昏暗。

喬昭皺眉思索，喃喃道：「先是殺了西姜勇士，藉著黎府與你扯上聯繫，緊跟著西姜公主又遇害，明顯是讓你陷得更深。那個夜香郎出來作偽證，恰好證實這一切不是巧合，而是有人蓄意為之。我想，他先前做的這一切都是為了如現在這般把謠言傳遍，坐實你殺害公主的事實。」

說到這裡，她擰眉更深。「民意，這個幕後之人利用的是民意，那他下一步行動應該還是與此有關。」

一隻大手伸過來，輕輕揉了揉她眉心，男子低沉醇厚的聲音響起：「別皺眉想這麼多，兵來將擋水來土掩，我相信一切魑魅魍魎都不會長久的。」他是一名武將，勾心鬥角、玩弄權術那些既不擅長，亦不屑於，他相信在絕對的實力面前那些終究只會是曇花一現。

喬昭笑著揮開邵明淵的手。「蒼蠅雖小，畢竟煩人，能把那人揪出來才好。」

邵明淵順勢握住她的手，嘆道：「樹大招風，朝中乃至北齊、西姜等國看我不順眼的多得是，想要揪出那人不容易。不如靜觀其變看對方下一步行動，對方做得越多，越容易露出馬腳。」

「嗯，只是你要小心些。」

邵明淵把一張俊臉湊過來，笑道：「昭昭，妳若是親我一下，我定然會有好運的。」

「邵明淵！」喬昭嗔他一眼。這種時候了他居然還有心思調笑。

「真不親啊？」俊臉在她眼前放大，男人眼睛輕輕眨動，眼底帶著希翼。

喬昭本想伸手推開這無賴的人，可是對方眼中的血絲卻讓她一顆心驀地軟了下來，抿了抿唇，快速在男人側臉落下蜻蜓點水般的一吻。邵明淵摸著左臉笑起來。

「我得回去了，因為冰姨娘的事，祖母心裡一直不舒坦，母親又快生了，我想多陪陪她們。」

「我送妳。」

邵明淵把喬昭送到門口，喬昭停下來。「就在隔壁，你就別過去了。」

「好。」

這麼老實的態度讓喬昭寬心不少，對他嫣然一笑，提著裙襬往外走去。

「昭昭。」邵明淵在身後喊了一聲。

少女回眸。「嗯？」

大手落下來，在她頭頂揉了揉。「妳好像長高了點。」

喬昭捂住自己的頭髮。「邵明淵，你好煩，把我頭髮都弄亂了。」她不就是矮了點嘛，至於天天盯著她的身高看？

邵明淵湊過來，在她耳邊低聲道：「希望妳嫁過來時，能超過我肩膀高。」

「你閉嘴！」喬姑娘惱羞成怒，踢了邵明淵小腿肚一下，轉身跑了。

邵明淵站在門前看著少女身影消失在黎府門口，才接過親衛遞過來的韁繩，翻身上馬離開了杏子胡同。

刑部那裡審問夜香郎並不順利，當天夜裡夜香郎就死在了牢房裡，仵作檢查不出死因，最後以暴斃而亡蓋棺定論，問起獄卒，全然說不出異常之處。

西姜公主的案子調查陷入僵局，可外面老百姓們卻認定了殺死西姜公主的就是冠軍侯，甚至不知內情的勳貴百官也是如此認為。眾口鑠金，積毀銷骨，謠言的力量總是驚人，雖然百姓們提起冠軍侯並無不滿之詞，但此舉無疑把邵明淵置在了風口浪尖之上。

而很快，關於冠軍侯又有了新傳聞。

飯後京城大街小巷的茶攤上，不少人一手端著個老舊茶壺，或是捧著個粗瓷茶缸子，眉飛色舞地聊著令人激動的八卦消息。

「你們聽說了沒，冠軍侯居然是私生子！」

「不會吧，冠軍侯不是靖安侯府的二公子嘛，怎麼會是私生子呢？」

「這你就不知道了吧，這消息就是從靖安侯府傳出來的。」提起這個話頭的人慢條斯理喝了一口劣質的茶水，賣起關子來。

「今天你的茶水錢我付了，快別賣關子了。」

那人心滿意足，這才說起來：「冠軍侯啊，原來是靖安侯的外室生的，靖安侯為了給冠軍侯一個名正言順的身分，就把他抱了回來充當嫡子養。」

「這不對啊，靖安侯把冠軍侯抱回來充當嫡子養，靖安侯夫人能答應？再說就是答應了，平白無故多出個孩子來這能瞞得住？」

「說來也巧了，靖安侯夫人那時候恰好生了一個兒子，據說是先天體弱，生下沒多久就病死了，靖安侯就把這事給瞞了下來，來了個李代桃僵。你想啊，剛生下來的小娃娃長得都差不多，誰能發現呢？」

當了爹的聽者都跟著點頭。「確實長得差不多。」

那人搖頭晃腦道：「可惜啊，別人認不出，當娘的還是能認出來的。靖安侯夫人一早就知道冠軍侯私生子的身分，所以這些年來對這兒子一直很冷淡，這可是靖安侯府上下都知道的。」

「那這事你是怎麼知道的呢？」

「我也是聽隔壁街二大爺的大兒媳婦的外甥說的。那小子在酒樓當夥計，恰好靖安侯世子去喝酒，喝醉了把這事給抖落出來的。原來靖安侯夫人為了這個事與靖安侯鬧僵了，一氣之下不理俗事吃齋念經去了，靖安侯世子心裡氣不過，這不就酒後吐真言了……」

「要是這樣的話，那靖安侯可真不是個東西……」

「可不是嘛，靖安侯這事確實做得不地道，有私生子不要緊，哪能這樣弄呢。」

這種看法不只在百姓之間流傳，那些百官勳貴的家中，不知多少夫人、太太們亦在跟著罵。

「老爺，你以後還是別和那靖安侯來往了，近墨者黑，可別被他帶壞了。」

「婦人之見。」

「什麼婦人之見？你是不是也瞞著我在外面置了外室？」

隔天官員們上衙，不知多少人臉上掛了彩，大家互覷一眼，心有靈犀一笑。

而靖安侯府中，氣氛低沉壓抑，靖安侯提著一把刀，怒氣沖沖去了靖安侯世子那裡。

「逆子，我今天就宰了你這個嘴上沒有把門的！」

靖安侯世子邵景淵慌忙躲避。「父親，就因邵明淵外室子的身分曝光，你就要兒子的命？」

「你給我住口！」靖安侯一刀劈了過去。

「侯爺請手下留情啊。」靖安侯世子夫人王氏抱著幾個月大的幼女，擋在邵景淵身前。

小嬰兒嚇得撕心裂肺哭起來，靖安侯見狀急忙收回刀。「王氏，這裡沒有妳的事！」

王氏淚水漣漣地哀求：「侯爺，您教訓世子，兒媳原不該多嘴的，但刀劍無眼，世子是兒媳三個孩子的父親，兒媳不能看著他出事啊……」

「唉！」靖安侯重重嘆一口氣，把刀往地上一扔，厲聲道：「來人，送世子夫人回房！」

「侯爺──」

靖安侯怒瞪邵景淵一眼。「畜生，你但凡有點骨氣，就別讓你媳婦擋在前面！」

邵景淵臉上時紅時白，對王氏道：「妳先回屋吧。」

「世子──」

「回去！」邵景淵臉上掛不住，厲聲吼道。王氏一窒，壓下心頭怒火抱著孩子掉頭走了。

靖安侯沒再撿起扔到地上的刀，抬腿踹了邵景淵一腳。世子被踹倒在地，發出一聲慘叫。

不遠處圍著一圈下人，皆不敢勸，悄悄交換的眼神中卻流露了對世子的同情。侯爺真是太狠心了，難怪夫人氣得躲在小祠堂裡吃齋念佛呢。

靖安侯又是一腳踹過去，邵景淵在地上打了個滾，低低呼痛。

「畜生，放著安生日子不過，你是不是想惹出大亂子來才滿意？」

邵景淵知道躲不過這場打，乾脆不躲了，任由靖安侯一腳腳落在身上，咬牙道：「父親，兒子到底有什麼錯？」

「到現在你還死不認錯？」

邵景淵仰起頭。「就因為兒子喝多了無意中透露邵明淵的身分，您就要打死兒子？父親，我才是世子，他不過是個外室子罷了。為什麼您一直這麼偏心？」

「你給我住口！」靖安侯一巴掌搧過去。

「父親，您不要打大哥了！」聽到動靜趕來的邵惜淵抓住靖安侯手臂。

靖安侯含怒看了邵惜淵一眼。過了一個年，邵惜淵又長高不少，已經徹底脫了孩子的稚氣，成為一個風華正茂的少年郎了。

「父親，大哥雖然有錯，但只是無心之失，您就算打死他，二哥的身分還是人盡皆知了啊。」

靖安侯沒理會幼子的話，怒視著邵景淵。「逆子，你是不是篤定了這一點，才做出這等算計手足的事來？」

邵景淵垂眸，語氣轉冷：「父親想多了，兒子真的是酒後失言。」

哼，邵明淵算什麼手足？一個外室子，占了他真正二弟的身分，害得原本相敬如賓的父母鬧到如此生分的地步，偏偏還享受世人敬仰，憑什麼？他就是要他不堪的身分曝光，聲名敗壞！

腳步聲傳來，僕從們的聲音皆有些猶豫：「二公子……」

靖安侯父子三人猛然看過去，就見邵明淵大步走了過來。他今日穿的是一件竹青色直裰，襯得人如朗月清風，讓人移不開眼睛。僕從們看著邵明淵這樣走來，心中竟莫名生出一個念頭：二公子的生母定然極美，能把侯爺迷惑住就不奇怪了。

「父親。」邵明淵走到靖安侯面前站定，見了禮。

「明淵，你怎麼過來了？」在這種時候面對二兒子，靖安侯神情尷尬。

邵明淵面色卻平靜如水，溫聲道：「父親，我想與大哥單獨聊聊。」

靖安侯看了邵景淵一眼，有些遲疑。

邵明淵笑笑。「父親放心，我只是與大哥說說話。」

靖安侯嘆口氣：「你們聊吧。」

邵明淵走到邵景淵面前，彎腰伸手去扶他，邵景淵見狀揮開邵明淵的手。「我自己可以起來，不麻煩你了。」邵明淵直起身，沒有吭聲。

邵景淵站了起來，面上掛著無所謂的表情。「去那邊亭子裡聊吧。」

二人走進亭中，既沒有脫離眾人視線，又不必擔心說話被人聽到。

邵景淵雙手環抱胸前，冷冷道：「邵明淵，我不知道與你有什麼可聊的，有話快說。」

「大哥……」

邵景淵擺擺手。「何必這麼虛偽，這個時候還叫我大哥？」

邵明淵嘴角逸出一絲苦笑。「即便我是外室子，我依然是父親的兒子。」自小到大，他從沒奢望過嫡母與兩個兄弟對他有深厚的感情，但這樣手足反目的場景亦是不願見到的。

「大哥，你當日是和誰喝的酒？」

邵景淵一怔，隨後冷笑。「怎麼？你不能把我怎麼樣，就想對我的朋友出手了？」

「大哥，我希望咱們能心平氣和談談。」

「心平氣和？邵明淵，我不妨實話告訴你，只要一想到你頂著我同胞兄弟的名分噁心了我母親二十多年，我見到你只想讓你滾遠點，這輩子也不會心平氣和與你談！」

邵明淵薄唇緊緊抿起，等邵景淵說完，略微彎了彎唇角。「大哥既然不想心平氣和談，那我就直說了。這次的事是衝著我來，你成了對方利用的一把刀，我若不找出幕後之人，這把刀不但會傷了我，還會傷了靖安侯府。」

邵景淵冷笑。「邵明淵，你不必嚇唬我，不就是你見不得人的外室子身分曝光了，大名鼎鼎的冠軍侯身上有了汙點，你就坐不住了嘛。可惜啊，有些人生來就是低賤，任他再能耐也是沒法子改變的事。」

邵明淵看著邵景淵的目光冷了下來。「大哥，你是靖安侯世子，我以為個人喜惡該放在侯府前程之後——」

「你不必扯什麼侯府前程，難不成世人都知道你是外室子，就能影響侯府前程？簡直笑話，我看你是擔心影響自己前程吧？好了，我沒什麼和你說的了，你若要點臉，以後就別來了。」

邵明淵定定看著邵景淵，輕笑一聲。「那好，既然大哥不願意說，我也不強求，世上沒有不透風的牆，我想知道的總會查出來的。」

邵明淵離開涼亭，辭別靖安侯向門口走去，邵惜淵跑了過來。

「二哥，你就走了嗎？」

邵明淵低眸看著超過他肩膀高的弟弟，輕輕笑了笑。「是呀，就走了。」

「二哥……」邵惜淵訥訥喊了一聲。

「三弟有事嗎？」

「其實……」邵惜淵猶豫了一下，遲疑道，「我也覺得大哥不該說出去，但你能別怪大哥嗎？母親病了，大哥心裡難受……」

邵明淵抬手拍了拍邵惜淵肩頭。「三弟，到了這個時候，怪與不怪都沒什麼打緊的了，你不用摻和這些，別落下手上功夫，二哥走了。」

「二哥——」看著邵明淵越走越遠，邵惜淵站在原處許久都沒有動。

他以前不大喜歡二哥，特別是二哥殺了二嫂之後，更是覺得他討厭極了，可是現在為何覺得二哥有些可憐呢？

小時候他總告訴自己，是二哥不聽話才惹了母親生氣，母親沒有偏心。可是現在他知道了，母親對二哥確實是不好的。可是，這能怪母親嗎？要是母親也沒有錯，那到底是誰錯了呢？

邵惜淵只覺心頭茫然一片，最終垂頭喪氣回房去了。

邵明淵回到冠軍侯府後，親衛稟報道：「將軍，黎府派人來傳信，請您過去一趟。」

邵明淵聽了心頭一跳，問道：「傳信的人有沒有說是誰請我過去？」

親衛同情看了自家將軍大人一眼。「是黎府大老爺。」

見將軍大人表情呆滯，親衛補充道：「呃，就是您的岳父。」

「好了，我知道了。」邵明淵揮手把親衛趕出去，坐在書房裡狠狠揉了揉臉。

岳父大人這時候叫他去黎府？文人重禮教，岳父大人該不會是聽說了他外室子的身分，打算悔婚吧？

一想到這種可能，邵明淵只覺整顆心都揪了起來，如錐刺心。

對親情，他已經沒有期待，此生能與昭昭攜手便是最大所求，倘若婚事橫生波折，他大概會做出自己都想不到的事來。

窗沒有開，書房中光線昏暗，邵明淵靜靜坐了許久，猛然站了起來。

逃避不是辦法，大不了他臉皮再厚點，岳父大人要是想悔婚，就哭給他看好了。

杏子胡同黎府。

「大老爺，侯爺來了。」

「請進來。」

不多時邵明淵掀簾而入，目光在緊挨著黎光文而坐的喬昭身上一掠而過，見禮道：「小婿見過岳父大人。」

黎光文伸手一指。「坐吧。」

邵明淵默默坐下。

黎光文端起茶盞喝了一口水，斜睨著邵明淵。「外頭那些消息我都聽說了。」

邵明淵垂眸，恭恭敬敬聽著。

「此事到底是真是假？」黎光文正色問道。

邵明淵沉默片刻，輕輕點頭。「回稟岳父大人，此事是真的，小婿確實是外室子。」說出這話，年輕將軍耳根微紅。他憑軍功掙得如今地位，從不覺得出身決定一切，可唯有在昭昭的父母面前，方覺氣短。

黎光文認真看著邵明淵。「那你是現在才知道，還是早在訂婚前就知道了？」

邵明淵臉色發白。

「父親……」喬昭忍不住喊了一聲。黎光文拍拍喬昭，示意她不要說話。喬昭只得遞了個無奈的眼神給邵明淵。

邵明淵老實回道：「早在訂婚前我父親便對我說過了。」

「那你們靖安侯府這是騙婚啊。」黎光文冷冷道。

邵明淵臉色微變，慚愧道：「是小婿做得不好，應該一早對岳父大人稟明的。」

「我問你，你還有沒有事瞞著昭昭？」

「沒有。」邵明淵立刻道。

「那以後再遇到事你不會瞞著她吧？」

「不會的，夫妻同心，以後無論遇到什麼事，小婿都會與昭昭商量。」

黎光文這才滿意點頭。「記住你今天說過的話就好。」

邵明淵心中微鬆，卻不敢相信這麼容易就過關了，愣愣看著黎光文。

黎光文見狀不由好笑。「怎麼，想讓我管飯啊？」

「呃，那小婿就卻之不恭了。」岳父大人願意管飯，看來到手的媳婦不會飛了。

「行了，去飯廳吧，飯菜已經準備好了，今天咱們爺倆好好喝一杯。」

「是。」邵明淵飛速看了喬昭一眼。

「昭昭也來吧。」黎光文淡淡道。

飯廳裡果然已經擺好了酒菜，黎光文端起酒杯與邵明淵碰了碰杯，一飲而盡。

待到酒過三巡，黎光文打開了話匣子：「今天叫你來，就是看你會不會說實話，要是油嘴滑舌，我可不放心把女兒交給你。」

「小婿口拙，從不會油嘴滑舌。」

黎光文已是有些喝多了，瞇著眼點頭。「這樣很好。明淵啊——」

「小婿在。」

「不要在意那些風言風語。一個人的品格是由出身決定的嗎？正室所出就人品高潔，外室所出就卑劣不堪了？都是狗屁！」黎光文又舉杯喝光。

「父親，您喝多了。」喬昭也不懂她原以為的鴻門宴怎麼就變成喝酒談心了。

「我沒喝多。」黎光文眼神晶亮。「就算喝多了，我心裡明白著呢。這世上正室所出的嫡子千千萬，但能擋住北齊韃子那些豺狼虎豹的唯冠軍侯一人耳。明淵啊，你就好好做自個兒就行了，不必在意世俗偏見。還有，還有昭昭——」黎光文茫然四顧，「咦，昭昭呢？」

「父親，我在這呢。」喬昭無奈道。

黎光文拉起喬昭的手放到邵明淵手裡。邵明淵怔住。

「昭昭啊，妳也不許因為明淵的出身就亂想。他對妳的好，為父看在眼裡呢——」黎光文確實喝多了，話沒說完便趴在了桌子上。

喬昭看向邵明淵。邵明淵卻忽然別過眼去，握著她的手緊了一下。

「庭泉？」

邵明淵恢復了如常神色。「昭昭，我們扶岳父大人回房歇著吧。」

安置好黎光文，喬昭送邵明淵出去。

「幕後之人先是把你推到風口浪尖上，又曝光了你的身世，就是為了讓世人都關注到這一點，但這些對你來說頂多是美玉微瑕，我估計他們還有殺手鐧沒使出來。」

「我已經派人著手調查了，這些事情交給我就好。」

首輔蘭山府邸的書房中，蘭山輕輕敲著書案，其子蘭松泉推門而入。「父親，您找我？」

「這個你看看。」蘭山把一張素箋推給蘭松泉。

蘭松泉掃了一眼，只見上面寫著一個人的生辰，具體到了某日。

在大梁，生辰八字是一個人很私密的資訊，除了議親時會拿給媒人，等閒不會讓旁人知道，蘭山遞給蘭松泉的這張素箋上就沒有寫明此人生於某時。

「你猜這是誰的？」蘭山笑呵呵問道。

蘭松泉這些年青出於藍而勝於藍，很多算計政敵的手段都是他想出來的，可以說是一肚子壞水，聽蘭山這麼一說眼珠一轉，脫口而出道：「冠軍侯？」

蘭山笑著點頭。「不錯，正是冠軍侯。」

蘭松泉在蘭山對面一屁股坐下來，納悶道：「父親，您打聽來冠軍侯的生辰做什麼？」

蘭山身體後仰，調整了個舒服的坐姿，不緊不慢道：「外頭的傳聞你沒聽說？」

蘭松泉嗤笑一聲。「冠軍侯是外室子的事？這個不都傳遍了，我能沒聽說嘛，不過這不能作為咱們攻擊他的理由吧，您要真以此上書，非招皇上一頓罵不可。」

蘭山淡淡瞥蘭松泉一眼。「當然不能以此上書。你這些年雖然很長進，但十幾二十年前的事恐怕沒有留意過。靖安侯年輕時常年在外領兵打仗，留在京城的時候不多，而那時他與妻子是出了名地恩愛。」

蘭松泉一聽打起了精神，坐直身體道：「父親，您的意思是——」

蘭山年紀很大了，努力抬了抬眼皮露出渾濁目光，緩緩道：「要是冠軍侯與靖安侯的三子年紀換一下，還能說靖安侯後來圖新鮮養了外室。可看冠軍侯的年紀，那時靖安侯留在京城的時間並不多，難不成還有心思養外室？」

「父親，您就直說吧，早年的事我確實沒怎麼留意過。」蘭松泉雖不明白父親為何說這些，卻隱隱覺得他即將知道一件驚天動地的大事。

蘭山渾濁目光落在寫有邵明淵生辰的素箋上，聲音轉輕：「明康五年，鎮遠侯被我參倒，全族上下皆被斬首，可是鎮遠侯的幼子並不在其中，當時的解釋是鎮遠侯幼子胎裡帶了毛病，行刑前就已經夭折了。」

蘭松泉眼睛猛然一亮。「明康五年，算算正是二十一年前，而冠軍侯如今二十二歲。父親，您是不是猜測，冠軍侯正是鎮遠侯那名幼子？」

蘭山緩緩點頭。「不錯。若沒有外頭流傳的消息我是從沒往那方面想的，可是現在有了冠軍侯是靖安侯外室子的傳聞，與其讓我相信靖安侯二十多年前養了外室，我更相信這是他李代桃僵，保下了鎮遠侯的幼子！」

蘭山閉上眼睛，思緒回到了二十一年前。

明康五年，那可真是腥風血雨的一年。肅王叛亂，他藉此扳倒了鎮遠侯，他還記得當時為鎮遠侯求情的官員跪了一地，甚至有御史撞死在龍柱上死諫，好在那時皇上對與肅王有關的事深惡痛絕，沒有動搖決定。

靖安侯正是替鎮遠侯求情奔走的官員之一，思及此處，蘭山渾濁的眼神驟然射出一道精光。寧可錯殺一千，不可放過一個！冠軍侯是鎮遠侯的遺孤也罷，不是也好，他都不會冒這個風險，務必斬草除根！

「父親，寧可錯殺一千不可放過一人，咱們得弄死冠軍侯！」蘭松泉激動得臉紅脖子粗。

蘭山拍拍蘭松泉的肩膀，心道：到底是他親兒子！

「父親，早年的事您可有什麼線索？」激動過後，蘭松泉恢復了冷靜。

蘭山瞇起眼睛嘆了口氣。「過去太久了，縱是有什麼線索也斷了。」

蘭松泉狠狠一笑。「線索斷了不要緊，證據還不是人弄出來的，再者說，咱們皇上真的想殺人，可不需要什麼確鑿的證據。」

蘭山緩緩點頭。他當了數十年的臣子早已看明白，那位高高在上的帝王，對臣子動刀更需要的是藉口，從來不是證據。

「父親，那我就去忙了，爭取等皇上出關時給他一個驚喜。」

蘭山擺擺手。「去吧，我上了年紀精力不濟，這些事就靠你了。」

蘭松泉風風火火離開了，蘭山喝了口茶，靠著椅背閉目養神起來。

靖安侯府中，氣氛低沉至極，下人們走路都放輕腳步，唯恐惹了主子不痛快平白挨罵。

以往侯府是靖安侯夫人當家，靖安侯夫人禮佛後換了世子夫人當家，侯爺對闔府上下來說就是老好人般的存在，從沒有人見他發這麼大的火。

世子所中，邵景淵挨了一頓狠打後起不來床，世子夫人王氏正坐在床邊給他上藥。

「哎呦，妳輕點兒。」

王氏輕撇了一下嘴角。「世子，您何必惹侯爺生氣呢——」

「妳懂什麼！」沒等她說完邵景淵就翻了臉，因牽扯到傷口又是連連呼痛。「母親都快被氣死了妳看不到嗎？憑什麼邵明淵春風得意、青雲直上，我卻只能當啞巴，眼睜睜看著母親受苦？」

王氏並不認同邵景淵的話。「現在世人都知道侯爺寵妾滅妻了，咱們侯府成了世人指指點點的物件，又有什麼好處呢？」她現在管著家，當然要為自己的三個孩子著想，等將來兩個哥兒議親時，人家要是來一句上樑不正下樑歪，擔心她兒子跟著祖父學，那才是啞巴吃黃連呢。

邵景淵直接推開王氏。「妳要是不想給我上藥，就換別人來！」

「世子——」

「出去！」

王氏閉閉眼，忍下火氣默默走出去，招來管家問道：「侯爺今天還是沒好好用飯嗎？」

「是呢，早上端進去的飯菜又原封不動端了出來。」

王氏聽得直皺眉。「侯爺上了年紀，不吃飯可受不住，中午你吩咐廚房做些好消化的，我親自給侯爺端過去。」

就世子這性子，等繼承了爵位對她還不一定如何呢，她還是盼著侯爺多活幾年吧。

此時靖安侯正待在書房裡，猛然從矮榻上坐起，吩咐守在門外的僕從：「叫三公子過來。」

「父親，您找我？」邵惜淵走進書房時，正看到靖安侯背著手在書房裡來回踱步。

聽到聲音，靖安侯停下來，對邵惜淵招招手。「惜淵，你過來。」

邵惜淵走到靖安侯面前，心中莫名有幾分不安。

「惜淵啊，我記得年前你和我提過，打算去白鹿書院讀書？」

白鹿書院在河渝縣，雖然比不了國子監這樣的官家學府，勝在氣氛寬鬆，更注重一個人的全面發展，尤其是騎射上最為出名。

邵惜淵聽靖安侯突然提起這個，不由一愣。「是的，父親。」

靖安侯伸手拍了拍邵惜淵肩頭。「你回去收拾一下，這兩天就去吧。」

「父親？」邵惜淵不敢相信自己的耳朵。明明之前他磨了父親好幾次都沒答應，怎麼忽然就鬆口了？

「傻愣著幹什麼，還不回去收拾東西。」

「父親，您以前不是說白鹿書院太遠，不讓我去嘛。」

靖安侯沉默了一瞬，笑著解釋道：「之前你太小，怕你離父母遠了調皮搗蛋，現在你也大了，該出去長長見識了。」

邵惜淵高興起來。「那我回去收拾東西了。」

「去吧、去吧，我派老管家陪你去，到時候有拿不定主意的多問問他。」

「噯，兒子知道了。」邵惜淵興沖沖走到門口，突然停下來。靖安侯見狀抬抬眉毛。

「父親，大哥的事您就別生氣了，他肯定不是故意的。」

靖安侯勉強笑笑。「快去吧，我不生氣，事情既然已經發生了，生氣也沒用的。」

邵惜淵露出個笑容。「您不生氣就好，那兒子走啦。」

待到邵惜淵離開，書房裡安靜無聲，一片死寂，靖安侯枯坐許久，吩咐人去請邵明淵。

沒過多久邵明淵來到靖安侯府。

「侯爺，二公子來了。」

「請他進來。」

管事把邵明淵領至靖安侯書房，在靖安侯示意下默默退出去並關好了房門。隨著「吱呀」聲傳來，書房門緩緩闔攏，屋內光線驟然暗了下來，靖安侯坐在背光處，看不清臉上表情。

「父親。」邵明淵規矩見禮。

看著豐神俊朗的次子，靖安侯眼角一熱，啞聲道：「明淵來了，過來坐吧。」

邵明淵走過去，在靖安侯對面坐下來。靖安侯仔仔細細打量著次子，邵明淵面上不露多餘情緒，任由靖安侯打量。

良久後，光線昏暗的書房內響起一聲輕嘆。「我兒真的長大了。」

「父親——」

靖安侯擺擺手。「你聽我說。」

邵明淵不再說話，身體前傾擺出認真聆聽的姿態。

「明淵啊，你當了二十多年天之驕子，忽然聽到自己乃外室子的身分，心裡很難受吧？」

邵明淵沉默片刻道：「人這一生有許多選擇，唯有出生不能選擇。父親不必替我擔心，我早已想通了。」清楚了自己的出身，他才能告訴自己，那些年母親對他的冷眼，不是因為他不夠好。

靖安侯深深看著邵明淵，眼中水光閃動，低嘆道：「是呀，人這一生有許多選擇，甚至連死亡的方式都可以選擇，唯獨不能選擇出身，不能選擇父母。」

邵明淵靜默無言，心中卻納悶起來。父親在他印象中並不是喜歡感慨的人。父親是名武將，有著大多數武將的共通點，不善言談，簡單直白。難道說，今天父親叫他前來，另有深意？

「父親，您是不是有話要對我說？」

靖安侯微微一怔，而後輕嘆一聲。「明淵，你大哥與三弟，皆不如你。」

「父親這樣說，兒子慚愧——」

靖安侯笑笑，似是下定了決心不再猶豫。「明淵，你無需慚愧，你大哥與三弟不如你並不奇怪，因為你的父親便是那樣出類拔萃的人物，你是他的兒子，當然不會差到哪裡去。」

邵明淵猛然變色。「父親，您這話何意？」

話已說出口，靖安侯後面的話反倒順暢起來：「從你是外室子的謠言傳遍了開始，我就知道這事瞞不住了。明淵，你聽好，你便是鎮遠侯的遺孤。」

「鎮遠侯？」邵明淵喃喃念著這三個字，一種巨大的茫然撲面而來，彷彿巨浪把他淹沒，連呼吸都是疼的。

「對，就是曾經鎮守山海關的常勝將軍鎮遠侯。二十一年前，也就是明康五年，蘭山藉著肅王叛亂的餘波參了鎮遠侯一本，皇上龍顏大怒，下旨誅殺鎮遠侯全族……」靖安侯把二十多年前的往事娓娓道來，足足講了近一個時辰才停下來。

邵明淵已經聽呆了，喃喃道：「您是說，我其實是鎮遠侯的兒子，當年被您與幾名義士救了下來，就連大儒喬拙都是因為知道我是鎮遠侯遺孤，才把孫女許配給我？」

靖遠候重重點頭。「不錯。當初能救下你，亦離不開喬先生的幫助。明淵，可以說你這條命是許多人拿命換來的，看到你這些年來抗擊韃虜、保家衛國，為父很欣慰。我們知道，這一切都是值得的。」

邵明淵臉色卻猛地變了，語氣微顫：「父親，那……那您原本的次子……」說到這裡，邵明淵已說不下去。他實在不敢想像，倘若父親真用親兒子的命換了他的命，他餘生該如何償還。

靖遠候輕輕笑了笑，眼中滿是慈愛。「不是你想的那樣。那孩子確實天生體弱，出生沒多久就夭折了。」

邵明淵鬆了口氣，轉而心又懸起。「那母親——」

靖安侯苦笑一聲。「這件事，是我對不住你母親在先。我們的次子夭折，當時你母親產後血崩，沒看過那孩子幾眼，我以為用你悄悄頂了那孩子的身分，既不擔心走漏身分，亦可以讓你母親不必承受喪子之痛，是兩全其美之事。只可惜我低估了一個母親的敏銳，她竟早早發現你不是我們的次子。」

靖安侯閉了閉眼，滿目蒼涼。「蘭山狡詐如狐，早年一直不死心追查你的下落。我甚至連你是私生子的謊言都不敢編造，唯恐走漏半點消息。誰知終究人算不如天算，你母親與我挑明後，我只得推說你是外室子並把你母親送進了佛堂，卻沒想到最後還是壞在你大哥手裡。」

二〇八　從不言悔

說到這裡，靖安侯已是老淚縱橫。

他一直堅信說出口的祕密將不再是祕密，所以鎮遠侯遺孤的祕密越少人知道越好。這些年，他愧疚過、鬱悶過、後怕過，唯有對救下鎮遠侯幼子一事從不言悔。

鎮遠侯曾是大梁的脊樑，挑起了萬里山河，這樣的人，他的血脈不能斷。

「蘭山把持朝政十數年，靠的絕不只是阿諛奉承，你是外室子的謠言傳得沸沸揚揚，我左思右想，覺得這事恐怕瞞不住他了，所以把你喊了過來，不能讓你再蒙在鼓裡。」

邵明淵垂眸，一言不發。他能說什麼呢？感謝上天待他不薄，讓他擺脫了外室子的屈辱身分？可是他全族人的性命又怎麼算？他效忠的君主，卻是殘忍殺害他全族人的劊子手，甚至連幼童都不放過。邵明淵從沒覺得這麼茫然過。他知道這樣的想法大逆不道，可是那股怨氣盤旋於胸口，無處宣洩。

靖安侯明顯老邁的聲音在耳邊響起：「我已經安排你三弟去河渝白鹿書院讀書，那裡有我的老部下，一旦家中有什麼變故，至少能護著他隱姓埋名度過一生。明淵，為父把這個祕密告訴你，是讓你心中有數，若能有個應對就再好不過了。為父無能，除了被動等著蘭山動作，並無好的辦法。」

在京城，武將是永遠幹不過文臣的。秀才造反十年不成，往前數百年就沒有文人起事改朝換代的，是以歷來帝王都會下意識忌憚武將，而更相信文臣。

他們這些領過兵的，一旦回到京城兵權便被收回，猶如老虎入籠，除了看起來嚇人其實沒有一點威脅，根本比不了那些天子近臣，隨便碰碰嘴皮子就能決定人生死。

靖安侯目光深沉看著邵明淵。他知道這孩子不一樣，因為得天獨厚的領兵才能，哪怕同樣是關入籠中的猛虎，龍椅上那位亦不會隨便開刀。

可曾經的鎮遠侯同樣出類拔萃，最終還是難逃鳥盡弓藏的結局。

「父親，您……不必擔心我……」邵明淵聲音低沉，神色莫名。「那大哥他們呢？」

「他們？」靖安侯眼中閃過痛楚。「你大哥不能走，他一走就會被蘭山看出來了。」說到這裡，靖安侯閉了閉眼睛，「你大哥是世子，這是他該背起的責任，亦是他該承受的懲罰。」

早在他收留鎮遠侯幼子的那天起，他就想過無數遍事情暴露之後的結局，但他不後悔。

如果他後悔了，那些撞死在龍柱上的御史算什麼？那些因為求情而惹怒皇上丟了官職甚至性命的大臣算什麼？那些掩護鎮遠侯幼子逃脫後，為了守住祕密自刎身亡的義士們算什麼？

鎮遠侯不惜百死保家國，他們自然也會不惜一切代價替他保住這一滴血脈。

邵明淵單膝跪了下來。靖安侯忙俯身去扶他。「明淵，你這是幹什麼？」

「父親，請您放心，我不會讓你們有事的。」

靖安侯把邵明淵扶了起來，神色難減憂慮。「明淵，你想幹什麼？」

見邵明淵不語，靖安侯吃了一驚。「明淵，你可不要衝動。我知道你手下出眾，可你的親衛統共才數百人，別說京城各衛，單錦鱗衛都有近萬人，一旦對上無疑以卵擊石。更何況——」靖安侯深深看了邵明淵一眼，「更何況你父親是令人敬仰的忠臣良將，你可不能因為一時衝動而壞了他的名聲。」

「父親，您想到哪裡去了。您放心吧，我不會亂來的。」

「不會亂來就好。」靖安侯鬆了口氣。

「不過保險起見，三弟去白鹿書院讀書正好。」

靖安侯強笑著點頭。「是啊，明天我就讓他出門。」說到這裡，靖安侯猶豫了一下，問道：「明淵，你打算如何做？」

邵明淵沉默片刻道：「我會想辦法替鎮遠侯全族沉冤昭雪。」

「這不可能！」靖安侯脫口而出。邵明淵眸光微閃。

靖安侯嘆道：「當初的旨意是皇上執意下的，若是鎮遠侯能沉冤昭雪，豈不是讓皇上承認當年是他錯了？」以明康帝剛愎的性子，怎麼會承認自己錯了呢？

「到了不得不承認的時候，那便只得承認了。」邵明淵眼中冷光閃過。「父親，我先回去了。」

「你去忙吧。」

邵明淵走到外面，正好碰到世子夫人王氏往這邊走來，身後跟著拎著食盒的丫鬟。

「大嫂。」

「二弟這是要回去了？」

「是。」

「留下與侯爺一道用飯吧，這兩日侯爺沒怎麼吃東西，正好這些飯菜足夠兩個人吃了。」

「不了，大嫂，我府上還有事。」邵明淵婉拒。「大嫂替我多勸勸父親吧，保重身體才能談其他。」

見邵明淵神色匆忙，王氏沒有再勸。「既然二弟有事要忙，那我就不留你了，二弟慢走。」

到了書房門口，王氏把食盒從丫鬟手裡接過來，輕輕敲門。「侯爺，兒媳可以進來嗎？」

「進來吧。」

王氏帶著丫鬟走進去，勸道：「侯爺，兒媳聽說您食欲不佳，特意吩咐廚房做了醋醃瓜條和烏雞粥，您多少吃一點吧。」

「把東西放下吧，我過會兒就吃。」

王氏猶豫了一下道：「剛剛兒媳碰到二弟，二弟也說呢，您保重身體才能談其他。」

「讓妳費心了。」靖安侯看著王氏年輕的面龐心中輕嘆一聲，轉而問道：「王氏，我記得下個月就是妳父親五十大壽了吧？」

王氏一怔，隨即點頭。

「妳娘家雖離得遠了些，親家老爺的五十大壽還是不該錯過，妳這兩天收拾一下回去吧。」

「兒媳原是準備對侯爺說的，就是秋哥兒與小妞妞都太小了些，兒媳擔心帶著他們兩個舟車勞頓會生病，這次只打算帶東哥兒去。」

靖安侯沉默片刻，勉強笑笑。「是啊，他們太小，就留下來吧，妳帶東哥兒回去就好……」說到後面，靖安侯聲音嘶啞得厲害，王氏心覺詫異，又想不出個所以然，勸了靖安侯幾句便離去了。

邵明淵回到冠軍侯府中，走在空蕩蕩的宅院裡，心頭好似壓了一塊大石，讓他幾乎無法呼吸。

他竟然是鎮遠侯的兒子，那個許多人提起時或是惋惜或是躲閃的鎮遠侯，才是他真正的父親。

明康五年，他與昭昭閒談時曾說過多次，那一年有許多隱祕，卻無論如何都想不到他的身世才是最大的隱祕。關於那一年，他不再只是看客，而是實實在在的血雨腥風，人們聞到的每一絲血腥味，都有他親人的血。

邵明淵走到涼亭中，在石凳上坐下，吩咐跟過來的親衛：「拿酒給我。」

親衛雖不知道發生了什麼，卻能看出將軍大人有些不對勁，這種情況下不敢多嘴，忙去廚房拿酒，想了想又體貼裝上幾盤下酒菜。

二月春寒，酒菜擺到涼亭裡的石桌上很快就冷了。那些下酒菜邵明淵一筷子未動，只一杯杯地倒酒喝，站在亭外的親衛見狀面面相覷。將軍大人很不對勁！

「莫非是與黎姑娘吵架了？」

「不會吧，咱們將軍與黎姑娘一直好好的啊。」

「那你在這好好陪著將軍，我去請黎姑娘過來。」

喬昭得到消息趕到冠軍侯府，一眼就看到邵明淵孤零零坐在涼亭裡喝悶酒。她皺了皺眉，提著裙襬快步走近，還未到亭子裡便嗅到濃濃酒氣。

聽到熟悉的腳步聲，邵明淵轉過頭，眼睛瞬間亮了下，露出溫和笑容。「昭昭，妳來啦。」

喬昭對送她來的親衛點點頭，親衛們識趣走遠，她這才快步走進亭子，在邵明淵身邊坐下來。素手落在男人握著酒壺的手上，少女含嗔聲音響起：「邵庭泉，你這是在喝悶酒？」

邵明淵笑笑。「妳來了就不是喝悶酒了。」

喬昭認真凝視著邵明淵的眼睛。對方在她未來之前顯然已經喝了不少酒，眸子裡帶著水光，眼尾處微微泛紅，看起來少了幾分清冷自持，多了種令人臉紅心跳的味道。

喬昭此刻卻無暇亂想，眼中滿是關切。「庭泉，發生了什麼事？」

男人忽然身子前傾，把她攬入懷中。

「庭泉？」喬昭輕喊一聲。濃郁的酒香讓她有些發懵，連思緒都不清晰了，只得推推擁著她的男人，嘆道：「不是說有什麼事都會告訴我嗎？你才向我父親保證過的。要是說話不算話，當心你岳父大人再找你喝酒談心。」

男人下巴抵住她髮頂，望著遠方輕聲道：「軍歌應唱大刀環，誓滅胡奴出玉關。只解沙場為國死，何須馬革裹屍還——昭昭，其實對我們武將來說，青山埋骨才是最好的結局。」

喬昭身體一顫，抬手捂住邵明淵的嘴，卻什麼話都沒有說。

青山埋骨，馬革裹屍，如果真的到了那一天，她不會攔著他。她反手把邵明淵抱得更緊。

「昭昭——我父親是鎮遠侯。」

上方傳來男人沙啞的聲音，喬昭渾身一震，猛然抬頭。

「是不是很意外？」邵明淵緩緩笑了，濃郁的酒氣拂到喬昭面上，讓少女白皙的臉頰泛起朵朵桃花。

「明康五年的鎮遠侯？」喬昭緩緩問。

邵明淵輕輕點頭。「對，明康五年的鎮遠侯。」他說完不再出聲，抱著喬昭一動不動。

喬昭張了張嘴，抬手輕放在他後背上。「庭泉，你心裡難受不要憋著。來，我陪你喝酒。」

邵明淵伸手提起酒壺倒了小半杯遞給她。「我可以多喝，妳只能喝半杯。」

喬昭舉杯碰了碰邵明淵的酒杯。「與君同飲。」

邵明淵舉杯一飲而盡，又倒了一杯酒。喬昭並不阻攔，看他連喝了不下十數杯，終於睜不開眼睛，老老實實趴在了石桌上。

「庭泉？」喬昭輕輕推了推邵明淵。

喝醉的某人伸手把她攬了過來，頭靠在她身上，喃喃道：「昭昭，我難受……」

喬昭眼角驀地濕潤了。相處這麼久，她瞭解這個男人，若不是心中苦得不堪重負，他不會把痛苦宣之於口。

「沒事，都過去了，以後有我陪你呢。」

邵明淵閉著眼，心中澎湃的痛苦與憤怒彷彿終於找到宣洩口，用力攬住那一點溫暖，緊跟著翻江倒海的感覺襲來。他推開喬昭，衝出亭子扶樹吐起來。喬昭忙走過去，掏出手帕替他擦嘴。

吐過後，邵明淵清醒了些，臉往旁邊一躲，赧然道：「別過來，味道不好聞。」

喬昭睇他一眼。「躲什麼？你什麼樣子我沒見過？」

邵明淵睜著半醉的眼，愣愣問：「什麼樣子都見過了？」

喬昭面帶狐疑看著邵明淵。「邵明淵，你到底是真醉了還是假醉？」

「我、我想漱口……」邵明淵腳步踉蹌往旁邊挪了挪。

喬昭嘆口氣。「等著，我叫人給你送水，我去煮醒酒湯。」

邵明淵一把抓住喬昭的手。「昭昭，妳別走——」

「你醉了，我煮了醒酒湯再說。」

邵明淵搖頭。「醒酒湯可以不喝，反正妳別走。」

喬昭無奈，最後只得妥協，扶著邵明淵返回亭子中。說來好笑，某人明明喝醉了，卻還記得不能熏著媳婦，離喬昭遠遠坐著，又怕她走人，一雙眼睛巴巴黏在她身上。

喬昭只得喊來親衛準備醒酒湯，待到邵明淵徹底清醒，已經到了傍晚時分。

「抱歉，以後不喝這麼多了。」沒等喬昭說話，邵明淵便主動認了錯。

「不用抱歉，喝酒也是減輕壓力的一種辦法。」與其悶在心裡，她情願他喝醉了說出來。

「靖安侯的意思，蘭山會因此猜到你真正的身分，而對你動手？」

邵明淵點頭。喬昭突然一個激靈。「庭泉，這是不是說明把你外室子身分傳得沸沸揚揚的人，並非蘭山一派；而讓蘭山注意到你，從而對你甚至靖安侯府動手，才是對方最終的目的？」

「我也是如此想。」邵明淵輕笑一聲。「對方真是好手段，從西姜勇士的死開始一步步推進，最後引來蘭山與我對上，自己則躲在暗中來個隔岸觀火。」

「那這個人是誰呢？」

「無論是誰，能把蘭山利用上，這個人確實心思詭譎，城府頗深。」

喬昭托腮不語。

「在想什麼？」邵明淵酒醒後笑意溫和，全然看不出先前痛苦不堪的樣子。

喬昭見了卻更覺心疼，沉吟道：「我在想，西姜勇士夜探黎府是在三更半夜，對方如果早有陰謀，如何那麼巧就剛好在晨光把西姜勇士扔到大街上之後痛下殺手呢？除非——」

「除非那人本就暗中監視著黎府。」邵明淵接話道。

「庭泉，我想到一個人。」喬昭心念一動。喜歡派人監視她家，被她發現好幾次還鍥而不捨，除了江遠朝還能有誰？

「是江遠朝。」

聽到這個名字，邵明淵神色明顯冷了一下。他不認為錦鱗衛有監視黎府的必要，如果真的是江遠朝，那只能歸為那人的私心。

喬昭站了起來。「我去找他！」

邵明淵伸手拉住她。「別去。我們沒有任何證據，妳去找他，他怎麼會承認？」

喬昭坐下來，勉強對邵明淵笑笑。「是我衝動了，或許也不一定是他。」

「不要緊。」邵明淵抬手撫了撫少女柔嫩面頰，眼中冷光湛湛。「是誰並不是最重要的，對方的目的既然是想通過蘭山的手揭露我的真正身世，那就來吧，看到最後是他能達到目的，還是偷雞不成蝕把米！」

裡，不許調皮搗蛋。」

翌日清晨，天是陰的，邵惜淵給靖安侯磕了個頭。「父親，我走了。」

靖安侯把他扶起來，眼中滿是慈愛與不捨。「走吧，記得多聽管家的話，出門在外不比家裡，不許調皮搗蛋。」

能夠去嚮往的書院，又是第一次離開家門，邵惜淵這個年紀的少年無疑是興奮的，臉上並無多少離別的愁緒，笑嘻嘻道：「父親放心吧，我又不是小孩子了，怎麼會調皮搗蛋呢？等到了七、八月份書院放假了，我就回來看您。」

「好，趁著天色還早趕緊走吧，別趕不上客棧。」靖安侯目不轉睛望著幼子，見他臉上全是興奮與期待，暗暗嘆了口氣，看向老管家。

老管家會意，開口道：「侯爺放心吧，我會照顧好三公子的。」

邵惜淵在老管家陪同下上了馬車，靖安侯站在原處望了許久才默默返回。

過了幾日，靖安侯世子夫人王氏帶了長子東哥兒離開侯府，回娘家給父親賀壽去了，偌大的侯府瞬間冷清下來。

西姜恭王天天追著三法司不放，要他們交出殺害西姜公主的凶手。三法司焦頭爛額，案子卻沒有什麼進展，這讓他們甚至生出一種衝動，乾脆把事情推給冠軍侯算了，反正現在外頭的人已經認定了公主是冠軍侯殺的，而冠軍侯底子硬不怕背鍋。

當然這樣的念頭只是一閃而過，就在三法司沒有什麼頭緒的查案中，明康帝出關的日子終於到了。憋了一肚子火氣的西姜恭王正準備找大梁天子狠狠告上一狀，一件震驚世人的事發生了。

冠軍侯居然是二十多年前，因勾結叛賊被全家處決的鎮遠侯的遺孤，而他殺害西姜公主的目的就是為了挑起大梁與西姜兩國爭端，讓大梁陷入戰亂，好替父報仇。

明康帝很快就下旨把冠軍侯與靖安侯全家打入天牢。

西姜恭王聽到這個消息後都懵了，摸著下巴想：大梁天子該不是他們西姜派來的臥底吧？這就把令他們無比忌憚的冠軍侯給收拾了？心想事成來得這麼突然，他真的好難適應！

嗯，算起來舞姬也快到了，目前看來似乎派不上用場了。西姜恭王滿心喜悅嘆口氣，頗有種英雄無用武之地的遺憾。

靖安侯府外擠滿了看熱鬧的人，眾多錦鱗衛把侯府圍得密不透風。

「你們放開我！」靖安侯世子邵景淵拚命掙扎開錦鱗衛的控制，衝到靖安侯面前，聲嘶力竭問道：「父親，這到底是怎麼回事！」

靖安侯面色平靜，緊繃唇角一言不發。

「父親，您說話啊！邵明淵為什麼成了亂臣賊子的遺孤？他不是您的外室子嗎？」

見靖安侯依然不做聲，邵景淵幾乎要抓狂，把追過來的錦鱗衛推搡開，大聲質問：「父親，您為什麼要收留亂臣賊子的遺孤？您難道不知道這樣會害死我們全家人？」

靖安侯閉了閉眼，沉聲道：「明淵不是亂臣賊子的遺孤。」

邵景淵眼睛一亮。「邵明淵就是您的外室子對不對？父親，那您和他們說啊，什麼亂臣賊子和咱們侯府沒有關係，他們憑什麼抓咱們！」

一隻手搭在邵景淵肩頭。「好了，邵世子，有什麼話你們父子可以在天牢裡慢慢說，現在不要耽誤我們辦事了。」

「你走開——」

邵景淵伸手去推那名錦鱗衛，那錦鱗衛神色冰冷，往邵景淵肚子踹了一腳，冷笑道：「邵世子，我們錦鱗衛可不是侯府的下人，豈容得你撒野！來人，把他帶走！」

邵景淵被幾名錦鱗衛按著掙扎不脫，扭頭嘶聲喊道：「父親，您說話啊，您和他們解釋啊！」

靖安侯嘴唇顫了顫，一字一頓道：「鎮遠侯不是亂臣賊子！」

邵景淵臉色猛然白了，一臉絕望。

「帶走！」

同時，冠軍侯府大門四開，黑壓壓站了一群手持繡春刀的錦鱗衛。出鞘的繡春刀在陽光下閃著寒光，令看熱鬧的人們瞧著膽寒，但這依然阻止不了他們瞧熱鬧的天性。

邵明淵面色平靜從府中走了出來。江遠朝站在他面前，淡淡笑道：「侯爺，今日得罪了。」

邵明淵冷冷目光在江遠朝面上轉了轉，一言不發往前走去。

江遠朝臉上笑意一滯。冠軍侯這是不屑於與他說話？到了這時候，他真不知這人還有什麼憑仗能如此淡定。

「姊夫，姊夫！」府中追出個女童，錦鱗衛欲要阻攔，在江遠朝示意下收回手。喬晚跑過來，拉住邵明淵衣袖。「姊夫，他們為什麼抓你？」

邵明淵低頭摸摸喬晚的頭。「晚晚不要擔心，乖乖在家裡待著好不好？」

「姊夫，你會回來嗎？」

「會的。」

喬晚強打精神露出一個笑容。「姊夫放心，我會乖乖待在家裡，不讓你擔心。」

「侯爺，請吧。」江遠朝嘴角含笑道。

他一轉身，便看到喬昭站在不遠處，不由怔了一下。喬昭走過來，江遠朝嘴唇翕動想要說什麼，卻見她直接越過他，走到了邵明淵面前。江遠朝動了動唇，垂下眼去。

「昭昭，妳怎麼過來了？」

「我來送你。」

邵明淵抬手輕輕撫了撫她鴉黑的髮。「不用，妳照顧好自己就好。」

「我會的。」喬昭把手中食盒遞給邵明淵。「你在裡面更要照顧好自己。」

邵明淵把食盒接過來。「別擔心，我不會有事的。」

一名錦鱗衛把手伸過來。「檢查。」

喬昭看向江遠朝。江遠朝避開她的視線，淡淡笑道：「職責所在，還望侯爺見諒。」

邵明淵定定看了江遠朝一眼，忽然一笑。「江指揮使說得對，抓人確實是你們的職責所在。廢話不必多說，打開檢查吧。」

江遠朝對那名錦鱗衛點頭示意，錦鱗衛立刻把食盒打開。朱漆雕花食盒共有三層，上面兩層放的是一些好保存的吃食，最下面一層則是一些瓶瓶罐罐。

「大人——」錦鱗衛請示江遠朝。

江遠朝對邵明淵微微一笑。「侯爺，抱歉了，這些瓶瓶罐罐都不能帶進去。」

邵明淵輕輕皺了下眉，旋即舒展開，語氣平靜道：「昭昭，那妳帶回去吧。」

喬昭一言不發把東西收好，退至一旁。江遠朝深深看了喬昭一眼，見她半個眼神都不投過來，心中輕嘆一聲，面色轉冷道：「走。」

冠軍侯府中只有邵明淵一個主子，其他人並不在抓捕範圍之內，眾多錦鱗衛團團圍著邵明淵向前走去，看熱鬧的老百姓立刻讓開一條道路，隨著錦鱗衛走遠議論聲漸大。

「沒想到啊，冠軍侯居然是罪臣遺孤，我還以為他真是靖安侯的外室子呢。」

「你們聽說了沒，靖安侯全家都被抓起來了，連幾歲大的孫子都沒放過呢。」

「那有什麼辦法，誰讓靖安侯包庇罪臣之子呢。先前聽說冠軍侯殺了西姜公主，我還道他是為了未婚妻出氣，現在才知道原來是為了家人報仇。」

「殺了西姜公主怎麼替家人報仇？」有人不解問道。

「這還不明白嗎？公主死在咱們這裡，人家西姜能甘休嗎？要是不交出凶手，兩國肯定就要鬧僵了，一鬧僵就要打仗，到時兩國打得不可開交，咱們大梁遭了殃，那不就是替父報仇了。」

「要是這樣說，冠軍侯殺了西姜公主實在不該啊……」

喬昭默默聽著百姓們的議論，心中一片冰涼。百姓是最簡單的一群人，好與壞皆看眼前，情緒最容易被挑動，為人利用。既然對方要利用民意，她為何要讓他們稱心如意？

喬昭抬腳走到說得最熱鬧的一人面前，揚聲問：「你是說，冠軍侯故意挑起兩國戰爭？」

圍觀者皆知道喬昭的身分，聽她這麼一問，場面頓時一靜。

那人下意識後退一步，硬著頭皮道：「我沒說錯啊，冠軍侯要不是為了挑起兩國戰爭，幹嘛殺了西姜公主？」

喬昭冷笑一聲。「那麼你是否忘了，北地多年的安寧是誰換來的？倘若冠軍侯想要看著大梁生靈塗炭，那他只需要什麼都不做，留在京城當他的富貴公子哥就夠了。」

那人目光閃爍，反駁道：「那時候冠軍侯還不知道自己罪臣之子的身分唄。」

「罪臣之子？」喬昭聲音抬高，灼灼目光環視眾人，「那你可知道，你口中的罪臣是誰？」

「這……」

喬昭不再看他，望著百姓們問道：「這麼多街坊鄰居們都沒有知道的嗎？」

百姓們面面相覷，終於有人躲在人群中小聲說：「是鎮遠侯，曾經鎮守山海關的鎮遠侯。」

山海關是離京城最近的一道關口，當時太祖定下「天子守國門」的祖訓，把帝都定在此處，與豺狼虎豹般的韃子只有一道山海關相隔，就是為了讓子孫後輩們寧死不退，守住祖宗打下來的每一寸山河。

「軍歌應唱大刀環，誓滅胡奴出玉關。只解沙場為國死，何須馬革裹屍還。」喬昭一字字念著這首詩，冷然看著眾人。「二十一年前，鎮遠侯行刑前曾高唱過這首詩，不久前，我的未婚夫冠軍侯亦念過這首詩。二十一年前的鎮遠侯死在鍘刀之下，圍觀者無人替他說話；二十一年後的今天，冠軍侯被帶走，圍觀者亦無人替他說話。我只想問問街坊鄰居們，當韃子的馬蹄踏上我們大梁國土，倭寇的長刀對準我們大梁子民時，誰又來替你們說話？」

圍觀百姓一片安靜。

站在他們面前的少女明明身材嬌小，弱不禁風，此時卻好像一座青山、一株蒼松立在他們面前，讓他們只想低下頭去，彎下腰來。

他們知道那不是於對方身分的懼怕，而是內心深處難以言說的羞愧。人怎麼會沒有羞恥心呢？只是很多時候它被許多外在事物掩蓋住，譬如帝王的威嚴、錦鱗衛的威懾、貧苦無聊的生活……這一切都在京中大人物們發生了大事時變成了這些普通老百姓們的狂歡。

他們在狂歡時甚至沒想過看的是誰的熱鬧，喝的是誰的血。

喬昭目光緩緩掃過離她最近的那些人，見他們低下頭去，嘴角輕輕揚起。「世人若斯，冠軍侯若此去不歸，那這世間將不會再有第二個冠軍侯！」

她說完後，眼角有淚光閃過。皇權至上，她知道說了這些話看熱鬧的百姓們亦無力改變什麼，但有些話不吐不快。這些看熱鬧的人聽了她的話覺得羞愧，覺得不舒服，那她就滿意了。

對，她就是這般小肚雞腸的女子，憑什麼她的男人浴血沙場保護著這些人，當他落難時這些人卻能心安理得看熱鬧呢？

腳步聲響起，圍觀百姓悄悄往兩旁散開，身材高大的男子站在喬昭面前。

喬昭抬眸看著站在面前的男子，嘴角噙著嘲弄的笑，冷聲問：「江大人也要把我帶走嗎？」

江遠朝凝視了喬昭許久才輕嘆一聲。「妳一定要如此嗎？」

喬昭回視江遠朝。「不勞江大人操心，我只想問問，那個人到底是不是你？」

江遠朝沉默了。等了一會兒沒有等到答案，喬昭笑笑。「罷了，夏蟲不可語冰。」

這世上有些人會為了保衛家國拋灑最後一滴熱血，自然會有另一些人為了私利不惜國破家亡。和這樣的人，她沒什麼可說的。喬昭越過江遠朝向前走去。

「昭昭。」看著少女決絕而去，彷彿與他隔得不只是萬水千山，江遠朝脫口而出。

喬昭面帶薄怒，手動了動，良好的教養讓她忍下狠狠甩面前男人一巴掌的衝動。她沒有回頭，略微停了停，大步向冠軍侯府走去。

江遠朝立在原處一動不動。

「大人？」江鶴小心翼翼喊了一聲。江遠朝沒有吭聲，抬腳往前走去。

江鶴扭頭看看遠去的少女，又看看往相反方向走的江遠朝，默默嘆了口氣，趕緊追了上去。

喬昭來到喬晚面前。

「黎姊姊。」喬晚仰著頭看著喬昭，吸了吸鼻子。

喬昭牽起喬晚的手。「我們進去說。」

喬晚乖巧點頭。

冠軍侯府中很寬闊，大概是沒有女主人在，放眼望去都是綠樹山石，有種說不出的硬朗氣。

回到熟悉的地方，喬晚臉上不安褪去不少，主動問道：「黎姊姊，我姊夫會回來嗎？」

喬昭笑著摸了摸喬晚的頭。「妳姊夫不是說了，讓妳乖乖待在家裡，他會很快回來的。」

喬晚小臉皺起。「我知道姊夫只是哄我的，他怕我一個人留在府裡害怕。」

喬昭微微一怔，心生感慨：小妹也開始懂事了。

「那妳不相信妳姊夫的話嗎？」

「我……」喬晚咬了咬唇。「黎姊姊，我悄悄告訴妳，妳不要對姊夫說。我其實不大相信的，但我怕姊夫擔心，所以只好裝著相信了。」

喬昭聽著好笑，問道：「那妳相信我的話？」

喬晚點點頭。「相信。」

沒等喬昭發問，喬晚便解釋道：「剛剛黎姊姊對那些看熱鬧的人說的話我都聽到啦，黎姊姊能講得讓那些人說不出話來，我覺得好厲害，所以我相信妳的話。」

「那我告訴妳，妳姊夫一定會平安回來，所以晚晚要按時吃飯，不能哭鼻子，好不好？」

喬晚抿唇笑了。「黎姊姊，我都九歲了，才不會哭鼻子呢，哭鼻子最沒用了。我嫡母跟我說過，人從書裡乖，要我多讀書。以前我不懂事總是貪玩，現在明白啦。以後我要好好讀書，遇到事情能像妳還有……我大姊一樣……」

說到這裡，小姑娘有些傷感，小扇子般的睫毛一顫一顫，盯著鞋尖不出聲了。

喬昭輕輕嘆了口氣，領著喬晚往裡走，忽然察覺小姑娘拉了拉她衣袖。

喬昭停下來看著喬晚。「怎麼了，晚晚？」

喬晚顯然有些為難。

「妳姊夫不在，有什麼事可以對我說。」

喬晚咬了咬唇，下定決心道：「黎姊姊，以後妳和姊夫成了親，不要讓我姊夫忘了我大姊行嗎？」小姑娘神情怯怯，帶了幾分不安。喬昭忽然說不出話來了。

小姑娘唯恐她不快，忙道：「我知道姊夫和妳好，但我大姊真的好可憐⋯⋯」

「放心吧，妳姊夫絕不會忘了妳大姊的，我向妳保證。」

喬晚這才笑起來。

喬昭陪喬晚用過飯才回到黎府，一進家門就發現長輩們都聚在了青松堂。

「三丫頭，侯爺那邊怎麼樣了？」鄧老夫人問道。

「目前被錦鱗衛帶走了——」

喬昭話還沒說完，何氏就驀地站了起來，一把抱住她。「昭昭啊，妳別怕，什麼事還有娘在呢，就算冠軍侯成了平頭百姓，只要對妳好就行，咱們有嫁妝，不會挨餓的。」

鄧老夫人暗嘆了口氣。這傻兒媳婦，冠軍侯是鎮遠侯遺孤，皇上下旨打入天牢，等待他的只有兩種結局，要嘛鎮遠侯能被平反，要嘛作為罪臣之子被處決，哪會有成為平頭百姓的選擇。

鄧老夫人這麼想著，二老爺黎光書直接說了出來：「大嫂妳別天真了，冠軍侯被皇上下旨打入了天牢，別說他了，靖安侯府全家恐怕都要丟了性命，說不定咱們黎府也難逃厄運。」

何氏白了臉。「你是說皇上會殺姑爺的頭？」

黎光書撇嘴笑笑。這麼明顯的事還需要問嗎？他也是倒楣，侄女與冠軍侯訂了親一點光沒沾上不說，現在因為冠軍侯鋃鐺入獄還有可能跟著挨刀。

「那、那我們昭昭怎麼辦？」何氏茫然看向昭昭，急得臉上冒了汗，忽然覺得腹部一陣抽痛。

「娘！」見何氏狀態不對勁，喬昭心中一沉，忙扶住她。

鄧老夫人忙站了起來。「何氏，妳怎麼了？」

「我、我肚子疼……」何氏疼得直不起身來，臉白如紙。

「糟了，這是提前要生了！」鄧老夫人狠狠剜了黎光書一眼，卻顧不得罵人，忙吩咐婆子去請穩婆。

「娘，您別著急。」喬昭從帶回來的食盒中翻出一個瓷瓶，倒出藥丸餵何氏吃下。何氏緩解不少，扶著喬昭有氣無力道：「娘沒事。」

鄧老夫人忙命丫鬟婆子把何氏扶去早收拾出來的產房。

喬昭想要跟過去，被鄧老夫人攔下了。「三丫頭，妳畢竟還是個姑娘，就留在外面吧，倘若真的有事，再進去不遲。」

「老夫人，我進去看著吧。」二太太劉氏自告奮勇道。

「那行，去吧。有妳陪著妳大嫂，她能安心些。」

何氏這一發作，整個黎府氣氛陡然緊張起來，黎光文守在產房外面聽著何氏傳來的聲聲呼痛，急得來回團團轉，看到婆子們往外端血水更是傻了眼。他越看越心慌，每當婆子端出來一盆血水就跑過去照著黎光書的屁股踹一腳，黎光書想還手，鄧老夫人就冷哼一聲舉起拐杖，黎光書便只得老實了。

到後來黎光書屁股已經被踹麻木了，心中只有一個念頭：大嫂到底什麼時候生？再不生，他就要被踹死了！

二〇九　詔獄送食

產房內，何氏疼得死去活來，卻依然掛心著喬昭的事。

「弟妹，我、我要是挺不過去這一關，妳替我照顧昭昭啊，我們昭昭太可憐了……」

劉氏翻了個白眼。「大嫂，妳就別胡思亂想了，自己的閨女自己照顧吧。別的我不敢說，就跟妳說一句，咱們三姑爺絕對沒事的。」

「為啥？」何氏聽愣了，連疼都忘了叫。

劉氏噗哧笑了。「這妳還想不明白啊？」

何氏眨眨眼。我真的不明白，妳趕緊說了讓我安心生孩子啊！

好在劉氏也是這麼想的，一臉輕鬆笑道：「誰讓侯爺是咱們三姑娘的未婚夫呢！」

這有關聯嗎？何氏再次眨眨眼。這個兄弟媳婦說話太不靠譜了，再這樣下去她要難產了啊。

劉氏瞥了一眼穩婆，湊在何氏耳邊悄悄道：「大嫂，妳難道沒有發現這一年來誰惹了咱們三姑娘就要倒大楣嘛。」

「呃，有嗎？」何氏用力抓了抓劉氏的手。

劉氏立刻如數家珍：「東府二姑娘愛與三姑娘針鋒相對，在大福寺丟了大臉，現在連好婆家都找不到了；東府老鄉君不待見咱們三姑娘，現在瞎了；固昌伯府那位夫人指使人往咱們大門上潑穢物，想要給三姑娘親事添堵，去年臘月上吊死了；錦鱗衛的那位江大姑娘總找咱們三姑娘麻煩，正月裡出意外死了，她爹為了報復把大哥抓進大牢，緊跟著也死了；對了，還有那個人稱江五爺的錦鱗衛不是還派人把三姑娘帶走嘛，結果也死了……」

劉氏一說就停不下來，最後說到西姜公主：「那西姜公主也不是好東西，比輸了三姑娘就一肚子壞水，居然打發男人大半夜夜探咱們家，這下好，那勞什子西姜勇士和西姜公主都死了！」

何氏聽得一愣一愣的。

劉氏笑盈盈道：「所以放心吧，現在侯爺被錦鱗衛帶走，抓咱們侯爺的人肯定要倒楣的。」

聽懵了的何氏情不自禁點了一下頭。「弟妹，妳說得好像很有道理。」

劉氏噗哧樂了。「當然有道理呀，我又沒胡說。要不是大嫂妳生孩子還亂操心，我原不打算說的。嗯，這事聽過就算了，可別對外說啊。」

穩婆：「……」她真的不聾！

「但這次好像是皇上下旨把姑爺抓起來的。」何氏疼得渾身都被冷汗濕透，還不忘說道。

劉氏一窒。皇上？

她飛快瞥了穩婆一眼。雖然她覺得皇上要倒楣了，但這話還是不能說的。

「咳咳。大嫂妳就儘管放心吧，三姑爺一定會沒事的。」見何氏還想再問，劉氏忙道：「大嫂，妳趕緊生孩子吧，咱先把正事辦了。」

穩婆忙跟著道：「您得用力啊，孩子要出來了。」

又過了小半個時辰，產房內傳來一聲嬰兒微弱的啼哭聲。

彼時黎光文正準備抬腳，黎光書氣若游絲道：「別踹了，大嫂生了……」

黎光文鬆了口氣。「正好我也踹累了。」

黎光書：「……」這真的是親哥嗎？

「別在這擋著添堵。」鄧老夫人伸手把黎光書扒拉開，翹首以待。

不多時產房的門打開了，穩婆抱著孩子出來道喜：「恭喜老夫人，大太太生了一位公子。」

「孩子怎麼樣？」老夫人高興中難掩擔憂。這孩子才在娘胎裡待了八個多月，估計難養活。

穩婆把孩子抱給鄧老夫人看。「小公子雖然輕了些，但瞧著還是挺結實的。」

鄧老夫人看著繈褓中皺巴巴的嬰兒鬆了口氣，吩咐大丫鬟青筠散喜錢，裡裡外外忙活著。

劉氏走到院子裡吹了吹風，望著產房的方向眼底露出幾分羨慕。大房只有兩位姑娘，現在大嫂終於有了兒子傍身，將來就有依靠了，而她……

想到何氏果然生了個兒子，劉氏一顆心火熱起來。三姑娘說大嫂會生兒子，大嫂果然就生了個兒子，那麼三姑娘說自己能生……

劉氏已經不敢往下想，唯恐期望越高失望越大，眼角卻悄悄濕了。

「人家生孩子，妳哭什麼？」黎光書扶著腰沒好氣問道。

劉氏回神，擦了擦眼淚，淡淡道：「沒什麼，就是覺得大嫂怪不容易的。」

這世道有幾個女人容易呢？沒兒子傍身的女人就更不容易了，遇到心狠的男人以此把人休了的不在少數，剩下的擺出不會休妻的嘴臉，博個寬厚的美名，轉頭就歡天喜地納妾生子去了。

黎光書聽了一聲冷笑。不容易個屁，他才不容易呢，都快被黎光文那個神經病給踹死了！

「扶我回房。」黎光書艱難挪動著腳步。

劉氏詫異看他一眼。「老爺怎麼了？」

「疼！」黎光書倒吸了口冷氣，聽到屋子裡傳來黎光文的傻笑聲，更是待不下去了。

劉氏對一個婆子招招手。「扶二老爺回房。」

盯著黎光書一瘸一拐的背影，劉氏若有所思：大嫂生孩子，黎光書疼什麼？莫不是有病吧？

黎府因何氏生子沖淡了邵明淵入獄的陰影，朝廷上卻人心惶惶。

「許閣老，冠軍侯絕對不能有事啊，他要是因為二十多年前的事被處置，北齊與西姜就該拍手稱快了。」

「是啊，許閣老，這次的事情又是蘭山手筆，您若不替冠軍侯出頭，那咱們大梁的忠臣良將就所剩無幾了。」

聽著幾人的話，許次輔搖了搖頭。「現在皇上正在氣頭上，不是勸諫的好時機。」

這些年他隱忍蟄伏，為蘭山馬首是瞻，為的就是讓對方放鬆警惕，如今好不容易有了些成效，要是這個時候跳出來就功虧一簣了。對付蘭山父子，他不能有半點疏忽。

見許次輔表了態，幾人皆連連嘆氣。

明康帝此時同樣很苦惱。為什麼每次他一閉關就出么蛾子？

上一回閉關出來，奶兄死了，這次閉關出來，他最看重的武將，能留給兒子甚至孫子用的冠軍侯居然成了亂臣賊子的兒子？那下一次閉關——

明康帝思來想去，忽然覺得他的長生大道充滿了艱辛。

「皇上，刑部尚書寇行則與左都御史劉壽求見。」魏無邪請示道。

明康帝一聽，臉色微沉。「不見！」

寇行則與冠軍侯有姻親關係，這次進宮定然是為了冠軍侯求情的。至於左都御史劉壽——

明康帝冷哼一聲。每當這種時候他最煩這些御史了，他可忘不了二十多年前那些御史是怎麼逼迫他的。哼，不來個堅持己見，他們就不知道這天下是誰做主！

「就說朕睡下了。」

「是。」魏無邪領命走了出去。「二位大人請回吧，皇上歇下了。」

寇行則與劉壽面面相覷。

「魏公公，那我就在這裡等著吧，什麼時候皇上醒了，勞煩你知會一聲。」

魏無邪左右瞄了一眼，嘆氣道：「寇尚書，皇上什麼時候醒，你還不知道嗎？」

寇行則：「……」這話說得可真精闢！

「二位大人就不要為難咱家了，回去吧。」

「唉！」寇行則重重嘆口氣，沉著臉走了。左都御史劉壽搖搖頭，抬腳跟上。

魏無邪回去覆命：「皇上，兩位大人已經出宮了。」

明康帝撩撩眼皮。「把新任錦鱗衛指揮使給朕叫進宮來。」

不多時江遠朝匆匆趕到。「微臣叩見皇上。」

明康帝打量著龍案下方的年輕男子，忽而嘆了口氣。「奶兄曾對朕說過，十三名義子中你的功夫是最好的，得了他真傳，能力亦很出眾。怎麼樣，這些日子還適應嗎？」

江遠朝受寵若驚。「多謝皇上關愛，臣愚鈍不堪，唯有竭盡全力做好義父留下的差事。」

「那就好。朕問你，冠軍侯入獄後有何反應？」

「回稟陛下，冠軍侯入獄後並無任何異常，按時吃喝，情緒穩定。」

明康帝聽了不大痛快。情緒穩定，該吃吃該喝喝，這是料定了他不會把他怎麼樣嗎？

「西姜使節有什麼反應？」明康帝再問道。

江遠朝略想了想道：「西姜恭王那邊同樣沒有什麼異常，只是一直在催促三法司盡快找出殺害西姜公主的凶手。」

站在角落裡的魏無邪詫異看了江遠朝一眼，很快把異樣斂去，心中則琢磨起來。這位新任錦鱗衛指揮使說話很有些意思，皇上兩問，他兩答，就把冠軍侯給坑了。

皇上發怒把冠軍侯下了詔獄，明顯是希望看到冠軍侯驚慌害怕，要是冠軍侯表現得有恃無恐，皇上定會覺得冠軍侯功高震主，原本只有七分殺他的心現在也要變成九分了。

剩下那一分則在西姜使節那裡。要是西姜使節聽說冠軍侯入獄後歡天喜地，皇上便會考慮到冠軍侯對韃子與西姜人的震懾作用，說不準冠軍侯就會有一線生機。

偏偏江遠朝的回答有些微妙，只提殺害西姜公主的凶手，不提西姜恭王的反應，那麼皇上想到的只能是冠軍侯殺害西姜公主，意圖挑起兩國爭端為父報仇。

魏無邪摸了摸下巴。以前沒聽說過江遠朝與冠軍侯有仇啊，果然能坐上那位子的人都是心機深沉之輩，萬萬不可小覷。

「好了，朕知道了，你退下吧。」

江遠朝離開皇宮，走在寬敞的青石板街道上，心情卻並不輕鬆。

天似乎沒晴過，空中層層疊疊堆砌青色的雲，可能是天氣影響，連街上行人都明顯減少了。

江遠朝沒有騎馬，就這麼緩緩步行回了衙門，已經到了傍晚時分。

江鶴一見江遠朝回來就湊了上來。江遠朝心情不佳，睇了江鶴一眼，淡淡道：「有正事就說，沒有就滾。」

「大人，黎姑娘來了。」江鶴笑呵呵道。

大人明顯不高興的樣子，要是別的事他不敢說，但黎姑娘的事大人定然是願意聽的。

江遠朝聽了一愣，抬眼看一下天色。「這個時候過來的？」

她還會有事找他嗎？若有，那也只剩冠軍侯的事了。

「黎姑娘來給冠軍侯送飯，屬下做主放她進去了。」

看著江鶴一臉求表揚的樣子，江遠朝忍下踹人的衝動，淡淡問道：「黎姑娘進去多久了？」

「呃，剛進去不久。」

江遠朝抬腳往錦鱗衛詔獄走去，到了那裡卻站在外面沒有進去。

「大人，您怎麼不進去？」

「就你話多。」江遠朝背手而立，望著天上翻滾的烏雲，心中暗暗算著時間。要下雨了，不知道她要在裡面待多久才會出來。

詔獄裡光線昏暗，邵明淵坐在最裡面，靠著冰冷的牆壁一動不動。

「侯爺，黎姑娘來看你了。」一名錦鱗衛喊了一聲。

身姿窈窕的少女站在鐵柵欄前。

「不是說好了不用來看我嗎，這裡太濕冷——」邵明淵快步走過來，話音戛然而止。

光線昏暗，他只能勉強看清少女的臉部輪廓，對方的面上表情卻看不真切。

可是哪怕站在他面前的少女與他喜歡的女孩子再相像，甚至不用開口，他依然可以立刻分辨出來，她不是她。他看一個人，從不只看容貌。別的不談，她們的氣息乃至呼吸的節奏都不一樣。這個不知道從哪裡冒出來的女子怎麼會是他的昭昭？

邵明淵面上絲毫不露聲色，心卻還是慌了。他進了詔獄的這幾日，外面究竟發生了什麼事？為何會有一個與昭昭一模一樣的女子出現？那麼昭昭呢？她有沒有出事？

「我來給你送飯。」少女把食盒遞過去，嗓音發沉，像是染了風寒，聽著含糊不清。

邵明淵看了食盒一眼，不動聲色問道：「錦鱗衛不是不許把這些東西帶進來嗎？」

少女一怔，不由看向領她進來的錦鱗衛。

錦鱗衛開口道：「已經檢查過了，都是吃食。」

邵明淵把食盒接過來，淡淡道：「趕緊回去吧，這裡不適合妳久留。」

少女點點頭，低低說了聲「保重」，隨著錦鱗衛出去了。

邵明淵拎起食盒放到了角落裡，打開看了看裡面香氣四溢的飯菜，拿出喬昭在冠軍侯府門前送別時悄悄塞給他的銀針，插進一盤菜中。銀針很快就變了顏色。

邵明淵盯著變色的銀針，神色緊繃。

倘若這些帶毒的飯菜是別人送來的，他大可以將計就計，吃下去後鬧出他中毒的事來，那樣他還能快些出去，可是偏偏這些飯菜是和昭昭長得一樣的女子送來的。

在旁人眼裡，給他送飯的就是昭昭。他若中毒，無疑就把昭昭扯了進來。

邵明淵身分曝光被抓入獄時沒有慌，可現在卻開始不安了。他知道自己可以出去，可是他怕出去後昭昭換了人，更怕對方為了順利李代桃僵對昭昭痛下殺手。

邵明淵閉著眼睛，只思索了片刻，便喊道：「我要見江遠朝。」

「您要見我們指揮使？」一名獄卒詫異問道。

雖然冠軍侯鋃鐺入獄，可威名猶在，對他們這些人來說仍然是敬畏的對象。

「不錯，我要見你們指揮使，現在就見。」

他清楚江遠朝對昭昭的心思，在情敵面前低頭對他來說屈辱萬分，可是這些感受都及不上昭昭的安全重要。在他無法與親衛聯繫的當下，他只能把昭昭的安全交給江遠朝。

「那您稍等。」獄卒撂下這句話向外走去。

江遠朝站在錦鱗衛詔獄外，看到「喬昭」走出來，暗暗握了一下拳，沒有迎上去。

他也是個人，無論做過什麼，被喜歡的女孩子這樣對待也會心疼的。

那種感受，他不想再加深。

江遠朝默默望著「喬昭」，卻見「喬昭」看到他後愣了一下，而後向他微微屈膝。江遠朝眸光轉深，盯著「喬昭」背影若有所思，見她漸漸走遠，忽然出聲道：「等一下。」

前方的少女腳步一頓。江遠朝邁開大長腿走過去，站在少女面前，不動聲色堵住了去路。

少女在他注視下有些緊張，輕輕咬了下唇。江遠朝眼中怒火騰然而起，一把抓住她手腕。

「你要幹什麼——」少女話未說完，江遠朝揚手劈在她後頸上。

少女軟軟倒了下去，江鶴眼珠都快掉了出來。「大、大人，這樣不好吧？」

雖然大人很喜歡黎姑娘，可是這樣霸王硬上弓太失身分了，實在有損大人英明偉岸的形象啊。

江遠朝一手拽著少女，把她推到江鶴身上。「跟我來。」

軟玉溫香入懷，江鶴險些跳起來。

完了、完了，他這算占了黎姑娘便宜嗎？他們大人會不會秋後算帳給他小鞋穿啊？說不定他後半輩子就要在洗茅房中度過了。江鶴生無可戀地扶著少女跟上江遠朝。

進了書房，江遠朝猛然轉身，目光在少女臉上流轉，冷冷道：「把她弄醒。」

「呃。」江鶴雖不明白自家大人面對黎姑娘為何像變了個人，卻不敢怠慢，小心翼翼拉了拉少女衣袖。「黎姑娘，妳醒醒。」

江遠朝看得不耐煩，端起桌案上已經涼透的茶水照少女臉上潑去，冷冷掃了江鶴一眼道：「蠢貨！」

江鶴：「……」他就是蠢，誰能告訴他大人到底怎麼了？

少女嚶嚀一聲，悠悠轉醒。

「醒了？」江遠朝冷淡挑眉，「說說妳是誰吧。」

少女吃了一驚，在江遠朝冰冷目光的注視下垂下眼簾。「大人在說什麼，小女子聽不懂。」

江遠朝迅速抽出腰間匕首，鋒利的匕首閃著寒光，落在少女柔嫩的臉頰上。

「大人！」江鶴傻了眼。

匕首在江遠朝手中靈巧旋轉，毫不留情割破了少女的臉。白皙的面頰上鮮血蜿蜒而下，少女痛得慘叫一聲。

江遠朝拿出雪白的帕子擦了擦匕首上的血珠，表情冷漠。「妳儘管叫，我的書房隔音很好，這個時間別人也都下衙了，不怕妳叫。」

他雖接任錦鱗衛指揮使，成為江府的新主人，卻不願待在那裡。那是他長大的地方，曾經有多溫暖，現在就有多冰冷。他情願留在錦鱗衛衙門，消磨下衙以後的時光。

少女痛得發抖，胡亂抓出手帕去按流血的臉，不料閃著寒光的匕首又逼過來。

「不要、不要！」少女如驚弓之鳥，連連往後躲。

江遠朝看著瑟瑟發抖的少女輕笑一聲。「不要指望我有憐香惜玉的心思，說說妳是誰，為何假扮黎三姑娘！」

少女猛然睜大眼睛，臉上是驚慌失措的表情。王爺說她與冠軍侯的未婚妻生得一模一樣，只要扮成冠軍侯的未婚妻給他送飯，毒死冠軍侯為西姜除了心頭大患，她就是西姜的大功臣。

到那時，她就不用再是舞姬的身分，王爺會給她一個側妃的位子。

這樣的誘惑，她如何能拒絕？可是為什麼這個男人只是遙遙看了她一眼，就識破了她？

見少女崩潰，江遠朝嗤笑一聲。「我還以為是經過訓練的細作，結果只是個普通人。」

少女驚懼看向江遠朝。江遠朝用匕首挑起少女下巴，冷笑道：「不要誤會，只要犯到我手裡的，無論是細作還是普通人我都會一樣對待，讓他生不如死。」

說到這裡，他收回匕首在手中把玩著。「好了，現在妳可以說了，要是再浪費我的時間，那我就把妳臉上的肉一條條割下來，讓妳再也假冒不了別人。」

少女徹底崩潰了。「我說，我說！我是恭王府上一名舞姬……」

聽少女說完，江遠朝面冷如霜。西姜恭王真是打得好算盤，讓人假扮喬姑娘，是不是事成之後還要來個移花接木，讓喬姑娘與這個舞姬對調身分？

只可惜西姜恭王千算萬算，獨獨沒有料到他與喬姑娘並不是全然的陌生人。那個人，在他眼裡從來不是黎修撰府上的三姑娘，而是大儒喬先生的孫女喬昭。

「我、我都說完了，你可以放我走了嗎？」少女怯怯看著江遠朝。

江遠朝睇了江鶴一眼，淡淡道：「動手吧。」

「啥？」

江遠朝皺眉。「要我說第二遍？」

江鶴咬牙摸出一把匕首，可看到少女與黎三姑娘那張一模一樣的臉，不由猶豫了。

「不要殺我，求求你們不要殺我！」少女顫抖著往後躲。

江遠朝拿過江鶴手中的匕首，俐落刺入少女心窩。他對人體要害部位相當熟悉，匕首一進一出，少女「哼」了一聲，頭就垂下來一動不動了。

江鶴目瞪口呆。大人不是喜歡黎姑娘嘛，為何面對長得相同的人眼睛都不眨就把人殺了？

江遠朝把染血的匕首丟給呆若木雞的屬下，冷靜吩咐道：「收拾一下，把她的臉毀了拖到亂葬崗埋了。」

江鶴傻傻點點頭。

「江鶴？」

「噯！」

「要是再出了紕漏，你就留在亂葬崗吧。」

江鶴心中一凜，忙道：「大人放心，屬下會辦好的。」

罷了，不就是與黎姑娘長了一張一樣的臉嘛，大人都不心疼他猶豫什麼。

江遠朝見把江鶴嚇唬住了，抬腳走了出去。

夜涼如水，一名錦鱗衛上前來道：「大人，冠軍侯想見您。」

江遠朝動了動眉毛，一言不發向外走去。

邵明淵在獄中已是等得心急如焚。

「侯爺找我？」江遠朝站在鐵柵欄外，幽暗的牢房中聲音聽起來格外低沉。

邵明淵霍然轉身。江遠朝牽唇笑道：「不好意思剛剛有事耽誤了，不知侯爺找我何事？」

「剛剛有人給我送了飯。」邵明淵開口道。

江遠朝揚眉，神色莫名。「侯爺身陷囹圄還有佳人送飯，真是好福氣。」

「江大人應該知道吧？」

「對，他們向我稟報了，所以我才羨慕侯爺有如此重情重義的未婚妻。」

邵明淵打量著江遠朝神色，奈何昏暗光線下瞧不真切。他暗暗嘆口氣。看不真切的又何止江遠朝此刻神情呢？這個人就像包裹在迷霧中，言行越來越讓人捉摸不透了。

邵明淵乾脆開門見山：「她不是我的未婚妻。」

江遠朝低低笑了。「怎麼，侯爺要悔婚不成？」

邵明淵盯著江遠朝看了片刻，忽然轉身走回原處坐下，語氣平靜道：「現在沒事了，江大人請回吧。」

江遠朝被邵明淵這突如其來的舉動弄愣了，明明剛才還是主動的局面，竟一下子變成被動，他遲疑了一下，問道：「侯爺莫非只是找我說這幾句話？」

邵明淵靠著冰冷牆壁，思緒無比清晰。「這就夠了。」

能坐上錦鱗衛指揮使的位子，聽了他的話後卻一味插科打諢，這只說明一種情況：江遠朝同樣發現了那名女子的不妥。這樣就沒有什麼好擔心的了，那女子落到他手中只有一個下場。

江遠朝目不轉睛盯著邵明淵，見對方一直垂眸不語，搖了搖頭。「罷了，人我已經處置了，不會再有後患，黎……她好端端在黎府中，沒有什麼事。」

於感情上，他是失敗者，但他即便想弄死冠軍侯，這點風度還是有的。

聽到江遠朝這麼說，邵明淵才睜開眼睛，輕笑道：「多謝了。」

「不必。」江遠朝硬邦邦吐出兩個字，轉身走了。

鴻臚客館中，西姜恭王負手來回踱步，心中頗有些七上八下。

舞姬為何還沒回來？他特意選在黃昏時分派她過去，就是覺得那時牢裡光線暗，更加保險一些。雖然大梁天子把冠軍侯打入了天牢，但冠軍侯一日不死事情就可能有變化，如果能利用舞姬毒死冠軍侯就萬無一失了，到時再把舞姬滅口，任誰都不會想到他頭上來。

當然，計畫失敗了也不打緊，冠軍侯待在天牢裡出不來，也不可能把舞姬送去有毒飯菜一事嚷嚷出來，那樣就把他未婚妻牽扯進去了。只是舞姬遲遲不歸，不知遇到了什麼變故？

西姜恭王苦苦等到半夜依然沒有等到舞姬回來，忽然聽到門口有動靜。他披上衣服端起燭臺走到門口，打開門後發現門外的地上擺著一個食盒。

恭王往外看了一眼，見外頭空無一人，面帶遲疑把食盒拎了進去，放在桌子上打開。

淡淡的血腥味傳來，他往食盒內看了一眼，頓時嚇得魂飛魄散，驚叫出聲。驚叫聲驚醒了熟睡的人，眾人一股腦擁進來。

「王爺，發生了什麼事？」

西姜恭王面色如土，指了指食盒。

眾人順著恭王手指的方向望去，就見黑漆雕花鳥圖案的食盒中有一張托盤，盤中放的是兩隻人手。那兩隻手明顯是女子的手，柔嫩纖小，在燈光下泛著慘白。婢女們失聲尖叫。

「去、去叫鴻臚寺卿來！」恭王慘白著臉緩了緩神，用盡力氣喊道。

鴻臚寺卿大半夜被叫起來，匆匆趕到鴻臚客館，心中早已罵起了娘。

又怎麼了？為什麼自從西姜那些矮冬瓜來了後就沒消停過！再這樣折騰下去他就要折壽了！

「王爺，發生了何事？」

西姜恭王顯然嚇得不輕，燈光下臉色蒼白如雪，額頭全是冷汗，無力指著桌子道：「張寺卿自己看吧。」

鴻臚寺卿一眼瞥見桌上食盒中的人手，嚇得腳下一個踉蹌險些栽倒。「這、這是哪來的？」

「有人半夜把這個放到了小王的門外邊。」到了這時，恭王已隱約猜到這雙手是誰的了。

這定然是舞姬的手！舞姬會被認出來他並不太意外，可是冠軍侯明明在大牢裡，如何能殺了舞姬還把她的手三更半夜送到鴻臚客館來？要知道自從王妹死後，鴻臚客館的守衛加強了許多，等閒連個蒼蠅都飛不進來。

還是說，除了冠軍侯，另有人暗中對付他們這些西姜使節？說不定王妹就是被那些人殺的！

想到這裡，西姜恭王打了個哆嗦，一股寒氣從心底冒出來。對方去來鴻臚客館如入無人之境，這裡他萬萬不能再住下去了。

「王爺不要驚慌，我這就派人去和三法司的大人們說一聲——」

西姜恭王打斷了鴻臚寺卿的話：「張寺卿，這手究竟是何人的小王並不關心，但這鴻臚客館太危險了，小王不能在這裡住了。」

「那，王爺想住到哪裡去？」鴻臚寺卿並不覺得恭王要求過分。西姜公主死在了這裡，現在夜半三更又出現了人手，任誰也住不下去啊。要是西姜恭王也出了事，那可真是麻煩了。

「要不小王就住到張寺卿府上去吧。」

鴻臚寺卿一個趔趄差點栽倒。喂，這就過分了啊！

❧

鴻臚寺卿當然不會讓西姜恭王住到自己府上，好說歹說，把皮球踢到睿王與沐王那裡，西姜恭王當天就住進了睿王府。

恭王在西姜養尊處優慣了，長途跋涉來到大梁本就有些受不住，經過西姜公主之死的打擊，再加上那場半夜驚魂，沒過多久便病倒了，且病情有逐漸加重之勢。

鴻臚寺卿聽說後悄悄鬆了口氣。就知道寧死不能讓人住進他府上，這批西姜使節就像中了詛咒似的，一個接一個倒楣，他可不接這個燙手山芋。

鴻臚寺卿這邊暗暗慶幸，睿王卻頭都大了。

他就知道老六推到他身上的就沒好事！奈何他口拙，每次被老六話趕話擠兌著總是處於下風。父皇現在雖然出關了，卻素來不理這些俗事，並不在意西姜恭王住到了什麼地方，但人要真病死在他的王府上，父皇就要找他算帳了。父皇最討厭麻煩。

睿王想著這些連飯都吃不下，抬腳去了黎皎住處。

黎皎見到睿王過來，大為驚喜，趕忙迎了上去。

自從那天她與睿王同房後，王爺就再也沒踏入她門口一步，讓她的心一直七上八下的，偏偏一應待遇比剛來王府時好了許多，那些丫鬟僕婦對她的照顧甚至到了讓人不適的程度。

黎皎並不蠢，思來想去猜出了睿王的真正用意。王爺這是盼著她有孕吧？想到睿王已到而立之年，偌大的王府卻連一個孩子都沒有，黎皎一顆心就火熱起來。

那天王爺分明氣惱不已，還能派人這樣照顧她，可見對孩子渴望極了，她一定要努力懷上孩子！母憑子貴，一旦她生下王爺的長子，王妃之位垂手可得。

睿王一進來視線就在黎皎腹部轉了一圈。良醫正說現在日子還早，查不出黎氏是否有孕，這可真讓人心焦。黎氏要是能夠有孕，自然千好百好，要是不能——

想到黎皎對他的算計，睿王就如吃了蒼蠅一般厭煩，再想到鋃鐺入獄的冠軍侯，更有一種得不償失的感覺。本想藉著黎氏與冠軍侯搭上關係，將來好為自己添一份助力，沒想到轉眼間冠軍侯就成了罪臣之子，還不知老六在背地裡笑了多少次。

「王爺請喝茶。」黎皎親自端了茶水過來。

睿王接過茶杯隨手往桌子上一放，面無表情問道：「妳這幾日身體如何？」

「多謝王爺關心，妾一切都好，就是不知道是不是春睏的關係，總覺有些睏倦。」

睏倦？睿王一聽就心頭一喜。

他也是當過父親的人，且因子女陸續夭折，到後來越發上心，問過良醫正不少女人生孩子的事。良醫正說過，女子初有孕的那兩、三個月會非常睏倦，莫非黎氏真的有了？

睿王心中激動，面上就帶出了幾分關切。「那妳就好好歇著，不要胡思亂想。」

「妾謹記王爺吩咐。」

見黎皎表現柔順，再加上她很可能有孕，睿王對她的厭惡無形散了不少。

黎皎抬眼看了睿王一眼，輕聲問：「王爺是遇到了煩心事嗎？」

「妳怎麼知道？」睿王涼涼看黎皎一眼。

黎皎伸手搭上睿王肩頭替他捏肩，邊捏邊道：「妾看您雙眉緊鎖，想來是遇到了煩心事。」

聽著女子的柔聲細語，加之肩頭放鬆後的舒適感，睿王莫名有了傾訴的衝動，嘆道：「西姜恭王住到咱們王府後就病了，病情一日比一日重，本王想到這個就有些煩心。」

「恭王病了沒請太醫來看嗎？」

「怎麼沒有，連太醫署的李院使都來看過了，依然沒有什麼起色。」

黎皎眼珠一轉，站在睿王身後柔聲道：「妾倒是有個人選——」

睿王轉過身來盯著黎皎。「什麼人選？」

黎皎垂下眼簾，神情柔順。「不知王爺有沒有聽說過，妾的三妹認了李神醫當乾爺爺，李神醫把衣缽傳給了她。」

睿王眼睛一亮。「當真？」

他納黎氏入府時派人打聽過黎家情況，倒是聽聞黎府三姑娘頗有些不凡，不過醫術高超這個說法他是不信的。還未及笄的小丫頭難不成比太醫署的太醫們還厲害？這想想都不可能，醫術可不同於琴棋書畫那些消磨時間的才藝，一個大夫沒看過幾百個病人能成為名醫？

不過現在睿王有些猶豫了。這種時候黎氏總不敢哄騙他吧？要是撒謊，未免太好拆穿了。

「真的呢，三妹是有大才的，長春伯府的幼子當初癡傻了，三妹一針下去就把人治好了，這事許多人都知道的，王爺派人一打聽便知。」

睿王聽了一陣沉思。黎皎心中冷笑一聲，面上帶了些為難。「就是三妹有些清高，又是冠軍侯的未婚妻，王爺請她過來給西姜恭王看病，她恐怕是不願意的。」

睿王眼底閃過冷光，語氣卻很溫和：「三姑娘畢竟是位姑娘家，要她來給西姜恭王看病確實有些為難，不如這樣吧，妳就說有些不舒服，請她來看看。」

黎皎暗暗笑了。

黎三會來看她？簡直是說笑。不過她要的就是黎三的拒絕，到時定會惹得王爺不快。王爺現在自然不會拿黎三如何，等將來登上那個位子，她再吹吹枕邊風，就不信黎三還能如此安生。

黎皎想到冠軍侯被打入了天牢，就恨不得大笑幾聲，可惜黎三還沒嫁過去，不然就要去天牢裡陪著冠軍侯了。

「其實三妹對妾一直有些成見，妾不知道她願不願意過來。」

「讓王府管事去一趟吧。」

二一〇　王府看診

喬昭接到睿王府管事親自送過來的帖子，心覺詫異。

黎皎不舒服請她過去看看，身為王府一個沒有名分的小妾，帖子還是管事親自送來？無論是王府管事親自來請的舉動，還是黎皎與她的關係，這事明顯透著古怪。

喬昭心念急轉，很快就想到了西姜恭王住進睿王府後病重的事。

她盯著睿王府的請帖，笑了笑。看來這是醉翁之意不在酒，請她過去給黎皎瞧病是假，給西姜恭王瞧病才是真。給西姜恭王瞧病……喬昭略一思索，便決定走這一趟。

邵明淵目前還在獄中，這時西姜恭王若是出了事，就怕皇上提前動了殺心，而邵明淵出獄的機會尚需等待一段時日。

喬昭收拾一番，隨著睿王府管事往睿王府去了。

而江遠朝接到江鶴的稟報後面色微沉。喬姑娘去睿王府幹什麼？

想到西姜恭王目前住在睿王府，江遠朝就面色發冷。那名舞姬就是西姜恭王弄出來的，這說明那混蛋早就開始打喬姑娘的主意了。這時喬姑娘忽然被請去睿王府，他不得不多想。

「去給我盯著睿王府，一旦有任何異常立刻稟報我。」

「噯。」江鶴應了一聲，顛顛走了。

江遠朝坐在書桌前，處理了幾樣事務卻覺心煩意亂，乾脆離開錦鱗衛衙門直奔睿王府去了。

另一邊，因為要等著喬昭過來，睿王便留在了黎皎那裡。

「皎娘說三姑娘對妳有些成見，這是為何呢？」睿王隨意問道。

黎修撰不過是個芝麻大的官，姊妹兩個又都是女孩，能有什麼紛爭？

黎皎輕輕嘆了口氣。「妾與三妹不是同母所生，自幼跟著祖母長大的，姊妹相處時間不多，所以難免有些隔閡……」

「原來如此。」睿王聽了倒是對黎皎生了幾分憐惜。自幼喪母又沒娘護著的滋味他是體會過的，太難受。這樣一想，黎氏進門後一直等不到與他同房而生了心思也是能理解的。不過——

睿王想到沒按李神醫叮囑堅持一年，自己身體將來還不一定如何，那點憐惜立刻煙消雲散。黎氏若能有孕便罷了，若是不能，他可沒這麼多憐香惜玉的心思，這世上可憐的人太多了。

二人又閒聊了一會兒，丫鬟進來稟報道：「黎三姑娘到了。」

睿王站起身來。「我先去書房待一會兒，妳們姊妹先敘敘舊。」

黎皎胡亂點了點頭，心中卻震驚極了。黎三居然來了？明明二人關係降到冰點，她為何會過來？莫非——

黎皎掃了一眼睿王離開的背影，心中一動。莫非黎三是來找王爺給冠軍侯求情的？

她胡亂琢磨著，被喬昭不按常理出牌的舉動弄得心亂如麻。

喬昭由王府婢女領著走了進來。

「大姊哪裡不舒服？」喬昭與黎皎沒什麼好寒暄的，便直接問道。

黎皎被喬昭問住了，眼波一轉，捂著心口道：「近來總覺得心口發悶。」

喬昭伸出手來。黎皎微微一怔。

「大姊伸出手，我給妳把脈。」

「嗯。」黎皎把手腕遞過去，心中卻不屑笑了笑。她倒要看看黎三能夠說什麼。

喬昭纖纖素指搭上黎皎手腕，沉吟片刻道：「大姊是不是常覺得心慌氣短，夜裡淺眠？」

「對。」黎皎心頭一緊。她莫非真有什麼毛病？

「無大事，大姊少些思慮就好了。」

黎皎咬了咬唇。這是諷刺她愛胡思亂想？

腳步聲傳來，守在門口的婢女紛紛見禮。「王爺。」

睿王走了進來，玄色繡蟒龍紋的袍子被穿堂風吹得掀起一角，同花紋的皂靴停在那裡。他溫潤的聲音傳來：「皎娘這裡有客？」

黎皎起身迎過來。「哪是什麼客，是妾的親妹妹。」

「哦，三妹來了。」睿王嘴角掛著令人如沐春風的微笑看向喬昭。

喬昭大大方方向睿王見禮，不卑不亢道：「不敢當王爺如此稱呼。」

黎皎是妾，睿王什麼時候成了她姊夫？

睿王不料碰了個軟釘子，摸摸鼻子倒是副好脾氣。「那天宴會時見到三姑娘射的箭垛，我可震驚極了，沒想到小小年紀有這一手好箭法。還有那三筆同書，更是給我大梁大大長了臉面。」

黎皎聽了暗暗咬牙。冠軍侯已經被打入天牢，用不了多久就要殺頭的，身為冠軍侯的未婚妻能落什麼好？為何她在王爺面前做小伏低，黎三到現在還是一副目中無人的樣子？

「妳們姊妹難得見面，好好聊吧，我就不打擾了。」睿王給黎皎遞了個眼色，轉身欲走。

黎皎忙道：「其實妾請三妹過來是因為身體有些不舒坦……」

睿王立刻停下來，目露驚訝看著喬昭。「三姑娘還懂醫術？」

不等喬昭回話，黎皎便嫣然一笑。「王爺有所不知，我三妹是李神醫的乾孫女，醫術得了李神醫真傳的。」

「三姑娘竟然是李神醫的親傳弟子？」睿王面帶喜色看著喬昭。

喬昭輕輕扯了扯嘴角。真是夠了，再演下去她就不配合了！

睿王忽然對著喬昭一揖。喬昭倒沒想到睿王還是個能屈能伸的，側身避開後淡淡問道：「王爺為何如此？」

少女的冷淡讓睿王尷尬了一下。他堂堂王爺都給人作揖了，一個小丫頭不該誠惶誠恐嗎？

「王爺放心，我剛剛已經給我大姊把過脈，她身體很壯實，並無什麼問題，您不必對我如此客氣。」少女聲音淡淡，似乎忽然反應過來睿王此舉的意思。

黎皎嘴角笑意一僵。她壯實？簡直是胡說八道！她就知道黎三這個賤人沒安好心，怎麼能對她一個窈窕淑女用這麼惡毒的形容？

睿王尷尬咳嗽了一聲。「是這樣的，西姜恭王現住在本王府上，不料卻病倒了。本王身為主人實在憂心，忽然聽到三姑娘是神醫弟子有些失態了，還望三姑娘不要在意。」

喬昭笑笑表示理解。

睿王暗暗鬆了口氣，笑道：「三姑娘既是神醫弟子，本王厚顏想請三姑娘給恭王看一看。」

喬昭遲疑道：「我雖跟著李爺爺學過一些醫術，畢竟經驗尚淺——」

「三姑娘放心，能治好西姜恭王最好，若是不能也是沒法子的事。」

「那我就去瞧瞧吧。」

睿王看向黎皎。「皎娘陪著三姑娘一起過去吧。」

黎皎嘴上應了，心中卻五味雜陳。她自從進了王府就跟坐牢一樣，特別是發生那件事後連去花園子都不能了，沒想到頭一次去別處還是沾了黎三的光。

西姜恭王連日發熱，頭昏沉沉的，聽到睿王說請了位小神醫來，不由睜開眼睛，一見到喬昭如見鬼般大叫一聲昏了過去。

西姜恭王翻著白眼昏了過去，睿王當下就尷尬了。「這……」

只聽說過暈血、暈高的，沒聽說過暈大夫的啊，何況這大夫還是個嬌滴滴的姑娘家。

睿王不由看向喬昭。喬昭心中一動。剛剛西姜恭王見到她的瞬間眼神好像見了鬼，這其中定然有蹊蹺，可這蹊蹺在何處她卻揣測不出來了。

「三姑娘。」睿王喊了一聲。

喬昭笑笑。「王爺不必著急。」她說完摸出一根銀針對著西姜恭王的虎口處刺了一下，恭王很快睫毛顫了顫，睜開了眼睛。

喬昭悄悄後退半步。

「妳怎麼會在這裡？妳怎麼會在這裡？」西姜恭王直勾勾盯著喬昭，連喊了兩聲。

睿王見西姜恭王明顯神緒不正常，忙解釋道：「王爺，黎三姑娘是我請來給你看病的。」

「黎三姑娘？」西姜恭王愣了愣，眼神漸漸恢復清明。

喬昭對西姜恭王行了個禮，淡淡問道：「王爺認錯人了嗎？」

恭王聽了喬昭的話渾身一僵，忙搖頭道：「沒有，小王……剛剛魘著了……」

喬昭牽了牽唇角，不再言語。

「三姑娘，我看恭王爺臉色不大好，妳先給他瞧瞧吧。」

喬昭略一頷首，對西姜恭王道：「王爺伸出手來。」

西姜恭王雖然恢復了理智，可明顯對喬昭很忌諱，遲疑片刻才把手緩緩伸出來。微涼的指尖落在他手腕上，恭王猛然一顫。

喬昭很快收回手，忍住拿帕子拭手的衝動，淡淡道：「王爺之脈來疾去疾，厥厥而動，乃是暴受驚嚇所致。」

西姜恭王不由看向睿王。睿王搖搖頭，示意沒有對喬昭多言。恭王看向喬昭的眼神又有了變化，而喬昭敏銳發現他眼中驚恐退去許多。

「恭王爺確實受了驚嚇，吃過李院使開的藥方後並不見好。」

喬昭對睿王笑笑。「李院使開的方子定然是沒問題的，不過……」

「不過什麼？」恭王不由問道。他病了這兩日，明顯感覺身子越發沉重，再想到王妹的死更是心生悽惶，唯恐客死異鄉。倘若能平安回去，這大梁是再也不來了，他與這個地方分明相剋！

「不過王爺受驚過度，神魂不穩，單靠普通藥方是不見效的。」

一聽喬昭提到「神魂」兩個字，西姜恭王頓時明白了。「黎姑娘是說小王嚇丟了魂？我們西姜確實有這種說法……」

睿王默默翻了白眼。嚇丟了魂是什麼光榮的事嗎？這也要扒拉到西姜去，還真饑不擇食！

「李神醫曾教我收魂之法，我可以試試看。」

「三姑娘需要準備什麼？」

「只需要一間安靜無窗的屋子，無人打擾就夠了。」

「無人打擾？」睿王猶豫了一下。孤男寡女共處一室不大好吧，萬一鬧出什麼事來，一個是西姜王爺，一個是冠軍侯的未婚妻，他更要頭疼了。

「我會讓我的丫鬟協助我。」

睿王鬆了口氣。「那好，我這就叫人安排。」

沒有窗子的房間中光線昏暗，恭王顯然非常不適，強忍著奪門而出的衝動，啞聲問道：「不能點燈嗎？」

「這就點燈了。」少女輕緩的聲音傳來，西姜恭王聽著她的聲音卻沒有被安撫，反而越發緊張。忽然間室內亮了起來，桌案上燭臺中的火苗一閃一閃，桌旁卻沒有少女的身影。

恭王視線下意識落在跳躍的紅色火苗處。

「天很黑，外面很安靜，只有室內的燭光輕輕搖曳著，你盯著燭火漸漸出了神……」

少女聲音再次響了起來，在這種情境中不但不顯得突兀，反而與環境融為了一體，讓西姜恭王全部注意力都落在燭火那裡，忘了留意誰在說話。

冰綠牢記喬昭的吩咐守在門口，連大氣都不敢出，神色卻詫異極了。

「夜越來越深了，你卻睡不著……」

「對，我睡不著……」西姜恭王神色迷離，喃喃道。

「你為什麼睡不著？」

「我在等人……」

「這麼晚了，你等的人還不來嗎？他是什麼人？去了什麼地方？」

「她……她是我府上的一名舞姬，我命她去錦鱗衛詔獄給冠軍侯送飯……」

冰綠死死捂著嘴，險些驚呼出聲。

喬昭神色一凜，語氣卻沒有絲毫起伏：「她為什麼去給冠軍侯送飯？」

「飯裡放了毒，我派她去毒死冠軍侯……」在喬昭不動聲色的催眠引導下，西姜恭王全都說了出來。「她長得與冠軍侯的未婚妻一模一樣，這一去定然不會失手的……」

喬昭暗暗吸了口氣，平靜道：「可是她沒有回來……」

西姜恭王神情忽然激動起來。「她回來了，她的手回來了！半夜時有人敲門，她的手就放在門外的食盒裡……有人要害我，有人要害我！」

「不要怕，那雙手已經被丟掉了，在睿王府你是安全的……」

「我是安全的？」

「對，在大梁你是安全的，因為那雙手不在這裡了。」

「那雙手去了哪裡？」

燭火忽明忽暗，室內光線昏昏沉沉，少女的聲音越發輕柔縹緲：「等你回到西姜自己的王府，泡在浴桶中沐浴時，會發現那雙手從桶底伸出來，握住了你的腳——」

西姜恭王牙關咯咯作響，臉色慘白。眼看他要崩潰，少女聲音更加溫柔：「別怕，別怕，現在你是安全的，你在睿王府呢。這裡只有保護你的人，沒有那雙手……」

「沒有那雙手？」

「對，沒有那雙手。現在忘了那雙手吧，你好好睡一覺，所有讓你恐懼的事情都過去了。」

西姜恭王眼皮開始上下打架，約莫一盞茶的工夫後終於支撐不住，靠著床頭睡了過去。

屋內一片安靜。良久後，冰綠小心翼翼道：「姑娘，他、他——」

喬昭神色嚴肅。「他只是睡著了，知道嗎？」

冰綠連連點頭。「婢子明白的！」

喬昭回頭看了躺在榻上熟睡的恭王一眼，彎唇冷笑。既然敢對她男人下毒，那就等著回到西姜被那雙手嚇死吧。沒錯，她早說過了，她就是這般睚眥必報的人。

喬昭看著冰綠發白的小臉，拍了拍她的肩膀。「打起精神，不要丟了妳家姑娘的臉面。」

小丫鬟一聽立刻挺起胸脯。「是！」

見冰綠神色恢復如常，喬昭才示意她把門打開。

門緩緩開了，光線照進來，燭火跳了跳，被風吹滅。

睿王迫不及待往內看了一眼，就見西姜恭王躺在床榻上睡得正香，站在門口甚至能聽到他均勻的鼾聲。睿王見狀面露驚容。恭王住進他府中後，他派人時刻關注著恭王的動靜，自是知道這幾日他夜夜難眠，時刻處於驚恐狀態，哪有如此舒展的睡顏。

喬昭走了出來。

「三姑娘，他這是……」

「恭王爺已經睡了，王爺不必擔心，等他醒來精神應該就會好多了。」

「多謝三姑娘了。」

喬昭語氣依然冷淡：「不敢當王爺的謝。」

睿王心中暗暗納悶。他以為黎姑娘定會趁著這個機會求他替冠軍侯求情，沒想到料錯了。

「小女子出來久了恐家人惦念，這就告辭了。」喬昭向睿王微微屈膝。

睿王有心讓喬昭多留一會兒，對黎皎遞了個眼色。黎皎心中早像打翻了調味盒，五味雜陳。黎三的醫術真的如此高明？這簡直無法理解，就算黎三從娘肚子裡開始學醫，現在才十四歲，如何會比太醫署那些老太醫們還要厲害？

更何況以前黎三是個什麼樣子別人不清楚，她難道還不清楚嗎？不學無術、嬌蠻任性等字眼從黎嬌心中閃過，讓她看著眼前眉眼平靜的少女忽然茫然了，而茫然中又生出一絲恐懼。

黎三她——真的是黎三嗎？

「咳咳。」發現黎皎走神，睿王不悅輕咳一聲。

黎皎回神，打起精神笑道：「三妹，眼看快到晌午了，就留下來一道用午膳吧。」

「不必了。」喬昭乾脆拒絕，對睿王道：「王爺若是覺得不放心，等恭王爺醒來有問題的話可以派人知會我。」

喬昭這麼說，睿王就沒什麼理由挽留了，才點過頭就有下人過來道：「王爺，錦鱗衛指揮使江大人來了。」

喬昭聽了眉梢一動。江遠朝為何會登睿王府的門？要知道錦鱗衛指揮使的身分非常敏感，忌諱與皇子來往過密。

睿王一聽江遠朝來了同樣一頭霧水，略一遲疑對黎皎道：「妳送送三姑娘吧。」說完匆匆趕到會客廳，就見一身朱衣的年輕男子背手而立，正盯著上方的山水畫出神。

「江大人。」

江遠朝轉過身來，對睿王見禮。「見過王爺。」

「江大人快坐，不知江大人此來是為了公事還是……」睿王心中有些七上八下。

江遠朝眉目淡然，唇邊笑意更淡。「下官此次前來是找西姜恭王問問那晚的情況，好看看有什麼線索。」

「喔，恭王這時候正在睡，實在有些不巧。」

江遠朝略一皺眉，沉吟一番道：「那王爺領下官過去看看就好。下官聽聞西姜恭王病重，若是出了什麼問題，恐不好向上面交代。」

「江大人隨我來吧。」

江遠朝跟著睿王來到西姜恭王睡下的房間，一掃內裡情況，眸光微閃。「恭王住在這裡？」

睿王雖是堂堂皇子，卻也不願得罪錦鱗衛，忙解釋道：「這是大夫給恭王治病的房間。」

大夫給恭王治病？江遠朝想到睿王府忽然派人去請喬昭入府，登時明白了是怎麼回事，不動聲色問道：「大夫走了嗎？」

睿王笑道：「恭王睡下後大夫就走了。」

江遠朝心中鬆了口氣，面上不露聲色。「恭王既無大礙，又已睡下，那下官就不叨擾了。」

睿王同樣鬆了口氣。趕緊走吧，讓父皇知道錦鱗衛頭頭跑他府上轉悠，非猜疑他不可。

江遠朝走出睿王府，江鶴湊上來低聲道：「剛剛屬下看到黎姑娘坐上馬車從側門出去了。」

「咱們衙門的方向？」

江鶴一愣，連連點頭。「對，大人怎麼知道的？大人真是英明神武……」

江遠朝忍無可忍地踢了江鶴一腳，翻身上馬向錦鱗衛衙門趕去。

馬車裡，冰綠忐忑拉了拉喬昭衣袖。

「姑娘，姑爺……姑爺會不會……」

「不會。」喬昭乾脆回道。

「哎？」冰綠茫然眨眨眼。

喬昭笑笑。「別人騙不了他。」她閉著眼不會把他認錯，她相信他亦能如此。那些被珍而重之放到心頭的人，從來不是用眼睛去看的。

冰綠還是想不通，卻重重點了點頭。雖然姑娘說的話她聽不懂，但聽姑娘的準沒錯。

「三姑娘，到了。」晨光拉住韁繩，馬車穩穩停了下來。

冰綠掀起車門簾扶喬昭出來，笑盈盈道：「晨光，你這車夫當得越來越出色了，趕車可真穩當。」

晨光默默翻了個白眼。這種表揚完全沒法讓人高興好嘛，他才不想一直當車夫！

喬昭下了馬車，忽聽身後一道溫和聲音傳來：「黎姑娘。」

喬昭腳步一頓，晨光沉著臉擋在她身前。

江遠朝走到不遠處停下來。「黎姑娘，我有些話要與妳說。」

喬昭目無波瀾與江遠朝對視。晨光冷笑。「江大人有什麼話要與我們三姑娘單獨說？」

江遠朝沒有理會晨光，凝視著喬昭道：「是關於冠軍侯的。」

「去什麼地方說？」喬昭淡淡問道。

「三姑娘。」晨光有些著急。

喬昭對晨光笑笑。「不要緊，你和冰綠在這等我就行。」

江遠朝去睿王府的舉動太過反常，她倒要看看他是什麼心思。

「跟我來吧。」江遠朝看喬昭一眼，抬腳往前走去，喬昭默默跟上。江遠朝在樹下站定，默默看著喬昭。

「江大人有什麼話就說吧，我聽著呢。」

「妳……以後盡量不要與西姜恭王接觸。」

喬昭秀眉微揚，沒料到江遠朝會說這個。

「西姜恭王不是心思純正之輩，妳那日宴會上大出鋒頭，我怕他會動歪心思，對妳不利。」江遠朝胡亂扯了個理由。他與她關係如此僵，他自是無法說出舞姬的事，讓她以為他在邀功。

聽了江遠朝的話，喬昭心念微轉。這個理由貌似不錯，卻不足以說服她。想到今日從恭王口中得知的事，喬昭若有所悟：江遠朝莫非知道舞姬的事？那麼，他說這些是在提醒她嗎？

「我知道了，多謝江大人。」喬昭略略屈膝，語氣平淡。「我想去見一下冠軍侯，請江大人行個方便。」

江遠朝盯著喬昭屈膝的動作，心頭一聲嗟嘆。那天他見到酷似喬姑娘的舞姬，天色昏暗距離又不近，他就是憑對方那屈膝見禮的動作，立刻意識到那不是喬姑娘。而今，同樣的屈膝動作由她做出來，帶著幾分從骨子裡流露出來的矜持與漫不經心，他依然不會認錯。

他想，哪怕眼前人容顏幾經變換，他總會把她認出來。

「跟我來吧。」

江遠朝略一頷首，率先邁步向詔獄門口走去，到了那裡停下來，交代屬下道：「領黎姑娘進去，再把黎姑娘平安帶出來，出了任何差池唯你是問。」

喬昭看江遠朝一眼，微微點頭致謝，隨錦鱗衛走進牢房。

天已經開始轉暖了，牢房裡依然陰冷潮濕，在這裡彷彿沒有春夏，永遠是讓人壓抑的隆冬。在這種地方住久了哪怕好人都會生病的，喬昭想到邵明淵先前寒毒雖已祛除，卻因為身體已經習慣了那種狀態，遇到寒氣會比常人接納要快，更容易寒邪入體，便不由開始擔心。

「侯爺，黎姑娘來看你了。」錦鱗衛喊了一聲，想到江遠朝對喬昭的另眼相待，到底多了幾分客氣，識趣地在遠處等著。

邵明淵轉過身來，遠遠看了喬昭一眼，並沒有立刻走過來。

喬昭瞧著好笑，開口喊了聲「庭泉」。少女聲音輕柔甜糯，邵明淵立刻快走幾步來到鐵柵欄前，清俊的眉眼在昏暗燈光下顯得越發出色。「昭昭。」

「伸手。」

邵明淵愣了愣。喬昭已經把手伸進了柵欄裡，嗔道：「傻愣著幹什麼呀？」

邵明淵伸出手，又猛然想起來什麼，忙把手縮了回去在衣服上擦了擦，這才重新把手伸出來，然而少女纖纖素手卻落在了他手腕上。年輕將軍登時尷尬了。

居然不是他以為的拉小手……

「還好。」喬昭替邵明淵把過脈，放下心來。

邵明淵反手握住她的手，笑道：「我有按時吃藥的，今天怎麼會來看我？」

當初靖安侯對邵明淵說了他的真正身分，二人就已經預料到這場牢獄之災，因著對那推波助瀾的幕後之人很可能就是江遠朝的猜測，彼此商定好喬昭盡量不要來這裡，以免多生事端。

「我怕你擔心呀。」喬昭坦然道。

邵明淵眸光一閃。「妳知道了？」

喬昭笑著點頭。「今天睿王請我去給西姜恭王看病……」

邵明淵握著喬昭的手緊了緊，面上帶著愧疚。「我在裡面，不能護著妳了。」

「庭泉，不要把自己當成無所不能的神仙，那樣太累了。」

在這京城裡，他不是大權在握的北征將軍，生死予奪皆憑那位天子心意，蘭山、江遠朝乃至東廠提督魏無邪那些人，若找他麻煩都沒那麼好應付，畢竟武將想要見皇上可沒那些人便利。

邵明淵自嘲一笑。「是呀，哪有神仙蹲大牢的。」

喬昭沉默了片刻，壓低聲音問道：「庭泉，大概還有多久——」

邵明淵握了握她的手，低嘆道：「半月左右，定有消息了。」

「那你在這裡一定好生保重，不必擔心我。」喬昭說到這裡嫣然一笑，倒是流露出幾分小女孩的嬌憨。「目前為止，和我對上，好像都是別人吃虧比較多。」

邵明淵忍不住笑了。「那妳可要繼續保持。」

「知道啦。」

「昭昭……等我出獄，我們成親可好？」

世事難料，生在這皇權至上的世道，亂世將顯，誰都不知道明天會是什麼樣，意外會在什麼時候會不期而至。比起這些不能把握的，他希望把握現在。他此生最大心願有二，一是揍得韃子永不敢犯大梁國土，二是娶昭昭為妻與她共白首。

「好。」喬昭毫不遲疑道。如果說一開始她還心有不甘，那些糾結忐忑早在這些日子的相處中不復存在。嫁給他，她不是失去了自由，而是因為有他的支持，她會擁有更大的自由。

邵明淵卻懵了。「什麼？」

他暗暗掐了自己大腿一下。昭昭答應得這麼痛快，一定是他幻聽了吧？嘶，疼——

見邵明淵聽她答應後表情扭曲，喬昭也懵了。明明是他向她求婚，現在她答應了，他這是什麼表情？

「我可能要再考慮一下。」喬姑娘皺眉道。

「別！別考慮！」邵將軍死抓著未婚妻的手不放，臉上掛著傻笑。「我大腿都掐青了，妳要是還考慮，那我豈不是白掐了。」

喬昭白他一眼。「好了，我該走了。」

邵明淵遲疑了一下。

「還有事？」

「昭昭，我父親年紀大了，不知道在獄中身體能不能受得住，妳替我去看看他吧。」於君於民，他沒有絲毫愧對，唯有拚死護他長大的父親與失而復得的妻子，是他最對不住的。

喬昭默默點頭答應，低低道了一聲珍重，隨錦鱗衛走了。

邵明淵盯著少女消失的門口發了一會兒呆，蹲到牢房牆角揉著臉傻笑起來。蹲一下大牢換來一個媳婦，他真是賺大了。

靖安侯一家被安置在牢房的另一端，靖安侯與邵景淵同住一間。

喬昭見到父子二人時，卻發現他們分坐牢房兩端，氣氛明顯有些異樣。

聽說有人前來探望，邵景淵眼睛一亮，看到是喬昭立刻沉下臉，冷冷問：「妳來幹什麼？」

自從邵明淵與黎氏女訂婚，侯府倒楣事就一件接一件，簡直是個掃把星！

「逆子，你怎麼說話的？」靖安侯狠狠瞪了邵景淵一眼，話音才落，便劇烈咳嗽起來。

邵景淵見狀臉上卻不見半點擔心，勾了勾唇角，掉頭走向裡頭。他對靖安侯的怨恨已升到極點。他想不通，好好的侯爺父親不願做，偏偏要冒著全家掉腦袋的風險養個亂臣賊子的遺孤。他更無法想通，明明他才是世子、繼承靖安侯府之人，可大難臨頭時，父親保下的卻是三弟。

既然父親不在乎侯府傳承，不在乎他這嫡長子，那他還有什麼好在乎，反正都要被砍頭了。

靖安侯的咳嗽聲一直沒有停，在這陰暗潮冷的牢房中，有種令人心驚的感覺。隔著鐵柵欄，喬昭無法做什麼，只得從荷包中拿出一個小瓷瓶遞過去。「侯爺，您吃一粒吧。」

遠處站著的錦鱗衛想要阻止，猶豫一下沒有作聲。

靖安侯接過瓷瓶，忍下咳嗽道：「孩子，妳來這裡幹什麼？這不是妳該來的地方。」

喬昭屈膝一禮。「我來看您，本該早些來的。」

「明淵怎麼樣了？」靖安侯自是知道喬昭先去看過邵明淵了，迫不及待開口問道。

「他一切都好，您放心吧。」

靖安侯仔細打量著喬昭，見她笑意淡淡，神情平和，稍稍鬆了口氣。「那就好，我最擔心的就是那些人折磨他……」

「庭泉也很擔心您，所以您一定要好好保重身體。」

「呵，擔心有什麼用？我們變成這樣還不是他害的！」坐在角落裡的邵景淵聲音陰沉，帶著滿滿不甘。

喬昭看向邵景淵的眼中閃過嘲弄與憐憫。當了二十多年金尊玉貴的世子，一朝淪為階下囚，心態失衡之下竟連半點氣度都沒了，這樣的人即便繼承了靖安侯府，注定走不長遠。

靖安侯失望又痛心，卻什麼都沒有說。

對這個兒子，他失望他的表現，但心中也是內疚的。他確實不是一個好父親。

喬昭對邵景淵自然無話可說，任他諷刺幾句覺得無趣閉嘴後，柔聲勸慰靖安侯：「天無絕人之路，我相信庭泉一定會沒事的。您只要放寬心保住身體，對他來說就是最大的寬慰了……」

靖安侯連連點頭。「妳跟明淵說不要擔心，我這把老骨頭還硬朗著，不會有事的。孩子，快回去吧，這裡太冷，不是妳該久留之地。」

「那您保重。」喬昭福福身子，叮囑道，「瓶中藥丸每天睡前服用一粒，可以抵禦寒邪。」

待喬昭隨著錦鱗衛離開，靖安侯這才走到邵景淵身邊坐下來，嘆口氣道：「景淵，你是靖安侯府的世子，在旁人面前給我拿出點該有的骨氣來。」生於內宅之中，長於婦人之手，嫡長子變成如今的樣子他身為父親該負最大的責任。這是他常年征戰不得不承受的代價。

「父親，到現在您還嫌我丟了您的臉？」邵景淵滿臉怨氣。「那您有沒有想過我的感受？這麼多年來我處處被邵明淵壓著一頭，明明我才是嫡長子，可是那些人當著我的面就不避諱地談及他是如何如何優秀，誰在乎過我的心情？那時候我想，他是我親兄弟，誰讓我有個這麼能耐的弟弟呢？可是忽然間他就成了您的外室子，那麼我從小到大承受的那些壓力算什麼？」

邵景淵越說越激動：「結果更荒唐的事情還在後面，他居然是亂臣賊子之後，為了他，您把整個侯府都搭進去。父親，我想問問您，您心中把我當什麼？隨便可以捨棄的玩意嗎？」

靖安侯苦笑。「長幼有序，你從來都是侯府的世子。」

「那為何大難臨頭，您悄悄送走了三弟，對我卻半個字都沒吐露過？」一想到靖安侯偏心至此，邵景淵一顆心就涼透了。

靖安侯沉默看著邵景淵許久，才嘆口氣道：「就因為你是世子，從來榮耀有多大，責任便有多大。」靖安侯說完掩口咳嗽起來。邵景淵眼神閃了閃，陷入沉思。

睿王府黎皎院子裡的那簇美人蕉抽出了新綠，睿王壓下激動的心情快步走了進來。

黎皎正坐在外面的樹下繡花。

「皎娘在繡什麼？」

黎皎把繡繃拿給睿王看。「準備給您繡幾條手帕。」

睿王瞧了一眼繡布上一叢挺拔翠竹，不由點頭。「沒想到皎娘還有一手好女紅，不過仔細傷了眼睛，有針線房呢。」

黎皎抿了抿唇道：「畢竟是王爺貼身用的。」

睿王對這個話題沒多大興趣，隨意笑笑，便隱含興奮道：「剛剛恭王醒了。」

「哦，恭王爺如何？」黎皎暗暗慪氣，順著睿王話頭問道。

男人便是如此嗎？喜歡一個人，無論那人做什麼都是好的；對一個人沒心思，任那人做什麼都不會感動。她垂眸看著滿是針眼的白嫩手指，險些吐血。白白用針把手指戳成馬蜂窩了，王爺竟然沒有多看一眼！

睿王自是不知道黎皎此刻滴血的心情，自顧道：「恭王看起來精神強了許多，還主動讓人端了飯菜。皎娘，這次多虧了妳的引薦。」他說著拉過黎皎的手輕輕握了一下。

黎皎忙把手心朝上，攏起手指笑道：「能為王爺解憂，是妾該做的。」

這下王爺該看到她傷痕累累的手指了吧？

睿王大笑起來，放開黎皎的手拍了拍她手臂。「皎娘確實是一朵解語花。我看三姑娘並沒妳說的那樣對妳有成見，這不妳一請她就來了。」

黎皎：「……」要她把手指戳到王爺眼睛裡嗎？

「皎娘以後常請三姑娘來玩，畢竟是親姊妹，疏遠了不好。」

眼下看來，黎三姑娘醫術是得了李神醫真傳的，如今李神醫不在，倘若他的身體真有什麼問題，說不定還要指望著黎三姑娘。

黎皎不知道睿王心思，聽他這麼一說心中頓時一緊。

王爺這是什麼意思？莫不是看上了黎三？

「如今冠軍侯身陷囹圄，妾覺得常請三妹來府上不大妥當，恐給王爺惹麻煩……」

睿王笑笑。「妳們是親姊妹，走得近些有何不妥？冠軍侯雖然進了詔獄，與她一個還沒過門的女眷有何相干？再者說……」再者說，冠軍侯若真被定罪，罪不及未過門的弱女子，若是最終無事，定會覺得睿王府仁義。

黎皎巴巴等著睿王「再者說」的下文，結果睿王站了起來，抬腳便走了。

她一口氣憋在喉嚨裡上不來下不去，想到喬昭恨意更上了一層。

二一　風雨欲來

西姜恭王的身體一天比一天有起色，沒過多久就恢復如常。病過一遭，他更堅信大梁與他相剋，恨不得插上翅膀返回西姜去，於是催問殺害西姜公主的凶手越發勤快了。

蘭山藉此在明康帝面前煽風點火，明康帝陷入了深深的矛盾中。

冠軍侯是亂臣賊子之後，推出去砍了正合他心意，可是冠軍侯這把刀太好使，一旦砍了，上哪去找這麼好用的一把刀呢？要是沒了這把鋒利的刀，北齊那邊再出亂子怎麼辦？那他又要把精力放到對抗韃子上面，太耽誤他的長生大道了。

可是留著不殺，這把刀對準他怎麼辦？殺還是不殺呢？

皇帝整日琢磨這問題，連仙丹都顧不上吃了，這日終於面色一沉下定決心。「魏無邪——」

「奴婢在。」魏無邪恭敬應著，心中悄悄嘆口氣。看來皇上對如何處置冠軍侯已經有決定了。身為明康帝心腹，魏無邪自是把皇帝這些日子的糾結看在眼裡。

「給朕拿一枚銅錢來。」

啥？這個吩咐太出乎意料，魏無邪直接愣了。

「怎麼？」明康帝淡淡掃他一眼。

魏無邪不敢再遲疑，忙取了一枚銅錢奉給明康帝。

明康帝往書案前一坐，心中默念道：若是年號朝上，就一刀砍了冠軍侯；若是「招財進寶」

朝上，就暫且留著冠軍侯過年。

明康帝默念完，把銅錢高高一拋。

銅錢在空中轉了好幾番落下去，魏無邪眼睛都直了。皇上這是幹什麼？

在明康帝略帶緊張的心情下，銅錢落到桌案上，明康帝與魏無邪皆瞪大了眼睛。既不是正面，也不是反面，銅錢居然是立著的！

立著是什麼意思？這不是讓朕為難嘛！

明康帝大怒，重重一拍桌子，銅錢被拍飛了，滾落到地上去。抬腳欲走的明康帝腳步一頓，吩咐道：「魏無邪，看看落地的銅錢是正面朝上還是反面朝上。」

等了一會兒不見魏無邪吭聲，皇帝語氣更加不滿：「魏無邪，你一聲不吭在那裡做什麼？」

魏無邪暗暗嘆口氣，趕忙回道：「皇上，銅錢掉進臺階縫裡去了。」

明康帝大步走過來，把撅著屁股找銅錢的魏無邪一腳踹開，見到金磚鋪就的臺階相接處果然有一條縫，不由臉色鐵青。「你們這些奴才都是幹什麼吃的，是不是等朕的大殿塌了才知道修！」

魏無邪知道明康帝這是藉故發脾氣，一聲不吭跪在一旁。

明康帝盯著那條細小的縫犯了倔脾氣。「魏無邪，叫人給朕把這裡撬開，今天朕偏偏要看看銅錢到底哪面朝上！」就是這麼一條小縫隙，銅錢恰恰落了進去，這不是給他添堵嗎？

魏無邪很快就領著人來把金磚撬起來，心中默默念叨：銅錢啊，你就趕緊配合一點吧，是正是反給個痛快行嗎？

金磚撬起的那一瞬間，包括明康帝在內的眾人皆伸長脖子看過去，就見金磚下面的地上有一個拳頭大的洞。

「這是——」明康帝疑惑不解。眾人皆戰戰兢兢不敢吭聲。

「這到底是什麼，立刻告訴朕！」明康帝發了火。

一個小太監受不了天威，脫口而出道：「老鼠洞！」

「什麼？」明康帝以為自己聽錯了。

「回稟陛下，那就是個老鼠洞！」話已說出口，小太監乾脆豁出去了。

「老鼠洞？」明康帝盯著黑黝黝的洞口一字一頓吐出這三個字，氣得嘴唇發白。

他堂堂一國之君的御書房裡居然有個老鼠洞，那枚該死的銅錢還掉進老鼠洞裡去了。

「給朕挖地三尺，找到那枚銅錢！」他就不信這個邪了！

又等了小半個時辰，好好的御書房已經和廢墟無異，老鼠洞終於見了底，洞底有一些被老鼠咬爛的碎布與糕點渣。

明康帝臉色發青，殺氣騰騰道：「給朕把那枚銅錢翻出來。」

「是！」眾人齊撲上去，就聽吱吱幾聲響，一隻黑毛老鼠從眾人間縫隙鑽出，風一般跑了。

明康帝眼睜睜看著那老鼠叼著銅錢迅速消失在視線裡，氣個倒仰。「給朕追上那隻老鼠！」

老鼠到底沒有追回來，明康帝看著面無全非的御書房欲哭無淚，更是百思不得其解：那隻老鼠莫不是有病吧，大難臨頭不叼走糕點渣子，叼走銅錢做什麼？

眾太監面上不敢流露絲毫異樣，心中卻想：皇上莫不是中邪了吧，就為了找一枚銅錢把御書房挖了？

魏無邪暗暗冷笑，心道：你們這些蠢貨知道什麼，皇上在意的哪裡是銅錢，而是冠軍侯的生死啊！

明康帝心血來潮的擲銅錢壯舉最終沒有得到答案，心情越發糾結了。皇上心情不佳就想閉關，可想到近幾次閉關的後果默默打消這念頭，於是心情越發不佳。

滿朝文武都感覺到皇上的怒火，頓時人人自危，生出風雨欲來的預感。

真正的風雨果然在不久後來了。

這場風雨沒有從京城開始，而是起於山海關，風乍起便成驚濤駭浪之勢。

在一個月黑風高的夜晚，北齊韃子的鐵蹄踏過山海關，繞過河渝縣，直奔京城而來。那一晚，京郊的老百姓睡得正香，外面的鐵蹄聲與犬吠聲交織，把他們從睡夢中驚醒。

「爹，娘，外面怎麼啦？」有幼童揉著眼睛坐了起來。

當娘的一把摟住幼童，把孩子哄睡了，問身邊的男人：「他爹，外面該不是鬧匪患了吧？」

男人是個解甲歸田的兵丁，豎著耳朵聽了一會兒動靜後披著衣服欲要起身。「聽著不像，那鐵蹄聲太整齊了些，我出去看看。」

婦人死死拉住男人。「他爹，你別出去！」

「我不出門，我去把大門頂好了。」

婦人這才鬆手。可惜一個人的力量在大禍臨頭時太過微薄，大門很快被踹開，拚命抵抗的男人眨眼間便死在亂刀之下。聽到男人的慘呼聲，婦人死死捂住孩子的嘴躲到了床下。

很快舉著刀的韃子們就擁進來，四處翻找。婦人聽著翻箱倒櫃的聲音還有韃子們的獰笑聲，拿出汗巾塞進孩子口中，默默求漫天神佛保佑她的孩子平安度過此劫。

奈何蒼天無眼，那些已經有了經驗的韃子很快把長刀往床下一探，正好扎在了婦人手臂上，婦人忍不住痛呼一聲，被韃子拖了出去。

婦人被拖出去的瞬間，用力把懷中幼童往裡面推了推。數柄長刀再次往床底下探來，這次沒有觸碰到什麼。幼童躲在最裡面，很快聽到娘親的慘叫聲伴隨著他聽不懂的奇怪聲音傳來。

幾個闖進來的韃子輪番糟蹋了婦人，婦人已是奄奄一息，雙眼直勾勾盯著院門的方向。她的男人在那裡，他們是青梅竹馬長大的，成親時約好誰若九十七歲死，奈何橋上等三年，現在看來不用三年那麼久了。孩子他爹，你略微走慢點，我這就來了。

「大梁女子真是無趣，這就不行了。」一名韃子獰笑著掏出那骯髒之物，對準婦人的臉撒起尿來。其他幾名韃子見怪不怪，把翻找出來的糧食細軟等物收攏起來。

「這家還不錯，居然藏著碎銀子呢。」一名韃子滿意地笑了笑，提著刀對準婦人胸口扎了進去。「行了，看在銀子的份上給她個痛快吧。」幾名韃子大笑著揚長而去，往隔壁家去了。

婦人已經動彈不得，這才敢轉著眼珠看往床底的方向。

她的孩子啊，以後可怎麼辦呢？乖寶不要出來，千萬不要出來，以後沒了爹娘，你無論如何要活下去啊……

婦人吐出大口大口的血，終於一動不動，眼睛始終沒離開床底方向，死睜著流出兩行血淚。

韃子的燒殺搶掠整整持續了一夜，收穫頗豐的他們才心滿意足離去。

天子腳下，在大梁百姓們心中一直是安居立業的好地方，可是當陽光再次照耀到京郊北的這片土地上時，原本還算豐饒的村莊卻已變得滿目瘡痍。

青牛村的老村長跪在被韃子一把火燒成灰燼的祠堂前，額頭貼地，老淚縱橫。「蒼天啊，祢無眼啊，讓我青牛村遭此橫禍，兩百餘口村人皆遭了韃子毒手！」

昨夜那些歹人操著生疏的大梁話，大半時間都是用北齊話交流，他們哪裡還不明白，這是北齊韃子來了。

一名老婦人跪倒在老村長面前，聲嘶力竭哭喊。「村長，這是為什麼呀？那些韃子不是被冠軍侯打跑了嗎，為什麼能通過山海關殺到咱們這裡來？可憐我一家十六口就只活了我一個，三個兒子、兒媳，五個孫子三個孫女，還有才進門的大孫媳婦，她還懷著身孕啊！為什麼死的不是我，死的不是我！」老婦人忽然站了起來，照著一塊大石頭衝了過去。她這般年紀，跑起來的速度竟不遜於年輕人，更令人吃驚的是，那些或跪或坐的村人竟無人阻攔。

很快「咚」的一聲響傳來，老婦人歪倒在大石旁，頭破血流，氣絕身亡。

老村長看著死狀淒慘的老婦人喃喃道：「死了清淨，死了清淨……」

一家十六口只活了一人，活下來的人早早去地下與親人們團聚或許更幸福些。

村人們彷彿失去了魂魄，呆呆聚在一起一動不動。許久後，一個年輕人猛然站了起來，大聲道：「我知道為什麼，我知道為什麼！」

「二娃啊，你說什麼？」隨著年輕人的大喊，如行屍走肉般的村人們有了反應。

「因為冠軍侯被皇上打入天牢，韃子知道咱們的戰神不在了，才敢跑到咱們這來搶奪！」

「真的嗎？那些畜生真的是因為皇上關了冠軍侯才跑來的？」

與北地和南方的百姓們不同，京郊百姓已經安穩了數十年，遠征的將士在他們心裡固然值得敬仰，但那些感受卻遠不及陷入戰亂中的百姓來得深刻。

人性便是如此，千里之外的戰火連天哪裡比得上身邊出了個搶劫的混混更讓人恐慌呢？如果不是這場浩劫，這些人一輩子都想不到韃子能打到京郊。

「當然是真的啊，我前幾天進城還聽人們討論皇上什麼時候會把冠軍侯殺頭呢！你們想想，冠軍侯鎮守北地的這些年，哪裡有這種事啊！」

村人們不再懷疑，紛紛掩面痛哭起來。「咱們怎麼辦啊？」

年輕人大聲道：「反正留在村子裡一旦韃子來了也是個死，我要進城去求那些官老爺們放了還給他的。

冠軍侯！」

「對，求官老爺們放了冠軍侯！」

村民們集在一起，浩浩蕩蕩向北城門趕去，因躲在床底下逃過一劫的幼童也賣力追在後面。

小小的孩子心中只有一個念頭：他要去找二娃哥說的冠軍侯，冠軍侯那樣威風，會把他爹娘還給他的。

這一日，不知有多少京郊百姓向城中趕去，連守在城門口的守衛手中刀槍都不能嚇退他們。

北齊韃子搶掠京郊村落的事如一道驚雷在朝中炸響，頓時石破天驚。

「為什麼會發生這種事？韃子怎麼會打到京郊來？」無數大臣團團圍著蘭首輔與許次輔追問。

這一刻他們沒有了平時的顧忌與圓滑，全都直著脖子喊道：「我們要見皇上！」

明康帝常年不上朝，等閒能見到天子面的就只有內閣大臣，連六部九卿這些重臣想見天子一面都不易。蘭首輔權勢滔天，平日裡他們不敢招惹，可現在再不把這個消息稟報給皇上，昨夜韃子能在京郊溜達一圈，明晚說不定就能闖進城裡，到時候大梁可就變天了。

「各位稍安勿躁，皇上已經知道此事了。」蘭山沉著臉道。韃子能闖到京郊，這實在是令人始料不及，這樣一來，他連日來的心血就付諸東流了。

蘭山果然是最瞭解明康帝的人，明康帝聽了稟報後銅錢也不擲了，心情也不糾結了，立刻下旨釋放冠軍侯，命他即刻領兵出征。

邵明淵看到擺在他面前的銀甲銀盔，還有大紅的披風，心情是沉重的。

他早料到了這一天的到來。

這個月份，對北地老百姓來說正是青黃不接的時節，靠搶奪大梁邊界百姓果腹的北齊人日子就更難過了。他在北地的那七年間，每到這時節就是仗打得最凶的時候，北齊人對他的忌憚在這個階段降到冰點，每次交鋒都殺紅了眼。

去年春他率軍收復燕城，把韃子打怕了退到阿瀾山以北，韃子們老實了一年，對他們來說已經等太久了。他多年來死死壓制著韃子，他們每年的搶掠大戰討不了多少好處，可以說北齊人的日子非常難過。在他預想中，今年蟄伏了一年的韃子定然會有動作，特別是他身陷囹圄的消息一旦傳到北邊去，那些沒有什麼頭腦的韃子就更加沒有顧忌了。

他們不會想著這一動作會讓他們的死對頭重見天日，對他們來說，到嘴邊的肥肉能吃下去才是最重要的。只要眼下能填飽肚子，管他日後洪水滔天。

這是邵明淵對北齊韃子的瞭解，正是憑藉這種瞭解，他才篤定自己不會在詔獄中待太久。不過他還是錯算了一點，這些韃子竟比他預計得還要貪婪，竟跑到京郊來搶奪了，也因此他出獄的時間如此迅速。而這也意味著，不知多少無辜百姓在這場劫難中丟了性命。這樣的劫難他可以預見，卻無法避免。

昭昭說得對，他從來不是救苦救難的神仙，而是血肉之軀的凡人。皇權至上之下，自身尚且難保，何談保衛百姓？

江遠朝陪著魏無邪前來宣旨。

「奉天承運，皇帝詔曰，冠軍侯邵明淵本是罪臣赫連亭之子……著即冠軍侯掛帥出征，戴罪立功，不得有誤，欽此！」魏無邪抑揚頓挫念完聖旨，卻見邵明淵靜靜跪著，並不出聲。

「侯爺，接旨吧。」魏無邪提醒道。

邵明淵這才淡淡道：「臣既有罪，不敢當萬軍之帥。」

此話一出，魏無邪臉色頓變，就連江遠朝都露出不可思議的表情。

冠軍侯這是公然抗旨，威脅皇上！他怎麼敢？他怎麼能？

魏無邪拿著聖旨的手輕輕顫著，死死盯著邵明淵的眼睛。

昏暗的牢房中，年輕男子挺拔如修竹，牢獄之災帶來的憔悴絲毫無法影響他的神采。

邵明淵烏眸湛湛，回視魏無邪。他為何不敢？為何不能？皇上已經生出殺他之心，無論他是任人宰割還是公然抗旨，皇上會一直等著兔死狗烹的那一天。

身為臣子，他能做的就是成為獨一無二的存在，讓帝王永遠沒有把他當成棄子的機會。這固然可悲，卻也無奈。生而為臣，他唯有替自己及家人討個公道才能壓下這滿腔不甘。

「侯爺，你可知道你在做什麼？」

邵明淵垂眸，語氣平靜道：「魏公公，我想我已經說得很清楚了。」

魏無邪看了江遠朝一眼，咬牙道：「侯爺，你接旨吧，咱家可以當做沒聽到這話。」

邵明淵抬眼微微一笑。「多謝公公好意，不過請公公盡快原話呈給聖上吧，畢竟百姓與韃子們都不會等。」

「你！」魏無邪見邵明淵面無表情，知道他是下了決心，重重嘆了口氣，舉著聖旨直奔宮中而去。

「什麼，冠軍侯抗旨？」明康帝驀地站了起來。

魏無邪低著頭回話：「冠軍侯說身為罪臣之子，無顏領兵掛帥。」

明康帝氣得在才修好不久的御書房裡來回打轉，怒不可遏道：「好一個冠軍侯，竟敢趁火打劫，和朕討價還價了！他這是威脅朕！」

蘭山等重臣皆大氣不敢吭，明康帝一甩衣袖，幾乎要砸到眾臣臉上去。「你們說，冠軍侯這樣的混帳是不是該殺！」

眾人全都低著頭一言不發。

「說話啊，到底該不該殺？」

眾臣一聽，得了，皇上都氣成這樣了，他們還說什麼呀，當然是順著皇上的意思說了，不然冠軍侯掉不掉腦袋還不知道，他們的腦袋先掉了。

「該殺，該殺！」

「魏無邪！」聽了眾臣的回應，明康帝猛然停下來。

「奴婢在。」

「傳朕旨意，自冠軍侯入獄後朕愛惜其才，命錦鱗衛指揮使江遠朝徹查二十一年前鎮遠侯一案，現查出當年鎮遠侯與肅王的信件往來字跡並非出自鎮遠侯之手，鎮遠侯一案實乃冤案，朕思及故人痛心疾首，著即追封鎮遠侯為鎮遠公，世襲罔替……」

說到這裡，明康帝淡淡掃蘭山一眼。「首輔蘭山當年彈劾有誤，雖出於忠君之心，卻不可不罰，現罰俸三年，親往天牢向冠軍侯致歉……」

眾臣：「……」說好的殺頭呢？皇上您這麼口不對心，有沒有考慮過我們的感受啊？

蘭山：「……」他真是踩狗屎了！

明康帝滿心委屈：朕也不想啊，冠軍侯那小畜生拿大梁江山威脅朕！

對追求長生恨不得永坐龍椅的他來說，什麼寵臣與倔強的小脾氣，與江山一比都得靠邊站。

年近七十的首輔蘭山在兩名小太監的攙扶下，直奔天牢而去。

魏無邪帶著新的聖旨趕到，看著面色平靜的邵明淵心中只剩下了服氣。聖心難測，臣子生死只在天子一念之間，與其想著將來不知哪一天被皇上追究，冠軍侯破釜沉舟藉此機會替家人平反倒是做對了。

新的旨意傳完，邵明淵這才從容道：「臣邵明淵接旨。」他站起來，一手舉著聖旨，靜靜看著蘭山。蘭山顫巍巍給邵明淵作揖道歉，邵明淵面無表情道：「蘭首輔不必如此。江大人，本侯現在可以出去了吧？」

他要的從來不是蘭山的道歉，而是要蘭山的命！殺父之仇，若是不報又怎配稱人子？

「侯爺請，戰馬與你的親衛軍已經候在外頭。」江遠朝語氣淡淡道。

冠軍侯陷入如此絕境還能翻身，是他小覷了他。

邵明淵彎腰把銀甲拿起披在身上，腰帶環在腰間，戴好純銀頭盔。身後大紅披風與頭盔上的紅纓隨著他的走動跟著擺動，在場之人默默跟了上去。

外面天光大好，親衛軍凝神屏息等待著，當那個高大身影出現，齊齊單膝跪下。「將軍！」

邵明淵手一抬，親衛軍立刻站起來，動作整齊劃一，沒有發出任何多餘聲響。

邵知牽著馬過來。邵明淵接過韁繩翻身上馬，威風凜凜的一隊人馬向著城門口而去。

「快看，是冠軍侯！」

「太好了，冠軍侯出來了，冠軍侯出來了！」

許多老百姓痛哭流涕跪下來，有人在人群中大喊：「將軍要替我們報仇啊！」

很快這樣的聲音就匯成了洪流，人們接連跪倒，黑壓壓跪成一片。

邵明淵只得勒住韁繩，朝人們抱拳。

「侯爺，大軍就在城外待命，請不要耽擱時間。」江遠朝淡淡提醒道。

邵明淵遙遙望了西大街的方向一眼。

聖旨要求他即刻出發，不得有誤，他自然也知道兵貴神速的道理。只是他沒想到，在獄中時才向昭昭求過婚，現在卻連看她一眼的時間都沒有就要出征了。

此去歸時難料，心中不是不遺憾。

杏子胡同黎家府上。

冰綠飛奔進喬昭閨房，一把抓住喬昭的手。「姑娘快呀，姑爺馬上要出征了，晨光來帶您過去。」

「這麼快？」喬昭顧不得換衣裳，立刻隨著冰綠往外跑。她一直在等著這一天，卻不知道到底會是哪一日，原想著親手做一桌飯菜為他洗去晦氣的，誰成想——

「姑娘，快一些啊！」冰綠加快速度，卻發現喬昭被她拉得腳步踉蹌，乾脆把人背了起來。

嗯，姑娘處處都好，只有一個缺點：腿太短。

晨光就等在二門處，一見冰綠背著喬昭過來，忙坐上馬車，喊道：「姑娘，快上車。」

喬昭主僕上了車，馬車很快動起來。寬闊的青石板街道上空蕩蕩的，馬車趕得飛快，可越往北去人越多，晨光不得不把馬車停下來。「姑娘，馬車過不去了，咱們步行吧，將軍現在應該快到北城門了。」

喬昭迅速跳下馬車，由晨光在前領路撥開擋路的人往前奔去。

「姑娘，您看，那是姑爺！」冰綠大口大口喘著氣，伸手指向城門口的方向。

彼時春光明媚，微風拂面，人頭攢動中她一眼看到那身穿銀甲的年輕將軍，身姿挺拔坐於馬上，身後的大紅披風隨風颯颯而動，銀色頭盔上的紅纓跟著飄擺。

眼看他就要經過城門，橫亙在二人之間的是摩肩接踵的人群，喬昭張了張嘴，卻沒有喊出來。這麼遠的距離，這麼多的人，這麼嘈雜的環境，他是不可能聽見的。

「完了，完了，姑爺要出去了。」冰綠比喬昭還急，猛搖著喬昭的手臂。

喬昭目不轉睛盯著那個背影，看他很快就要消失在城門口，靈光一閃拿起掛在脖頸上的骨笛，用力吹了起來。短促高昂的笛音響起，邵明淵立刻停下來，猛然轉頭。笛音依然在響，他順著笛音很快看到人群中的喬昭。

喬昭見他看到了她，停止了吹笛，揚手對他搖著。邵明淵露出一個溫柔的笑容，深深望了喬昭一眼，解下銀頭盔上的紅纓掛在城門守衛的長槍頂端，縱馬離去。

喬昭愣愣站在那裡，看著那紅纓隨風飄擺，心頭說不出是歡喜還是失落。

身為武將，這樣的離別不知會經歷多少次，當年大婚之日他奉旨出征，不知心裡想些什麼？

晨光奮力從人群中擠過，來到城門口，從守衛那裡要來紅纓給喬昭送了過去。

喬昭愛惜地撫摸著紅纓，輕嘆道：「回去吧。」

往回走並不那麼容易，那些百姓們自發地送冠軍侯，繼續往城門口趕去，晨光必須牢牢把喬昭護在身後才能讓她避開那些衝撞。

總算是走過那段最擁擠的路段，晨光狠狠鬆了口氣。路面上零散落了許多物件，甚至還有被踩掉的鞋子，已經有乞丐開始拾撿，很快就有幾名為此發生了衝突。

晨光望了城門口一眼，遮住眼底的羨慕。「姑娘，我送您回去吧。」

將軍大人說過的，等把三姑娘娶進門就不讓他當車夫了，他們再不成親他可就要急死了啊。

喬昭上了停在不遠處的馬車。「去冠軍侯府。」

「好嘞！」晨光把鞭子甩出一個漂亮的鞭花，馬車向著冠軍侯府的方向駛去。

沒過多久，街頭出現江遠朝與江鶴二人。

「大人，咱們也回去吧。」江鶴小心翼翼道。

剛剛冠軍侯解下頭盔上的紅纓贈給未婚妻那一幕他都看到了，嘤嘤嘤，好感人，他要是個姑娘都想立刻嫁給冠軍侯了……嗯，這種想法還是趕緊藏好，不然大人一定會罰他去刷淨房的。

江遠朝望著喬昭消失的方向沒有吭聲。原來這就是兩情相悅的感覺，哪怕突如其來的分離讓兩人連說一句話的機會都沒有，可在彼此心裡卻從未分開過。

此時，一名乞丐被另一名乞丐推倒，撲倒在江遠朝腳邊，江鶴忙踢了他一腳。「滾滾滾，妨礙了我們大人把你腦袋擰下來！」

乞丐看清楚二人身上代表錦鱗衛的服飾險些嚇暈過去，江遠朝卻從荷包中摸出一塊碎銀子扔給乞丐，這才大步往前走去。

「大人──」江鶴忙跟上去。不對勁，大人真的不對勁。

江遠朝忽然開口道：「我以前也曾這樣過。」他也曾像這些乞丐一樣，為了一個饃饃與人爭搶，直到義父的出現，才結束了那段惡夢般的日子。

江遠朝想到江堂總是笑眯眯看著他的樣子，呼吸有些沉重。倘若義父與義妹沒有死，即便他對義妹只有兄妹之情，他至少有個家。現在，大概除了錦鱗衛指揮使的身分，他什麼都沒有了。

他總是在毫無防備時失去重要的東西，養父母的驟然離世如此，義父的暴斃亦是如此。

馬車在冠軍侯府停下來，喬昭帶著冰綠往內走去，便見到池燦立在院中樹下。

「池大哥？」

池燦轉過身來，笑瞇瞇道：「我猜妳就會來這裡。」

喬昭走過去。「池大哥在等我？」

池燦笑意微收，懶洋洋道：「算是吧，楊二走了，邵庭泉也走了，一時還真是怪沒趣的，陪我喝一杯吧。」

喬昭略一猶豫便答應下來，卻道：「我先找晚晚說說話。」

池燦詫異看了喬昭片刻，好笑道：「還真是愛屋及烏，那妳快去哄孩子吧。」

喬昭去了喬晚那裡。見到喬昭，等在門口的喬晚快步迎了上去，一臉急切。「黎姊姊，我姊夫是不是出來了？」

喬昭笑著道：「出來了。」

「太好了。」喬晚提著裙襬轉了個圈，想到要當淑女又立刻停下，強忍著高興踮腳張望，「姊夫呢？怎麼沒和黎姊姊一起回來呢？」

「妳姊夫出征了。」

「出征？」喬晚眨眨眼，「是去打韃子嗎？」

喬昭領著喬晚在院子裡的石桌邊坐下來，溫聲解釋道：「是呀，韃子又來咱們大梁搶東西了，所以要把他們趕出去。」

她本以為喬晚會哭，沒想到小姑娘卻用力點頭道：「姊夫最厲害了，一定會把那些壞蛋趕跑的。黎姊姊，我昨天讀書遇到個問題想不明白，妳能教我嗎？」

「好。」

喬昭陪著喬晚讀了近一個時辰的書，等小姑娘放下書卷睡著了，這才回到侯府前廳。

池燦也等得睡著了。他坐在椅子上，一手托腮，臉色略顯疲態，與平時嬉笑怒罵皆隨心的自在不同，微微皺起的眉似乎透露出無限心事。

喬昭站在他面前，一時不知是不是該把人叫醒。池燦卻好像意識到有人來，睜開了那雙神采無雙的眸子。

「妳再不回來，我頭髮都要白了。」懶懶的聲音響起，那心事重重的男子彷彿從沒出現過。

喬昭自然也不會拆穿，笑道：「不是說要喝酒嗎？」

池燦站了起來。「去院中亭子裡吧，屋子裡憋悶。」

二人在亭中坐下，一只白玉酒壺，兩盞同質地的酒杯擺在二人中間。一壺酒見底，喬昭沒喝多少，大半落入了池燦的肚子。他雙頰緋紅，有了酒意，吩咐小廝桃生上酒。

「池大哥，別喝了。」

池燦挑眉看了喬昭一眼，似笑非笑問：「怎麼，現在就要行使侯府女主人的權利，攔著客人喝酒了？」

喬昭被噎得抿了抿唇。她不和一個酒鬼計較，還是個有心事的酒鬼。

池燦看著神情淡然的少女忽然笑了。「不喝酒也行，咱們下棋吧。」

喬昭接過桃生手中的酒壺推到池燦面前。「還是喝酒吧。」

池燦：「……」他這棋藝高手居然被嫌棄了？

一杯又一杯酒入腹，喬昭默默替池燦斟酒，沒有再勸。很快石桌上多了三、四個空酒壺，酒香從亭子中飄散出去，躲在湖底的魚兒彷彿嗅到了香味，躍出水面。

池燦托著腮，眸中波光盈盈亮得驚人。他沒看喬昭，而是盯著亭外湖面上躍出的魚兒發呆。

「池大哥，你遇到什麼事了嗎？」喬昭這才問道。

「遇到事？」池燦努力想了想，搖頭道：「沒有。」

喬昭以為他沒有什麼要說了，池燦卻轉過頭來，好看的眼睛微微瞇起。「遇到事的明明是邵庭泉啊。」

「他不是沒事了。」喬昭語氣平靜說著，心中卻一動。池燦的反常與邵明淵有關？

「沒事？」池燦聲音微揚：「哪裡沒事了？皇帝舅舅早晚會與他算帳的。」

為國君盡忠，為父母盡孝，邵明淵在這些方面做得向來無可指責。但身為好友，他很清楚，邵明淵並不是愚忠愚孝之人。當那天來到時，他可以肯定，有了黎三的好友不會坐以待斃的。真的好苦惱啊，到時幫著邵明淵把皇帝舅舅幹翻，母親一定會宰了他吧？

池燦又灌了一杯酒，終於支撐不住趴在石桌上睡著了。

「把你家公子扶到客房去，我去給他煮醒酒湯。」

喬昭在醒酒湯中加了一味藥材，桃生伺候池燦喝下後一個時辰就醒了過來。

「公子，您醒了？」

池燦坐起來，低頭看一眼，發現身上穿著的衣裳換過了，狐疑看著穿戴整齊的桃生。「這是哪兒？」

「這是冠軍侯府啊，您與黎姑娘喝酒——」

未等桃生說完，池燦就想了起來，抓住桃生手腕問道：「然後呢？」

「然後？」桃生眨眨眼。「然後您就喝醉了啊。」

「那我——」

桃生忙笑著擺手。「沒有、沒有，公子怎麼會是酒後亂性的人呢？」

「滾！」池燦抬手敲了桃生腦門一下，沉著臉道：「我有沒有說什麼不該說的？」

「這個真沒有。」

池燦略微鬆了口氣，揉了揉眉心。「這次醉酒倒沒有頭疼。」

「是黎姑娘親自煮的醒酒湯。」

池燦怔了怔，翻身下榻。「黎姑娘人呢？」

「黎姑娘已經回府了。」

「哦，我們也回吧。」

池燦主僕回到長容長公主府，就有下人提醒道：「公子，長公主請您回來後就過去。」

「知道了，我換過衣裳就去。」

池燦在冠軍侯府雖已換過衣裳，一身酒氣還是掩不住的，他匆匆洗了個澡換上家常衣裳趕去長容長公主住處。

初夏還未至，長容長公主已經換上了薄衫，看起來彷彿雙十年華的女子，看著池燦走進來，粉面帶了薄怒。「去哪了？」

池燦笑笑。「兒子又不是小孩子了，去哪裡還要向母親一一彙報嗎？」

長容長公主冷哼一聲。「去送冠軍侯了？」

「母親既然知道，何必還問呢？」池燦一副死豬不怕開水燙的語氣。

「我不是說過，今後不要與冠軍侯走得太近嗎？」長公主見池燦不說話，臉色更冷，「難不成你還想給你舅舅添堵？」

池燦沉默良久，忽然笑笑。「母親想讓我與冠軍侯絕交也行。」

長容長公主盯著池燦，似乎在琢磨他說這話的用意。

「說吧，你有什麼打算？」這是要和她講條件？

「我今年就弱冠了，不想再這麼混下去，想求母親給我找個差事做。」

「先前你要進金吾衛，結果沒幾個月就不幹了，現在又想幹什麼？」

長容長公主的語氣完全把池燦當成不成器的浪蕩子看。

池燦卻絲毫不以為意，用漫不經心的口吻道：「我想混個六科給事中玩玩。」

長容長公主吃了一驚，美眸瞬間睜大幾分。「六科給事中？池燦，你是不是開玩笑？」

池燦笑著坐下來。「我怎麼會和母親開玩笑。」

「簡直荒謬，六科給事中都是正經進士出身，你當是金吾衛嗎，任你來去？」

池燦輕笑一聲。「所以才求母親幫忙啊。」

長容長公主狐疑盯著池燦。勳貴子弟通過寒窗苦讀考取功名，最終步入仕途的鳳毛麟角，大多都是靠家族萌蔭謀取一官半職。她這個兒子雖自幼聰慧，吟詩作對都不在話下，但對正兒八經的科舉之道卻不耐煩極了。難不成是太陽打西邊出來了？

「母親覺得為難呀？」池燦含笑打斷長容長公主的思索。

長容長公主回神看他，見他漫不經心的樣子，皺了皺眉。「多少年都沒有這種例子，你當是小孩子過家家呢？」她真要把兒子安排到那種位子上，文官們估計能生吃了她。

「母親覺得不好辦就算了，兒子也就是這麼隨口一提。」池燦說到這裡站了起來。「母親要是沒別的吩咐，兒子就回房了。」

見池燦往外走，長容長公主臉色微沉。「你給我站住！」

池燦腳步一頓。

「好，這兩天我會去求求你舅舅，你答應我的事也別忘了。」

池燦回過頭來，露出大大的笑臉。「多謝母親了。」

他說完大步走出去，迎面撞見長容長公主身邊的女官冬瑜亦沒有說話，略一點頭便擦肩而過。冬瑜看看走遠的池燦，又看看晃動的珠簾，暗暗嘆了口氣。

喬昭回到家中，淨過手才把放在懷中的紅纓拿了出來。

「姑娘，這是姑爺給您留的紅纓呢。」冰綠好奇伸手。「婢子能不能摸摸啊？」

小丫鬟手都伸過去了，被喬昭淡定拍開。「不行。」

冰綠眨眨眼。「姑娘，您不是這麼小氣的人吧？」

喬姑娘面不改色笑笑。「我就是這麼小氣的人。」

小丫鬟垂頭喪氣出去了。喬昭拿起紅纓，先睇了門口一眼，然後放到唇邊輕輕親了親。

「姑娘！」剛剛出去的冰綠一陣風衝了進來。

喬昭快速把紅纓放下，臉上陣陣發熱，連語氣都冷了下來：「冰綠，進來不知道請示嗎？」

看來是她太縱著這丫頭，竟越發沒有規矩了，也不知剛剛她偷親紅纓的樣子有沒有被這妮子看了去……喬昭越想臉越紅，很快白嫩的雙頰便盛開了大朵大朵的桃花。

冰綠一時看愣了，喃喃道：「姑娘，您幹嘛臉紅啊？」

喬昭輕咳一聲。「到底什麼事？」

「姑娘，姑爺不是把頭盔上的紅纓留給您了嗎，那他的頭盔光禿禿的就不好看了，您可以編一條紅纓送給姑爺啊。」冰綠興沖沖道。

喬昭默默心塞。

她是會編紅纓穗的人嗎？好不容易打發走了小丫鬟，喬昭倚在屏風上，盯著紅纓出神。

他走得那麼急，定然有許多話要對她說吧？她其實也有許多話要對他說。

親手編一條紅纓？或許她可以跟阿珠學學看。

「姑娘叫我？」

喬昭揚了揚手中紅纓。「阿珠，教我編一條這樣的紅纓穗。」

阿珠看了喬昭手中紅纓一眼，神色有些古怪。「姑娘要編這樣的？」

喬昭不由垂下眼簾看了紅纓一眼，遲疑道：「這個有問題嗎？」

「紅纓沒什麼問題，就是太……普通了些。」阿珠見喬昭沒有露出不悅之色，解釋道，「看這紅纓的樣式，應該是軍中統一配備的。您要是拿這樣一條紅纓送給將軍呀，將軍說不定會以為是買來的。」

站在門口的冰綠聽了抿嘴一笑。「姑爺才不會認錯哩，姑娘的手藝我都不會認錯。」

喬昭：「……」她要賣了這個丫頭！

「姑娘，婢子教您打一條五蝠穗子吧，不難的。」阿珠笑著替喬昭解了圍。

三天後。喬昭看著形狀古怪的五蝠穗子嘆了口氣。她大概真的沒有做女紅的天賦。

冰綠安慰道：「姑娘，您太厲害了，進步好多！」

雖然這樣的誇獎太昧良心，但誰讓她是這麼體貼可人的大丫鬟呢。

阿珠點頭。「姑娘確實進步了很多，咱們再編一條吧。」

「不用了，就這條吧。」喬昭把紅纓珍而重之收起來，推門而出。

院中已見了新綠，因昨夜才下過一場雨，清新的空氣撲面而來，夾雜著潮濕的泥土氣息。喬昭深深吸了口氣，把三日來的頭暈腦脹一掃而空，往雅和苑主院走去。

何氏與黎光文正手忙腳亂哄孩子。

「你給我出去，出去！」何氏中氣十足的吼聲傳來。

緊跟著是黎光文委屈的聲音：「我每天才進來看這麼一小會兒，時間還沒到呢。」

「方媽媽，請老爺出去！」

喬昭聽著二人的對話暗暗吃驚。以往母親對父親做小伏低的，今日是怎麼了？

「昭昭啊，妳來啦！」黎光文見到喬昭鬆了口氣。有閨女在，不怕被趕出去了。

喬昭向黎光文夫婦見了禮，笑問道：「娘，父親怎麼了？」

「我就是來看看妳弟弟，妳娘就嫌棄我了。」

何氏一聽眼就瞪圓了。「我是因為你來看孩子嫌棄你嗎？昭昭，妳給評評理，他進來時福哥兒正睡著，結果他非要捏福哥兒的臉，這下好了，把孩子捏醒了哇哇大哭——」

「我抱著福哥兒哄了。」黎大老爺一臉委屈插嘴道。

何氏柳眉一豎。「你還好意思說！我都說了你不會哄孩子讓奶娘來，你偏偏不聽。結果福哥兒一撒尿你就把孩子對準了我，正好撒了我一臉！」

「我、我這不是忽然發現孩子尿了就亂了嘛。」

「還狡辯！總之以後不許抱孩子！」

黎光文向喬昭投去求救眼神。喬昭默默把臉轉到一邊去。要是將來邵明淵這麼胡來，她也想打死他。

呃，等等，她想到哪裡去了……

喬姑娘悄悄紅了臉。

二一二　喜蛛逢故

邵明淵一走便是大半個月。

京城郊區被韃子長驅直入使整個京城蒙上了一層陰影，好長時間內到處可聞哭聲，即便是沒有經歷那個血腥夜晚的人們都憂心忡忡。畢竟韃子能闖到北郊去，就能闖到別的地方，只要想到這些就讓人寢食難安。

感受到大梁風雨欲來的氣氛，西姜恭王一刻不想多待，當三法司交出了所謂父母被西姜人害了憤而報仇的凶手，西姜恭王沒有深究就趕緊走人了。

隨著時間推移，喬昭對邵明淵越發掛念，這才明白什麼叫關心則亂。在所有人都認為冠軍侯定然會把韃子打得落花流水時，她卻忍不住想著他可有吃好睡好，會不會不小心中了敵人的冷箭。

「姑娘，您看，這裡有一隻蜘蛛呢。」冰綠擦拭書架上時指著牆角興奮道。

喬昭放下書卷看過去，就見一隻斑點蜘蛛貼著牆角往下拉出好長一根蛛絲，懸在空中飄蕩著。

冰綠沒有對蜘蛛下毒手，反而小心翼翼捧著牠放生了，笑嘻嘻道：「蜘蛛掉，親人到。姑娘，看來您有客要到了。」

喬昭笑笑。「這屋子裡除了我，還有妳和阿珠，這客人不一定是誰的呢。」

冰綠拿起一本厚厚的書冊擦拭上面的落塵。「反正不是婢子的，婢子家沒有遠來的客人，肯定也不是阿珠的。姑娘，我猜是姑爺要回來了。」

未等喬昭說話，阿珠便笑了。「冰綠，這次妳猜錯了。」

冰綠把抹布往旁邊一丟，不快道：「憑什麼說我猜錯了呀？」這個死阿珠、笨阿珠，沒看她一說姑爺要回來姑娘眼睛都亮了嗎，就不知道讓姑娘高興點兒！

阿珠快步走進隔間很快又返回，手中多了封信。「姑娘，有您一封信，婢子看是從嘉豐來的，先前您正休息就沒拿給您看。」

喬昭把信接過來，看了一眼信封上熟悉的字跡不由彎唇，打開看過後笑道：「我義兄準備啟程進京了。」

冰綠聽了撇撇嘴。「阿珠，妳這是作弊！」

「好了，妳們陪我出去一趟吧，既然義兄要回來，我去置辦些東西。」

收到喬墨的信，喬昭有了逛街的興致，主僕三人帶足了銀錢出門去了。

這些日子氣氛雖沉重，街上行人卻不少，那些臨街的鋪面照常熱熱鬧鬧，沒過多久主僕三人就買了一堆東西，晨光跟在三人後面提東西，臉都皺到了一起。

「晨光，你快點呀。」冰綠嫌棄催了一聲。

晨光黑著臉加快了腳步。沒天理了，他現在只是一個車夫，為什麼還要負責拎東西？說好的弱女子體力差呢？明明他腿都要走斷了，她們還腳底生風！

他滿腹心酸，可是看到冰綠緊繃的臉，認命地跟了上去。

「娟兒，是妳嗎？」牆角落處一個人忽然衝了過來。

晨光抱著一堆東西靈巧轉身擋在喬昭身前，騰出一腳把那人踹遠了些，冷聲問：「什麼人！」

那人被晨光踹得趴在了地上，對晨光伸出手來。「娟兒、娟兒——」

晨光仔細看了那人一眼，那人臉上汙黑，頭髮散亂，根本看不清長相。

「你認錯人了。」

那人卻根本不理會晨光的話，掙扎著往前爬，口中依然不停喊著「娟兒」。

晨光不悅擰眉。「你認錯人不打緊，但把男人認成女人，我可要生氣了啊！」

換他以前那脾氣，早把這人痛揍一頓再說了。

「娟兒、娟兒——」

這時冰綠不解的聲音響起。「阿珠，妳怎麼啦？」

晨光轉過頭去，這才發現阿珠站在原地，一副如遭雷擊的樣子。晨光不由看向喬昭。

來往的行人已經投來好奇目光，喬昭當機立斷道：「晨光，帶著這個人去春風樓。」

沒過多久幾人來到春風樓，喬昭帶著冰綠與阿珠進了一間雅室。

雅室內很清靜，喬昭看向阿珠，聲音溫和：「阿珠，那個人與妳什麼淵源，可以說說嗎？」

阿珠沉默片刻，起身在喬昭面前跪下來，給她磕了一個頭。

喬昭見狀並沒有吭聲。阿珠與冰綠雖然只是個丫鬟，她卻打心眼裡喜歡她們。她早猜到阿珠有心事，只是之前阿珠不提，她亦不願強人所難，但現在有人找上來就不同了，她總要問個清楚，再看阿珠打算怎麼辦。

「娟兒是婢子以前的名字，那個人是婢子的兄長。婢子不是前主人家的家生子，而是自幼被賣進去的。在婢子被朱公子買下時，婢子家還算過得去，也不知兄長為何淪落成這樣子……」

「那妳去和兄長敘敘舊吧。」

阿珠又給喬昭磕了個頭這才起身。「多謝姑娘。」

晨光把阿珠的兄長安排在相鄰的雅室內，見阿珠進來，晨光悄悄退了出去。

阿珠冷眼看著兄長狼吞虎嚥，等桌上一片狼藉他才停下來。「娟兒，找到妳真是太好了！」

少女攏在寬袖中的手指尖輕顫，面上卻一派平靜。「大哥怎麼會來這裡？家裡其他人呢？」

阿珠兄長一聽擦了擦眼角。「家鄉鬧水患了，大堤被衝垮，把整個莊子都給淹了，淹死好多人。咱們家還算幸運，那天正好一家人都進城，逃過一劫。但家沒了，什麼都沒了，想到妳被京城來的貴人買了去，說不準來京城還能找到妳，就一家人往京城來了。」

「大哥如何知道我被京城來的貴人買走的？」

阿珠兄長眼神閃爍。「我後來聽人們議論，說買走妳的人操著京城口音……」

阿珠垂下眼簾沒有言語，阿珠兄長伸手去拉阿珠的手。「娟兒，妳不會還怪大哥吧？大哥真的不是看著妳不管，那天本來帶了錢去給妳贖身的，可沒想到趕過去時妳就被人買走了……」

阿珠定定看了兄長一眼。這就是她的兄長，到現在依然在撒謊。當時朱公子買下她根本沒有說話，直接扔給牙婆雙倍的銀子，別人如何議論朱公子口音？兄長知道朱公子是京城口音，最大的可能就是當時他就躲在人群裡看著她被買走，悄悄跟了朱公子一段距離才聽到的。

阿珠兄長拿眼瞄著阿珠，見她雖穿得簡單素淨，衣料卻一看就是好的，眼中越發熱切。

「娟兒啊，妳現在是在哪家府上啊？」

阿珠沒有理會兄長的話，問道：「家中其他人呢？」

阿珠兄長一聽連忙抬手抹淚。「都擠在窩棚裡呢，娘病了，妳嫂子整日給人洗衣裳賺點買米錢。娟兒，妳現在過上了好日子，可不能不管我們啊。」

阿珠一言不發，阿珠兄長拽著阿珠衣袖不放。「娟兒，娘現在好慘啊，連大夫都請不起，只能乾熬著，這兩天連湯水都吃不下了。妳一定會管娘的，對不對？」

阿珠抽回衣袖，睫毛輕顫。「大哥不必說了，我先去和姑娘說一聲。」

「姑娘？」阿珠兄長眼一亮。「娟兒，妳又成了哪家府上姑娘的貼身丫鬟，是不是？太好了，大哥之前就跟娘他們說過，妳這麼能耐，到哪裡都會有出息的……」

阿珠不耐煩聽他絮叨，淡淡道：「大哥先等等吧。」

隔壁雅間，冰綠托腮盯著門口頗有些吃驚。「姑娘，敢情今天那隻蜘蛛是為了阿珠來的，她居然還有大哥啊！」

在小丫鬟心裡，阿珠這樣半道上被買來的丫鬟，和親人定然是一輩子沒有機會見面的。

「早上報喜，晚上報財，那蜘蛛還挺有靈性呢，這可真是喜事一樁。」冰綠平時雖愛與阿珠鬥嘴，見阿珠與親人重逢還是由衷為她高興。

「是不是喜事猶未可知。」喬昭喃喃道。阿珠與親兄長意外重逢，神情未免太平靜了些，且剛剛阿珠提到她家中條件尚可，這就不得不令人深思了。家境不錯，女兒的主家遭了大難卻無人出面把阿珠贖回去，她無法想像阿珠與家人是親密無間的關係。

「姑娘，您在說什麼啊？」喬昭聲音很輕，冰綠沒有聽清楚，不由追問道。

這時阿珠走了進來。

「阿珠，那個人真是妳大哥啊？」

阿珠笑笑。「自己的大哥還能認錯嗎？」

「那他怎麼成了這樣啊？」

阿珠看向喬昭，喬昭問道：「談完了？」

阿珠點點頭，咬唇跪下來。「姑娘，婢子想隨兄長去見見我娘。」

「妳且說說家中落難的原因。」

聽阿珠說完，喬昭重點放到了水患上面。南邊發生了水患，死了不少人，京城似乎沒有聽到什麼風聲……當然，她一個閨閣女兒整日留在家中，沒有聽說亦不奇怪。或許可以跟池大哥說一聲，他近來找的差事應該能派上用場。

「先回府，然後讓晨光陪妳去。」

「多謝姑娘。」

回府的路上主僕幾人失去了出門時的興致，連冰綠都一言不發，百無聊賴掀起窗簾瞧著外面的風景。

「阿珠，妳那個大哥站在酒樓門口一直往這邊望呢，他該不會以為妳一去不回了吧？」

讓兄長留在春風樓是阿珠主動提出的，冰綠雖單純，卻敏銳察覺阿珠與兄長的關係並不佳，語氣自然有了變化。阿珠沒有探頭眺望，默默低著頭顯得心事重重。

一隻纖纖素手伸過來，輕輕拍了拍她手臂。「不必多想，還有我呢。」

「姑娘……」阿珠豁然抬頭，迎上喬昭平靜的眉眼，素來安靜沉穩的人眼淚掉了下來。

回到黎府後，晨光又帶著阿珠返回了春風樓。

阿珠兄長眼巴巴望著，一見阿珠從馬車上下來眼中難掩欣喜。

「走吧。」阿珠來到兄長面前，言簡意賅道。

阿珠兄長領著阿珠往城東走去，街道兩旁房屋漸漸換成低矮破舊的草棚土房，到後來連馬車都過不去，只能下來步行。那些棚戶的住戶把灶臺搭在了外面，開始準備飯菜，用過的汙水就這麼隨手一潑，連下腳都要小心翼翼。

阿珠兄長偷瞄著阿珠，見她面色平靜，悄悄鬆了口氣。「走到裡頭就到了。」

阿珠默不作聲往裡走，兩個追逐的孩子忽然竄出來，其中一人一下子撞到阿珠身上。阿珠兄長照著那個男童就打了一巴掌。「小崽子沒長眼呢？」

男童哇哇哭起來，他還欲再打，被阿珠阻止。「孩子又不是故意的。」

「姑姑？」男童忽然止住了哭聲，仰頭看著阿珠。

阿珠吃了一驚。被兄長打的竟然是自己小侄兒，她記得兄長最寶貝兩個侄兒了。

「妳真的是姑姑嗎？」

阿珠露出一絲微笑。「進寶還記得姑姑啊？進寶不哭，姑姑給你帶了糖。」

她拿出一包窩絲糖遞給進寶，另一名年齡略長的男童眼睛都瞪圓了。

阿珠兄長敲了那名男童腦袋一下，訓道：「傻了啊？不認得你姑姑了？」

這窩絲糖可不便宜呢，以前家裡寬裕時都很少捨得給孩子買著吃，沒想到小妹出門不但有馬車送，還出手如此大方，可見深得主人歡喜的。

阿珠兄長越想臉上喜色越濃，高聲喊道：「娘、媳婦，我找到娟兒了。」

他這麼一喊，左鄰右舍立刻探頭張望。阿珠皺了皺眉，低聲道：「進去再說吧。」

草棚的門低矮狹窄，晨光站在外頭沒有跟進去。

阿珠一進去就有一名婦人迎了出來。婦人二十多歲，雖然生了幾個孩子身材卻沒有走樣，臉上甚至塗了劣質的胭脂，身處這種地方顯得有些突兀。

婦人快速掃阿珠一眼，臉上堆笑。「太好了，總算找到小妹，娘整天惦著妳呢，快進來。」

屋子裡陰冷潮濕，散發著一股黴味，一名老婦人躺在破棉絮上雙目緊閉。阿珠走過去，靜靜看了片刻喊了聲娘。老婦人眼皮顫了顫，沒有睜開眼睛。

「娘這個樣子都好幾天了，沒錢請大夫呀。」婦人抹淚道。

阿珠皺皺眉，從荷包裡拿出一塊碎銀子遞給兄長。「大哥去請個大夫來吧。」

阿珠兄長愣了愣，很快接過碎銀子走了出去。

「哎呀，小妹妳先坐著，我告訴妳大哥買幾個菜回來。」

婦人追了出去，偷偷瞄了站在樹下的晨光一眼，拉住男人小聲道：「死鬼，你真要給娘請大夫啊？這可是銀子呢！」

阿珠兄長瞪了婦人一眼，低聲罵道：「妳現在少動歪心思，我不但要請大夫，還要給娘請好大夫呢！」

他沒多久便請來大夫，看著兄長忙裡忙外，阿珠若有所思。難道一年沒見，大哥轉了性？

飯菜的香味傳來，阿珠嫂子正彎腰往大鍋裡放肉，肉香味傳出去老遠，引來不少孩子吞著口水張望，更有大人時不時問一句：「祥嫂子，妳家有客啊？竟然燉肉。」

阿珠嫂子語氣難掩得意。「是啊，找到我們小姑了。」

問話的婦人立刻停下來。「喲，可是你們說的那位在大官家做事的小姑？」

「對，我們小姑可有出息啦，是大家閨秀的貼身丫鬟呢！」

「嘖嘖，這可了不得，前邊王老漢家的丫頭自從當了貴人家姑娘的貼身丫鬟，時常往家裡送米送面送銀錢呢。祥嫂子，以後妳家有好日子過啦。」

阿珠嫂子抿嘴笑起來，發現兩個兒子圍在鍋臺前流口水，一人打了一巴掌。「一邊玩去，把口水滴進鍋裡怎麼辦？」

招財和進寶委委屈屈跑走了。

「姑姑，還有糖嗎？」進寶仰著小臉問。

「有的。」阿珠拿出窩絲糖分給兄弟二人。見她一臉和善，兩個孩子圍著不走了。

「招財，你們大姊和二姊呢？」阿珠見兩個孩子對她越發親近，不動聲色問道。

「大姊和二姊被爹娘賣掉了——」招財的嘴忽然被捂住了。

阿珠面色微沉看著兄長。「大哥，幹嘛不讓孩子說完？」
阿珠兄長鬆開手，踹了招財一腳。「帶著你弟弟玩去，別在這添亂！」
等兩個孩子走了，阿珠靜靜看著兄長。
阿珠兄長尷尬撓撓頭，一臉討好道：「我和妳嫂子也不想啊，手心手背都是肉，可家被大水沖垮了，我們帶著娘趕路，連口吃的都沒有。娟兒啊妳想想，咱們一大家子總得活下去吧，我和妳嫂子沒法，只能賣了吉祥和如意。不過別擔心，她們跟妳一樣，都去大戶人家享福了呢。」
「別說了。」阿珠冷冷打斷了兄長的話。
享福？現在她跟了姑娘，確實過上了以前想都不敢想的好日子，可先前她過的是什麼日子？先前伺候的姑娘是個小性的，人前溫柔嫻雅，可在人前忍下的不快轉頭就發洩在貼身丫鬟身上。她的後背上就有幾個疤是被用炭火燙的，為了不讓人發現，先前的姑娘不許她們用藥，只能生生熬著。後來那家老爺犯了事，她們這些奴婢重新被發賣，曾嫉妒過她的粗使丫鬟沒少說幸災樂禍的話，可她們卻不知道她心中的慶幸。
但凡能過下去，錦衣玉食的日子又怎麼樣？誰不願意與家人生活在一起呢？
阿珠的耳邊彷彿又想起當初老母親對她說的話：阿珠啊，手心手背都是肉，可家裡實在太窮，妳哥哥連媳婦都娶不上，總不能讓咱家斷了香火吧？放心，爹娘會給妳找一戶好主家的……
阿珠只覺心口發悶，讓她喘不過氣來。就因為是女孩，所以永遠是被賣的那個？她是這樣，兩個侄女也是這樣，憑什麼呢？
「娟兒、娟兒。」
聽到兄長的聲音，阿珠回神，淡淡道：「大哥別叫我娟兒了，姑娘給我賜了名叫阿珠。」
「阿珠？」阿珠兄長連連點頭。「阿珠好聽，阿珠好聽。」

見請來的大夫走出來，阿珠沒再理會兄長，迎過去細細問著情況。

阿珠嫂子悄悄扯了扯男人衣袖，朝阿珠努努嘴。

阿珠兄長不耐煩抽回衣袖，低聲道：「知道了，急什麼！」

「這是預付的診金，勞煩大夫每日過來替我娘看診，有什麼事的話……」阿珠遲疑了下，「我隔幾天都會過來看看的，有什麼事到時大夫對我說就好。」

看到阿珠遞過去的那一大塊銀子，阿珠嫂子險些把眼睛瞪掉，死死抓著阿珠兄長的手。「那麼大，那麼大——」老天，這銀子要是留下來都夠他們一家子過兩年了，小姑子居然就這麼給了那老不死的大夫！

「妳給我閉嘴！」阿珠兄長低聲罵了一句。

待大夫走了，夫妻倆全都圍上了阿珠。

「娟兒——呃，阿珠啊，妳現在在哪家府上做事啊？」阿珠兄長笑瞇瞇問道。

阿珠避而不答，岔開話題道：「娘現在病著，這裡實在不適合居住，我回頭找人賃一處房子你們搬過去吧。」

阿珠嫂子大喜。「太好了，這裡哪是住人的地方呀，還趕不上咱家以前的牛棚呢，遇到天災真是造孽喲……」

阿珠不耐煩聽嫂子抱怨，當天就在東城尋了個合適的民宅。

民宅並不大，只有三間正房，左邊兩間矮屋作了廚房與柴房，右邊則是茅廁與雞圈。小小的宅子安排得很緊湊，灰牆綠瓦顯得乾淨整齊，院中還有一棵石榴樹，這個季節剛發了新芽。

招財與進寶兩個小孩子在院子中跑來跑去，滿臉興奮。

阿珠嫂子眉梢眼角透露出滿意，卻依然拉著男人悄悄抱怨道：「小姑怎麼不在西城給咱們找房子住呢？這東城住的都是窮鬼……」

「時候不早了，我該回去了。」

「阿珠，妳看家裡連買柴火的錢都沒有……」阿珠兄長乾笑著。

阿珠皺皺眉，遞去一個小荷包。「只有這麼多，大哥先用著吧，我明天再過來看娘。」

阿珠回到黎府，翻出存月錢的匣子默默數著數目。

黎府並不寬裕，像她這樣伺候姑娘的貼身丫鬟月銀不過五錢，但大太太疼女兒，為了讓她和冰綠伺候更用心，大手一揮給她們每人另加了一兩銀子，再加上姑娘時不時賞賜，她雖只跟了姑娘一年不到，卻攢了不少積蓄。

「阿珠。」

輕柔的聲音傳來，阿珠立刻站了起來。「姑娘。」

喬昭走進來，輕瞥了匣子一眼，淡淡道：「有什麼困難就和我說。」

阿珠忙搖頭。「不用了，姑娘，婢子這些夠用了。婢子想著兄嫂一家這樣子不是長久之計，所以打算弄個攤位讓他們做點小本生意。」

喬昭讚賞點點頭。「授人以魚不如授人以漁，錢不夠就和我說。」

翌日，一處民巷開始熱鬧起來，其中一人家開了門，一對夫婦搬了馬紮坐在門口嗑瓜子。

「死鬼，你昨天總攔著我不讓說話，你怎麼就不問清楚小姑到底在哪家府上做事呢？她萬一不來了，咱們這一大家子可怎麼辦？」婦人伸手擰了男人一下。

男人揮開她的手，冷笑道：「少胡思亂想，娘病著呢，小妹怎麼會不來？我跟妳說，小妹在這裡的時候妳對娘多上點心！」

「知道了，不用你說。」婦人不耐煩把瓜子皮吐了出來。

「來了！」男人站了起來。

婦人趕忙把盛瓜子的笸子收好，撣撣衣裙迎了上去。

「小姑妳來啦？」婦人滿臉堆笑把阿珠迎進去，瞄著站在院中石榴樹旁的晨光擠擠眼。「那個是……」迎上阿珠冷清的面容，阿珠嫂子把調笑的話嚥了下去，心中卻在嫉恨阿珠的好運氣。

一個黃毛丫頭，論姿色還不如她，憑什麼就能跟著貴人家的姑娘吃香喝辣，還能搭上那樣俊俏的小哥兒？這世道可真不公平！

阿珠嫂子心中忿忿，面上卻半點沒有顯露出來，客客氣氣把阿珠迎進去。

阿珠先去看過老母親，取出帕子用熱水打濕替老母親擦了臉與手，這才去堂屋說話。

「小姑啊，妳看咱們家現在的情況，娘病著，妳大哥又找不到個正經事做，兩個孩子正是長身體的時候，這樣下去可不行啊。」寒暄過後，阿珠嫂子長長嘆了口氣。

「不知大哥大嫂有什麼打算？」

阿珠嫂子往衫子上擦了擦手，給阿珠遞過去一杯茶。「小姑，不如妳跟妳家姑娘求求情，讓嫂子和妳哥去你們府上做事吧，這樣咱家就有個長久生計，也不用總靠妳了。」

阿珠笑笑，見兄長同樣眼巴巴望著，淡淡道：「大嫂能這麼想是好的，一家子過日子是該有個長久生計，不過我主家人口少，用不著這麼多下人。我看這樣吧，大哥大嫂想做個什麼小本生意，我出本錢。」

阿珠兄嫂沒料到阿珠會這麼說，不由面面相覷。

好一會兒，阿珠嫂子才道：「我和妳哥沒什麼手藝，想不出做什麼小本生意啊，還是讓我們去妳主家府上做事吧，這樣按時拿月錢，什麼都不用操心。」

「我說過了，主家不是什麼大富大貴的人家，用不了這麼多人。大哥大嫂若一時想不出做什麼，那就慢慢想，我先回去伺候我家姑娘了，當丫鬟的總出門不好。」阿珠面無表情站了起來。

阿珠兄長忙把阿珠攔住。「小妹別走啊，那我們就聽妳的，做個小本生意。」

「大哥準備做什麼？」

「我以前不是殺過豬嘛，還是幹老本行好了。」

對於普通老百姓來說，賣豬肉算是個好出路，比刨莊稼地來錢不說，賣剩下的肉骨頭、豬雜碎什麼的還能打打牙祭，唯一的不好就是本錢太大，不過有小妹在，這又不算什麼了。

阿珠兄長越想越高興。阿珠見兄長願意幹老本行，暗暗鬆了口氣。

有銀子在手，阿珠兄嫂的殺豬攤很快支了起來，老娘的病也開始見好，沒多久竟能下床。阿珠算是放下一半的心，可沒過多久就出了事：阿珠兄長與臨攤的人起衝突，腿讓人家給打斷了。

「嚶嚶嚶，好不容易生活有了著落，怎麼就遇上這種事呢？那個殺千刀的！小姑啊，妳可要替妳大哥出了這口氣，不能讓他平白被人欺負了去。」

聽著嫂子的哭聲，阿珠心煩不已。「大嫂莫哭了，打傷大哥的人自有官府處理，眼前重要的是大哥的傷。」

阿珠嫂子哭天抹淚。「小姑，妳大哥腿折了，豬肉攤子是開不下去了。沒有妳大哥跟著，我一個婦道人家不好拋頭露面的在外頭做事，這一大家子可怎麼活下去啊！求妳幫幫忙，讓嫂子在你主家府上謀個差事吧。嚶嚶嚶，當時我和妳大哥要是去了妳們府上，妳大哥也不會斷了腿了……」

「咳咳咳。」阿珠娘的咳嗽聲傳來。

阿珠輕輕替老母親拍背，被老母親一把抓住手。「娟兒啊，妳就答應妳嫂子吧，難不成妳要眼看著一大家子餓死嗎？咳咳咳。」

阿珠垂下眼簾。「容我再想想吧。」

回到黎府後的阿珠心事重重，望著窗外發呆。

冰綠在身後拍了她一下。「阿珠，發什麼呆呢？」

阿珠回神，垂眸遮住眼底水光，輕聲道：「有事嗎？是不是姑娘有什麼吩咐？」

冰綠狐疑打量著阿珠。「姑娘沒什麼事，倒是妳最近是怎麼啦？總發呆。」

「沒事。」

「怎麼沒事呢？自從妳哥哥找來，我就沒見妳笑過。等著，我告訴姑娘去。」

「冰綠，妳別去。」

冰綠卻不理會阿珠，風一般跑了。

喬昭把阿珠叫了過來，溫聲細語道：「阿珠，我說過的，有什麼困難就告訴我。」見阿珠沉默不語，喬昭嘆道，「我聽晨光說了，妳大哥被人打斷了腿。」

阿珠面色微變。她求過晨光不要對姑娘講，當時晨光沒吭聲，她以為他默認了，沒想到——

遠方的晨光心想：所以說遇到事情不吭聲最好了，進可攻退可守。將軍大人可是交代過的，遇到什麼事都不能瞞著三姑娘。

「這兩天妳想出好辦法了嗎？」

阿珠咬咬唇，低下頭去。「我大哥出了事，小生意是做不成了。他們是外來人，等閒人家不願意用的，我想——」她猶豫了下，終於下定決心，「我想求姑娘給我大嫂安排個事做……」

見阿珠話未說完臉就已經漲得通紅，喬昭暗嘆一聲，溫和笑道：「我去和母親說一聲，家裡剛剛添了新丁，確實也需要人手。」

府上需要人手是真，但不知根知底的卻不敢用的，身為冠軍侯的未婚妻，在這種敏感的時期她遇事不得不多想。

思及此處喬昭彎了彎唇角。阿珠的家人若只是單純投親靠友就權當幫阿珠一個忙，若是另有目的，她正好放在身邊瞧一瞧。

二一三　新官上任

喬昭對何氏說了阿珠的事，何氏自是痛快應了下來，由著喬昭替阿珠嫂子挑差事。

「就安排到浣衣房吧，那裡月錢多。」

鄧老夫人是個厚道人，凡是活計繁重的差事給的月錢比尋常人家要多，浣衣房雖累，對急需銀錢又不怕辛苦的下人是個好差事。當然還有更重要的一點，對這樣不知底細的人，喬昭雖有提防之心，卻不願放在府上主子院子裡。

很快阿珠嫂子就進了府，雖然在阿珠面前對被安排到浣衣房頗有微詞，卻也老老實實幹了下去，阿珠這才鬆口氣，生活恢復如常。

黎府一時風平浪靜，朝廷上又有了動靜。

先前喬昭把南方水患的消息告訴了池燦，新官上任的池公子抓著這點不放，呈上三道摺子，一道摺子彈劾臺水縣令賑災不力；二道摺子彈劾工部侍郎蘭松泉貪汙修堤款項；三道摺子彈劾內閣首輔蘭山壓下臺水鬧水患奪去幾個村莊數百條性命的奏章不報。

蘭山父子在朝中作威作福十數載，無人敢惹，所有人都沒想到這個走後門當上六科給事中的小子，居然擼起袖子跟蘭山父子幹上了。

更令文武百官驚掉下巴的是，在池燦連續上書七、八日後，皇上竟真的下旨處置了臺水縣令，並把蘭山父子召到御書房痛罵了一番。當時在場的有次輔許明達和六部九卿長官，看著池燦跳起來與蘭山父子對質，一個個連嘴巴都忘了闔攏。這可真是亂拳打死老師父，除了抗倭將軍邢舞陽一案和鎮遠侯滅門案，蘭山父子什麼時候被皇上這樣痛罵過啊。

散會後，次輔許明達一派的官員聚在許明達府邸的書房內。

一名官員興奮得滿臉通紅。「許閣老，這下咱們扳倒蘭山這個奸相就有望了，您一定要把池給事中爭取到咱們的陣營來啊。」

「是呀，池給事中初生犢不怕虎，又有長公主撐腰，說不準還能咬下蘭山父子一塊肉。」

許明達聽著這些議論默默翻了個白眼。

池給事中剛謀了差事的時候在場的人可沒少跳腳，彈劾長容長公主的摺子雪片似地往龍案上飛，現在又要拉攏人家了，就不能稍微矜持兩天嗎？

「再等等看吧。」許明達瞇著眼道。

蘭山府上，父子二人同樣聚在書房內討論此事。

蘭松泉抬腳踹翻了一把椅子，臉色鐵青。「那個姓池的小兔崽子，放著好好的名門貴公子不當，攪合進來做什麼？不行，我非要找個機會弄死他！」

蘭山年紀大了，去御書房挨了一遭罵精力有些不濟，半睜著眼道：「弄死誰？你當姓池的小子是那些毫無背景的官員？他娘是長容長公主！」

「那又怎樣？父親，您還沒看出來嗎？那小子一腳踏進官場就當了工科給事中，我是工部侍郎，他這明顯是奔著我來的！長容長公主的兒子又如何？他想弄死你兒子，我就得弄死他！」

六科給事中屬於言官，職責與御史有相通之處，有稽察六部事務之權。

池燦任了工科給事中，屁股還沒坐穩就拿蘭松泉這個工部侍郎開刀，他不抓狂才怪了。

「糊塗！」蘭山猛然睜眼，精光一閃而逝。「你不要衝動！我雖官至內閣首輔，你以為這個位子坐得很穩當？那你就想錯了！文官從來不比武將，像冠軍侯那樣皇上明明欲除之後快卻不得不好生安撫的情況，放在文官身上絕無可能。咱們靠的是皇上的信任與恩寵，一旦失去這些，天子一念之間就能收回一切，丟官抄家毫不稀奇……」

蘭松泉雖聽著，卻一臉不服氣。他們父子在朝中一手遮天十數年，根深葉茂，皇上怎麼可能隨便動他們？難不成他們還比不過冠軍侯？簡直是笑話！

「皇上是池燦的親舅舅，長容長公主在太后與皇上面前都是說得上話的，你要真對她兒子下手，就等著她跟咱們拚命吧。」

蘭松泉動了動嘴角，沒有吭聲。蘭山不放心警告道：「不要胡來，這些勳貴子弟都是憑著性子行事，他又不是正經科舉出身，由他鬧騰一陣子也就消停了。」

掀起這番風波的池燦從御書房離開後沒有回長公主府，而是去了春風樓獨自喝酒。走進專門給幾人留的雅間，他臨窗而坐，一邊喝酒一邊看著窗外街景出神。

身後有腳步聲響起，池燦沒有回頭，懶懶道：「不好好備考，跑到這來幹什麼？」

朱彥走過來在對面坐下，笑道：「陪你喝酒。」

喝酒有好友相陪，池燦自然是願意的，伸出修長的手替朱彥斟滿一杯酒。

朱彥舉杯。「這杯酒我敬你，今天的事我可聽說了。」

「傳得倒快。」池燦笑笑。

「是啊，我父親還專門叫了我問話。」朱彥苦笑。

池燦揚眉冷笑。「是叮囑你以後少和我來往吧？」

朱彥搖頭笑笑，算是默認。幾人從穿開襠褲時就玩一起，與親兄弟無異，沒什麼可隱瞞的。

池燦舉杯一飲而盡，嗤笑道：「真是有意思極了。我娘叮囑我別跟邵庭泉來往，你爹叮囑你少跟我打交道，合著他們以為咱們是三歲孩子不成？」

朱彥垂眸盯著酒杯。

「不管怎麼說，今天這事你做得漂亮。」

「不是我做得漂亮，是我舅舅受不了我一道道摺子的騷擾罷了。」他那個舅舅最怕麻煩，一天收到他親自送過去的幾十道摺子，能堅持好幾天才處置臺水縣令已經不容易了。

「你要當心蘭山父子的報復。」

池燦放下酒杯，骨節分明的修長手指交錯而握，瞇著眼冷笑道：「蘭松泉或許會跳腳，但不怕他跳，只有跳起來才會自亂陣腳。至於蘭山，他年紀大了，理智大於衝動，倒不用擔心。」

朱彥聽了沉默片刻，狠狠灌了一杯酒，嘆道：「你自己心裡有數就行。」

是他想多了，拾曦雖然性情不定，不拘俗禮，實則是個通透的。

「你就不用操心我了，趕緊準備好了娶媳婦吧。」

「等會試過後再說吧。」

池燦來了興致。「這一次會試你要下場了？」

朱彥笑笑。「也該下場了，前一科覺得沒多大把握，這一次試試看吧。」

楊二前往南邊剿倭，庭泉與韃子正在交戰，如今連拾曦都找到了適合自己的地方，他自是不能再鬆懈。

兩個好友喝過酒，各自回府。長容長公主正等著池燦。

「我本是沒管你做什麼的，只是今天鬧出的動靜太大，連蘭山父子都因你挨了皇上訓斥。」

池燦不耐煩皺眉。「這是我職責所在，身為工科給事中，看到蘭山父子貪贓枉法難道裝啞巴不成？若是如此，兒子又何必占著茅坑不拉屎！」

長容長公主看著兒子跳腳的模樣，忽然笑了。「天下占著茅坑不拉屎的人何其多？不過你既然願意如此，我也不攔著，只是要提醒你一聲，別把自己搭了進去。」

「這個自然不用母親操心。」

嗯，反正把自己搭進去母親也會找皇帝舅舅救他的。對於出身帶來的便利池燦從不否認，更不會捨近求遠一味假清高，實則對朝廷百姓屁貢獻都沒有。

知子莫若母，見池燦一臉無所謂，長公主輕嘆一聲。「那你可有想過，你舅舅百年……」她最終含糊而過，「到那時你又能依仗誰呢？」

「兒子沒有想這麼多。」池燦語氣淡淡，目光平靜與長容長公主對視。「如果都想這麼多，楊二不會去剿倭，邵庭泉也不會從十四歲起就留在北地，甚至親手殺妻。」

長容長公主微怔，心情頗為複雜。

「母親，兒子喝了酒，有些頭疼，若是沒有別的事就去歇著了。」

「你去吧。」長容長公主擺擺手打發池燦退下，起身走到窗邊望著外面出神。

窗外美人蕉鬱鬱蔥蔥，不知何處飄來的楊絮從打開的窗子鑽進，飄落在長公主指尖上。

輕微的腳步聲傳來。

「公主——」

長容長公主回眸看了女官冬瑜一眼，淡淡道：「妳下去吧，我想一個人靜靜。」

冬瑜悄無聲息退了出去。

長容長公主倚著窗想著池燦的事。

對這個兒子，她一直不知該用什麼態度對他，看到他那張與那個男人一模一樣的臉，她就恨不得拿起剪刀毀了，可是隨著這個孩子一天天長大，他與那個男人到底是不同的。

蘭山父子權勢滔天，依仗的就是皇兄的寵信，而兩個侄子睿王與沐王又有不同。蘭山之子蘭松泉私下與沐王走得頗近，打的就是支持沐王上位從而繼續榮華富貴的主意。身為沐王的唯一競爭者，睿王這些年沒少受蘭山父子閒氣，若是他能上位，蘭家父子的覆滅就指日可待了。

燦兒既然對蘭山父子如此厭惡，那她或許應該改變多年來的中立立場了。

想到蘭山父子，長容長公主冷笑：她的兒子，她怎樣對待都可以，但別人若敢動一根手指頭，那她就不客氣了。

黎府的浣衣房多了個短工，猶如一粒小石子落入湖中，沒有引起多少水花就恢復了平靜。藉三姑娘的貼身丫鬟阿珠的臉面進的府，幹的又不是什麼體面差事，黎府的下人們頂多就是對新人有些好奇，羨慕嫉妒之類的情緒是沒有的。

阿珠嫂子是個能說的，沒過多久府中下人就知道了阿珠的不少事。

家中貧苦，哥哥娶不上媳婦，阿珠主動把自己賣給了大戶人家當丫鬟，多年來還不忘家中親人，連老家的房子都是阿珠積攢的月錢蓋起來的。

可惜天有不測風雲，家鄉遭了難，他們一家人歷盡艱辛來到京城，因為身無分文又找不到事做，淪落到乞討的地步，再次與阿珠團聚才有了好日子過。

雅和苑西跨院的廊廡下，冰綠捂著嘴直笑。「阿珠，妳那個嫂子真有意思，把妳誇成了花一樣，這下子咱們府上的人都知道妳孝順仁義了。」

阿珠聽了垂下眼簾，露出一絲苦笑。

冰綠拉拉阿珠衣袖。「怎麼了啊？滿府稱讚妳還不高興啊？」

阿珠勉強牽了牽唇角，默默搖頭。

喬昭站在窗旁，聽著丫鬟們的談話，暗暗冷笑。阿珠嫂子哪裡是對阿珠好，純粹是把她高高架了起來。有滿府下人看著，以後那家人對阿珠旦有所求，她想拒絕就要頂著莫大壓力。

冰綠心思單純，自是想不到這些，發現院門口的身影撇撇嘴。「阿珠，妳嫂子又來了。」

阿珠尷尬咬咬唇，抬腳迎了上去。

「不是說了，等閒不要來這裡找我嗎？」

「我知道，妳說這是姑娘住處嘛，我們這種僕婦不該來的，但嫂子不是找妳有事嘛。」

「說吧，什麼事？」

阿珠嫂子沒有回答，轉著眼珠四處張望。

「嫂子看什麼？」阿珠語氣越發冷了。或許她一開始就做錯了，只想著不忍娘親病死無人管，把大嫂安排進黎府做事，但大嫂從來不是什麼勤快安分的人。

「呵呵，嫂子這不是沒見過大家閨秀的住處嘛。」

阿珠徹底冷下臉。「大嫂，妳已經來找我七、八次了。」

「不是，我聽說三姑娘是天仙似的人物，心中好奇來著。小姑啊，嫂子來找妳是商量怎麼給娘慶生的。」

「慶生？」

阿珠嫂子一臉詫異。「小姑，妳該不會忘了娘的生日快到了吧？」

阿珠面無表情聽著。她自幼被賣，哪怕後來家裡靠著她光景好過了，也沒聽說過哪年兄嫂給娘慶過生，她哪裡知道娘的生日是哪天。

「娘的生日就在下個月，小姑，妳打算怎麼給娘過啊？」

「到時候再說吧。嫂子別忘了我是給人家當奴婢的，不是當姑娘，總告假惹了姑娘不快，說不定連這個差事都丟了。」

「那好、那好，妳忙，嫂子先走了啊，等娘生日快到了再來找妳商量。」阿珠嫂子似乎被阿珠的話嚇住了，沒等阿珠再說什麼，忙轉身走了。

阿珠沉默許久，這才轉身。「姑娘——」

站在身後的喬昭輕輕拍拍她手臂。「安心做事，不要想太多。」

又是風平浪靜的幾天過去，這天早上喬昭照例前往青松堂給鄧老夫人請安。

「祖母，我帶了些紫筍茶，您品品看。」

「紫筍茶？」鄧老夫人一聽有些稀奇。「哪裡來的紫筍茶啊？我曾聽東府老鄉君說過，這紫筍茶是社前貢茶，很是珍貴。」

鄧老夫人早年拉把兩個兒子殊為不易，粗茶淡飯大半輩子，並沒有富貴人家老太太對吃穿用度的講究勁兒。饒是如此，因為東府老鄉君吃過這紫筍貢茶，在她面前炫耀了不知多少次，老太太耳朵聽得起繭子，早就記了下來。

「是冠軍侯府送來的。」喬昭大大方方道。

鄧老夫人聽了更是奇怪。「侯爺不是出征了？」

喬昭態度坦然。「嗯，他府上親衛送來的。」

鄧老夫人不由樂了，拉過喬昭的手拍了拍。「可見侯爺對妳很上心，連親衛都曉得把好東西給妳送來。」

何氏還在坐月子，前來請安的兒媳只剩了劉氏，聽鄧老夫人這麼一說，抿嘴笑道：「要不說咱們三姑娘是個有福氣的呢，找了個這樣好的姑爺。當然啦，老夫人更有福氣，有三姑娘這麼孝順的孫女。」

鄧老夫人狐疑看了劉氏一眼。

為什麼這一年來她經常會生出一種錯覺：三丫頭才是二兒媳的親閨女！

「是啊，我們三丫頭是個有心的。現在啊，老婆子就盼著侯爺能平安歸來，越快越好。」

「老夫人您就放一百個心吧，三姑爺對咱們三姑娘這麼好，一定會平平安安回來的。」

哼，對三姑娘不好的非死即殘，就連皇上欺負三姑爺都讓韃子打到京郊來了，可見她的觀察是準確的。而她因為及時改變了對三姑娘的態度，可沒少沾三姑娘的光，別的不說，冰娘那個害人的小妖精就是三姑娘幫她解決的。現在啊，她就盼著三姑娘說她能生個兒子這話早些實現了。

劉氏語氣篤定，鄧老夫人心情正好沒有留意，喬昭神色卻有幾分古怪。

因為對她好就能平安歸來，這邏輯總覺得有哪裡不對。

鄧老夫人得了孫女孝敬的好茶葉心中高興，話比平日多了些，乾脆就留了喬昭與劉氏母女三人一道用早飯。

「上了年紀吃大魚大肉嫌油膩，南瓜紅薯粥在我這兒是頓頓少不了的，妳們年輕人估計吃不慣，正好廚房裡還備了三鮮粥，應該合妳們口味。」

「看老夫人說的，我們吃什麼都行。」劉氏這麼說著，還是接過三鮮粥吃了一口。

她雖不是非大魚大肉不可，但紅薯粥確實吃不習慣。誰知道平日覺得鮮香的三鮮粥一入口就是一陣反胃，劉氏忙偏過頭乾嘔起來。鄧老夫人與喬昭不由面面相覷。

劉氏彎著腰吐完了，接過丫鬟遞過來的杯子漱了口，拿出帕子擦了擦嘴角，赧然道：「可能是昨晚吃多了——」話說到一半突然頓住，劉氏猛然看向喬昭。

她剛剛吐了，吐了！難不成——一想到某種可能劉氏就心跳飛快，小心肝好似下一刻就能飛出喉嚨。冷靜，冷靜，說不定真是吃多了呢。

劉氏畢竟是生過兩個孩子的婦人，第一個念頭就是自己有喜了，但期盼多年早已絕望的事一朝有了可能，理智上只能拚命否定，以免希望越大失望越大。

鄧老夫人卻顧不得劉氏心中的千迴百轉，直接提議道：「三丫頭，給妳二嬸把把脈吧。」

喬昭頷首，手指搭在劉氏手腕上，認真號脈。

劉氏大氣都不敢出，只聽到自己撲通撲通的心跳聲越來越急促，到最後她猛然抽回手，撫著心口道：「不成、不成，容我緩緩。」見鄧老夫人詫異看她，劉氏尷尬笑笑，重新伸出手腕。

喬昭笑了。「不用了。」

劉氏眼巴巴看著喬昭，緊張捏緊了帕子。

「恭喜二嬸了。」

劉氏猛然抓住喬昭的手。「三姑娘，妳的意思是——」

「二嬸有喜了，不過時間尚短，脈象並不明顯。」

「有喜就好，有喜就好，明不明顯不打緊。」劉氏語無倫次道。

鄧老夫人同樣喜不自禁。「昭昭啊，妳能確定嗎？」

喬昭點頭。

「阿彌陀佛，老天保佑——」

劉氏搖頭。「什麼阿彌陀佛，我求佛拜神千百次，漫天神佛都沒管用過，我能有喜還是多虧了三姑娘啊！」說到這裡劉氏已是泣不成聲。

一個女人，一個活在這世道的女人，這些年無子的痛苦與辛酸有幾人能懂？她本來已經認了命，用牙尖嘴利去掩蓋內心脆弱，何曾想到對三姑娘一個念頭的改變就帶來這樣一場造化。

倘若她能有個兒子……劉氏越想哭得越厲害。

「好了，莫哭了，現在月份還小，可不能大喜大悲的。」鄧老夫人勸道。

劉氏立刻止了哭聲，眼巴巴望著喬昭。

喬昭笑盈盈道：「二嬸不必太擔憂，您身體底子好，只要仔細些不會有問題的，回頭我把飲食上該注意的寫成單子，給您送到錦容苑去。」

劉氏有喜的消息很快傳遍了整個黎府。

黎光書回府後正好聽到下人們的議論，不由愣了，攔住一個僕婦問道：「二太太有什麼喜？」

僕婦不由笑了。「看二老爺說的，二太太當然是要生小公子了呀。老奴給二老爺道喜了——」

僕婦話未說完，黎光書便大步往前走去。

待他走遠了僕婦撇撇嘴，嘀咕道：「這麼大的喜事二老爺連個喜錢都不撒，可比二太太差遠了。都是當主子的，做人差距怎麼這麼大呢？」

黎光書逕直去了錦容苑，見到劉氏直接問道：「府上說妳有喜是怎麼回事？」

「什麼怎麼回事？」劉氏一臉莫名其妙，「就是我有喜了啊，我又要當娘了。」

「這怎麼可能！」

劉氏一聽不樂意了。「怎麼不可能？三姑娘已經給我把過脈了，是喜脈無疑！」

對於喬昭醫術得了李神醫真傳一事，黎光書一直心存疑慮，更不相信一個未及笄的小姑娘懂胎產科，聽了劉氏的話只覺荒謬。「糊塗，妳是想生孩子想瘋了吧，聽了一個小丫頭胡言亂語就嚷得人盡皆知，也不嫌丟人！」

劉氏一聽黎光書這麼說就不樂意了，揚高聲音道：「什麼叫聽一個小丫頭的胡言亂語？三姑娘是小丫頭嗎？」

「不是小丫頭是什麼？我記得她還沒及笄吧？」黎光書反問。

怒火中燒的劉氏清醒了一下。對，她怎麼忘了，三姑娘確實還小呢。

但想讓劉氏在喬昭的事情上服軟顯然是不可能的，她回道：「老爺別忘了三姑娘可是李神醫的弟子！」

「李神醫的弟子又如何？一個沒成年的小丫頭，就算在娘胎裡學習醫術，能精通一、兩科已是了不得，難不成還能和神醫比肩？更何況她還未出閣，如何懂胎產科的事？」黎光書比誰都清楚劉氏的情況。

當年劉氏生黎嫣時傷了身子，那時夫妻二人感情甚篤，請了無數大夫都斷言她此生不會再有孕，如今怎會莫名其妙有了身孕，還是聽一個小姑娘說的！黎光書只要想到就覺得荒謬無比。

劉氏冷笑一聲。「要是照老爺這麼說，給宮裡娘娘們看病的御醫們又不是女人，如何會懂胎產科的事？」

「妳！」黎光書沉著臉想要反駁，可才吐出一個字就說不下去了。

為什麼這女人的理由這麼有道理？不，不，他不能被她帶歪了。

「我不和妳逞口舌之快，妳且細算我們同房時間，就算有孕，現在怎麼可能就查出來？」

劉氏一怔。

自從大嫂生了兒子，她開始按著三姑娘的叮囑服藥，夫妻二人一直沒有在一起過，後來三姑娘說身體調理差不多了，他們夫妻的關係又糟糕成那個樣子，黎光書不主動她自然拉不下臉來。滿打滿算，他們夫妻也就有過那麼一次而已。

早些年黎光書待她不錯，連擅長婦科的太醫都請過，那些大夫都說她不會再有孕，即便三姑娘醫術出神入化，她這樣的情況就那麼一次且時日尚短……

不對，三姑娘的事不能按常理來解釋！劉氏內心深處的那一絲動搖很快被理智驅散，神色堅定起來。「不管怎麼說，三姑娘說我有孕，那一定錯不了。」

「妳、妳莫不是中了那丫頭的迷魂藥？」黎光書越來越覺得劉氏腦子有問題。這樣愚蠢的女人，他當年是怎麼對她傾心過的？若是冰娘……

想到冰娘，黎光書心中一痛，只覺面前的婦人面目越發可憎。

「好，妳相信她的話也可以，我請大夫來給妳看看！」黎光書冷臉甩下一句話，拂袖而去。

黎光書心中憋了一口氣，很快就請了德濟堂的大夫來。劉氏雖覺黎光書多此一舉，但大夫已經到了跟前，自然沒必要推脫，大大方方伸出手腕請大夫把脈。

德濟堂的大夫是個年近花甲的老者，摸著雪白的鬍子沉吟良久，納悶道：「太太這脈象並非喜脈啊。」

此話一出，黎光書露出果然如此的神色，劉氏則愣了。

「大夫看錯了吧？」劉氏下意識反駁。

老大夫大為不快。「老頭子當了一輩子太醫，現在雖然致仕了，但醫術還沒忘光呢，如何連這個都能看錯？婦人有孕，脈如珠滾玉盤，可太太就是常脈，何來有喜之說？」

劉氏一聽同樣不高興了。「我已經請別的大夫看過，既然大夫這麼說，就請回去吧。」

當大夫的最聽不得這個，跳腳道：「究竟哪來的庸醫這樣矇騙太太？太太可否說出他是哪個醫館的，姓甚名誰，老頭子要呸他一口唾沫！這種人真是醫者中的敗類！」

劉氏最聽不得別人質疑喬昭，但理智尚在，沒有把喬昭說出來，揚聲道：「送客！」

老大夫氣得吹鬍子瞪眼，對黎光書發火道：「以後黎大人再請大夫請另請高明，別再登我德濟堂的門！」

德濟堂就是老大夫家開的，家中子弟當太醫的有數位，尋常官宦人家一般都請德濟堂的大夫看診，要真是得罪了，以後還真是麻煩。

黎光書見老大夫氣成這樣，忙安慰道：「大夫別聽賤內胡說，她多年無子盼孩子盼瘋了，才如此失態。」

老大夫氣順了些，依然不甘休。「太太這種心情老頭子能理解，但那個庸醫卻太無德，黎大人告訴我那人是誰，老頭子不能看著杏林出了這樣的敗類，還任由他繼續招搖撞騙！」

「你這老大夫說話怎麼這麼難聽啊？」劉氏氣個半死。

黎光書覺得丟人現眼，不願讓老大夫再看笑話，哄道：「那樣沒有醫德的玩意兒何必說出來讓人糟心，回頭我把那人好好教訓一頓就是了，老大夫請回吧。」

「三姊才不是沒有醫德的，娘有孕都是因為三姊呢——」

四姑娘黎嫣與六姑娘黎嬋過來陪劉氏，正好在門口聽到這些，黎嬋氣不過替喬昭辯解兩句，黎嫣忙捂住黎嬋的嘴卻來不及了。

黎光書聽了小女兒的話有些懵：劉氏有孕都是因為三姑娘？這事他怎麼不知道？這孩子到底誰的啊？黎光書腹誹幾句，看小女兒一副為喬昭打抱不平的樣子開始頭疼了。兩個女兒都被劉氏這種無知婦人給養歪了！

老大夫一臉狐疑。「貴府三姑娘給太太看的？」

劉氏瞪了小女兒一眼。她早就叮囑過兩個女兒不要對外人隨意提起三姑娘的事，沒想到嬋兒這麼沉不住氣。黎嬋自知惹了母親不高興，低了頭不敢吭聲了。

「小姑娘哄人的玩笑話，老大夫不必和一個孩子計較。」黎光書打圓場道。

老大夫連連搖頭。「一個孩子的話也能當真，這樣的糊塗事老頭子還是頭一次聽聞！」

老大夫拂袖而去，黎光書氣急而笑。「丟人丟到了外面去，現在妳滿意了？」

劉氏毫不示弱。「究竟是誰丟人還未可知！」

「妳簡直執迷不悟！」

劉氏乾脆閉上了眼睛，任由黎光書跳腳不再吱聲。

她還要保持好心情生孩子呢，可沒工夫搭理這種智障！

❧

令人沒想到的是，沒過兩日，黎府三姑娘哄騙孀子有孕卻被老太醫拆穿的事，就在京城同圈子的人家中悄悄傳開了。

長春伯府的花園涼亭中，幾位夫人正在品茶，一位夫人無意間提起這件事：「要說黎府那位三姑娘，可真是是非不斷，前段時間在待招西姜使節的宴會上出盡鋒頭，這是好事，為咱大梁爭了光，可現在鬧出來的這事就太有意思了。」

「什麼事？」

「我說黃夫人，這兩日傳這麼熱鬧的事妳不知道？」

「這不是婆婆病了，我又要管家又要侍疾，哪裡顧得聽這些啊。」

「難怪妳不知道呢……」大理寺卿之妻王氏忙把聽來的事倒竹筒般倒了出來。

「不能吧，黎三姑娘還能與孀子開這樣的玩笑？黎府的二太太劉氏我是知道的，當初生二女兒時傷了身子，大夫說根本不能有孕了……」

「還有這事？」有不知情的夫人表示驚訝。

提及此事的夫人掩口笑道：「畢竟不是什麼好事，妳不知道也是有的。我還是因為當初給黎府二太太看診的大夫的內人是我娘家管事媽媽的表姊，這才偶然聽說的……」

「要是這樣，黎三姑娘就太不懂事了，哪能拿這種事開玩笑呢？」

「最稀奇的還不是這個，那位黎府二太太啊，連老太醫都說了黎三姑娘是誤診，她還死活不相信，待在屋子裡養胎呢。」

「噗哧，黎府二太太莫不是想孩子想魔怔了吧？」

「多年沒有孩子，忽然有人跟她說有喜了，魔怔了也不奇怪。這人嘛，總是不願相信壞事，情願相信沒譜的好事的。」

幾位夫人越議論越起勁，只有長春伯夫人一言不發。

大理寺卿之妻王氏納悶道：「楊夫人怎麼一直不說話呢？」

長春伯夫人笑笑。「我不大想提起那家人，不過要說黎三姑娘能看出別人有身孕來，那簡直滑天下之大稽！」說到最後，長春伯夫人對黎府的厭惡連掩飾都不屑了。

眾人對其中端倪心照不宣，大理寺卿之妻王氏素來與黎家不對盤，故意道：「我記得貴府小公子還是黎三姑娘治好的——」

「胡說八道！」長春伯夫人失聲打斷王氏的話，見眾人詫異看她，忙喝了口茶掩飾失態，「我們疏哥兒根本沒什麼病，太醫都說過了，是頭部受創後有瘀血呢，等瘀血散了本就能痊癒的，與那黎三姑娘有什麼關係！」

一提起此事長春伯夫人就恨得咬牙切齒。打傷疏兒的凶手雖然一直沒找到，但讓她相信與黎府絕無可能沒關係，更可惱的是疏兒明明沒什麼事，就是受傷後有些糊塗而已，讓黎三姑娘那樣一鬧，滿京城的人都知道疏兒瘋傻過了，如今連門像樣的親事都尋不到！

「就是啊，一個小姑娘得了神醫幾句指點就能說得了神醫真傳，早先黎家二姑娘在大福寺還鬧出冒名頂替的事來，可見黎府的家教本來就有問題，也就冠軍侯那樣沒有親娘打算的才會定下這樣一門親事……」

一個小修撰的女兒居然嫁給了冠軍侯，想到此事不知多少府上的夫人太太心裡冒酸水。在黎家人面前衝著冠軍侯的面子自然會客客氣氣，但背地裡一旦有踩著黎家的機會，這些壓在心裡的酸話就冒了出來。

睿王府上，黎皎聽聞此事後卻愣了好一會兒。

外頭人都對黎三治好了二嬸的不孕之症，並說二嬸有孕一事嗤之以鼻，為何她卻隱隱覺得這事有可能是真的？

是的，自從那一日她莫名生出那個奇怪的念頭，對黎三就再也無法當作以前的黎三看了。如果黎三真是她想的那種妖孽，能夠治好二嬸的不孕之症算什麼？或許……

黎皎輕輕摸了摸小腹。這幾日良醫正每天都會來給她請平安脈，她對此心知肚明，這是王爺急著知道她是否有孕了，不過良醫正說眼下時日還早，不能診斷出來。這種等待結果的滋味太痛苦了，每時每刻都是煎熬，或許她可以讓王爺把黎三請過來——

不成，王爺對黎三本就另眼相待，她不能再增加他們接觸的機會！

黎皎忍痛打消了這個念頭。

德濟堂中，老大夫正在怒斥替他拎藥箱的藥童。「別人府上的事也是能亂說的？你這個小畜生，今天就給我滾出德濟堂！」

藥童跪地哀求。「老太爺別趕我走啊，我不是故意說出去的，是不小心說漏了嘴——」

「別給我說這些，無論你有什麼理由，德濟堂是留不得你了，你走吧。」老大夫擺擺手。

「老太爺，我真的知錯了，我無父無母，從小就長在德濟堂，您趕我走，以後我上哪去啊？」

老大夫閉閉眼，遮住眼底的不忍，摘下腰間荷包扔了過去。「裡面還有二兩銀子，拿著吧。」

「老太爺──」

「走吧、走吧。」

藥童一步三回頭，依依不捨離開了德濟堂，等到了無人的地方立刻抹了一把眼淚，露出笑意來。那人說得果然不錯，他哭得可憐些，還能得幾兩銀子呢。離開德濟堂又如何，那人可是給了他一百兩銀子！

同時，黎府雅和苑的西跨院中，冰綠氣呼呼走進了屋子。

喬昭看她臉上有幾道紅痕不由納悶。「這是怎麼了？」

「氣死婢子了！婢子在府外貨郎那裡買東西，結果聽見兩個婦人胡說八道，婢子氣不過就和她們打了起來！」冰綠說著小心翼翼瞄著喬昭。她和人打架了，不知道姑娘會不會生氣──

小丫鬟心中正嘀咕，卻見喬昭笑道：「這是打輸了呀？」

「才不，婢子只臉上被抓了一下，姑娘您沒看到那兩個婦人，她們被婢子揍成豬頭啦。」

喬昭搖頭笑笑。看來祖母很快就要約她去青松堂談心了。

這個念頭剛轉過，鄧老夫人的大丫鬟青筠就過來了。「三姑娘，老夫人請您過去。」

走去青松堂的路上，青筠小聲提醒道：「有兩個婦人正坐在咱家大門口大哭呢，一個婦人抱著個娃娃，另一名婦人抱著一隻土狗。」

喬昭腳步一頓。婦人抱著孩子鬧事她很能理解，抱著土狗是什麼情況？

二一四　有喜疑雲

黎府大門外已經圍滿了看熱鬧的人。

一名婦人抱著個幼童嚎啕大哭。「天啦，黎家打死人啦，街坊鄰居們看一看啊，黎家恃強凌弱，把我一個婦道人家打成這個樣子。現在我連走路的力氣都沒有，可憐我才不到兩歲的狗蛋啊，娘沒法給你做飯吃啦，你就要餓死了啊……」

婦人嚎哭著，發現兒子絲毫沒有哭的意思，只睜著雙水汪汪大眼好奇地東張西望，不由暗罵一聲：這孩子真不中用，這麼關鍵的時候咋不哭呢？婦人無法，只得掐了幼童胳膊一下，幼童吃痛，終於哇哇大哭起來。幼童這麼一哭，圍觀的人便開始帶著同情的語氣議論紛紛起來。

「大家都看看吧，我家狗蛋以後沒有娘照顧多麼造孽啊——」

黎家就是個普通官宦人家，宅子小，人口也不複雜，重點是窮，所以只有一個管事撐門面。可憐的老管事哪裡見過這種場面，站在婦人身邊無奈道：「妳這婦人究竟想怎麼樣啊？」

他們這樣的人家與勳貴之家不同，怕的就是這樣滾刀肉似的人。

婦人哭聲一停，抹了一把淚道：「什麼叫我想怎麼樣？你們黎家把我打成這個樣子，難道不該賠錢嗎？」

一聽到「賠錢」，抱著土狗的婦人眼睛一亮。不行，同樣都被黎家丫鬟打，她可不能落後。

「我的老天爺喲——」一聲高亢的哭聲忽然響起，駭得不少圍觀之人打了個哆嗦。

抱土狗的婦人很滿意自己這一嗓子造成的影響，再接再厲哭喊道：「我真的活不下去了，渾身沒一處地方不疼啊，可憐我家虎子才三個月大啊，我要是做不了事，他就要餓死了啊！黎家可真是缺德啊，欺負我這樣的婦道人家……」

婦人一邊哭著，一邊俐落掐了懷中土狗一把，土狗覺得痛了，奈何是主人不敢反抗，有氣無力「汪汪」叫了兩聲。

有不知情的人問旁邊的人：「奇怪，王家最小的孩子不都嫁人了，哪來三個月大的娃娃？」

旁邊人不由樂了。「什麼三個月大的娃娃啊，虎子是她懷裡那條黃狗。」

問話的人目瞪口呆。這也行？

抱土狗的婦人得意一笑，對旁邊抱娃娃的婦人挑釁挑了挑眉。幸虧她有先見之明，別人有娃娃，她有狗，總不能落在別人後頭。

抱孩子的婦人一見抱土狗的婦人得意的模樣不由來了火氣，撇撇嘴道：「妳可真有意思，一隻土狗餓死了又怎麼樣，能和我家孩子比嗎？看著吧，等會兒黎家肯定要多賠我家一些的。」

「土狗怎麼了？土狗也是我的心肝寶貝呢，妳這人怎麼這麼心毒，居然咒我家虎子餓死！」

抱孩子的婦人嗤笑一聲。「妳這麼能，怎麼不讓這條狗跟妳喊娘呢？」

「妳！」抱土狗的婦人氣得忘了找黎家算帳的事，扠腰道：「就算我家虎子不會喊娘，也比妳家傻兒子機靈！」

「說誰家孩子傻呢？說誰呢？」任何當娘的都聽不得這個，抱孩子的婦人一聽就急了，往抱土狗的婦人那裡衝了衝。

這時那婦人懷中土狗忽然一躍而出，用爪子扒著抱孩子婦人的衣襟，一口咬在她胳膊上。抱孩子的婦人發出一聲慘叫。「啊——王家老貨的土狗殺人啦，我跟妳拚啦——」

土狗鬆口俐落跳下來，哼哼了兩聲，甩著尾巴跑了。真是夠了，對牠一隻土狗要求這麼多，知不知道當狗也很艱難啊？

眼看自家土狗跑沒了影子，王家婦人毫不示弱迎上了衝過來的婦人。「我才要跟妳拚啦，妳害得我家虎子離家出走了！」

兩名婦人廝打在一起，很快兩家的人就加入了戰鬥，雙方打得熱火朝天，不知不覺就移動著離開了黎家大門口。

黎府管事看著大門前空蕩蕩一片，扶了扶掉下去的下巴，喃喃道：「事情難道就這樣解決了？」心情複雜的管事進去給鄧老夫人報信去了。

鄧老夫人正與喬昭說著話：「三丫頭啊，妳那個叫冰綠的丫鬟是個好的，單純直率，但也該敲打敲打她了，咱們黎府如今不同以往，眼紅的人多，在外需要謹言慎行。」

想到門口外頭熱火朝天的場面，鄧老夫人就嘆了一口氣。「特別是那些長舌婦人，她們就愛說個閒言碎語，何必與她們這樣的人計較呢。」

「是，孫女回去便好好教訓她。」喬昭態度乖巧。「讓祖母操心了，都是孫女的不是。」

這時劉氏走了進來。「老夫人，您別擔心，兩個婦人鬧事算什麼事呀，最多銀子打發了事。看來這兩個婦人要倒楣了。」

「去外頭問問管事情況。」鄧老夫人交代青筠。

青筠領命走出去沒多久就遇到了管事，二人一同回來覆命。

「怎麼樣了？」鄧老夫人忙問。她早年喪夫，和這種一哭二鬧三上吊的婦人打過交道，這些人可比那些裝模作樣的夫人、太太們難擺平多了。

管事神色奇異道：「回稟老夫人，現在情況有些不好說——」

「這有什麼不好說的？她們提了什麼要求？」
「她們還沒提要求就打起來了。」
鄧老夫人越發困惑。「誰和誰打起來了？」
「就是那兩個婦人，兩人言語起了摩擦，一名婦人的土狗把另一名婦人給咬了，然後兩個人就廝打在一起了。」
「她們在咱們大門口還打著？」
管事神色更古怪了。「不是，她們打得凶，兩家人都摻和進去了，然後就離開咱們府門口，去開闊的場地打架去了。」
「這——」大智若愚如鄧老夫人竟無言以對，愣了好一會兒才道：「再去看看情況，那些人難得咬上咱們這樣的人家，不會就這麼算了的，說不定等打完了又要找上門來了。」
管事出去探聽情況，不多時表情複雜跑回來。「老夫人，咱們府上可能暫時不用頭疼了。」
「怎麼說？」
「剛剛五城兵馬司的差爺們過來，以那兩家人尋釁鬧事為名，把兩家人全都帶走了！」
鄧老夫人：「……」
民不與官鬥，普通百姓最怕見官，那兩家人被抓起來，短時間內是不用擔心他們來撒潑了。黎府是厚道人家，要是換了某些府上給官府塞些銀子，那兩家人恐怕要留在大牢裡過年。
鄧老夫人收起複雜的心情，對劉氏道：「妳快回屋歇著吧。」
劉氏站起來，笑盈盈道：「那兒媳告退了。」
待劉氏走了，鄧老夫人看著喬昭嘆了口氣。「三丫頭，妳二嬸有孕一事，到底準嗎？」
喬昭眸光微閃。鄧老夫人乾脆直說：「我問過妳二嬸了，按日子推算，現在孩子還不足一個月，按常理即便有孕也查不出來。」

劉氏有喜也好，無孕也罷，這原是黎府的家事，可現在居然傳得沸沸揚揚，滿京城的人伸長脖子等著看黎府的笑話，這就讓鄧老夫人不得不慎重了。

鄧老夫人雖覺得喬昭不會亂來，可德濟堂的老大夫的診斷讓她放心不下，又悄悄找了幾個大夫給劉氏診脈，結果全得出與德濟堂的老大夫一樣的結論：劉氏要嘛無孕，要嘛時日尚淺還查不出來。事已至此，鄧老夫人倒是不會責怪喬昭，在老太太心中，一個孩子，即便弄錯了又如何？可此事成為京城人茶餘飯後的談資就太令人惱火了。

喬昭沉默片刻，笑道：「世人都說李爺爺能醫死人肉白骨，並不會想到常理。」

鄧老夫人怔了怔，隨後笑了。是她想岔了，常理從來都是針對普通人的，李神醫不是普通人，昭昭能跟著李神醫學習醫術，自然有常人想不到的地方。

「那行，既然妳這麼說，祖母就放心了。」鄧老夫人頓覺心中鬱悶煙消雲散。

喬昭回到西跨院後，把冰綠叫了過來。

冰綠低著頭，知道自己惹禍了，沒等喬昭開口就老老實實跪下來。「姑娘，都是婢子不好，給您惹麻煩了。」

喬昭默默看著冰綠。冰綠一陣心慌。「姑娘，您該不會不要婢子了吧？」

喬昭微微一笑。「知道自己錯了？」

「知道了。」

「錯在哪裡？」

冰綠認真想了想。有人說姑娘壞話，她把那人打成豬頭，這完全沒毛病啊。

「還不知道自己錯在哪裡？」看著小丫鬟垂頭喪氣的模樣喬昭好氣又好笑。

「錯在、錯在……」冰綠唯恐一直想不出理由會讓主子更生氣，靈光一閃道：「錯在沒有掩飾好自己！姑娘放心吧，再有下次婢子打悶棍！」

喬昭愣了愣，不由笑了。這樣說似乎也行。

「不管怎麼樣，以後遇事多想想後果。如果覺得自己能承擔那樣的後果，就可以放手去做，如果最終無能為力，需要別人幫忙解決，那妳就是衝動了。明白了嗎？」匹夫之勇之所以讓人嘲笑，就是因為忽略了智慧的力量。

冰綠似懂非懂點點頭。

黎光書下衙後黑著張臉回到了錦容苑找劉氏算帳。

「都是妳幹的好事，非要聽信一個小丫頭的胡言亂語，這下好了，此事鬧得滿京城都知道，我成了人家眼中的大笑話！」

黎光書年前回京敘職，因為各種原因一路耽誤了下來，直到邵明淵再次領兵出征，才算有了著落，在詹事府掛了左中允一職。

這左中允其實是虛職，黎光書卻喜壞了，原因無他，按著慣例，但凡翰林出身的知府調回京，一旦轉到詹事府，就是朝廷有提拔的意思了。只要再熬上一年半載，就可以任命為小九卿。

鴻臚寺卿因為西姜使節連續出事被皇上降了職，鴻臚寺卿一職就空了出來，黎光書琢磨著到時候別的不說，混個鴻臚寺卿噹噹還是沒問題的。沒想到才高興沒多久就鬧出這麼個大笑話，他走在衙門裡別人看他的眼神都不對勁，真是丟人現眼！

劉氏冷笑一聲。「我倒不知，妻子有喜怎麼就成了別人眼中的大笑話了，難道我給你帶綠帽子了不成？」

「妳、妳居然連這種話都說得出口？」黎光書氣白了臉，手指著劉氏不停顫抖。「粗俗！」

劉氏撇了撇嘴。「我當然沒有瘦馬嬌滴滴的會哄人，可惜啊，老夫人就喜歡我這樣的粗俗婦人，不懂得欣賞老爺帶回來的瘦馬。」

「妳給我住口！」黎光書聽劉氏提起冰娘徹底被刺痛了心，抬腳就向劉氏踹去。這時從劉氏身後竄出一個孔武有力的婆子，眼疾手快抱住了黎光書踹過來的腳。

「給我鬆手！」黎光書氣急敗壞喊道。婆子聽話鬆手，慣性之下黎光書直接跌了個狗吃屎。

低頭看了跌在腳邊的男人一眼，劉氏一臉淡定：「還不送老爺去書房！」

哼，就知道男人變了心什麼事都幹得出來，幸虧她早有準備。

自此黎光書再沒踏進錦容苑一步。劉氏樂得清靜，安心養胎，鄧老夫人卻心中忐忑起來。

三丫頭給二兒媳診脈那次還是因為二兒媳反胃，怎麼隨著時間推移，孕吐反應卻不見了呢？

「老二媳婦，妳就沒覺得噁心難受？」看著吃得香甜的劉氏，鄧老夫人試探問道。

「沒有啊，兒媳沒覺得哪裡不舒服，吃什麼都香。」

鄧老夫人更糾結了。這不對啊，有喜了怎麼能不噁心呢？

劉氏是個心思活的，剛開始雖沒多想，可被問了幾次後忽然明白了，不由噗哧一笑：「老夫人，您是納悶我為什麼不想吐吧？」

老太太點頭。何止她納悶，現在滿府上下都在悄悄議論呢，越發坐實了三丫頭誤診的事實。

「因為三姑娘給我配置了一些湯藥，喝了能開胃止吐的。」

見劉氏毫不擔心的模樣，鄧老夫人嘆了口氣。「算日子現在要是有孕定然能查出來了，再請大夫來看看吧。」

「什麼，又請大夫？」黎光書得知了消息忙趕去青松堂。

他要攔著母親不能再請大夫了，難道他們還不嫌丟人嗎？

黎光書才走到青松堂大門口，站在門外的丫鬟婆子就笑盈盈朝他行禮。「給二老爺道喜了！」

黎光書聽愣了。道喜？這又是什麼喜？那天給他道喜，結果讓他成了同僚眼中的笑柄，現在又道喜，他是不是又要倒楣了？

見黎光書面色陰沉，丫鬟婆子們面面相覷。二老爺莫不是有病吧，給他道喜為什麼死著一張臉？不知道的還以為二太太肚子裡的娃娃是別人的呢！得了，看來這喜錢是討不成了。

丫鬟婆子們暗道一聲晦氣，默默退至兩旁。

黎光書無心與下人多說，快步走了進去，正聽到鄧老夫人爽朗的笑聲和一片道喜聲。聽到腳步聲，鄧老夫人笑聲一停，往門口望了過來。

「老二來了啊。」

「母親，妳們這是——」

鄧老夫人笑起來。「你媳婦有喜了！」

「有喜？」黎光書眼神呆滯，臉上並無喜色。

鄧老夫人正高興著，並沒在意黎光書的失態。在老太太心裡，這個兒子自小就沒有哥哥拎得清，偶爾犯蠢也屬正常。當然，自從這不爭氣的兒子從嶺南回來，犯蠢次數有些多了。

「剛剛大夫已經診斷過了，你媳婦確實有喜了，三丫頭沒有診斷錯。」

「她、她真的有喜了？」

劉氏冷笑一聲。「老爺就這麼盼著我沒喜啊？」

「我就是覺得這事有些……」黎光書漸漸冷靜下來，心情格外複雜。

他已經三十多歲的人了，至今沒有嫡子，劉氏倘若能生出一個兒子，那自然是好事。可是，因著前些日子與劉氏的爭執，他這心裡怎麼這麼不是滋味呢？

鄧老夫人忽然拍了一下桌子。黎光書不由一愣。

「老二，大夫是我請來的，大夫確定你媳婦有孕的話也是我親耳聽到的，到現在你還死著一張臉做什麼？難道說你媳婦有喜了，你不高興？」

「高興……高興……」黎光書回過神來，乾笑道。

「老二媳婦，妳快回去歇著吧，剛開始這幾個月要多留意著，可不能馬虎了。」

「兒媳知道了。老夫人您放心，三姑娘早就把該注意的事情告訴我了。」劉氏屈膝告退，與黎光書擦肩而過時，慢條斯理整理了一下鬢髮。早就說男人沒有三姑娘可靠了，老天誠不欺我。

黎光書瞪著劉氏背影險些氣歪了嘴。她這是什麼表情？孩子難道是她一個人能有的嗎？真是不可理喻！

黎二老爺正腹誹著，忽覺一道勁風襲來，等回過神，鄧老夫人的拐杖已經落在他小腿肚上。

「母親？」

「你這是什麼表情？」鄧老夫人怒容滿面，又是一拐杖打過去。「你媳婦有孕了，你擺著一副死人臉，是不是還嫌咱們府上不夠熱鬧，轉頭傳出去你戴了綠帽子才滿意了？」

人言可畏，一件事說的人多了，哪怕假的也成了真的，這個混帳玩意真是沒長腦子。

黎光書聞言心中一凜。母親說得不錯，人們慣愛無事生非，他可不能再惹出謠言。

「還不去陪陪你媳婦！」

黎光書逼著自己露出個笑臉，見鄧老夫人又舉起了拐杖忙落荒而逃。

劉氏確實有孕的消息，如一陣風傳遍了京中各個府上。

「黎府二太太真的有孕了？不是說她生次女時傷了身子不能再有孕，黎三姑娘是誤診嗎？」

「什麼，這已經是老黃曆了？黎府二太太有孕是千真萬確的？」

「對，連太醫都請去診斷過了。」

幾個圍在一起議論的夫人互視一眼，神情各異。

「這麼說，黎三姑娘真的能治好不孕之症！」一位夫人滿臉震驚道。

「不但能治好，還能早早診斷出來呢。天啊，要是這樣的話，黎三姑娘豈不成了送子娘娘？」

幾人正議論得起勁，大理寺卿之妻王氏忽然起身快步離去。

「哎，王夫人，妳怎麼走了？」

有人噗哧笑了。「這還用問嗎？定然是準備去求人家黎三姑娘了唄，她家小兒媳過門好幾年肚子不是一直沒有動靜嘛。」

「難怪這麼急呢。不過王夫人與黎府一直不大對盤，就這麼去求黎三姑娘，黎家能答應嗎？」

眾人面面相覷，心中都開始琢磨以往言語上有沒有得罪過黎府的地方。

子嗣可是天大的事，誰都難保家族中有沒有人遇到這樣的難題，黎三姑娘既這麼能耐，還是不得罪為好。好在她們以前看在冠軍侯的面子上只在背後說過酸話，王夫人那樣的就該頭疼了。

劉氏有孕一事猶如一道暗流，把京中許多人家攪得天翻地覆。

翌日一早，黎府管事滿頭大汗跑進了青松堂。

「老夫人，來了……來了好多人，全是各府的管事來送帖子，請咱們三姑娘作客的。」管事把懷中一摞帖子呈給鄧老夫人。「這是老奴揀了緊要的一些請您過目。」

鄧老夫人沒有接帖子，淡淡道：「就說我們三姑娘是訂婚的人了，整日待在閨房中繡嫁妝，不方便出門。」

「這，」管事低頭看看手中帖子，提醒道：「老夫人，其中還有睿王府與沐王府的請帖。」

「無論是哪個府上的帖子，一律推了。」聽到有王府的帖子，鄧老夫人反而鬆了一口氣。有王府在前面頂著，就不怕把所有人都得罪了。

「是。」管事見鄧老夫人語氣堅定，捧著一摞帖子走了。

各府得到被拒絕的消息，先是不快，待知道連王府的帖子黎府都拒了，那絲不快立刻煙消雲散了。人家黎府連王爺都敢拒絕，拒絕他們再正常不過了，仔細想來，誰家都不願意已經訂婚的姑娘拋頭露面行醫。嗯，且觀望觀望再說吧。

各府都開始觀望，黎府一時反倒風平浪靜起來。喬昭那裡卻頗不平靜。

「姑娘，阿珠嫂子又偷偷摸摸過來了！」冰綠跑到後花園，附在喬昭耳旁咬牙切齒道。

喬昭面色平靜問：「剛剛進去嗎？」

「是！姑娘，您就看著她好幾次溜到您屋子裡不管啊？婢子都想打死她了！」

「不是叮囑妳不許衝動嗎？」

「婢子就是氣不過！她也太膽大包天了，怎麼有這樣不要臉的人呢？」

「走吧，過去看看。」

黎府下人並不多，在西跨院伺候的就更少了，除了冰綠與阿珠兩個貼身丫鬟，只有兩個粗使丫頭而已。喬昭待下人寬厚，眼下午飯剛過，兩個粗使丫鬟收拾完飯桌照例午憩去了，院子裡空蕩蕩的，只有日漸翠綠的芭蕉葉子迎風舒展。

喬昭站在窗外芭蕉叢旁，冷眼看著屋內亂翻的婦人。

約莫過了兩刻鐘，阿珠嫂子似乎開始擔心被察覺，東張西望一下，把弄亂的東西還原，躡手躡腳溜出門去。喬昭接著面無表情回到了屋子裡。阿珠撲通跪在了喬昭面前。

喬昭睫毛顫了顫，淡淡笑道：「阿珠，起來吧。」

阿珠默默站了起來，冰綠則氣不過問道：「阿珠，妳嫂子怎麼手腳這麼不乾淨啊？」

阿珠羞得滿臉通紅。

「好了，冰綠，這不是阿珠的錯。」

「姑娘，您別這麼說，婢子真的無地自容。」阿珠頭垂得很低。「婢子不該讓她進府做事的。」

「這是她第六次過來了吧？」喬昭問道。

阿珠渾身一顫。西跨院總共這麼大的地方，阿珠嫂子第一次溜進來就被察覺了，她剛要出面阻止，卻被喬昭攔了下來。從此之後，阿珠嫂子逮到機會就往西跨院溜，在喬昭的叮囑下，阿珠與冰綠不但不能阻攔，反而要盡量避開，好給她提供方便。

「阿珠，妳嫂子到底想偷什麼呀？」

「我不知道。」

冰綠跺腳看向喬昭。「姑娘，您為何由著那不要臉的一次次溜進來啊？婢子瞧著真火大！」

喬昭微微一笑。「因為我也想知道她究竟要偷什麼呀。」

她曾想過，阿珠嫂子想進黎府是不願在外面謀生吃苦，進府後或許會仗著阿珠的臉面偷奸耍滑，但從阿珠嫂子第一次溜進她屋子開始，她便明白阿珠嫂子進府的目的不簡單了。

她手裡究竟有什麼東西讓人惦記呢？難道是李爺爺留給她的那箱子醫書？於是喬昭閒來拿出一本醫書翻看，看罷隨手放在了枕頭旁，阿珠嫂子再一次溜進來後卻對醫書視而不見。

或者是邵明淵送她的禮物中有讓人惦記的？

喬昭又試著把邵明淵送的一些禮物擺在屋中顯眼之處。阿珠嫂子溜進來後看到那些禮物兩眼放光，愛不釋手摩挲著，拿起又放下，這樣掙扎許久，最終還是沒動那些東西。

這次喬昭真的鬱悶了，盯著被阿珠嫂子摸過的禮物懊惱咬著唇。剛剛阿珠嫂子把口水都滴上去了，簡直讓人氣結。她拿起那些禮物欲要丟了，想想又捨不得，只得拿出軟巾仔細擦拭。阿珠嫂子到底想找什麼呢？或者說，阿珠嫂子背後的人想從她這裡得到什麼？

喬昭漸漸想出了神。

冰綠對阿珠發起了脾氣。「這下妳滿意啦，姑娘連飯都沒心思吃了！真不知妳怎麼想的，什麼阿貓阿狗都往府裡牽，真當姑娘是開善堂的嗎？」

阿珠垂眸一言不發，任由冰綠數落。冰綠見吵不起來，氣得跺跺腳走了。

這一日天色陰沉，阿珠嫂子大概是一直找不到想要的東西著了急，一天之內竟第三次溜了進來，害得正在屋內的冰綠無處可躲，只得一彎腰躲進了床底下。

此時喬昭正側躺在床榻上休息。來的次數多了，阿珠嫂子的恐懼心不知不覺消散許多，竟有膽子站在床邊仔細打量了喬昭片刻。喬昭不經意翻個身，露出大半個繡海棠花開的枕頭來。

阿珠嫂子視線落在那繡工精美的枕頭面上，忽然靈光一閃，伸手敲了敲床頭木板。輕輕的「咚咚」聲傳來，阿珠嫂子眼睛一亮，摸索良久，打開了床頭的暗格。

說是暗格，因為設在床頭，並沒放什麼珍貴物品，大多都是喬昭隨手用的小玩意兒，其中最貴重的就是無梅師太贈的那串沉香手珠了。

阿珠嫂子直接把那串沉香手珠拿了起來，對著光仔仔細細打量片刻，忙揣進懷裡轉身便走。

就在這時，拉起的窗簾忽然放下來，室內光線陡然一暗。

阿珠嫂子嚇得停住了腳，身後波瀾不驚的聲音傳來。「原來妳一直找的就是這個嗎？」

喬昭不知何時坐了起來，面無表情盯著阿珠嫂子的背影。

她左思右想，如果阿珠嫂子的背後之人對李神醫與邵明淵所贈之物都沒興趣，最大的可能就是這串無梅師太所贈的沉香手珠了。可惜賊太笨，她只得主動把手珠擺到顯眼的地方。

「啊——」阿珠嫂子嚇得尖叫一聲，拔腿就跑。

房門忽然自動關上了。阿珠嫂子衝過去推門，卻發現門推不開。

「那個可不能讓妳帶走。」身後少女輕笑聲傳來。

阿珠嫂子猛然轉身，背靠著房門，看到端坐在床邊的喬昭駭白了臉。

喬昭起身向阿珠嫂子走去。昏暗光線中，少女明明貌美如花，落在阿珠嫂子眼中卻好似見了鬼，她忙轉過身去使勁拉門，可房門卻紋絲不動。

阿珠嫂子很快就急出了一身冷汗，眼看喬昭要走近了，拔腿就向窗邊跑去。

東西已經拿到了，就算被人發現也不要緊，她只要離開這裡就好！阿珠嫂子暗暗安慰自己，腳下一個踉蹌摔倒在地，因為跌得狠，頭撞上了桌角。

冰綠收回腳，理了理衣裙，冷笑道：「真是受夠了，害我落了一身灰！」

「昏過去了。」喬昭俯身看了看。

「姑娘，婢子是不是又惹禍了？」

喬昭微微一笑。「不，半昏半醒剛剛好。」

阿珠嫂子睡夢中覺得有些冷，蜷了蜷身子，模模糊糊想：倒春寒真是厲害啊，眼見著要入夏了，怎麼還是這麼冷呢？

這時一道溫溫柔柔的聲音傳來。「阿祥嫂，東西已經拿到了，妳還不醒醒嗎？」

阿珠嫂子迷迷糊糊睜開眼，眼前一片昏暗，瞧不真切問話的人，只有那規律的更漏聲在這樣的環境中越發顯得清晰，然而她早已習慣了這種聲音的存在。

「下雨了，屋簷的雨滴落下來掛成了珠簾，妳撐著傘走在幽暗的巷子裡，巷子很長很長，妳慢慢往前走……終於走到了巷子盡頭，現在告訴我，妳看到了什麼？」

阿珠嫂子的眼神出現短暫迷茫。

那個聲音越發溫柔了，彷彿與屋簷落下的雨滴融為一體。「妳仔細看看，能看到什麼？」

「我、我看到了一個人……」

喬昭微微一笑。對一個被催眠者來說，當施展催眠之術的人提出某個籠統問題後，她首先想到的就是近日來最不尋常的事。

對阿珠嫂子來說，近來最不尋常的事應該就是有人指使她來黎府偷東西了。

「那是個什麼樣的人？」

「什麼樣的人？我、我不知道……」

喬昭微微皺眉，語氣卻依然平靜。「妳看不清他的長相嗎？」

這次阿珠嫂子的回答流利了許多。「對，他戴著斗笠，我看不清他的樣子。」

「那麼他是男子還是女子？」

「男子。」

「他有什麼特色呢？」

「特色？我、我記不得了……」

少女聲音更加輕柔，帶著隱隱鼓勵。「不，妳記得的。睜大眼睛，再仔細瞧一瞧那人……」

阿珠嫂子眼睛驀然睜大，片刻後忽然道：「那人下巴底下有一顆痦子，有黃豆那麼大！」

喬昭循循善誘又問了幾個問題，見時機差不多了，輕聲問道：「那個人要妳做什麼呢？」

「他、他要我去黎府三姑娘的住處找一串手珠……」

「妳找到手珠後，該怎麼交給他？」

「去東城銅錢胡同口的豆腐攤那裡買兩斤豆腐，五錢銀子不用找零。轉天的巳正時分，我會去張家麵館，把手珠交給他……」

「他要手珠做什麼？」喬昭心知那人不會對阿珠嫂子提起這個，還是抱著萬一的想法問了問。

「我不知道，他什麼都沒有說，只說找到手珠後會給我一大筆銀子。」提到銀子，阿珠嫂子神色有些警惕。

喬昭好氣又好笑，語氣忽然加重了。「可惜妳一直沒有找到手珠，那該怎麼辦呢？」

阿珠嫂子眉宇間出現一絲掙扎，似乎對沒有找到手珠產生了一絲疑惑。

喬昭知道，想要被催眠者接受一件與真實情況相反的事，要比接受一件沒發生過的事困難許多，因此對阿珠嫂子此刻出現的反應早有預料。她不慌不忙放輕了語氣，語速停轉帶著奇特的節奏。「再找不到手珠，那人該生氣了，妳可就拿不到銀子了……」

「銀子？」阿珠嫂子眼睛一亮。「對，我要拿到銀子，我要趕緊找到手珠拿到銀子！」

「那妳就接著找吧。記著，妳還一直沒找到呢……」

「我要接著找，一定要找到……」阿珠嫂子站了起來，眼神茫然伸出手往前走了幾步，忽然撞到了桌角。她愣了愣，眼神驟然恢復清明，漸漸找回了神智，抬手揉揉眼睛，左右張望一下，見屋內主人依然側躺在床榻上酣睡，微微鬆口氣，匆匆把翻亂的東西恢復原樣，悄悄溜走了。

「姑娘，她、她——」冰綠指著門口語無倫次。

「明天她還會來的。」

「可是您都問出來了，幹嘛不狠狠處置她啊？」

喬昭笑笑。「如何處置？她沒有與我們家簽賣身契，咱們沒有發賣的權利，頂多是送到官府去。可是這樣一來，黎府治家不嚴的名聲傳了出去，最終還是咱們吃虧。」

「那就這樣算啦？」

喬昭平靜望著門口微微一笑。「當然不會，來，我告訴妳明天該如何做。」

翌日天晴，喬昭帶著冰綠與阿珠兩個丫鬟去逛後花園。

阿珠嫂子輕車熟路溜了進去，開始翻找起來。

她來到床邊，盯著床頭木板心中忽然生出幾分疑惑：這裡好像翻過了，又好像沒有，她怎麼記不清楚了呢？不管了，再翻一次吧，她總覺得這裡面應該有東西。

阿珠嫂子伸出手去，忽然聽到一聲厲喝：「妳幹什麼！」

阿珠嫂子猛然轉身。冰綠怒容滿面走了過來，伸手抓住阿珠嫂子手腕。「好啊，主子打發我回來取茶具，沒想到抓到了一個毛賊！走，跟我去見姑娘！」

「哎喲，冰綠大姊，妳就可憐可憐我上有老下有小，看在阿珠的面子上饒過我這一遭吧，我鬼迷心竅，就這麼一回啊——」

阿珠嫂子哀求到一半，忽然抄起手邊的花瓶砸向冰綠。

冰綠頭一偏躲開花瓶，揚手打了阿珠嫂子一巴掌。

冰綠力氣大，又是跟著晨光練過的，這一下把阿珠嫂子打得眼前發懵，連站都站不穩了。冰綠卻不罷手，左右開弓照著阿珠嫂子身上狠狠打了十多下，心道：趁著姑娘她們過來之前她可要抓緊點，總要出出這些日子以來的惡氣！可惜姑娘不讓她打臉，影響她發揮了。

「跟誰喊大姊呢！我還是個嬌滴滴的小姑娘呢，我有這麼老嗎？」

阿珠嫂子躲又躲不開，討饒道：「小姐……冰綠小姐，妳快停手吧——」

「妳再胡說！我一個丫鬟能叫小姐嗎？讓我們姑娘聽見了我還混不混了？我打死妳這個沒安好心的！」

「冰綠，停手吧。」一道淡淡的聲音從門口傳來。

冰綠遺憾地住了手。喬昭帶著阿珠走進來，冷眼看著阿珠嫂子。

阿珠嫂子癱坐在地上鬆了口氣。三姑娘可算來了，再不來她就要被這死丫頭片子打死了！

「說說吧，在找什麼？」

「沒、沒找什麼。我來找阿珠的，結果阿珠不在，我看到桌子上擺著的玉擺件，就……就一時起了貪心……」阿珠嫂子連連討饒。「三姑娘就放了我吧，我以後再也不敢了。」

見喬昭面無表情，阿珠嫂子看向阿珠。「小姑，妳幫嫂子求求情啊，總不能眼睜睜看著妳娘和妳哥哥還有兩個侄子都餓死吧！」

「夠了。」喬昭坐下來，對冰綠點頭示意。冰綠扭身進屋，片刻後捧出一個匣子。

「把它打開。」喬昭對阿珠嫂子道。阿珠嫂子有些遲疑。

「快去！」冰綠冷喝一聲。

一聽到冰綠的聲音阿珠嫂子頭皮就發麻，忙伸出手打開了匣子。

裡面白花花的銀子險些亮瞎了阿珠嫂子的眼睛，她滿臉驚愕看向喬昭。

二一五　手珠之祕

「告訴我妳的目的，這些銀子就是妳的了。」喬昭輕輕敲了敲桌面。

經過昨天的催眠，她可以確定阿珠嫂子是個愛財如命的人。

「都是我的？」阿珠嫂子眼睛猛然亮了，貪婪看著滿匣子銀子。

「如果撒謊，不但銀子沒有，我還會把妳交給祖母，讓祖母送妳去見官。」

一聽銀子飛了，還要送去見官，阿珠嫂子立刻嚇傻了，連連道：「我說、我說！」

喬昭端起阿珠遞過來的茶盞喝了一口，一言不發看著阿珠嫂子。

阿珠嫂子低下頭去，眼神躲閃。「我……有人要我來找一本書……」

一聲冷笑傳來。阿珠嫂子不由抬頭看向端坐的少女。

喬昭聲音平靜問道：「妳確定是來找一本書，而不是——」說到這裡她頓了一下，放緩語速，一字一頓道：「而不是一串手珠？」

阿珠嫂子猛然白了臉，失聲道：「妳、妳都知道了？」

冰綠一腳踢過去，氣呼呼道：「什麼妳啊我啊的，怎麼和姑娘說話呢？」

姑娘好奇怪啊，既然昨天已經問出來了，今天為什麼還要阿珠嫂子再說一遍呢？當然，姑娘這麼做一定有道理！

「冰綠，把她綁了，帶到老夫人那裡去。」喬昭冷著臉端起茶盞。

「走吧！」冰綠拿出一條繩子甩了甩。

阿珠嫂子砰砰磕頭。「我說、我說，求三姑娘不要把我交給老夫人……」

聽阿珠嫂子說完，喬昭垂眸不語。阿珠嫂子心中忐忑，偷偷抬眼觀察喬昭一下，向阿珠投去求救的目光。阿珠別過臉去。

時間一點點流逝，室內寂靜無聲，阿珠嫂子嚥嚥口水，不安挪動了下身子。就在她忍不住開口時，喬昭終於把茶盞輕放到身邊茶几上，淡淡道：「既然這樣，妳就照那人說的去做吧。」

阿珠嫂子吃了一驚。「三姑娘，您的意思是——」

「妳今天可以去東城銅錢胡同口的豆腐攤那裡買豆腐了。」

「不行、不行，我要是騙了那人，那人一定會殺了我的！」阿珠嫂子恐懼搖頭。

「殺了妳？」

「是啊，三姑娘，您不知道那人多麼可怕，他警告過我了，要是把他交代的事對外吐露一個字，他就把我舌頭割下來，然後殺了我！」

喬昭冷冷看著阿珠嫂子，忽然從袖中摸出一把匕首拍在了她面前，對她微微一笑。「阿祥嫂，妳可能不知道，我也是殺過人的，且不介意再殺一個。」

阿珠嫂子顯然沒料到一個大家閨秀會有這樣的驚人之舉，當下震驚張大了嘴巴，好一會兒才結結巴巴道：「三、三姑娘，您不能殺我，您要是殺了我會有麻煩的……」

喬昭冷笑。「有什麼麻煩？不過是個來我家做工的幫傭，連賣身契都沒有，偷我家東西跑了，我們找人還來不及呢！阿祥嫂，妳說我殺了妳之後往後花園一埋，誰會記得找妳？阿珠嗎？」

阿珠嫂子下意識搖頭。

「或者妳男人？」

阿珠嫂子忙點頭。喬昭輕笑一聲，把一匣子銀子往阿珠嫂子面前一推。「我要是讓阿珠把這匣銀子給她哥哥呢？妳說她兄長會滿天下找妳，還是拿著銀子再娶新婦？」

「妳、妳——」阿珠嫂子如見了鬼一般，瞪大眼睛望著喬昭。怎麼會有這樣的大家閨秀？難道是她一直以來的理解不對？

喬昭盈盈一笑。「不殺妳也行，殺人畢竟是不淑女的行為，我還是把妳交給老夫人吧，等我祖母把妳送去官府大牢，我照舊會讓阿珠把這匣子銀子交給她哥哥。妳說她兄長是盼著妳早日出來呢，還是當妳死了另娶新婦？」

阿珠嫂子順著喬昭的思路這麼一想，整個人都不好了。

那個殺千刀的肯定喜歡水靈靈的黃花大姑娘啊，她真的蹲了大牢，別說盼著她早日出來，不偷偷塞銀子給獄卒弄死她就不錯了。不行，她不能坐牢，更不能死！

眼見阿珠嫂子神色有了變化，喬昭語氣依然平靜。「行了，妳可以跟著冰綠走了，反正我沒有丟東西，並沒有損失什麼。」

「不，三姑娘別送我走，我去買豆腐！」阿珠嫂子情急之下脫口而出。

喬昭笑了。「買個豆腐得一匣子銀子，看來阿祥嫂還是知道怎樣划算的。」

阿珠嫂子乾笑了下。等買完豆腐她立刻帶錢走人，躲得遠遠的，絕對不能讓那人找到！

「當然了，只買豆腐就想要這一匣子銀子可不行，明天還需要妳去張家麵館一趟。」

「三姑娘，我——」

「妳放心，我會派人保護妳。」喬昭淡淡笑著解釋：「保護妳的人是冠軍侯麾下高手，曾跟著冠軍侯在戰場上殺過無數韃子的，對付那人綽綽有餘，所以妳大可放心。」

見阿珠嫂子依然面露遲疑，喬昭臉色微沉，涼涼道：「阿祥嫂，莫非妳以為真把手珠交給了那個人，他就會給妳銀子而不是殺人滅口？」

阿珠嫂子渾身一顫，這才徹底認命點頭。「我都聽三姑娘的安排，只要三姑娘別讓那人找上我們一家就好。」

「妳放心，就算我不在意妳的死活，還有阿珠兄長和孩子呢。」喬昭見阿珠嫂子徹底老實了，對阿珠頷首。「阿珠，陪妳嫂子出去吧。」

打發走了阿珠嫂子，喬昭命冰綠請來晨光。

「什麼，三姑娘您明天要去會會那個想偷您手珠的人？」

「對，這件事絕對不簡單，我懷疑當初疏影庵的血案，以及無梅師太被劫一事都與此有關。」

對於無梅師太送她這串名貴的沉香手珠，她早就心存疑慮，但一直想不通其中原因，現在卻能猜出幾分了。這串沉香手珠一定有什麼祕密！

明康五年帶來了邵明淵的身世之謎，那麼同樣在當年下過山的無梅師太，又有什麼祕密呢？指使阿珠嫂子來偷手珠的那人應該就是這團亂麻中的一絲線索，她定要好好問問。

「三姑娘，既然這件事牽扯這麼大，您還是別涉險了，我明日去那個張家麵館把人給您帶回來就好了。」

喬昭略有遲疑。她只是習慣了什麼事都自己掌握，但確實沒有親自去張家麵館的必要。

晨光再勸道：「三姑娘，您還不知道吧，這幾日咱們黎府外頭天天晃蕩著好些人呢，都是想見您的。您要是一踏出大門口，別說去張家麵館了，非被那些人堵得連家都回不來了。」

聽晨光這麼說，喬昭打消了念頭，叮囑道：「阿珠嫂子那裡你派人盯著點，我怕她心中害怕，去買豆腐時露出馬腳。」

晨光拍著胸脯保證。「三姑娘您放心吧，我可以給她『訓練』一下。」

「那就麻煩了。」

與晨光分別後，喬昭回到房中拿出了那串沉香手珠。上好的沉香木打磨成的手珠，顆顆圓潤光滑，一看就是被人戴在身上養了許久，這樣一串手珠說是價值千金都低了。

最開始無梅師太贈她手珠，她以為是相處那麼一段日子生出的情分，可後來越想越不對勁。論情分，她與真真公主怎麼能比？而公主曾不止一次表露出對她得到這串手珠的羨慕。

「疏影庵血案……遺失的手珠……嶺南特有的毒蛛……」喬昭喃喃著這些關鍵字眼，垂眸盯著手珠。如果說無梅師太被劫與這串手珠有關，那麼師太把手珠贈給她，應該是想給手珠找個安全的去處。在無梅師太看來，對她下手的那些人應該想不到她會把沉香手珠贈給一個毫無關係的小姑娘。

想到這種可能，喬昭看著沉香手珠搖頭失笑。這還真是個燙手山芋，偏偏被她接到了手裡。那麼這串手珠究竟有什麼祕密呢？喬昭舉起手珠仔細觀察，可眼睛都盯痠了依然瞧不出端倪，只得暫時把手珠收藏妥當，等晨光那邊的消息。

轉眼就到了第二天，日頭從東邊漸漸移到當頭，等待的時間好像變得格外漫長。

喬昭乾脆擺出棋具，喊阿珠下棋。沒過多久，盯著潰不成軍的黑子，喬昭睨了阿珠一眼，把晶瑩剔透的白子往棋罐中一丟，嘆道：「阿珠，妳心亂了。」

阿珠面紅如霞，赧然道：「婢子慚愧，辜負了姑娘的教導。」

阿珠聰慧內秀，於棋道上頗有天分，平時主僕二人你來我往能廝殺一陣子，今天這局棋顯然不在狀態。

「這也正常，現在妳嫂嫂應該在張家麵館與那個人碰面了，妳擔心她的安危也是人之常情。」

阿珠嘴唇動了動，最終沒有吭聲。

這麼多年下來，她對兄嫂早就冷了心，她擔心的是老娘與兩個侄兒的安危，可是她沒臉對姑娘說。本就是大嫂惹出來的事，她對姑娘說了等於求著姑娘幫她保護家人，她怎麼張得開口？

沒過多久冰綠小跑著過來。「姑娘，晨光回來了。」

喬昭前往位於前院與後宅之間的亭子與晨光碰面。

「怎麼樣？」見晨光面色凝重，喬昭心中生出幾分不妙的預感。

「那人死了。」

「死了？」喬昭抬了抬眉梢。

對方死了，那剛剛有的一點線索就中斷了，晨光顯然知道這一點，面帶慚愧。「三姑娘，是我沒把事情辦好。那人與阿珠嫂子碰面後，我就現身想把他拿下，我們交了手，可沒想到對方是個對自己狠得下心的，明明還沒到走投無路竟然自殺了！」

喬昭心中雖然也覺得遺憾，面上卻絲毫不顯，平靜問道：「他是自刎還是？」

「不，他是咬碎毒牙自盡的。」

「死士？」

晨光頷首。「應該是死士。」

「這個死法和當初擄走無梅師太之人的死法是一樣的。」喬昭越發覺得推測沒錯，轉而問道：「屍體呢？」

「我們交手後動靜不小，那些官差很快就趕過來了，我便趁機脫身了，現在屍體應該被那些官差帶走了。三姑娘，您想查驗屍體嗎？要不然我找人幫幫忙——」

「不用了。」喬昭拒絕了晨光的提議。「晨光，你這就帶些人去阿珠嫂子家裡守著。」

「您覺得他們會去阿珠嫂子家裡？」

喬昭回道：「對方肯定不是一個人，而是一方勢力，現在指使阿珠嫂子偷手珠失敗，再想出什麼主意對付我還不好說，但那些人一定會殺阿珠嫂子滅口洩憤。」

「好，我這就去安排。」

「晨光，這次小心些，一定留個活口帶回來給我。」

「三姑娘您放心吧，這次再搞砸了，我把腦袋摘下來給您當繡球拋！」

喬昭神色古怪睇了晨光一眼，淡淡道：「當球踢可以，當繡球拋你可以徵求一下你們將軍大人的意見。」

晨光縮縮脖子，趕忙跑了。

阿珠忽然跪了下來。「多謝姑娘，婢子給姑娘磕頭了。」

喬昭垂眸看了阿珠一眼，嘆道：「阿珠，起來吧，不要動不動跪來跪去的。」

阿珠依言站了起來，垂手而立。

「我且問妳，經過這一遭後，妳打算如何安排妳的家人？」

阿珠尋思片刻後道：「婢子想讓家人離開京城。」

「離開京城？妳的家鄉應該被淹了吧？他們回去的話將無家可歸，如果我沒有猜錯的話，這次幕後之人的勢力範圍很可能在南方，倘若妳的家人往南走，到時恐怕會更危險。」

「姑娘，能不能……能不能讓他們去北邊落腳？」阿珠心一橫說了出來。

有那些人在京城，她的家人定然不能留在這裡了，不然隨時有性命之憂。

喬昭沒想到阿珠有這般提議，想了想點頭道：「北方雖有韃子肆虐，但目前局勢沒有南方複雜，去北邊落腳是個可行的主意。這樣吧，這件事結束後，我會安排人送妳的家人去河渝縣。那裡是黎家老家，妳的家人去了那裡也有個著落。」

「多謝姑娘。」阿珠淚流滿面。

喬昭拍拍阿珠的手。「不必想太多，以後安心做事就好。」

日頭西移，很快拉開了夜幕。

喬昭在書房中看書，燭火晃動，使她映在紗窗上的倩影跟著搖晃。

守在一旁的冰綠忍不住打了個呵欠，正昏昏欲睡之際，忽然聽到了敲窗聲。

冰綠猛然清醒了，扭頭看向喬昭。「姑娘，是不是晨光來了？」

喬昭把書放下，低聲道：「去把窗子打開吧。」

晨光去阿珠嫂子家守株待兔時她就交代過了，無論多晚，只要那些人去了阿珠嫂子家裡，務必把留下的活口帶到她面前來，哪怕三更半夜也不變，她會在書房等著。

或者說，在喬昭預計中，去阿珠嫂子家殺人滅口的人十之八九會選在半夜，這樣才方便行事，所以她今晚原就沒打算早睡。

「噯。」冰綠低低應了一聲去開窗。喬昭見此站了起來，往窗邊走去。

窗被打開了，一個面蒙黑巾的黑衣人翻窗而入，落地無聲，順手把打開的窗子闔上。

冰綠愣了愣，臉色猛然變了。「你不是晨光！登徒子，吃我一拳！」

站穩身形的黑衣人把黑巾往下一拉，露出一張俊美的面龐。

小丫鬟強行收回拳頭險些栽倒，扶著快掉下的下巴結巴道：「將、將軍，您怎麼來了！」

邵明淵卻沒有回答冰綠的話，大步走向愣在原地的喬昭，伸手把她摟在懷中，對著少女因吃驚而微微張開的櫻唇親了上去。

冰綠猛然瞪大了眼睛。將軍他、他在非禮姑娘！不行，身為一個忠心護主的大丫鬟，儘管她覺得這樣的畫面挺美，但不能讓將軍這麼占姑娘的便宜！

小丫鬟四處看看，隨手抄起高幾上擺放的花瓶向前走去。

等等，姑娘好像在回應？哎呀，太害羞了，沒眼看了！

冰綠慌忙轉身往外跑，跑到門外才發現懷中還抱著一個大花瓶，忙又轉回去把花瓶放回原處，好奇的目光忍不住往裡邊瞥一眼，腳下一個趔趄慌慌忙忙跑了。

震驚之下，喬昭整個人都懵了，任由還帶著渾身寒氣的男人用盡全力吻著她。手軟腳軟之下，她只能如蔓藤攀附著男人的肩膀，任他索求。

好一會兒後，邵明淵才鬆開喬昭，啞聲道：「昭昭，我回來了。」

喬昭伸手摸著邵明淵臉頰，藉著燭光打量著不可能出現在這裡的男人。他明顯奔波了一路，眼中血絲遍布，下巴上的青茬冒了出來，又硬又粗，連身上的衣裳都髒兮兮的，全是塵土。

可是這一切的不完美都及不上他的出現給她帶來的喜悅。歡喜從喬昭心底冒出來，抽枝發芽，開出大朵大朵的花。

「昭昭，妳還好吧？」邵明淵眼睛片刻不眨，緊緊盯著眼前的人。

這個女孩子他朝思暮想，心心念念，今天終於又見到了。這次的分離他才知道，原來思念會讓人心疼的，他都要疼得喘不過氣來了。

「我還好。你呢，怎麼會回來？」最初的驚喜過後，喬昭恢復理智，問了最關心的問題。

邵明淵眨眨眼。「我偷偷跑回來看妳。」

喬昭皺眉。「兩軍交戰，你怎麼能偷跑回來？」

邵明淵伸出手指撫上少女眉心。短暫分離這麼些時日，他的指腹明顯比以往粗糙許多。「別皺眉，妳聽我說。現在北邊正在進行最後進攻的準備，雙方都在僵持，至少七、八日後才會有變化，我便趁著這個空隙連夜趕回來了。」

喬昭聽了依然有些不安。「可你擅自離營，萬一被有心人知道了，那就是殺頭的大罪——」

邵明淵低頭親了親她光潔飽滿的額頭。「我知道妳擔心我，但不要想這些了，相信我，即便兒女情長，我也不會拿將士們的性命開玩笑的。」

喬昭這才緩了神色，轉身倒了一杯溫水遞給邵明淵，嗔道：「即便萬無一失，既然再過一段時日就有結果了，何必急於一時？」

邵明淵沒有說話，深深望著她。喬昭抿了抿唇，伸手拽了他一下，輕聲問：「怎麼了？」

年輕將軍執起喬昭的手，輕嘆道：「昭昭，三年多前我們的大婚之日我奉旨出征，不告而別，對我的教訓已經足夠。這次，我不想再不告而別了，我來與妳道別。」

喬昭瞬間淚盈於睫，顆顆淚珠如雨落下，滴在男人手背上，她卻只喊了兩字：「庭泉……」

「傻丫頭，別哭。」邵明淵把喬昭摟在懷中，滿心愧疚。

這輩子，他欠她太多，不想再欠她一次道別。

「誰哭了，你快鬆手，剛剛當著冰綠的面就動手動腳，也不知羞。」喬昭抬手拭淚掩飾失態。

邵明淵低頭輕輕咬著她的耳垂，聲音低啞得厲害。「妳的丫鬟還會對外亂說不成？」

喬昭抬手在他腰間擰了一下，嗔道：「即便不對外亂說，我也沒臉啊，你老實些。」

邵明淵哪裡捨得放手，把懷中人摟得更緊了些，輕聲道：「不放。」

「你還學會耍賴皮了？」

男人低笑起來。「我一直很賴皮啊，不過我只對妳一個人賴皮。」

膽大、皮厚、耍無賴還是晨光教給他的，現在看來，那小子真是良師益友，他要是臉皮薄點，這時恐怕仍是空有滿腔相思，哪有現在的軟玉在懷。

「昭昭，我想妳。」男人抵著少女頭頂青絲低嘆道。

喬昭渾身顫了顫，不動了。輕輕的吻落在她額上，緊跟著往下落到眉梢，再來是腮邊，最後攫住她柔軟的唇。對方的唇冰冰涼涼，彷彿還帶著北地寒氣，卻讓她如飲甘露，心神俱醉。

「邵明淵，你休息一下吧……」喬昭含含糊糊道。

他的疲憊已經無法遮掩，讓她跟著懸心。

「不休息了，我這就要走了。」邵明淵緊了緊懷中少女的腰肢，很快又放開手。

喬昭愣住。「這就要走？」

邵明淵對她露出個明朗的笑容。「我都算好了，在這裡待兩刻鐘再趕回去，神不知鬼不覺。」

「你這個傻瓜……」喬昭咬緊了唇。

邵明淵伸出手指輕撫了一下她的唇瓣，柔聲道：「我走了，等下次再來絕不翻窗了，我要光明正大抬著聘禮從妳家大門走進來。昭昭，不要忘了，我在天牢裡時妳答應嫁給我了。」

「我沒忘的，你快走吧，回去後趕緊歇著。」

「嗯。」邵明淵又親了親喬昭，轉身走向窗子。

就在這時，窗子忽然被人敲響了。敲窗聲很輕，邵明淵整個人卻愣了。什麼情況啊，除了他居然還有別人敲昭昭的窗？他下意識看了喬昭一眼。

窗外的人因為等不到回應似乎有些著急，敲窗聲又快了些。

邵明淵大步流星走到窗邊，伸手打開了窗子。

「三姑娘！」在見到邵明淵的那一瞬間晨光一個趔趄，急忙扶住窗欞才沒有栽倒，結結巴巴道：「將、將軍，您怎麼來了？」

邵明淵面無表情牽了牽嘴角。「是啊，我要不來，怎麼能遇到你呢。」

晨光扶著窗櫺淚流滿面。「將軍，您別嚇唬卑職啊，卑職膽子小，受不住……」

這到底是怎麼回事啊，為什麼將軍大人在三姑娘屋子裡？

慘了慘了，將軍現在就是一只大醋缸，他可惹不起。晨光可憐巴巴用眼神向喬昭求救。

邵明淵一看就氣不打一處來。當著他的面就敢對昭昭暗送秋波，這混帳小子是要上天嗎？

「庭泉，是我交代晨光過來的。」喬昭輕輕拉了拉邵明淵衣袖。

邵明淵回頭，聲音恢復了溫和。「遇到什麼事了？」

「此事說來話長……」

邵明淵坐了下來，伸手拉著喬昭坐到他腿上。當著晨光的面喬昭哪裡好意思，急忙站了起來。

「不是說來話長嗎，坐下慢慢說。」邵明淵再次拉著喬昭坐下。

喬昭尷尬不已，低聲警告道：「邵明淵！」

晨光默默別開臉，心道：三姑娘，求求您趕緊坐下吧，您再不坐下我就要跪下了啊！

見喬昭面色緋紅，邵明淵終究不忍她為難，拉過椅子讓她坐下，露出個明朗的笑容。「妳說吧，我聽完了還要趕路呢。」

「這邊的事我可以解決，你不要操心了，趕緊回去吧。」

邵明淵笑笑。「妳就讓我懸著心回去？」

喬昭一窒。邵明淵是要上戰場的，當然不能讓他懸著心回營。她簡明扼要說了一遍情況。

「活口帶來了？」邵明淵問晨光。

晨光點頭。「卑職把他打暈了，就在窗底下躺著呢。」

邵明淵看著小親衛挑眉冷笑。很好，原來這混帳不只一個人翻窗，還帶了一個來！雖然知道是為了正事，可是任何一個男人見到其他男人三更半夜出現在自己未婚妻閨房，那心情都會格外酸爽，邵明淵自然不例外。

忍住，不能讓昭昭覺得他小氣，反正時間還長，秋後算帳也不遲。

晨光絕望地拉耷下腦袋。完蛋了，三姑娘您可要對我負責啊，可憐我還沒娶媳婦呢！

「帶進來吧。」邵明淵淡淡道。

「是。」晨光如蒙大赦，忙翻窗出去，片刻後扛著一個人跳窗進來。

「將軍、三姑娘，今天夜裡去阿珠嫂子家滅口的就是這個人，卑職怕他自殺，躲在暗處給他來了一下子。」

邵明淵俯身查看一下。「下巴卸掉了？」

「對，免得他咬碎毒牙或者咬舌自盡。」

喬昭拿過燭臺塞給晨光。「幫我舉著照亮。」

邵明淵瞥了晨光一眼。

「將軍，要不您來？」晨光一臉狗腿樣把燭臺遞給邵明淵。

「三姑娘要你來，你就來，哪這麼多廢話？」

小親衛默默垂淚。他為了讓將軍娶到媳婦容易嘛，親自跑來給人家姑娘當車夫，還要指點將軍大人怎麼追媳婦，可到頭來將軍大人還想弄死他！將軍啊，沒有這麼恩將仇報的啊。

晨光舉著燭臺一臉生無可戀，喬昭提醒道：「離近些。」

光線充足，喬昭把那人模樣瞧得分明，伸手捏了捏那人下巴，發現捏不動只得向邵明淵求助。「庭泉，幫我打開他嘴巴。」

邵明淵伸出兩根手指俐落捏開了那人嘴巴。喬昭拿出早準備好的夾子從那人口中取出毒囊，走回書桌旁，把毒囊放入瓷盤中，用銀針刺破毒囊，低頭嗅了嗅。

「怎麼樣？」邵明淵走過去。

喬昭抬頭看他。「還記得擄走無梅師太的那個人嗎？他咬破毒牙自盡後我查驗過那顆毒牙，兩個人毒牙中的毒是一樣的。」

「嶺南地區特有的紅顏狼蛛？」

喬昭頷首。「對，這種毒氣味特殊，我聞過一次不會忘的。」

邵明淵看向昏迷不醒的人。「這麼說，他們是一批人，背後勢力很可能與明康五年叛亂的肅王有關。」

「我也有如此推測。庭泉，你稍等。」喬昭快步穿過堂屋走進東間，不多時返了回來，手中多了一串手珠，她把手珠塞進邵明淵手中，「既然對方千方百計要得到這串手珠，我偏不要他們如意。我這裡地方小不好藏，庭泉，你幫我把它收好吧。」

邵明淵遲疑了一下，把手珠揣入懷中。

「還有這個。」喬昭把紅纓遞給邵明淵，飛快瞥了晨光一眼，解釋道：「我編的，你要不嫌醜就戴著吧。」

邵明淵目露驚喜。「我的頭盔還一直光禿禿的，回去就戴上。呵呵呵，我當然不會嫌醜的，只要是妳編的，再醜我也喜歡。」

「真有那麼醜？」喬姑娘冷了臉。邵將軍笑容一滯。

晨光默默翻了個白眼。將軍大人，您是不是傻，瞎說什麼大實話啊！

「沒有那麼醜的。」邵明淵連忙挽救。

「就是說還是醜了？」

邵明淵向晨光投去求救的目光。小親衛撇了撇嘴。就是典型的鳥盡弓藏、兔死狗烹，剛剛還想宰了他呢，現在又需要他這個軍師出謀劃策了。所以說啊，人還得自救！

晨光清清喉嚨，正要開口幫忙，喬昭卻噗哧一笑。「好了，不逗你了，快些走吧，別耽誤時間了。」

邵明淵鬆了口氣，伸手抱了抱喬昭。「那我走了，妳要小心，盡量少出門。」

「嗯，我知道。」少女窩在男人寬厚的懷中，格外乖巧。

晨光抹了一把眼淚。三姑娘，您也太不配合了，小的可是一直替您辦事啊！連個發光發熱的機會都不給，是準備幫他收屍嗎？

邵明淵鬆開喬昭，看向晨光。「保護好三姑娘，不要讓任何人溜進黎府。」

晨光胸脯一挺。「將軍，您放心吧，卑職保證一隻外來的蒼蠅都進不了黎府！」

邵明淵點點頭，走到窗邊回頭望了喬昭一眼。

「等我回來。」

男人跳窗而出，很快融進夜色中。喬昭來到窗邊，默默看著窗外。

家國百姓重於兒女情長，做武將之妻，她有這個準備。她只盼著這個男人平安順遂，早些回來娶她。晨光見喬昭如此，識趣地沒有打擾。

良久後，喬昭默默轉身，走到昏迷的男子面前。

「晨光，把他弄醒吧。」

「好嘞。」

片刻後男子悠悠轉醒，看到晨光眼神一縮就要跳起來，卻發現渾身都沒力氣。

「不要白費力氣了，你現在連自殺都辦不到，老實交代你背後的主子是誰，我可以讓你死痛快點！」晨光把玩著匕首，笑吟吟道。

男子垂下眼簾，一言不發。

「不說話？」晨光半蹲下來，閃著寒光的匕首貼到那人臉上。男人毫無反應。

「三姑娘，您迴避一下，我要好好審問審問他！」

「你儘管問吧。不適應的話，我會避開的。」

「那行。」晨光轉了轉匕首，緊緊盯著那人。「嘴硬是吧？」

他手上一用力，匕首立刻在那人嘴角劃了一刀。鮮血頓時順著那人嘴角流下來，灑得到處都是，那人竟一聲不吭。

喬昭抽了抽嘴角。「晨光，等會兒你記得擦地。」

這是她的閨房，不是刑室，居然這麼快就見血了。

晨光不好意思地笑笑，扭頭對出現在書房門口的冰綠道：「冰綠，有鹽粒嗎？」

「鹽粒？有的！」冰綠飛快跑出去，不多時捧著個木碗進來。「給。」

晨光捏起一撮鹽粒，一手按住那人的臉，把鹽粒揉成粉末灑到他傷口處。

「嗚嗚嗚——」男子喉嚨間發出野獸般的嘶吼聲，在地上不停翻滾。

冰綠捂著臉不敢再看。喬昭雖然沒有移開眼，心中卻也不適應。他們雙方敵對是立場問題，看到活生生的人被虐待，身為一個普通女孩子，她不可能覺得愉快。

「你、你乾脆殺了我吧。」男子咬牙切齒道。

「殺了你？哪有這麼便宜的事！」晨光擦了擦匕首，冷笑道：「算了，不能讓你的血髒了三姑娘的地方。」他一手把男子提了起來，扭頭問冰綠，「小廚房裡有大鍋嗎？」

「多大？」

「能裝得下這個人就行。」

冰綠搖搖頭。「姑娘這裡只有一個小爐子用來燒水蒸點心的，哪有這麼大的鍋呀。」

晨光一臉遺憾。「看來只能去大廚房了。」

冰綠瞄一眼晨光手裡提著的倒楣蛋，吃驚捂住了嘴巴。「晨光，你要把他煮了啊？這怎麼行，以後我們還怎麼吃飯啊！」

晨光摸摸鼻子。為什麼這丫頭的關注點這麼奇怪？他要把一個大活人燉了，現在是關心吃飯這個問題的時候嗎？

「可以換鍋！」晨光無奈道。

「說得也是。」冰綠後怕撫撫胸口，忽然反應過來。「晨光，你要清燉人肉？你好噁心！」

這時喬昭冷靜的聲音傳來。「廚房的鍋也裝不下這麼大的人。」

晨光一怔，隨後笑了。「沒事，我可以先把他的手腳砍下來，然後把頭和身子扔進去就行了，小火一點一點燉，反正不能讓他死痛快了。」

「晨光——」冰綠乾嘔完了，指指男子，「他怎麼不動了？」

晨光低頭看了一眼，推男子一把。「裝死呢？」

男子頭一歪，悄無聲息。晨光伸手探了一下男子鼻息，詫異瞪大了雙眼。「不是吧，我就嚇唬兩句就死了？這死士也太差勁了，難道是買毒藥時贈送的？」

喬昭走過來。「把他先放地上。」

晨光忙把男子放平，越看越來氣，忿忿道：「哪有這種慫包死士啊，這不是坑人嘛！」

喬昭伸手扒開男子眼皮看了看，又摸出銀針刺入他人中，淡淡道：「人沒死，閉過氣去了。」

「原來是嚇暈了。」晨光鬆了口氣。

上次的死士自盡了，這次的死士要是再被嚇死，他可就白忙活了。

喬昭盯著男子片刻，開口道：「這樣吧，冰綠留下，晨光先出去，我試試別的法子。」

晨光立刻拒絕。「三姑娘，這怎麼行，萬一他傷著您怎麼辦？」

「他現在連自盡的力氣都沒有，怎麼會傷著我？再者說，還有冰綠幫忙呢。」見晨光還在遲疑，喬昭問道：「用你那些手段，真把他嚇死怎麼辦？」

晨光被問得啞口無言。「那好吧，我就在外邊守著，一旦有情況您就叫我。」

夜深了，書房內燭火熄了，只有月光從窗子傾灑進來，落下一地銀霜，給漆黑的室內帶來隱約光亮。不知何處有水滴聲傳來，男子慢慢睜開了眼睛。

「你醒了。」女子聲音傳來，嗓音輕柔中透著涼意，彷彿被月光浸透過。

男子四處張望，卻什麼都看不見，只有水滴聲越發清晰。

「什麼聲音？」他問：「我這是在哪兒？」

「莫非你忘了？」

「我——」男子慢慢想了起來，驚訝道：「我這是死了？」

屋內一片寂靜，無人回答他的話。

「我、我真的死了？」男子舉手摸了摸臉，手上一片血跡。「是了，我這是死了，不然怎麼會感覺不到疼痛呢？」

隱在暗中的喬昭彎了彎唇角。她用銀針暫時封閉了他全身痛覺，他當然感覺不到疼痛。

「外面下雨了嗎？」

女聲再次響起。「地府怎會下雨？那是你滴血的聲音。你死了，所以才能聽這麼清楚。」

「這裡就是地府嗎？」

「是呀，你可以四處走走，看一看地府是什麼樣子。對，就是這樣，慢慢往前走，然後你遇到了一個人……」

「我遇到了一個人？」

「你仔細瞧瞧，你們應該認識的，他是在你之前去張家麵館的人……」

「我認出來了，他是小六！」

「那你呢，你是誰？」

「我？我是小九。」

「小九，你和小六從何而來？」

「我們——」男子眼神出現明顯的掙扎。

「是不是嶺南？」

「對，我們從嶺南來。」

「你們是為肅王一脈做事嗎？」

「是……」

「那麼，現在你們效力的主子是誰？」

「主子是——」

「告訴我他的名字。」

二一六　昭昭失蹤

男子眼皮顫了顫。

「告訴我他的名字。」喬昭聲音平靜，心卻悄悄懸了起來。這種關頭她無法不緊張，這個人會告訴她一個什麼樣的答案？

男子眉毛抖了抖，表情猙獰，「噗」的一聲噴出一口血來。鮮血噴濺到地上，還有半截異物。喬昭一直處在暗處，眼睛早適應這樣的光線，清楚看到那是半截通紅的舌頭。

「嗚嗚嗚——」男子嘴裡湧出大量鮮血，很快臉就漲成了紫紅色。

聽到裡邊動靜不對，晨光立刻衝進來，冰綠舉著燭臺跟著跑來，看清屋內情形大吃一驚。

「姑娘，他這是怎麼了？」

喬昭緊緊抿著唇，一言不發。

晨光目光往地上一掃，冷聲道：「他咬舌了。」他說著往男子那裡走去，男子痛苦倒地，喉嚨中發出令人難受的呼哧聲。

「你這人是不是傻啊，這麼個死法多難受啊？」晨光嘆了口氣。

「姑娘，他沒救了嗎？」冰綠有些不敢看男子的慘狀。

「及時止血或許有生還可能，但他一心求死，施救並無多大意義。」喬昭知道咬舌自盡的人大多死於窒息，這種死法雖然不舒服，但比起遭受酷刑後再慘死那又強多了。各為其主，豢養的死士本就是些可憐人，她又何必強行把人救回來受罪呢。

沒過多久，男子趴在地上一動不動了，鮮血漸漸向四周蔓延。

晨光嘆了口氣。「三姑娘，人又死了，要不我再派人去阿珠嫂子家盯著吧。」

喬昭搖頭。「不用了，對於那些人來說，阿珠嫂子一家本就是無關緊要的人物，隨便派個人過去滅口也就罷了。派去的人出了事，他們不會再多此一舉。」

「那這條線索就斷了？」晨光頗有些不甘。

喬昭盯著地上一動不動的男子，神色有些難看，輕嘆道：「晨光，你先把這人帶走吧。」

「好。」

「阿珠、冰綠，妳們把書房好好打掃一下，記得把血跡清理乾淨。」

喬昭沉默離開書房，淨手後回到起居室，坐在床榻上出神。

催眠之術居然失敗了。自從跟著李爺爺接觸到這門神祕的學問，她知道其中艱難，但接連幾次施展此術都成功了，實沒料到會在最關鍵的這次失敗。

不過仔細想來並不奇怪，催眠之術能否成功與被催眠者的意志息息相關，一名死士的意志力與尋常村婦當然不能相提並論。但不論怎麼說，這確實給了她一次警告，以後不能太過自負。

喬昭抱過枕頭蹭了蹭，仰頭倒在床榻上。罷了，天塌下來還有高個子頂著，她這麼矮還是趕緊睡吧，正是長身體的時候。

鄧老夫人最近有些心煩。

那些請三丫頭去作客的帖子她統統拒了，才消停幾日就有幾家忍不住，乾脆打著拜訪她的名義上門作客來了。現在老夫人正陪著的大理寺卿之妻王夫人，就是讓她頗不待見的一位。

大理寺卿與東府的大老爺黎光硯有些不合，男人們朝廷上的小情緒帶到內宅來，這位王夫人素來對黎府沒有好臉色，誰想到居然有滿臉堆笑上門作客的一天。

鄧老夫人煩惱之余莫名又生出一絲暗爽。嗯，要不說還是三丫頭爭氣呢，看著多年來對黎家不假辭色的人現在笑臉相迎，還真是讓人神清氣爽。

「老夫人，貴府三姑娘還在屋子裡繡嫁妝吧？這年輕小姑娘啊還是要多出門走走，不能光拘在屋子裡，現在又不是咱們年輕那時候了，等閒上個街還要被管著。」

老夫人笑著喝了口茶。「我們三丫頭性子嫻靜，不愛出門，我這當祖母的總不能逼她吧？」

王氏暗暗翻了個白眼。性子嫻靜？不愛出門？這種瞎話虧這老太太說得出口，滿京城誰不知道京中這麼多貴女就黎府三姑娘事最多啊，這一年多來就沒消停過。

鄧老夫人矜持笑笑。不樂意聽又怎麼樣？既然有求於人，不樂意也得受著，誰讓妳家沒這麼能幹的孫女呢！

見鄧老夫人裝糊塗，王氏乾脆挑明：「老夫人，實不相瞞，我這次來就是求貴府三姑娘給我小兒媳瞧一瞧的。我小兒媳進門好幾年肚子一直沒有動靜，整日以淚洗面，實在是讓人心酸。我今天也不要臉面了，厚顏求老夫人請三姑娘幫個忙吧。」

鄧老夫人倒是沒想到王氏能這麼拉得下臉，一時愣了。

王氏捏著帕子擦擦眼角。「咱們兩家以往是走動少一些，這都是我的不是，不該把他們男人那些亂七八糟的事帶到後宅來。不過話說回來，老夫人也是當娘、當祖母的，應當明白女人無出是件多麼悲慘的事，就請老夫人看在咱們同為人母的份上幫幫忙吧。」

鄧老夫人沉默片刻。王氏這番話確實讓她有些動搖，但這個口子她不能做主替三丫頭開。

放眼京城，雖然大家不說，但哪個家族沒有一、兩個生育艱難的媳婦，要真是替三丫頭開了這個口子，那麻煩就大了。

「老夫人，我求求您了還不成嗎？」王氏忽然起身，對著鄧老夫人行了個大禮。

鄧老夫人忙避開。「王夫人，這可使不得。」

王氏眼一閉。「您要是不答應，我就不起來了。」

罷了反正已經說開，臉都丟乾淨了，今天無論如何也要把黎三姑娘請回去，不然就虧大了。

鄧老夫人一見王氏如此反倒膩歪了。一直行禮不起來了？威脅她？也不打聽打聽，她鄧金花什麼時候怕過人威脅了！

鄧老夫人正準備開口，大丫鬟青筠匆匆走了進來。「老夫人，王府來人了。」

「王府？」鄧老夫人眸光微閃，對王氏笑道：「王夫人，容我失陪一會兒。」

王氏暗道一聲運氣不好，只得眼睜睜看著鄧老夫人離開了招待女眷的花廳。

睿王府來的是一名大管事，見鄧老夫人走進廳便立刻站起來見禮。「給老夫人道喜了。」

「喜從何來？」鄧老夫人一聽「道喜」兩個字，腦仁就開始疼。

他們黎府最近的喜事夠多，實在不需要王府的人過來錦上添花了。

「老夫人，我們黎姨娘有喜了。」王府管事笑著道。

鄧老夫人愣了愣，好一會兒才後知後覺反應過來對方口中的「黎姨娘」是她的大孫女黎皎。

黎姨娘！這三個字讓鄧老夫人胸口一悶。

想他們黎家西府好歹是一門雙進士，她守寡拉扯大的兩個兒子都是正經進士出身，長子更是探花郎，再怎麼說都是清清白白的人家，結果現在卻出了個當妾的姑娘！

是，給王府當妾在許多人看來是長臉的事，說不準還能出位貴妃娘娘呢，可黎家不稀罕！

「老夫人，我們黎姨娘有喜了。」見老太太神色不對，王府管事加重語氣又說了一遍。

鄧老夫人抬了抬眼皮。「我又沒聾！」

王府管事一臉尷尬。這老太太年紀大了，腦子有些不靈光了吧？

「那就勞煩管事代老身向王爺道喜了。」鄧老夫人淡淡道。

睿王無子，大丫頭在這時懷孕可不見得是好事，那要有多大的造化才能順利誕下麟兒……鄧老夫人越想神色越平靜。

王府管事傻了眼。就這樣？這反應不對啊！嗯，可能是糊塗了，一時沒想起來黎姨娘是誰。

「老夫人，黎姨娘是您的長孫女——」

鄧老夫人用看智障的眼神看著王府管事。「不然呢？」

不是她孫女難道還是她祖母嗎？這樣的人怎麼當上王府管事的？

老太太對王府的前途更不看好了。

王府管事已經無力計較，強笑道：「老夫人，是這樣的，黎姨娘有孕後格外思念親人，可是她月份尚淺不便出門，王爺命我來請三姑娘過去陪黎姨娘說說話。」

鄧老夫人眉頭一皺。「請三姑娘去王府陪黎姨娘說話？」

長姊嫁人後請胞妹去府上小住並不稀奇，可她是知道的，大丫頭與三丫頭之間有心結，冰凍三尺非一日之寒，懷孕又不是失憶了，怎麼就想念上了？

「是呀，老夫人您知道的，有身孕的人與常人不同，據說容易心思重，我們王爺怕對姨娘肚子裡的小王孫不好，特命我來請三姑娘過府。」

鄧老夫人心頭一跳。王府這位管事看著滿臉堆笑，態度客客氣氣，可一句一個王爺，連小王孫都叫出來了，這是給她施壓呢。大丫頭若有個什麼不好，是準備怪到三丫頭沒去陪著了？

鄧老夫人熄了請喬昭過來的念頭，抬手揉了揉眉心，嘆道：「實在不巧，管事應該知道吧，冠軍侯出征的那一日，我們三姑娘都沒能與他道個別，這些日子以來那孩子掛念侯爺安危，身體就一直不大好。她這個樣子可去不得王府，要是把病氣過給黎姨娘就是罪過了。」

這件事只能她出面替三丫頭擋了，就算是得罪睿王也是她得罪，她一個半截身子快入土的老婆子還怕什麼。

王府管事沒料到鄧老夫人給了這麼一個回答，聽起來倒是滴水不漏，可這也太巧了，明顯是婉拒的意思。話已至此，王府管事只得告辭離去。

鄧老夫人長吁了口氣，叮囑大丫鬟青筠道：「叫三姑娘過來。」

她可要好好交代一下三丫頭，好歹裝幾天病，不能露陷了。

約莫兩刻鐘後喬昭過來了。「孫女給祖母請安。」

鄧老夫人一見喬昭的樣子駭了一跳。「三丫頭，妳這是怎麼了？」

喬昭一夜沒怎麼睡，先是見了邵明淵，後又催眠死士，還看了那麼多血腥場面，大驚大喜之下無論精神還是身體都格外疲憊，此刻眼下青影濃重，面色蒼白，瞧著真是生病的模樣。

她自是不能對鄧老夫人說一夜沒睡，隨口扯了個理由道：「這兩日有些不舒坦，可能是夜裡著涼了。」

「既然病了，怎麼不跟家裡人說？」

「祖母您放心，我沒什麼事，多休息就好了。」

鄧老夫人抬手摸了摸喬昭秀髮。「還真是巧了。」她把王府管事過來的事對喬昭說了，叮囑道：「妳這些日子就不要出門了，安心在家裡待著吧。現在外頭都在傳妳是送子娘娘轉世，不知道多少人盯著呢。」

說到這裡，鄧老夫人冷笑一聲。「德濟堂那個老大夫真是沒有口德，把妳給妳二嬸診出喜脈的事嚷得人盡皆知，這才惹出這麼多麻煩。好在他們也算是有了報應，太醫確診妳二嬸有孕後德濟堂門可羅雀，許多人都去濟生堂看病了。」

「未必是那位老大夫的問題……」喬昭喃喃道。

「三丫頭，妳說什麼？」

「沒什麼。祖母，孫女告退了。」

睿王府中，聽完管事的回稟睿王微微皺眉。「罷了，既然三姑娘不舒坦，那就算了。」管事識趣退了出去。

「皎娘，等過些時日三姑娘身體好了，本王再派人請她過來。」

黎皎笑笑，撫著小腹輕聲道：「王爺還是不必麻煩了，過些日子再去請還是請不來的。」

「妳這是何意？」

黎皎垂眸不語，眼眶慢慢紅了。

「好了、好了，別難受，當心傷著肚子裡的孩子。」睿王一見黎皎這樣有些急了，對黎府多了些不滿。

王府許久沒有這樣的喜事了，這孩子關乎的不只是他能否再當父親的問題，更關乎他與六弟誰才是父皇心中最合適的繼承人。一個生不出孩子的皇子，那個位子連爭取的資格都沒有。

「回頭我把京中最有名的戲班子請進府來，妳無聊時就聽戲好不好？」睿王語氣中滿是寵溺。

黎皎依偎進睿王懷裡，輕聲道：「妾不想聽戲，只要您能多來看看我和肚子中的孩子。」

「這是自然，以後我每天都會過來看妳的。」

黎皎露出個清淺笑容。

睿王拍拍她。「那就別因娘家的事煩心了。」

「王爺以為妾是與妹妹計較的人嗎？妾想請三妹過來，是因為她能看出胎兒是男是女。」

睿王眼神倏地一縮，雖竭力保持鎮靜，微微抖動的唇還是暴露了他的震驚。「三姑娘有如此能耐？」

黎皎笑笑。「三妹去年奉太后懿旨出海，出京前曾說過妾的繼母會生一個兒子，王爺應該知道，不久前妾的繼母果然生了一個弟弟……」

黎皎點到即止，睿王卻心動了。黎三姑娘要是真能看出婦人腹中胎兒是男是女，那他一定要把黎三姑娘請來瞧一瞧！

這個孩子——睿王視線落到黎皎小腹上，灼熱無比。

蒼天保佑，一定要是個男孩。現在李神醫規定的期限已經過了，他要努力了，就算黎氏肚子裡不是個男孩，府裡這麼多姬妾總有人能生出來的。

「皎娘，妳且耐心等幾日，現在三姑娘稱病，我們王府不好強求，再過幾日我再去請。」

「嗯。」黎皎柔順點頭，眼底冷笑一閃而逝。

她已經看出來了，黎三根本不會給王爺面子，那麼就讓王爺多碰幾次壁吧，碰多了脾氣再好也會生出埋怨的。等將來，總有秋後算帳的時候。至於她腹中胎兒——

黎皎愛惜地摸了摸小腹。她與王爺就那麼一次她就有了，可見老天是青睞她的，她相信既然天意讓她一舉得子，這個孩子一定是男孩！

幾日眨眼而過，睿王府又派了人去黎府請人。

這時喬昭正在亭中與晨光敘話。

「今天又攔下人了？」

「可不，那些人真夠瘋狂的，一天至少往府中溜三回，好在都被我們攔了下來。」

「看來對方勢力不小。」

有這樣的精力與人手，對方實力可見一斑。結合目前掌握的線索，那些人應該就是肅王遺留的勢力了，二十年養精蓄銳，這是準備捲土重來。

那麼那串沉香手珠究竟有什麼用途，讓他們如此鍥而不捨呢？

「三姑娘，您放心，咱們的人都在黎府外頭盯著呢，就算兩班倒換都夠了，對方休想溜進一個人來！」

「這個我並不擔心。」喬昭笑了笑，忍不住想到邵明淵。

邵明淵這次出征留了近一半的親衛任晨光調遣，其中用意她如何不明白。

「不過您還是別出門吧，雖然有我們保護，外頭畢竟沒有府中安全。」

「你放心，我不會給你們添麻煩的，你們將軍回來之前我就待在府中，哪裡都不去。」

這時大丫鬟青筠匆匆走過來。「三姑娘，王府又來人請您了，這次來的是王府長史。」

喬昭起身，淡淡道：「一次比一次來頭大了，我過去看看。」

王府長史是正兒八經的正五品朝廷命官，竟派來請她一個姑娘家，看來睿王這次勢在必得。

青筠攔住她。「三姑娘，婢子來不是請您過去的，老夫人吩咐婢子給您說一聲，別在這裡說話了，容易被外人瞧見，您趕緊回屋去吧。」

「祖母……」喬昭心中淌過暖流。有個遇到事情擋在前面的長輩，是她的幸運。

「三姑娘，回去吧。」

喬昭點點頭，回了雅和苑。

她雖然擔心祖母如何應對王府來人，但祖母能在很多時候給她一個小輩信任，她當然也會信任飽經風雨的祖母會處理好這些頭疼事。

喬昭才回了雅和苑不久，四姑娘黎嫣就過來了。

「三姊在忙嗎？我聽說妳這些日子一直在繡花。」

喬昭抽了抽嘴角，笑道：「不忙，四妹坐吧。」

黎嫣沒有坐下，微紅著臉道：「三姊要是不忙，能不能去看看我娘？」

「二嬸怎麼了？」

黎嫣神情有些尷尬。「剛剛父親與我娘吵了幾句，娘有些不舒坦。可是她說不用請大夫，我有些擔心她的身體，想著三姊要是方便的話……」

「走吧，我去瞧瞧二嬸。」

喬昭隨黎嫣去了錦容苑。劉氏一聽丫鬟稟報說三姑娘來了，意外之餘趕忙起身，這時姊妹二人已經走了進來。

「娘，我請三姊來給您瞧瞧。」

劉氏瞪了黎嫣一眼。「妳這丫頭怎麼這麼不懂事，我都說了不打緊，也值當請妳三姊過來？」

「二嬸不必責怪四妹，您現在有孕在身，仔細些是對的。」喬昭來到劉氏身邊給她把脈，片刻後露出一個笑容。「還好，二嬸身體好，只要情緒不大起大落就不打緊的。」

劉氏跟著露出個鬆快的笑容。「我就說沒事吧，都是這丫頭亂操心。」

「四妹也是孝順您。」

喬昭陪著劉氏說了會兒閒話，起身告辭。

「嫣兒，送妳三妹回去。」

喬昭笑著擺手。「二嬸何必客氣，咱們府上就這麼大個地方，走兩步路的事。」

劉氏沒有再客套。都說大恩不言謝，三姑娘幫了她這麼多，就不來這些虛的了，等三姑娘出閣時多添些妝是正經。

喬昭離開錦容苑向雅和苑走去。兩個院子相距不遠，穿過花園小徑便到了。

已經是陽春三月，黎府花園雖小，卻也熱熱鬧鬧開始爭芳鬥豔，特別是栽在假山旁的兩株玉蘭亭亭而立，花開滿樹。

喬昭分花拂柳，款款而行，比滿園春色還要惹眼，引得兩隻雀兒看愣了，直到她走到近前才急匆匆飛上枝頭，蹬落許多花瓣。

喬昭忍不住笑笑，繞過假山忽覺眼前一黑，便什麼都不知道了。再次醒來時，她沒有立刻睜開眼睛，閉目凝聽片刻，確定自己身處一輛馬車上。

這是怎麼回事？仔細回憶著昏迷前的情形，喬昭頭疼欲裂。

那時她剛剛繞過假山，然後覺得後頸一痛便失去了知覺，也就是說，她應該是在那裡遇襲的。那麼，擄走她的人是誰？那股目前還沒有窺見真面目的神祕勢力，還是請不到她而惱羞成怒的睿王？

更奇怪的是，黎府外有邵明淵的親衛團團守著，她是怎麼被人打暈又弄到馬車上的？

喬昭心中飛快轉過這些念頭，強忍驚懼慢慢睜開眼睛。入目是一團漆黑，她有些慌，伸手一摸才發現眼上蒙著黑巾。

她伸手去解黑巾，這時一道聲音傳來。「妳醒了。」

喬昭的手停在眼睛旁。

那個聲音再次響起。「黎三姑娘，如果識趣的話，妳最好不要把黑巾取下來。」

喬昭默默把手放下去，背靠車廂內壁不再有任何動作。

馬車彷彿路過鬧市區，外面有吆喝聲傳來。

「包子，熱氣騰騰的老王家包子，皮薄餡大吃了還想吃——」

「豆腐腦，楊嫂子豆腐腦——」

喬昭側耳聆聽，另一道聲音響起。「這小姑娘還挺有意思，竟然不慌不忙的。」

先前那道聲音帶著不滿。「少說點，言多必失。」

「就是一個小姑娘——」

「她是冠軍侯的未婚妻！」

馬車裡沒有聲音了，喬昭卻知道在這車廂內除她之外至少還有兩個人。她半途中醒來，無法計算馬車行走的距離，目前看來竟只能老老實實等到達了目的地再隨機應變了。

黎家此時依然一派平靜。

冰綠練了拳腳功夫回來，靠著廊柱邊擦汗邊問守著小爐的阿珠：「煮什麼呢？聞著好香。」

「熬些百合雞絲粥等姑娘回來吃，姑娘最近休息不好。」阿珠專心盯著爐火，時而拿扇子輕輕搧幾下。

「姑娘去哪了？」

「剛剛四姑娘過來，請姑娘去錦容苑了。」

「哦，那我先去洗洗，等會兒去餵二餅。」

兩個丫鬟各司其事，並沒有多想。

雅和苑到錦容苑幾步路的事，主子在後院活動時不帶著丫鬟很正常。

可眼看快到中午了還不見喬昭回來，冰綠就有些著急了。「阿珠，姑娘怎麼還不回來呢，難不成留在二太太那裡用飯了？」

阿珠看著溫在爐火上的肉粥，莫名有些不安。「二太太有孕在身，姑娘應該不會叨擾太久，即便是留在那裡用飯了，錦容苑那邊也該派人來說一聲。」

鄧老夫人勤儉持家，平時主子們用飯都是按著人數去大廚房打飯，要是誰在別處吃了都會和丫鬟交代的。

「我去錦容苑看看。」冰綠快步離開雅和苑，直奔錦容苑而去，路上正好遇到了錦容苑的丫鬟提著食盒出門。

「小玲，我們三姑娘在你們太太那裡用飯嗎？」

小丫鬟搖頭。「沒有啊，姊姊們沒和我交代。」

「那就奇怪了。」冰綠對小丫鬟擺擺手，進了錦容苑院門。

「什麼，我們姑娘早就走了？」

「是，三姑娘陪我們太太說了一會兒子話就離開了，當時太太讓四姑娘送她，三姑娘沒讓。」

「可我們姑娘沒回去啊，難不成去了別處？」冰綠匆匆跑到何氏那裡，聽說喬昭沒有來過又趕去青松堂，能找的地方找了一圈後，垂頭喪氣回了雅和苑。

「阿珠，妳說奇怪不奇怪，我找遍了後院就沒找到咱們姑娘，難道姑娘出門了？」

阿珠神情凝重。「應該不會，姑娘不是才說過近期都不會出門的，更何況現在外頭好些人想請咱們姑娘去作客，連睿王府的人都來請了好幾次，老夫人以姑娘病了的名義給擋了，這種情況下姑娘怎麼可能出門？再者說，姑娘就算真有要緊的事出門也該和咱們說一聲。」

「妳的意思是……」

「我覺得有些不對勁，妳看著家，我去稟報老夫人。」

阿珠說完拔腿就走，冰綠追上去。「看什麼家啊，要是找不到姑娘了還有什麼家！」

兩個丫鬟匆匆趕去青松堂。

「妳們說找不到妳們姑娘了？」鄧老夫人臉色一沉。「把情況給我仔細講明白。」

聽完阿珠的話，鄧老夫人吩咐青筠：「去把四姑娘請來。」

沒過多久黎嫣趕來，一番問詢後鄧老夫人又派出丫鬟婆子去府中各處找，直到天色將黑依然尋不到喬昭蹤影。

青松堂裡已是氣氛低沉，只有黎嫣極力壓抑的抽氣聲。

「別哭了。」鄧老夫人揉了揉眉心。

黎嫣撲通跪下來。「祖母，都是我不好，要不是我請三妹去錦容苑，或者三妹離開時送她回去，三妹就不會莫名不見了。」

鄧老夫人嘆口氣。「這事怨不得妳。四丫頭，妳三妹不見的事別對妳娘還有妳伯娘說，她們一個剛有身孕一個才生完孩子，受不得這個。」

「孫女知道了。」

鄧老夫人看向冰綠。「去把晨光喊來。」

「噯。」冰綠應了一句，飛快跑了。

「三姑娘不見了？」晨光一聽，大吃一驚。

冰綠一邊抹淚一邊推他。「你不要問了，老夫人等著見你呢，趕緊跟我走！」

晨光匆匆趕到青松堂。

「晨光，老身相信你們將軍對三姑娘的安全有安排吧？」鄧老夫人開門見山問。

「是，黎府外都是咱們的人，倘若三姑娘出門，我們一定會知道的。」

「那要是有人擄了三姑娘翻牆而出呢？」

「老夫人，咱們的人繞著黎府幾步一崗，要真有這種情況，比走大門被發現得還快呢。」

「那就奇怪了。容媽媽，妳帶幾個人去後花園……」鄧老夫人頓了一下，閉閉眼道：「那口枯井那裡看看。」

「老夫人！」晨光駭了一跳，臉上已經沒有絲毫血色。

「都愣著幹什麼，去！」

時間變得格外漫長，直到容媽媽領著人回來衝鄧老夫人搖搖頭，鄧老夫人才癱坐在太師椅上。

「沒有就好，沒有就好。」老太太瞬間彷彿老了十來歲。

「老夫人，我想知道這一天都發生了什麼事，任何一件都不能遺漏，特別是進出府的情況。」晨光冷聲道。他表面鎮定，心中卻一片冰涼。三姑娘要是出了事，他該怎麼向將軍交代？就是死，他都不能贖罪！

鄧老夫人立刻叫來管事問話。

黎光文酒意微醺走了進來，疑惑眨眼。「母親，今天您這裡人好多。」

「你還有臉回來，知不知道我派了多少人去找你！」

黎光文很委屈。「兒子也不想啊，還在衙門裡呢就被人叫去喝酒了，纏了我一下午這才脫身。娘，家裡這是發生什麼事了嗎？」

鄧老夫人沉默片刻開口道：「我說了你要保持鎮定，別添亂。」

黎光文笑了。「看娘說的，兒子什麼時候不鎮定過？泰山崩於前而色不變指的就是兒子。」

「昭昭失蹤了。」

鄧老夫人說完，見黎光文一副面無表情的樣子，鬆了口氣的同時又有些詫異。我兒什麼時候這麼出息了？

「老大啊——」鄧老夫人喊了一聲。既然老大這麼鎮定，那就好好商量一下吧。

黎光文沒有任何反應。

「光文？」鄧老夫人又喊了一聲，見黎光文還是毫無反應，示意容媽媽過去瞧瞧。

容媽媽走到黎光文身邊。「大老爺！」

黎光文呆滯的眼珠忽然一轉，終於有了反應。他整個人往後倒了下去。

「不好啦，老夫人，大老爺昏過去了！」容媽媽扶住黎光文，伸手掐了一下他人中。

「我沒暈！」黎光文推開容媽媽，人中上留下兩個分明的指甲印，疼得他直抽氣。這老媽媽掐人忒疼了，天天吃什麼這麼有勁啊？

「娘，您說昭昭失蹤了究竟是什麼意思？」

「就是滿府找不到了的意思！」鄧老夫人把情況三言兩語交代明白。

黎光文聽完直接蹦了起來。「肯定是睿王府幹的！」

「怎麼說？」

「您不是說今天睿王府又來人請昭昭了嘛，兒子那邊也是，今天找我喝酒的就是國子監那個鐘學陽，話裡話外就是讓咱家和睿王府多走動走動。我呸，睿王府定然是見兩邊說不通，就直接下手擄人了。娘，您等著，我這就帶著輝兒去睿王府算帳！」

「你給我站住！」一看黎光文扭頭就走，鄧老夫人頭大如斗，急忙命人把他攔住。

「你衝動什麼？現在就跑去睿王府要人，無憑無據的，人家不承認你有什麼法子？說好的泰山崩於前而色不變呢？」

黎光文撇撇嘴。「泰山能和我閨女一樣嗎？」

鄧老夫人：「……」她居然覺得很有道理！

「你老實在這坐著，聽晨光問完話再說。」

晨光對管事的盤問並沒有因為黎光文進來而被打斷，此時正問到要緊處。

「從辰末到午初這段時間，出府的人有誰？」

管事示意門房回話。門房上了年紀，一聽這個臉上就有些為難，皺著眉仔細回憶著。「有掃灑前院的老李頭，負責採買的老錢頭……」

晨光打斷他的話：「老伯，你好好回憶一下，那段時間出府時有誰是帶著大物事的，比如推車、木箱等物，換句話說，那個物品是能盛下不少東西的。」

「推車？木箱？」有了特定的限制，門房立刻想了起來，「有的！老錢頭巳時帶著兩個幫手推車出去的，說昨天跟人訂了幾十斤野豬肉，說好了今天那個時辰去取貨，不過……」

「不過什麼？」

「不過那個推車連個遮蓋都沒有，我當時還看了一眼，裡面什麼都沒有啊。」

晨光看向管事。「讓老錢頭帶著那輛推車過來。」

老錢頭很快被叫來，推車停在院裡。晨光繞著推車走了一圈，問門房：「就是這輛推車？」

門房點頭。「沒錯，咱們府上買菜都是用這輛推車，我天天見著，絕對錯不了。」

晨光搖搖頭。這推車是最簡單的兩輪車，沒有藏人的可能。他重新回到廳中繼續問門房：「還有別人嗎？」

這次門房沒有猶豫就搖搖頭。「沒有了。」

「你確定？」

「要說那段時間裡都有誰進出，老頭子可能記不那麼清楚，可您問帶大物事進出府的，這能記不清楚嗎？」

「府中下人沒有，那麼，主子呢？」晨光沉默片刻，問出一句話來。

此話一出，廳內針落可聞。門房愣愣看著晨光說不出話來。晨光這時才顧不上黎府眾人的心情，臉一沉喝道：「說，哪怕是老夫人帶著東西出府，你也不得隱瞞！」

門房嚇得頭一縮。

「沒聽見晨光問你嗎，說話！」鄧老夫人沉聲道。

門房低著頭猶豫了一下，飛快看了鄧老夫人一眼。

「老趙頭，你只是個門房，現在找你問話，把你看到的如實說出來就可以了，難道你認為我是那等不分青紅皂白秋後算帳的主子嗎？」鄧老夫人嘆道。

門房渾身一顫，終於開口道：「有……有的！」

「是誰？」晨光厲聲問。

「是二老爺。辰末的時候二老爺出門，兩個小廝挑著個木箱，老奴好奇多看了幾眼，其中一個小廝還罵了老奴一句，說離遠點，別把老爺的書碰壞了。」

「辰末正是三姑娘離開錦容苑的時候。」晨光看向鄧老夫人，聲音冰冷。「老夫人，二老爺還沒回來吧？」

外賊好捉，家賊難防。三姑娘是女兒家，他們不方便進內宅守著，沒想到會有黎二老爺這樣的親叔叔！

「這個畜生！」鄧老夫人臉色鐵青，額角青筋突突跳著。「老大，你帶著人去把那個畜生給我找回來！」

三丫頭失蹤後她並沒有派人去喊黎光書，原是想著那混帳回來也幫不上忙，沒想到三丫頭的失蹤竟然和他有關！

「我和大老爺一起去。」晨光道。

黎光文與晨光一同去找黎光書，青松堂內死一般寂靜。

黎嫣站在角落裡，手腳冰涼。她父親擄走了三姊？這怎麼可能？父親為何要這麼做？

天色越發黑了，萬家燈火亮了起來，街上幾乎見不到行人。

一個少年在街上發狂飛奔，終於見到黎府掛著紅燈籠的大門後，停在那裡大口大口喘氣。

一直守在門外的下人忙迎過去。「三公子怎麼跑著回來了——」

「扶我進去！」黎輝打斷了下人的話。下人幫攙扶著腿腳發軟的黎輝走了進去。

青松堂裡燈火通明，鄧老夫人一言不發坐在太師椅上，度日如年。

「祖母。」黎輝一進門就跪了下來。

「輝兒，找到你二叔沒有？」鄧老夫人猛地站了起來。

老太太起得太快，身子晃了晃，站在身後的黎嫣忙把祖母扶住。

黎輝單膝跪地，低著頭：「找到了……」

「你二叔人呢？還有你父親他們呢？怎麼就你一個人回來了？」鄧老夫人連聲問道。

黎輝飛快抬頭看了頭髮花白的祖母一眼，猛然咬了咬唇。「孫兒先回來報信了，二叔他……他死了！」

二一七　我有些怕

黎輝說完，一臉擔心看著鄧老夫人。

鄧老夫人瞳孔微張，似乎沒有聽清黎輝在說什麼，表情木然。

扶著鄧老夫人的黎嫣猛然後退數步，撞到擺著字畫的長條桌上，發出聲響。

鄧老夫人這才如夢初醒，睫毛顫了顫問：「輝兒，你說什麼？」

黎輝已經不忍再看鄧老夫人的表情，低下頭道：「祖母，二叔沒了……」

「沒了？怎麼沒的？」鄧老夫人竭力保持著鎮定，聲音卻有些顫抖。

黎嫣已經捂著嘴哭出聲來。她父親死了？

那個曾經手把手教她習字的父親死了？那個她不認真讀書時板起臉來訓斥她的父親死了？那個被她無意間撞見給娘親畫眉，讓她暗暗許下將來能覓得如此夫君的願望的人死了？

那個……那個她思念了五年多，卻帶著嬌子美妾回來的父親死了？

這一刻，黎嫣滿心悲涼，用帕子捂著嘴壓抑哭泣著。她恨那個人，也愛那個人，那是她的父親啊，從此她與妹妹就成了孤兒了。

「輝兒，你說話啊，告訴祖母，你二叔是怎麼沒的？」

黎輝搖搖頭。「孫兒也不清楚。我隨父親一同去衙門打聽二叔，守門人說沒見到二叔下衙離開，就一道進去找，結果就發現二叔趴在書桌上一動不動，晨光走上前去看，才發現二叔身子已經硬了……」

「那現在呢？你父親與晨光他們呢？」鄧老夫人深深吸了一口氣問道。

她不能倒下，年輕時接到夫君離世的噩耗她都沒有倒下，現在就更不能了！

「父親等著刑部和順天府的大人們過來調查二叔死因，晨光追查早上隨二叔出門的兩個小廝下落去了，所以孫兒就趕回來報信。」

鄧老夫人聽完沉默片刻，喊道：「容媽媽。」

「老夫人——」

「妳領人去把……把我兩年前添置的那口楠木棺材拾掇出來，另把衣衾靈棚等置辦起來。」

「老夫人……」容媽媽面露不忍，眼淚直流。

這世上最苦的事莫過於青年守寡，老年喪子，老夫人的命太苦了。

「去吧，我還死不了。」鄧老夫人揮揮手，老態盡顯。容媽媽不敢再說，領命去了。

「輝兒，讓管事陪你去衙門，倘若有什麼消息立刻傳話回來，特別是關於你三妹的消息！」

「孫兒知道了，孫兒告退。」黎輝跪下給鄧老夫人磕了個頭，語帶哽咽。「請祖母保重身體。」

對於那位二叔，他並無多少感情，但他能理解祖母此刻的悲痛。別說祖母，就連時不時罵二叔兩句的父親現在都難過極了，要是三妹再出事——

黎輝不敢再想，由管事陪著匆匆走了。

鄧老夫人愣愣坐在堂屋裡，除了黎嫣，把其他人都打發了出去。

屋子裡很安靜，黎嫣不敢再哭，默默守著鄧老夫人。長久的沉默後，鄧老夫人長嘆口氣打破了安靜。「四丫頭，祖母記得妳和妳三姊一般大吧？」

「是，孫女與三姊同年生的。」

「都十四了啊，不小了，祖母像你們這麼大的時候就嫁給妳們祖父了。」

黎嫣垂下眼簾。

「十四歲，該懂事了。」鄧老夫人用粗糙的手握住黎嫣的手，輕輕嘆了口氣。「妳父親啊，這次從嶺南回來後，我就知道他早晚會惹禍的，只是沒想到他這麼快就把自己作死了啊。」

「祖母，您是說我父親是被人害死的嗎？」

鄧老夫人看著門外沒有說話。

次子這次回來明顯不對勁，那個冰娘又是殺人又是下蠱，怎麼可能是普通的瘦馬？她猜不到次子到底牽扯進了什麼事端裡，但她可以確定是禍非福，她甚至想過整個黎府會不會被次子折騰散了。次子落得這樣的下場其實是自己一步步走出來的，怨不得別人啊！

「真正能害自己的永遠是自己。嫣兒，記著祖母的話，立身正，則神鬼不侵。」

「嫣兒知道了。祖母，我娘那裡……」

「先緩一緩吧。」鄧老夫人想到劉氏，神情更加疲憊。

劉氏剛剛有孕就喪夫，不知道能不能承受這樣的打擊，她甚至要慶幸老二夫妻這幾個月來冷淡的關係了。無論如何，家裡不能再有人出事了。

隨著黑巾被摘下，喬昭終於看清了身處的地方。

那是一間窗戶開在近屋頂處的屋子，裡面除了一張矮榻和一面屏風別無他物，連光線都是從高窗透進來的。

「黎三姑娘聰慧無比，想來猜到我們請妳來的目的吧？」

「抱歉，我猜不到。」
「呵呵，黎三姑娘莫不是以為我們都是妳的未婚夫冠軍侯，或者妳的家人？」
喬昭平靜看著說話的人。
那人眉眼普通，倘若丟入人群中恐怕一眨眼就認不出來了，此刻他看著她，目光沒有一絲波動。喬昭知道這應該是個死士，絕不會生出憐香惜玉的心思。
「黎三姑娘，我勸妳不要抱著僥倖的想法。我們問什麼，妳就如實回答，還能少受些罪。」
「你們想知道什麼？」
「那串手珠呢，妳藏在哪裡了？」
「手珠？」
「別裝傻！」問話的人揚手甩了喬昭一巴掌。
喬昭這幅身子本就嬌小纖弱，這一巴掌下去臉頰立刻狠狠腫了起來，梳得齊整的雙丫髻青絲散落，垂在耳邊。
「黎三姑娘，我們真的不是嚇唬妳的。」
喬昭抬手把碎髮撩到耳後，漆黑的眼睛平靜看著那人。「我知道了。」
「那麼把手珠交給我們，我們就放妳回去！」
少女低頭不語，露出修長纖細的脖頸，似在思索。問話人欲再揚手，被身邊同伴攔住。
「我二叔呢？」沉默片刻，少女抬眸看著二人。
二人沒料到喬昭會問這個，不由面面相覷。
喬昭笑笑。「是我二叔把我交到你們手上的吧？」
兩人目不轉睛盯著喬昭，良久後一人笑道：「黎三姑娘果然聰慧，這次說的不是客氣話。」

「既然你們覺得我不傻，那麼我會把手珠放在何處告訴你們嗎？」喬昭冷笑反問。

其中一人笑了。「那就要看黎三姑娘受不受得住我們的問候了。」

見喬昭毫無反應，那人亮出了匕首，在手中轉了轉，忽然抵到喬昭白皙的脖頸上。

「小姑娘，冠軍侯未婚妻的身分在我們眼裡什麼都不是，妳不要自以為有恃無恐。」他手上略一用力，少女白皙嬌嫩的脖頸上立刻出現一道紅痕，血珠很快滲出來。

喬昭垂眸盯著閃著寒光的匕首，彎唇笑笑。還真是風水流輪轉，不久前晨光才這樣用匕首對著他們的人，現在他們就這樣對她了。

可是她怎麼能說？不說的話，哪怕受盡折磨還能暫時保住性命，說不定就能拖到晨光來救她。要是現在說了，恐怕這柄匕首就不是停留在她脖子上嚇唬她，而是刺入她的心口了。

她想活著。活著再艱難，還是比死去要幸福多了，她想作邵明淵名副其實的妻子，她還想替已經不在的黎昭好好孝順她的父母親人，才對得起黎昭給她留下的這具皮囊。

「妳笑什麼？」喬昭的反應讓兩個人大為意外。

「二位不必枉費工夫，手珠在何處，我是不會說的。」

「小姑娘真是嘴硬，妳以為冠軍侯留下的親衛能找過來？」其中一人語氣越發冰冷，看著喬昭嘲弄笑笑。「黎三姑娘，我不妨直接告訴妳，指望冠軍侯的親衛查到妳二叔那裡，再順藤摸瓜找到這裡來救妳出去，那是不可能的。」

喬昭嫣然一笑。「我二叔死了，對不對？」

二人一愣。

「那麼就多謝你們替我報仇了。」喬昭面色平靜道。

黎光書在嶺南當了五年知府，帶了個不同尋常的瘦馬回京，這其中就大有蹊蹺，最大的可能就是黎光書早已被嶺南那邊肅王遺留的勢力收買，這次回京原就是帶著任務的。

而在發現自己被擄走的那一刻，喬昭就肯定了這個猜測。

作為肅王餘孽，在京城謀事定然萬分謹慎，黎光書並非他們嫡系，只是被收買的周邊人手，利用完之後殺人滅口那是再正常不過的事。

「黎三姑娘，有沒有人告訴過妳，太聰明的女孩子可不討喜？」

喬昭抿唇不語。

「看來黎三姑娘是敬酒不吃吃罰酒了。」

「跟她廢什麼話？先上了刑再說！」另一人摸出一把繩子，扯過喬昭捆到她手腕上，把人吊在房梁下。

喬昭只有腳尖能著地，手腕處頓時傳來火辣辣的疼。揚起的鞭子猛地抽到她身上，把少女小小的身子抽得猶如風中樹葉，來回搖擺。喬昭死死咬著下唇，一聲不吭。

「還真是個硬氣的，看妳能撐到什麼時候！」那人冷了臉，揚手又是幾鞭子下去，很快就把喬昭的衣裙抽破了。

喬昭疼得厲害，想要蜷縮身子卻做不到，眼淚不受控制順著眼角落下來。

「黎三姑娘，妳一個嬌滴滴的大家閨秀，這麼嘴硬幹什麼？告訴我們手珠的下落，我們不讓妳受罪，不是很好嗎？」

喬昭咬唇冷笑。「你一個替人賣命的死士，這麼囉嗦幹什麼？安安靜靜用刑不是很好嗎？」

「很好。」那人把鞭子一扔，走近喬昭，手中匕首順著她被抽破的衣裙一劃，一截衣袖就落了下來，露出少女白皙的手臂。

冰涼的匕首觸在少女肌膚上，一片冰涼。

男人的笑聲響起。「黎三姑娘生了一身好肌膚。」

喬昭忍不住渾身一顫，閉上眼睛。這一刻，她彷彿又被人推到那高高的城牆上，任人魚肉。

邵明淵，你怎麼還不來救我，我好疼……

男人的聲音就在耳畔響起。「黎三姑娘，妳說妳這副玲瓏有致的身子要是被我們看個乾淨，冠軍侯還會娶妳嗎？」

喬昭閉著眼沒有回應。

「妳說話！」那人捏住喬昭下巴，逼她睜開眼睛。

少女的眼漆黑如幽潭，看似平靜卻醞釀著怒火，明明嬌弱到不堪一折，卻讓審訊的兩個人清楚感覺到眼前的女孩子就是一匹烈馬，難以馴服。

難以馴服？他倒要看看一個女孩子如何難以馴服！

那人扔掉匕首，伸手一扯就把喬昭半截裙襬扯下來。

「或者，我們要是替冠軍侯當一次新郎呢？」

喬昭睫毛一顫，睜開眼睛，語氣卻是平靜。「他會替我報仇的。」

「哈哈哈哈，小姑娘太天真了。一個被人糟蹋的未婚妻，他就算替妳報仇，妳又能有什麼下場？還能與冠軍侯雙宿雙飛不成？」

喬昭輕啐一口。「你們有什麼資格揣測他的想法？他在北地浴血奮戰，替大梁百姓守住國門，你們在幹什麼？在試圖糟蹋他的未婚妻！」

一股不平之氣從喬昭心底升騰而起，讓她的眼睛格外明亮。「我原以為你們是死士，現在看來我錯了，你們的行為根本不配一個『士』字。我與你們沒什麼好說的，只因為我是人，你們是畜生！來吧，不就是一具臭皮囊嘛，我還受得住！」

「果然是口齒伶俐，死到臨頭還嘴硬，我今天就看看妳受不受得住！」那人伸手去扯喬昭腰帶，被同伴攔住。他以眼神詢問，另一人道：「一個小女孩，想要逼問出來還有許多法子，何必用最不入流的這種？還是我來吧。」

喬昭看著走近的另外一人。

那人用匕首割斷繩子，喬昭跌坐在地上，身上鞭痕被牽扯，疼得她低低喊了一聲。

那人笑笑。「黎三姑娘，妳知道用針刺入指甲中是什麼滋味嗎？」

喬昭一言不發，冷眼看著那人摸出一根針來，在她身邊蹲下來。

「這針刺入指甲啊，大多數男人都受不住，就是不知道黎三姑娘能否承受了。」那人拉過喬昭的手，轉動銀針，緩緩刺入她指甲中。

「嗚——」喬昭死死咬著下唇，疼得渾身發抖，冷汗如漿往下淌。

邵明淵，其實我有些怕，我怕我的手以後不能寫字畫畫，彈琴下棋了。

邵明淵，你抱抱我吧，我想你了……

意識模糊中，喬昭看到緊閉的房門被猛然踹開，一群人擁了進來。

「住手！」男子盛怒的聲音傳入耳畔，一腳踹飛了行刑的人。

北地的春日積雪尚未消融，瑟瑟寒風颳在人身上，冰冷刺骨。

邵明淵已經在敵方陣營裡躲了兩日兩夜。

「將軍，喝點水吧。」親衛把一只水壺遞過來。邵明淵擺擺手，拒絕了親衛的提議。

親衛捏著水壺，心中暗暗嘆氣。兩日來將軍只喝過幾口水，就是怕頻繁方便，錯過射殺敵首的最好時機，可是再這麼下去，縱是鐵打的人也熬不住啊。

邵明淵並沒理會親衛的想法，目不轉睛盯著敵方營帳。

數日前他得到消息，北齊塔真王子將會率兵前來支援，而帶著齊人突破山海關長驅直入京郊燒殺搶掠的首領，就是塔真王子最得意的部下。

邵明淵摸到這裡，就是要找到機會取走塔真王子性命。

北齊人在大梁京郊走了一遭，等於甩了大梁人一個響亮的耳光，他若能取走塔真王子性命，才會讓北齊人知道大梁絕不是他們認為的那樣不堪一擊，這場戰爭才能早點結束。

長時間的埋伏讓邵明淵渾身有些僵硬，濃密的睫毛上結滿冰珠。

他輕輕抬手擦拭，忽然覺得心口一陣絞痛，不由捂住胸口。心怦怦跳得急，眼皮跟著一陣跳動，邵明淵忽然感到深深的不安。難道是有不好的事發生？這次敵明我暗，己方占據了主動權，問題應該不會出現在這裡，那麼是昭昭出事了嗎？

經歷過無數次戰鬥，邵明淵並不認為這種突如其來的念頭荒謬，反而相信這樣的直覺。正是這種在千百次生死較量中形成的本能，才讓他避開許多危險。

一想到喬昭可能遇到危險，邵明淵平靜如水的心驟然亂了。他必須早些回京！

一陣馬蹄聲傳來，邵明淵驟然清醒，看著一群齊兵擁著個三十多歲的高大男子飛奔而來，到了營寨門口速度才緩下來。營寨中的部下迎了出去。

邵明淵握緊弓箭，定定看著越來越近的人，眼睛亮如繁星。塔真王子來了！

彎弓搭弦，當塔真王子出現在一般弓箭不可能射殺的距離時，邵明淵手中弓弦一鬆，箭如流星飛射而出，正射入塔真王子額頭。

塔真王子胯下駿馬長嘶一聲，發狂跳起來。王子慘叫一聲，跌落馬下。齊人一片混亂。

邵明淵側頭朝親衛略一頷首，親衛立刻從懷中掏出信號彈甩向空中。

明亮色彩在半空炸開，沒多久就響起悠長低沉的進攻號角聲與震耳欲聾的馬蹄聲、廝殺聲。

「梁」字旗在寒風中獵獵飛揚，無數大梁軍從四面八方衝過來。

塔真王子突然被殺讓齊人一瞬間亂了陣腳，而大梁軍迅速的進攻更是沒給他們留下絲毫反應時間，待他們恢復神智時，許多同伴已經被斬落馬下，回天乏力。

大梁打了一場漂亮的翻身仗，可原本該揚眉吐氣的將士們此刻卻心急如焚。

數名將士跪倒在邵明淵面前。「將軍，請您三思後行啊，無旨領兵回京可是重罪！」

一身銀甲的邵明淵坐在馬上，冷然道：「誰說我要領兵回京？你們都留下，我一個人回去！」

「將軍，您這是何必呢？咱們大獲全勝的消息八百里加急送入京城，您只需要等上數日，到時候皇上自然會下旨命您凱旋。」

「我等不及了。」

見將士們還要說話，年輕將軍手一抬。「好了你們不必再勸，我主意已定，絕不更改。邵知，再給我牽一匹馬來！」

邵知立刻牽來一匹棗紅戰馬，與邵明淵胯下白馬並肩而立。

「駕！」邵明淵一夾馬腹，白馬載著他如離弦的箭往前方奔去，棗紅戰馬緊緊跟隨而上。

將士們直起身來，目送帶領他們大勝的將軍遠去。

一群錦鱗衛衝進審問室，領頭的正是新任錦鱗衛指揮使江遠朝。

江遠朝腰挎繡春刀，身穿飛魚服，一身朱衣在暗室中顯得尤為亮眼。

見到裡面情形，他飛快脫下外袍罩到喬昭身上，厲聲道：「給我殺！」

兵刃相擊的聲音傳來，江遠朝彎腰把喬昭抱起，大步走了出去。

外面繁星如晝，喬昭被衣袍遮著什麼都看不清，劇烈的疼痛過後連思緒都是遲緩麻木的，她無力在江遠朝懷中動了動頭，喃喃道：「邵明淵……」

江遠朝腳步一頓，緊抿薄唇，大步走向早就停在路邊的馬車，抱著喬昭鑽進車廂。短短幾步路的距離，懷中少女卻憑頑強的意志恢復了清醒。

「江、江大人……你放我下來……」

江遠朝沒有理會喬昭的話，冷著臉道：「馬車顛簸，妳受了傷，受不住。」

「我……」喬昭嘴唇動了動，沒有力氣再說話。江遠朝深深看她一眼，手向她腰間探去。

喬昭眼神猛然一縮，江遠朝一嘆。「妳放心，我江遠朝還不至於這麼下作。」

他手中多了一副繡著綠眼鴨子的荷包，正是喬姑娘獨家出品。

不用問喬昭，他直接打開荷包從中取出一只瓷瓶，打開瓶塞，立刻有淡淡的藥味傳來。

「是這個沒錯吧？妳不用說話，是的話就點頭。」

喬昭輕輕點頭，壁燈照耀下，臉色蒼白如雪。

「我先給妳塗些藥，不然受不住。」江遠朝怕喬昭抗拒讓傷口牽扯得更加疼痛，溫聲說道。

喬昭眼皮顫了顫，沒有作聲。江遠朝抓起她的手，看到少女白皙的手指上鮮血淋漓，幾個指甲全都變成了血紫色，盛怒從眼中一閃而逝，剩下便全是心疼。

這樣的酷刑他早已見慣不慣，可一想到剛剛在那間小小的暗室中，喬昭就是被人如此對待，拿著瓷瓶的手就忍不住輕顫。

「妳放心，我會把那兩個傷妳的人千刀萬剮，絕不讓他們好受！」

清清涼涼的感覺從指間傳來，喬昭手指微收，輕聲道：「多謝。」

「是我來晚了。」

喬昭不再言語，聽著車輪的聲音，好一會兒才問道：「你送我回家嗎？」

江遠朝微微皺眉。「妳這個樣子如何回家？」

喬昭努力睜眼看他。

「我先帶妳上藥換過衣裳，再送妳回去。」

喬昭疼得吐字艱難道：「不用……現在是夜裡，我……我回去不會引人注意……」

「不會引人注意？妳可知道黎光書死了？」

喬昭輕輕點頭。

「黎光書的死加上妳失蹤，黎府已亂了套，現在恐怕沒幾人闔眼，妳這樣子如何見人？」

知道懷中少女性子倔，江遠朝耐心勸道：「我先帶妳去個安全的地方上藥換過衣裳，天亮前會送妳回去的。再說，妳這遍體鱗傷的樣子，乍然讓家人看到，他們如何受得了？」

喬昭這才輕輕點頭。「勞煩了。」

馬車在夜色中穩穩前行，大概是得過江遠朝的叮囑，車夫慢慢趕車，盡量減少車身的顛簸。

看著少女蒼白沒有血色的臉，江遠朝的心好似被一隻無形的大手緊緊握著，越捏越緊。

為什麼他喜歡的女孩子如此多災多難？無論是作為喬氏女還是黎氏女，她的苦難遠比尋常女孩子多得多。

「疼嗎？」江遠朝終於忍不住問道。

聽到他溫柔的問詢，窩在他懷裡的喬昭格外不自在。

她一直覺得他們是兩個世界的人，卻偏偏總有生死間的交集。

「不疼。」喬昭閉了眼，一副沒有精力再說的模樣。

江遠朝心細如髮，如何不明白這是喬昭委婉的抗拒，牽起唇角自嘲笑笑，不再開口。他低頭，深深凝視著懷中少女。她眉眼精緻如畫，隨著時間流逝漸漸有了讓人驚豔的模樣，可是吸引他的從來不是這些。

他愛看她波瀾不驚的眼神，愛看她雲淡風輕的笑容，甚至是她對他的疏離與戒備，因為這些才是他認識的喬姑娘。

明明他比邵明淵與她相識還要早，如果那時他就是大權在握的錦鱗衛指揮使，他們之間會不會不同？可惜這世上沒有如果，他也不可能再回到從前。

這一刻，江遠朝忽然希望時間停滯，那樣他就可以欺騙自己說，他能這麼默默抱著心愛的姑娘白首與共了。

馬車在一座民宅門前停下來，這座民宅離大都督府不遠，是江遠朝當初搬出江府時買下來的，相比房屋眾多卻毫無人氣的江府，他更喜歡這裡。

「給姑娘仔細上藥，另外準備一套與姑娘身上衣裳相近的衣裙。」江遠朝吩咐完僕婦，站在屋外廊下等著。屋子裡傳來僕婦的驚呼聲，顯然是見到喬昭身上的累累傷痕被嚇住了。

江遠朝聽到裡面傳來的聲音煩躁不已，恨不得進去一探究竟，卻只得硬生生忍著。

「大人。」江鶴不知何時摸了過來。

「那邊怎麼樣了？」

「都料理乾淨了。」

「動手的那兩個人呢？」問出這句話時，江遠朝嘴角掛著冷笑，讓江鶴忍不住打了個寒戰。

「按著大人的吩咐，把那兩個人舌頭割了綁起來了。」

「給我把他們活剮上一千刀，然後剁碎了餵狗。」
「是。」江鶴偷偷抬眼瞄了江遠朝一眼，忍了忍問：「大人，黎姑娘還好吧？」
江遠朝淡淡瞥他一眼。「這麼多話，你是不是也想知道割舌頭的滋味？」
江鶴忙夾起尾巴。「屬下不敢！」大人又開始嚇唬他了，每天總要來個七、八遍，真是心累。
「滾！」
「是，屬下滾了。」
「等等——」
「大人還有什麼吩咐？」
「告訴他們，管住自己的嘴。」
「是！」
江遠朝收回目光看向門口，不久後房門開了，僕婦拿著血跡斑斑的衣裳走了出來。
「她怎麼樣？」
僕婦臉色慘白。「那位姑娘真是個硬氣的，渾身上下數十道鞭痕，後背都被抽腫了，老奴給她上藥時竟一聲不吭——」
「別說了。」江遠朝打斷僕婦的話。「去準備衣裳吧，記著，顏色、款式盡量相近。」
僕婦一臉為難。「大人，咱們府上沒有年輕姑娘能穿的衣裳啊。」
江遠朝臉一沉。「叫上兩個錦鱗衛，讓他們想辦法！」
喬昭的鞭痕主要在兩側與後背，她趴在床榻上，能聞到床褥新洗過後的乾淨香味。
聽著屋外隱約傳來的聲音，喬昭輕輕閉上了眼睛。她大概可以稍微睡一會兒，實在太累了。
喬昭再次醒來時，發現自己已經在馬車上了。

「黎府還有一段距離，妳可以再睡一會兒。」江遠朝溫聲道。睡著了就不疼了。

喬昭笑笑。「不睡了。」

江遠朝微怔。

「怎麼了？」喬昭覺得他的神色有些奇怪。

「沒什麼。」他以為她對他不會再露出笑模樣。馬車緩緩前行，發出有規律的車軸轉動聲，車廂內一時寂靜無聲。

「其實有件事我很好奇。」江遠朝忽然開口。

喬昭看著他，睫毛輕輕顫了顫，示意他說下去。

「一次又一次，妳遇到危險時他都不知道在哪裡，這樣的人當妳夫君有什麼好的？」

江遠朝真的很好奇，好奇之下掩蓋的是深深的不甘。憑什麼呢？就因為那個人出身好，生來便擁有了他一輩子夢想卻不敢擁有的？甚至那個人親手毀滅了最珍貴的東西又能失而復得。

喬昭平靜與江遠朝對視，見他問得認真，便也回得認真：「在我心裡，他自然是千好百好的，哪怕他不在我身邊。」

她現在可以確定，自己深深心悅著那男人，只是想著他就覺滿心歡喜，這實在是件奇妙又幸運的事。

「千好百好……」江遠朝喃喃念著這四字，面上不動聲色，心中卻一陣揪痛，輕笑道：「但願妳能一直這麼想。」

「江大人，這個話題我們談論不合適。」喬昭雙眼微闔，擺出疏離的態度。

江遠朝凝視她片刻，別過眼睛。車廂內再次安靜下來。

此刻，杏子胡同響起一陣急促的馬蹄聲，邵明淵翻身下馬，踹開黎府隔壁的院門。

「將軍。」意外見到將軍，兩名親衛不由單膝跪下來。

馬不停蹄的奔波讓邵明淵幾乎站不穩，他卻顧不得喘息，張口問：「三姑娘沒什麼事吧？」

兩名親衛對視一眼，其中一人低頭道：「將軍，三姑娘失蹤了！」

邵明淵只覺一道驚雷在他腦海中轟然炸開，炸得他體無完膚，神魂俱滅。

「將軍——」兩名親衛一臉擔心看著邵明淵。

世人不知道，他們卻最清楚將軍對黎姑娘有多在乎。

邵明淵卻很快清醒了過來，面無表情問道：「晨光呢？讓他滾回來見我！」

趕過來的晨光撲通跪在邵明淵面前。

「我不想聽無關緊要的事耽誤時間，告訴我現在的進展！」

「卑職追查到一處民宅，裡面有數具屍體，還有打鬥的痕跡——」

晨光還未說完，邵明淵就搶過他的馬，一騎絕塵而去。

街道兩旁的屋舍黑壓壓一片，如鬼魅迅速往後掠過，微涼的風颳在邵明淵臉頰上，讓他的頭腦無比清醒。有打鬥的痕跡，那就說明有另一批人摻和進來帶走了昭昭，而能在這麼快時間找到那裡並帶走昭昭的人，他只想到一個：錦鱗衛指揮使江遠朝。

車輪聲由遠而近，在這空曠的夜裡分外清晰。邵明淵一勒韁繩，停在馬車前方。

「大人，前面有人。」車夫扭頭稟報江遠朝。

江遠朝掀起車窗簾，星光下，隱約看清來人一身銀色戰甲，淡淡的血腥味順著那人停駐的方向飄來。

「停車。」江遠朝吩咐了一聲。

馬車立刻停了下來。

「江大人是否在裡面？」年輕男子低啞的聲音傳來。

馬車中，喬昭猛然睜大了眸子，手不受控制抓了一下江遠朝衣襟。

江遠朝低頭看她，輕輕嘆口氣。「妳別急。」

他輕輕把喬昭放下，掀開車門簾走了出去，夜色中笑意淡淡。「沒想到這個時間，在這裡能遇到侯爺。」

「不，我是來找江大人的。」邵明淵撂下這句話，大步流星向馬車走去。

江遠朝伸手把他攔住，唇角微揚。「侯爺是不是太著急了些？這馬車好歹是在下私有之物。」

邵明淵狠狠握了握拳，用力推開江遠朝的手。

那些對敵的雲淡風輕全都不復存在，對現在的邵明淵來說，失態他不在乎，魯莽他也不在意，他只要確定她的安全。

江遠朝沒想到邵明淵如此舉動，意外之下被推了一個趔趄。邵明淵猛然掀起車門簾。

「庭泉，我沒事。」喬昭對他微微一笑。

那一瞬間，邵明淵才覺得活了過來，重新聽到了心跳聲。

「昭昭。」

「侯爺，你最好不要動她。」

邵明淵看向江遠朝。

「她現在渾身是傷，恐怕禁不起你的折騰。」江遠朝淡淡提醒道。

一聽江遠朝說喬昭渾身是傷，邵明淵臉色一變，猛然看向喬昭。

「等回家再說吧。」喬昭吃力抬手拉了拉邵明淵的手。

「好，咱們回家。」邵明淵輕輕把喬昭抱起來。

「侯爺，這輛車借你用了。」江遠朝看了喬昭一眼，側頭吩咐車夫：「送他們到杏子胡同。」

說完此話，江遠朝對邵明淵一抱拳，轉身大步離去。朱紅色的背影漸漸融入夜色中，彷彿從未出現過。

馬車緩緩動了，車廂裡兩個人四目相對。

邵明淵伸出手去摸喬昭的臉，手一直在顫抖。

「昭昭，我來晚了。對不起，真的對不起。」

「邵明淵，我有些疼。」喬昭輕輕動了動，臉頰貼在對方冰冷的銀甲上，淚水順著眼角悄悄流下來。

「我看看。」邵明淵抓起喬昭的手，看到她已經變成紫黑色的指甲，目眥盡裂，大滴大滴的淚珠滾落下來，落在喬昭臉上。忠義難兩全，家國難兩全，這一刻，邵明淵深深痛恨自己。

「那些混蛋！」邵明淵每吐出一個字就好似淬了心頭血，令他痛不欲生。

他的昭昭該有多痛啊，他情願這些痛千百倍落到他身上，也不想心愛的姑娘承受一絲一毫。可是她受苦時他不在，護著她的是別的男人。

「我該死！」邵明淵狠狠打了自己一耳光。

「你怎麼回來了？」喬昭動了動唇，聲音低不可聞。

邵明淵低頭親了親喬昭眉梢，下巴冒出的胡茬在她柔嫩的臉頰上拂過。「等妳養好了，咱們再慢慢說。」

他伸手去掀喬昭寬大的衣袖，喬昭搖搖頭。「別看。」

邵明淵緊抿薄唇，堅定掀起喬昭衣袖。

少女雪白的手臂上鞭痕交錯，高高腫起還在往外滲著血，令人不忍直視。

邵明淵閉上眼睛，片刻後又強逼著自己睜開，慢慢把她衣袖放下來。

「就因為那串手珠？」

喬昭輕輕頷首。這一刻，邵明淵眼中彷彿醞釀狂風暴雨，幽深冷酷，不復以往的月朗風清。

「那些人會後悔的。」邵明淵一字一頓吐出這句話，彷彿掏空了渾身力氣。

那些人怎樣都不重要，可他卻後悔又後怕。他差一點就再次失去她，要是那樣，他所做的一切有什麼意義？

在他奮力殺敵的時候，他的未婚妻卻在受盡折磨……

「庭泉，你別自責。」喬昭對邵明淵笑笑。「這不是你的錯……」

邵明淵搖搖頭。「不，我是妳的男人，沒有保護好妳，怎麼會不是我的錯？」

喉嚨一陣陣發甜，邵明淵把湧上來的熱血嚥下去。「昭昭，等妳傷好了我們就成親，我不會再把妳交給任何人保護。」

見喬昭沒有回答，邵明淵自嘲笑笑。「昭昭，妳也可以好好考慮一下，我這樣的人確實算不上合格的丈夫，跟著我妳會受很多苦。」

「傻子。」

「妳說什麼？」

「我說你是傻子，你說的這些難道我不知道嗎？那一次嫁給你時，我就知道啦。」

「那我們立刻成親吧。」邵明淵露出期盼目光。

「恐怕不行。」

二一八 歷劫歸家

邵明淵默默看著喬昭，不解又忐忑。

喬昭輕嘆一聲。「我二叔死了，總不好立刻辦喜事的。」

邵明淵夜奔千里趕回來，還沒來得及問清事情的來龍去脈，聽到黎光書死訊，不由吃了一驚，看著喬昭憔悴的模樣卻不忍再問，只得把所有疑惑暫時壓下。

馬車停下來，車夫聲音傳來。「侯爺，杏子胡同到了，小的就送到這裡了。」

邵明淵抱著喬昭下了車，直奔黎府而去。

喬昭吃力碰了碰邵明淵。「庭泉，讓晨光送我回去。你無召私自進京，若傳揚出去……」

「不怕，錦鱗衛指揮使都看到我了，還有什麼可怕的？」邵明淵低頭親了親喬昭髮絲，輕聲道：「我帶妳回家。」

喬昭不再說話，臉頰貼在對方冰冷的鎧甲上，那顆從未放鬆過片刻的心才算安定下來。

黎府燈火通明，大紅燈籠已換成了白燈籠，在漆黑夜色中隨風微微搖晃，顯得陰冷淒清。

邵明淵示意晨光去叫門。

「什麼人？」門口傳來警惕的聲音。

「晨光。」

門「吱呀」一聲開了。

「三姑娘回來了，別聲張！」晨光警告門房一聲，側開身子讓邵明淵進來。

慘澹燈光下，邵明淵身上銀甲血跡斑斑，宛如剛從修羅場歸來。

門房忙把頭埋得低低的，心頭一震。抱著三姑娘的這是——天啊，竟然是冠軍侯！

冠軍侯不是去打韃子了嗎，怎麼會出現在這裡？三姑娘為何與冠軍侯在一起？門房心裡瞬間想過無數念頭，待幾人一進門立刻關好大門。

邵明淵這也不是第一次來了，算得上輕車熟路，直奔青松堂。

青松堂燈影搖晃，一個丫鬟守在門口，打著瞌睡。腳步聲讓她如驚弓之鳥，猛然跳了起來，見到突然出現的年輕男子更是險些驚呼出聲。

「是我，晨光！」

「晨光，怎麼是你？」看清是晨光，冰綠眼睛猛然一亮。「我們姑娘呢？」

守在青松堂門外的小丫鬟居然是冰綠。

「三姑娘回來了。」晨光側開身子，冰綠這才看到後面的邵明淵。

一看邵明淵懷中的人，冰綠撲過去，晨光忙把她拉住。「小點聲，妳想嚷得人盡皆知？」

「我不吵，我不吵！」冰綠捂著嘴，眼淚刷刷往外流。「我們姑娘怎麼了啊？」

「受了點傷，沒事。」晨光見邵明淵臉色難看，忙安撫道。

冰綠鬆了口氣，一抹眼淚露出個笑容。「我就知道我們姑娘吉人自有天相！」

「妳怎麼在青松堂？」晨光納悶問道。

「我和阿珠商量好了，一個人在這裡守上半夜，一個人守下半夜。你們有了姑娘的消息一定會先來青松堂，這樣我們就能第一時間得知姑娘的消息了。」

「快去跟老夫人稟報一聲吧。」晨光嘆口氣。

「噯，老夫人肯定還沒睡呢！」

冰綠扭身進去了，不多時青松堂就有了動靜，大丫鬟青筠跟著冰綠走出來，看到邵明淵微微詫異，忙請他們進去。

鄧老夫人果然沒有睡，甚至連白日穿的衣裳都沒有換，穿戴整齊坐在堂屋裡。

「老夫人，孫婿把昭昭帶回來了。」邵明淵抱著喬昭單膝跪地，向鄧老夫人見禮。

鄧老夫人驀地站起來，快走幾步來到二人身旁，一見喬昭的模樣臉色立刻變了。「三丫頭，妳怎麼樣？」

喬昭勉強露出個笑容。「祖母，我沒事兒……」

「沒事就好，沒事就好！」鄧老夫人淚水簌簌而下，再沒有平時的冷靜鎮定。

對於一個年近花甲的老人來說，喪子、孫女下落不明，還要苦苦瞞著兩個兒媳婦，其中壓力與痛苦可想而知。可鄧老夫人才鬆口氣，一眼就看到了喬昭的手，臉色立刻變了，想要去握又怕弄痛了孫女，顫抖著問：「侯爺，到底是誰抓了昭昭？他們對她用了刑？」

以銀針、竹籤刺入指甲，這已屬酷刑之一，居然用在一個小姑娘身上，哪怕是不相關的人都會憤怒，更何況是自己的親孫女。

鄧老夫人扶著椅背，險些站立不穩，憤怒如海浪衝擊著她的心。

「孫婿無能，目前還沒有找到擄走昭昭的人。」

鄧老夫人理智稍稍回籠，不由愣了。「侯爺，你又是什麼時候回來的？」

「才趕回來的，孫婿來晚了。」

「你──」鄧老夫人有心問問戰況如何，又覺不合適，把這話嚥下去後吩咐丫鬟：「青筠、紅松，妳們把三姑娘送到暖閣去歇著。」

「老夫人，昭昭受了傷不宜折騰，我直接送她去吧。」

鄧老夫人點點頭，示意青筠跟進去。

片刻後青筠出來，不見邵明淵的影子。鄧老夫人投以詢問的目光。

青筠一臉古怪。「回老夫人，侯爺把三姑娘放下後，就……」

「就怎麼樣？」鄧老夫人心細如髮，早察覺喬昭身上衣裳已經換過了，雖然衣裳顏色、款式與今早孫女來請安時的衣著相似，但可瞞不住她的眼睛。鄧老夫人面上不動聲色，心中哪有不忐忑的道理，見邵明淵沒出來心中就是一咯噔：莫非三丫頭已失了清白，侯爺怕她想不開——

「侯爺就睡著了。」青筠表情奇異道。

她還真沒見過入睡這麼快的人，才把三姑娘放下，就趴在床邊睡著了。

晨光忍不住道：「我們將軍趕了一天的路，沒闔過眼。」

鄧老夫人嘆了口氣。「罷了，別打擾侯爺，就讓他睡會兒吧。青筠，妳去和大老爺說一聲，讓他莫擔心了。」

青筠領命而去，冰綠在暖閣裡守著喬昭，紅松得了吩咐去煮熱湯，屋子裡便只剩下晨光與鄧老夫人二人。

「晨光，你們是在哪裡找到三姑娘的？」

「老夫人，這個事您還是問我們將軍吧，我也不知道。將軍回來後問了我幾句就騎著馬走了，再回來就把三姑娘帶回來了。」

鄧老夫人聽得眉頭緊皺。她可以肯定三丫頭的失蹤不同尋常，還有老二的死——想到英年早逝的次子，鄧老夫人心中一痛。

「娘，昭昭回來了？」黎光文匆匆跑來，扶著門框氣喘吁吁。

「她在暖閣裡歇下了。」

「我去看看！」黎光書抬腳就向暖閣走去，被鄧老夫人喊住。

「三丫頭受了傷，好不容易才歇下，你就別打擾她了，明天再說。」

「我不說話，我就看一眼。」黎光文一聽更著急了，心急如焚飛奔過去，看了一眼不由愣住。

為什麼他閨女身邊還有個男人！黎光文左右看看，抄起門邊桌幾上的花瓶就砸過去，邵明淵霍然睜眼，俐落接住花瓶露出個疲憊笑容。「岳父大人，是小婿。」

黎光文眨眨眼，愣了好一會兒。「你怎麼在這裡？」

「是侯爺把三丫頭送回來的。」鄧老夫人的聲音從背後傳來。

黎光文立刻轉身，不可思議看著鄧老夫人。「娘，那您就讓這混帳小子睡下了？」這到底是不是親祖母啊，哪有這麼放心的！

「小婿失禮了，剛剛不小心睡著了。」邵明淵不捨地看了陷入沉睡的喬昭一眼，替她掖好被角準備起身。

喬昭手動了動，喃喃道：「邵明淵，你別走……」

當著鄧老夫人與黎光文的面，邵明淵忍不住耳根一紅，腳底卻像生了根挪不動了。

黎光文看著昏睡不醒的女兒，心情格外複雜：真是女大不中留啊，便宜這混帳小子了。

「算了，你就老實待著吧，別把昭昭吵醒了。記著，只是老實待著啊！」黎光文不甘心瞪了邵明淵一眼，沉著臉出去了。

邵明淵已經醒了，自是不可能賴在暖閣裡不走。他雖不在乎什麼，但總不能讓昭昭被人說笑。輕輕摸了摸喬昭的手，邵明淵戀戀不捨看了喬昭一眼，走了出去。

「大家都熬了大半夜了，侯爺更是馬不停蹄趕路沒休息過，現在都去歇著吧，有什麼事明天都不好聽。

再說。」見邵明淵出來，鄧老夫人還是滿意的，畢竟任誰家未出閣的姑娘屋子裡留個大男人過夜

「侯爺，你就別回侯府了，今晚在客房將就一下。」

邵明淵遲疑一下，決定坦白道：「老夫人，孫婿在黎府隔壁買了個宅子，回去就是幾步路的事。」

鄧老夫人愣了愣，不禁去看黎光文。當準女婿的把宅子買在未婚妻隔壁，這是近水樓臺先得月啊，老大非得跳腳不可。可鄧老夫人等了一會兒不見黎光文有反應，不由驚了。

難道老大氣傻了？

只見黎光文不耐煩擺擺手道：「趕緊走吧，這麼近還想留下不成？」

邵明淵厚著臉皮笑笑，向兩位長輩告辭。

待他一走，鄧老夫人看向黎光文。「這是怎麼回事？孫女婿在隔壁買了宅子的事你早知道？」

「知道啊，在他還不是咱家姑爺時我就知道了。」

鄧老夫人額角青筋一跳，冷笑道：「這麼說你還挺驕傲的了？」

「哪有——」黎光文擺擺手，迎上老母親陰沉的臉色，默默嚥下了後面的話。

「歇著去吧！」鄧老夫人懶得再看蠢貨兒子一眼，起身進裡間去了。

這傻兒子，真是被人賣了還幫人數錢呢，不過傻點也好，傻人有傻福啊……

鄧老夫人長嘆口氣，終於能闔眼睡一下了。

邵明淵回到隔壁宅子，卻沒有立刻歇下，而是叫來晨光問話。

「把今天發生的事說給我聽。」

晨光跪在邵明淵面前，事無巨細把情況講了一遍，伏地請罪。「將軍，卑職該死，請您責罰卑職吧。」

邵明淵默默坐著，面上沒有絲毫表情。

晨光閉了閉眼，拔出腰間長刀向脖子抹去。「噹」的一聲響，長刀被邵明淵一腳踹飛。

「卑職該死，卑職對不住將軍！」

邵明淵疲憊地擺擺手。「你退下歇著吧，三姑娘回來了，我要你的命做什麼？」

說到這裡，他苦笑一聲。「她若是回不來了，我又何必要你的命？」

那次他失去她，他愧疚、遺憾，但生活還會繼續，可這次倘若失去她，他恐怕沒辦法再堅持了。他為國家百姓做過太多，卻還什麼都沒為她做過，唯有她去哪裡都陪她去。

「將軍！」晨光面露驚恐，如何不明白邵明淵話中意思。將軍大人對黎姑娘用情如此之深，那他的疏忽豈不是險些害死了將軍！思及此處，晨光冷汗淋漓，更覺後怕。

「去休息吧，沒有保護好她原也怪不了別人。」邵明淵累得不願多說，脫下戰甲長靴匆匆洗了個澡，躺下後很快睡著了。

天剛亮，邵明淵便醒來，草草洗漱用飯過後趕去黎府。

「老夫人還在睡，大老爺一早去刑部衙門了。」青筠把茶水奉上，觸及對方剛毅的下巴線條及忘了刮去的胡茬，忙垂下眼簾不敢再看，一顆心卻忍不住跳了跳。

三姑爺竟然為了三姑娘千里迢迢趕回來，這份情誼真令人豔羨，三姑娘好有福氣啊。青筠閃過這些念頭，卻也不敢再多想，規規矩矩退至一旁。

邵明淵喝了幾口茶，因為沒向鄧老夫人請示過，不便去暖閣看喬昭，未免有些心焦。枯坐了兩刻鐘左右，終於等到冰綠出來，他立刻站了起來。

「三姑娘醒了嗎？」

「醒了，姑娘說餓了，婢子去給姑娘弄點吃的。」

餓了？邵明淵忽然有種想流淚的衝動。

餓了好，餓了證明她恢復些元氣了，不再是他昨夜見到的那個樣子。

邵明淵不敢回憶昨天喬昭的情形，每次回憶起都讓他心如刀割。

「三姑娘身上有傷，不要吃酸辣腥的食物，太硬的也不要，肉粥最好……」邵明淵殷殷叮囑。

「將軍放心吧，婢子曉得。」冰綠忍不住笑了。喬昭的回來讓小丫鬟恢復了活潑的模樣。

「那妳去吧。」知道自己的急切惹人發笑，邵明淵並不在意，目光悄悄掃過喬昭所在的地方。

黎光文怒氣沖沖走了進來。「豈有此理，簡直豈有此理！咦，你怎麼又在這裡？」

「小婿見過岳父大人。」邵明淵規規矩矩向黎光文施了一禮。

黎光文表情深沉看著邵明淵。「你莫不是想倒插門吧？」

邵明淵微怔，隨後笑笑。「若是岳父大人不嫌棄，那也未嘗不可。」

「咳咳咳。」黎光文猛烈咳嗽起來。

上門女婿可不能當官，姑爺本來歲祿兩千石，要是沒了這筆收入，難不成靠他一個月俸八石的老丈人養？沒有這麼不要臉的！

「這種事就不要想了。」黎光文板著臉道，唯恐對方還堅持，趕忙問青筠：「老夫人呢？」

青筠忙道：「老夫人還在睡。」

裡屋傳來窸窸窣窣的聲音，紅松扶著鄧老夫人走出來。

「你們來啦，侯爺吃了嗎？」鄧老夫人腳步蹣跚，令人看了心酸。

「孫婿吃過了。」邵明淵忙給鄧老夫人見禮。

鄧老夫人在太師椅上坐下來，擺擺手。「這時候就別多禮了。老大，衙門那邊怎麼說？」

一提起這個黎光文就來氣。「那些人真是尸位素餐，不幹人事！研究了一宿，最後得出的結論居然是老二因突發心悸之症而死！」

從小到大，他與這個弟弟雖然時有吵鬧，到了近些年更是因理念不合而越發疏遠，但畢竟是一母同胞的親弟弟，年紀輕輕就這麼沒了，留下孤兒寡母和遺腹子，作兄長的如何能不痛心。

「娘，您放心，兒子回來是收拾包袱的，從今天起我就住到刑部衙門去了，他們一天不把二弟的死因查個水落石水，我就住在那裡不走了！」

「老夫人、岳父大人，小婿有些話要說。」邵明淵開口道。

鄧老夫人看向他，見他不再作聲，示意屋子裡伺候的丫鬟婆子退下去。

「侯爺有話儘管說。」

老二是個空有小聰明的，老大則是個一根筋的倔驢，真的遇到事還是這位孫女婿更靠譜些。

「小婿認為可以接受他們對二叔死因的結論。」

「你這是什麼意思？」黎光文一聽把臉一沉，不悅看著邵明淵。

邵明淵看了鄧老夫人一眼，沉默片刻道：「二叔的死，可能與肅王餘孽有關。」

「你說什麼？」此話一出，鄧老夫人大驚失色。

黎光文驀地瞪大了眼。

「通過小婿派人前往嶺南調查來的消息得知，嶺南近來動作不斷，連朝廷都派了錦鱗衛前去調查，二叔從嶺南帶回來的瘦馬應該就是對方培養的棋子，用來拖朝廷命官下水的。二叔在嶺南數年，恐怕——」

後面的話邵明淵沒有說，鄧老夫人一顆心已經墜入了冰窟裡。

如果老二真的與肅王餘孽扯上關係，一旦被查出來，整個黎府都要為他陪葬！

「這個畜生！」鄧老夫人只覺一股濁氣生起，咳得撕心裂肺。

邵明淵忙替鄧老夫人輕撫後背，又端來熱茶給老太太喝。

鄧老夫人喝了幾口茶把濁氣壓下，眼角淌出淚。「這個逆子，真是死不足惜，我萬萬沒想到他能幹出這種混帳事！」

當年鎮遠侯就是因為與肅王扯上一點聯繫，就被滅了滿門，而老二竟然會與肅王餘孽勾結在一起，這是嫌黎家死得不夠快啊！

鄧老夫人喪子的那點悲痛立刻被怒火取代了。

「娘，您消消氣，二弟一向腦子不靈光，您又不是不知道。」

鄧老夫人把茶杯放到茶几上，點點頭。「你說得是，以後別再提那逆子，就當家裡沒有這人。侯爺，今天多虧你提醒，不然再鬧下去，老二幹的那些混帳事說不定就要被人查出來了。」

「老夫人這麼客氣就折煞孫婿了，咱們都是一家人。」

鄧老夫人神色緩和些許，對這位孫女婿越發滿意了。

「對了，侯爺，老二既然與肅王餘孽有關聯，那他為何擄走三丫頭？」

邵明淵遲疑片刻。

「侯爺，都這個時候了，你還要瞞著老婆子嗎？」

「昭昭手裡有一樣事物，那些叛賊一直想得到。」

「什麼物件？」

「具體是什麼事物還是不提了，不然會把更多人牽扯進來。不過老夫人放心，那樣東西如今已經不在昭昭手裡了，我會很快把這個消息放出去，相信那些人知道後不會再盯著她了。」
「那樣東西現在在誰手裡？」黎光文問道。
「在小婿手裡。」
黎光文眸子瞪大幾分。「你是說，你要把那樣東西在你手裡的消息傳揚出去？」
「是。」
黎光文鄙夷看了邵明淵一眼。「你是不是傻啊？」
邵明淵表情一滯。岳父大人說話好直接！
見傻女婿還執迷不悟，黎光文長嘆一聲，伸手去拍他的肩膀，結果發現對方太高，只得悄悄踮了踮腳，語重心長道：「我給你出個主意吧。」
「岳父大人請講。」
「你知道蘭松泉吧？」
「蘭山之子，現任工部侍郎。」
「對，就是他。這混蛋玩意最愛收禮了，比他老子還不是東西，你可以找個由頭把那惹禍的玩意送給他啊。」
邵明淵：「……」這也行？
「嗯，要是那東西不能送人呢，你可以送個相似的給他嘛，反正讓那些叛賊以為在他手上不就得了。」黎光文體貼提議道。
也不知到底是什麼害人東西，送給誰都好，反正不能害了他閨女和女婿。
「怎麼，你覺得這個主意不好？」見邵明淵不說話，黎光文斜睨他一眼。
邵明淵笑笑。「小婿回頭安排一下。」

身為將領，他更習慣的是陽謀，而非玩弄陰謀詭計，不過岳父大人的主意似乎挺不錯……

黎光文臉色一正。「這件事你要抓緊辦，不能讓他們再禍害昭昭了。當然也別禍害你，你要是出了事，昭昭怎麼辦？」

邵明淵垂眸忍笑。「小婿知道了。」

昭昭若知道岳父大人出的主意，估計該笑了。這樣想著，他忍不住往暖閣方向瞄了一眼。

黎光文黑著臉擺擺手。「去看昭昭吧！」在他面前眉來眼去的，瞧著真心煩！

「多謝岳父大人。」邵明淵竭力保持平靜，嘴角卻忍不住翹起來。

他還以為今天見不到昭昭了，沒想到岳父大人這麼體貼。邵明淵忍不住看了鄧老夫人一眼。

「去吧。」鄧老夫人目光滿是慈愛。

「那我先去看昭昭了。」邵明淵忍下迫不及待的心情，不急不緩向暖閣走去，卻忘了低頭而一頭撞到了門框上。某人沒好意思回頭，趕忙進去了。

鄧老夫人緩緩收回視線，心情沉重之餘又多了些許安慰。

看侯爺這樣子對三丫頭是真心實意的，以後她至少可以放心三丫頭了。

暖閣裡，冰綠正伺候喬昭喝粥，聽到動靜，喬昭往門口看來。

見是邵明淵，喬昭目露驚喜。邵明淵快步走到喬昭身旁，接過冰綠手中的碗。「我來吧。」

冰綠看看喬昭，見她不反對，把粥碗塞給邵明淵，識相地退到門口處站著。

嗯，還是替姑娘和姑爺把風吧，萬一有人來還能及時報信呢。

「還疼嗎？」邵明淵認真端詳著喬昭，見她臉上依然沒有血色，不由一陣心疼，恨不得把她攬入懷中好好安慰，只是想到外頭還有岳父大人虎視眈眈，不得不打消了這個膽大包天的念頭。

想到這裡，邵明淵不由嘆氣。若是早些把昭昭娶回去就好了，那樣就不用在意任何人的眼光。

「疼。」喬昭老老實實道。

邵明淵忍不住低頭親了親喬昭手背。「上過藥了嗎？」

「上過藥了，還是我以前特製的藥膏，再過幾天應該就能好了，所以不要擔心了。」

「先吃粥吧。」邵明淵舀起一勺粥送到喬昭嘴邊。

喬昭張口吃下，邵明淵又拿出手帕替她擦拭嘴角。

冰綠默默移開眼。哎呀，看姑娘與姑爺這樣，她都想嫁人了，怎麼辦？

「岳父大人說，讓我把那樣東西送給蘭松泉，好讓咱們脫身。」

喬昭不由笑了。「倒像是父親想出來的主意。」

「怎麼，妳不贊同？」

喬昭搖搖頭。「雖然主意不錯，可那是無梅師太所贈，放在你這裡也就算了，要是傳出送給蘭松泉的說法，那就難看了。庭泉，我其實最想弄明白的就是手珠的祕密。」

「等妳好了，咱們一起研究。」邵明淵溫柔凝視著喬昭的面龐。「昭昭，妳瘦了。」

四目相對，喬昭臉頰微熱，垂眸道：「你也瘦了啊。」

「老爺——」站在門口的冰綠大喊一聲。

黎光文咳嗽一聲。「這麼大聲幹什麼？請姑爺出來說話。」

冰綠同情看了這對未婚夫妻一眼，脆聲道：「侯爺，老爺請您出去。」

邵明淵摸摸鼻子站了起來。原來所謂的讓他來看昭昭，真的就是只看一眼！

年輕將軍戀戀不捨看了未婚妻一眼，留下滿腔柔情，失落走了出去。

喬昭目光一直追逐到男人背影消失在門口，看得目不轉睛。

「姑娘，回神啦。」冰綠伸手在喬昭眼前晃晃。

喬昭睫毛輕顫，睇了冰綠一眼。

冰綠捂著嘴笑。「我的姑娘，姑爺就這麼好看啊？」

「難道他不好看？」喬昭抿唇一笑。

冰綠想了想點頭。「是挺好看的，不過要說最好看，其實還是池公子——啊，婢子說錯話啦，姑娘您別介意啊。」

「去幫我倒杯水來吧。」喬昭支走冰綠，望著帳頂銀鉤彎了彎唇。

不知為什麼，她還是覺得她男人好看呢。

黎光書的死因就以突發疾病而亡確定下來，接著便是治喪。

到了這時，這事就沒辦法再瞞著二太太劉氏了，就算她有著身孕，也沒有夫君死了不出面的道理。鄧老夫人思來想去，乾脆吩咐四姑娘黎嫣去說。

在老太太想來，為母則強，就算劉氏聽到夫君的死訊受不住，看到眼前的女兒也不至於情緒崩潰，當年她就是看著兩個哭泣的兒子咬牙撐過來的。

短短兩日不到，黎嫣彷彿成長不少，一雙眼腫成了核桃，步伐沉重挪到了劉氏那裡。

「太太，四姑娘來了。」丫鬟稟報道。

劉氏靠著引枕嗔道：「這丫頭早上沒來給我請安呢，不知道去哪裡瘋了，快請她進來吧。」

黎嫣低頭進來，給劉氏行禮。

「以往毛毛躁躁的，今兒怎麼這麼規矩？」劉氏納悶說了一句，見黎嫣站著不動，對她招手，「過來吧。」

黎嫣立在原地咬了咬唇，忽然跪了下來。

劉氏一愣。「嫣兒，妳這是做什麼？難不成惹禍了？」

說到這裡，劉氏面色微變。「難不成惹妳三姊不高興了？」

黎嫣低著頭，聲音哽咽。「娘，有件事女兒要向您稟報，您聽了不要著急，不然對肚子裡的弟弟不好……」

劉氏面色嚴肅盯著跪在地上的女兒。「嫣兒，先說說，妳有沒有得罪妳三姊？」

「沒有。」

劉氏鬆了口氣，抬手扶了扶鬢角。「那妳說吧。」

只要不是自己閨女得罪三姑娘，什麼事她都能撐得住。

「父親……父親去了……」

劉氏一愣。黎嫣哭了一夜，此時最擔心的是母親的身體，早已顧不得傷心，惴惴道：「娘，您沒事吧？」

劉氏眨眨眼，落下淚來。黎嫣嚇得趕緊站起來，跑到劉氏身邊伏在她膝頭。「娘，您千萬不要太傷心了，想想您還懷著弟弟呢——」

劉氏緩緩搖頭，表情茫然。「娘沒事，娘就是想哭……」

那個與她結髮的男人死了！

他們也曾畫眉情深，說過白首偕老的誓言，可是轉眼間那個男人變了心，帶著嬌子美妾歸家。她對他的思念與情意在短短幾個月內消磨殆盡，要說現在多麼傷心，似乎並沒有，可是心裡她真是恨死了，那個男人就這麼甩手走了，恐怕到死都沒惦念過她與孩子們，說不定還想著終於與冰娘團聚了呢。

怎麼還是這麼堵呢？

「娘，您別這樣，要是想哭就哭出來吧，哭過就好受了，女兒昨夜就哭了一宿，現在覺得沒那麼難受了。」黎嫣勸道。

劉氏拿出帕子擦了擦眼淚，雖然還帶著鼻音，語氣卻是平靜的。「妳父親怎麼死的？」

「父親……說是在衙門做事時突發心疾而死……」

「妳們出去。」劉氏打發走了屋裡的丫鬟，只剩下母女二人。

「嫣兒，跟娘說實話，妳父親的死與妳三姊有沒有關？」

黎嫣咬咬唇道：「昨天三姊失蹤了，結果查出來是父親把三姊裝在書箱裡弄出府去——」

劉氏聽了長嘆一聲。「他這是作死啊！那妳三姊呢？」

「三姊回來了。我剛剛去看過三姊了，她受了傷，精神不大好。」

劉氏狠狠鬆了一口氣。

謝天謝地，三姑娘沒事就好，不然那混蛋玩意兒非把他們都給連累了！

「走吧，隨我去看看妳祖母去。」

黎嫣：「……」母親難道受打擊太大，還不肯接受父親過世的事實嗎？

商議完治喪事宜，邵明淵悄悄離開黎府，卻見江遠朝站在隔壁宅子門前等候著。

江遠朝今日並沒有穿錦鱗衛的服飾，而是穿了一件深藍色直裰，瞧著好似文雅讀書人。

見邵明淵走過來，江遠朝笑笑。「侯爺不請我進去坐坐？」

邵明淵睨了江遠朝一眼，淡淡道：「江大人請。」

二人一同進了隔壁宅院。院子裡有石桌石凳，二人沒有進屋，就在那裡坐下來。

親衛奉上茶水，邵明淵示意他們退下，看著江遠朝道：「不知江大人前來有何事？」

江遠朝盯了邵明淵片刻，彎唇笑笑。「侯爺無召進京，竟一點都不擔心嗎？」

邵明淵把茶杯放下，神色平靜。「擔不擔心，我都在這裡了。」

「侯爺這樣，讓我很難做啊。」江遠朝不緊不慢道。

邵明淵抬手揉了揉額角，那裡因為才撞過門框，至今依然隱隱作痛。

「江大人有什麼難做的？在其位謀其政，儘管把在下所為稟報給皇上就是了。」

江遠朝看向邵明淵的眼神有些奇異。「侯爺這是篤定皇上不會發怒？」

「江大人說笑了，本侯豈敢妄自揣測聖意。」

江遠朝緊緊盯著邵明淵，似是不願放過他絲毫神色變化。「那麼，侯爺可否告訴我突然回京的原因？」

邵明淵忽然笑了。「這是本侯的私事，似乎沒有向江大人交代的必要。」

江遠朝笑意微收，站起身來。「我勸侯爺還是趕緊離京把此事遮掩過去為好，不然即便我可以睜一隻眼閉一隻眼，蘭首輔那邊恐怕不會甘心呢。」

江遠朝說完揚長而去，留下邵明淵靜坐片刻，招來親衛。「備馬！」

先前邵明淵奔波千里，跑死了兩匹戰馬，兩腿內側早已磨爛了，聽他要騎馬，親衛有些不忍。「將軍，您還要騎馬啊？」

邵明淵淡淡掃他一眼。「多話！」

親衛神色一凜，不敢再勸，忙把駿馬牽來。邵明淵翻身上馬，卻不是回冠軍侯府，更不是去靖安侯府，而是直奔皇城而去。

明康帝最近心情越發不好。

韃子打到家門口來了，逼得他不得不放了邵明淵去應付，南邊的倭寇更是不消停，就連向來夾著尾巴做人的西姜都開始不安分，實在是心煩！

心煩氣躁的明康帝有種立刻閉關來個眼不見為淨的衝動，可一想到前幾次閉關的後果，理智立刻回籠。忍一忍！

魏無邪低頭匆匆走來。「皇上，冠軍侯求見。」

「朕馬上要去做功課了，不見。」明康帝一臉不耐煩，才說完面色一變。「等等，你剛剛說誰求見？」

「冠、冠軍侯——」魏無邪把頭埋得更低。

「你再給朕說一遍！」明康帝咬牙切齒。

魏無邪忍住拭汗的衝動，覺得腮幫子疼。「回皇上，來求見的是冠軍侯。」

沒皇上這麼折磨人的啊，想發火不能趕緊嗎，非要人家一遍遍說，誰的小心肝能承受啊！

明康帝並不知道魏無邪的腹誹，陰沉著臉道：「宣冠軍侯進來。」

魏無邪悄悄呼了一口氣退下，叫邵明淵進來。

邵明淵單膝跪地，給明康帝見禮。

皇帝居高臨下打量著跪在地上的年輕將軍，越看越來火氣。這個小王八羔子居然出現在他的金殿裡，這到底是怎麼回事？

明康帝不開口，邵明淵自然老老實實跪著。

盯著年輕男子挺拔的身姿，明康帝無聲冷笑。不是跪得好看嗎，那就給朕跪下去好了，目前不能推你出去砍頭還不能把你膝蓋跪腫嗎？

身穿銀甲跪在冰涼金磚上的邵明淵默默想：昭昭給他做的這對護膝還是挺實用的。

兩刻鐘後，明康帝覺得壓力施加差不多了，淡淡道：「起身吧。」

「謝皇上。」邵明淵站起來。

「冠軍侯，朕記得你領兵出征了吧？為何會出現在這裡？」

「回稟皇上，北齊塔真王子被微臣射殺，北地大捷——」

「當真？」未等邵明淵說完，明康帝就從龍椅上站了起來。

「微臣不敢欺君。」

「好，殺得好、殺得好！」明康帝忍不住笑起來，連日來的陰鬱情緒一掃而空，看著下方眉目俊秀的年輕人順眼許多。

到底是大梁頂尖的將星，有他掛帥，不愁韃虜不平。不過——

最初的歡喜過後，明康帝心思一沉，眼底閃過殺機。

因為打了勝仗就無召進京，冠軍侯把他這個皇上置於何地？是不是覺得現在大梁非他不可，就要無法無天了？他這次可以無召進京，那麼下次是不是能帶著親衛闖進皇城？

明康帝越想越不滿，再看邵明淵就越發不快了。他以前怎麼沒發現呢，冠軍侯與鎮遠侯那雙眼睛可真是相像呢！他下旨滅了鎮遠侯全族，作為唯一活下來的遺孤，心中怎麼會沒有怨恨？

「冠軍侯無召進京，是準備把這個天大的好消息盡快稟報給朕嗎？」明康帝涼涼問道。

邵明淵頭微低，擺出恭敬的姿態。「回稟陛下，微臣急著進京，並非這個原因。」

「哦，那你說說進京的原因。」

「微臣射殺塔真王子後回營小憩，忽然夢到陪著皇上出巡，途中一座大山突發山崩向皇上壓去。臣驚醒後放心不下，這才馬不停蹄趕回來護駕。微臣無召進京罪責深重，請陛下責罰。」

「你竟做了這樣的夢？」明康帝目露驚訝。

今早張天師占卜後就說過，近來周星沉浮，於帝星有礙，紫微若與將星同度則可國泰民安，莫非就應在這裡？

沉迷長生大道多年，明康帝對此深信不疑，面無表情看了邵明淵片刻，露出淡淡笑容。「既然回來了，那就回府安生待著吧，這次功過相抵，下不為例。」

「皇上仁慈，臣謝主隆恩。」

明康帝正準備把邵明淵打發走，魏無邪從小太監那裡得到消息後稟報道：「皇上，首輔蘭山求見。」

「這個時候他來做什麼？」明康帝看看邵明淵，沉吟片刻一指角落屏風，示意他在那裡避一避，而後對魏無邪輕輕點頭。

二一九　御意難防

「傳首輔蘭山覲見——」

在魏無邪悠揚的傳唱聲中，年近古稀的首輔蘭山顫顫巍巍走了進來。

「臣叩見皇上。」

「蘭愛卿有何事？」

「皇上，老臣得到消息，冠軍侯無召進京，出現在杏子胡同附近。」

坐在龍案後的明康帝眉梢動了動。「哦，竟有此事？」

「是呀，皇上，冠軍侯明明應該在戰場上，現在卻出現在京城，老臣得知後也是大吃一驚啊。」蘭山大聲道。

明康帝撇了撇嘴角。他一點不吃驚，冠軍侯現在就在屏風後面躲著呢。咦，這種比臣子先知道的感覺還是挺不錯的。

思及此處，明康帝忽然對邵明淵多了點好感。不論如何，這小兔崽子至少還算懂事。

「皇上——」蘭山察覺明康帝神色有異，頓時把心提了起來。

這位天子心思深沉詭譎，令人難以捉摸，可不是好伺候的主兒，他可要小心些才是。

明康帝輕咳一聲。「蘭首輔消息是否可靠？」

「老臣不敢胡亂編排朝廷重臣，冠軍侯確實無召私自進京了。」

「這樣的話……」明康帝居高臨下，深深看了頭髮都沒剩下幾根的老臣子一眼。「蘭首輔是從何處得到的消息呢？」

蘭山——明康帝默念著這兩個字，聯想到張天師的卜卦，繼而想到邵明淵剛才提到的夢，心情非常不好。難不成想壓著他的就是這座大山？

蘭山這老傢伙膽子越發大了，他的錦鱗衛還沒稟報冠軍侯私自進京的事呢，這老傢伙居然就知道了，簡直豈有此理。

「老臣有個學生恰好看到了，所以給老臣遞了消息。」蘭山見明康帝沒有他料想那般大發雷霆，暗道一聲天威難測，叩首道：「皇上，冠軍侯身為一軍主帥，卻在兩軍交戰之際私自進京，目的令人懷疑。老臣身為首輔，想到這些便寢食難安，特稟明皇上，請皇上定奪！」

明康帝依然面不改色，語氣淡淡：「這樣啊……魏無邪！」

「奴婢在。」

「傳錦鱗衛指揮使進宮。」

不多時江遠朝趕來。

「蘭首輔說有人看到冠軍侯出現在杏子胡同附近，江指揮使帶人去查一查吧。」

「領旨。」

江遠朝領命而去，皇帝揉揉眉心。「好了，等江指揮使覆命這段時間，還是先辦正事吧。」

蘭山聽了頭皮一麻。

「朕的功課還沒做，蘭愛卿陪朕一道做吧。」

蘭山眼前陣陣發黑。

他太知道所謂的做功課是怎麼回事了，就是陪著皇上誦經念咒。當然，若只是如此也不算什麼，要命的是皇上非常誠心，每次都要跪念，他這老胳膊老腿兒的跪下來簡直要丟掉半條命！

可憐年近七十的老首輔跪到腿腳發麻，生無可戀時終於等到了江遠朝回來覆命。

「回稟陛下，黎府正在治喪，並沒見到冠軍侯。微臣還去了冠軍侯府與靖安侯府等處，同樣沒有尋到冠軍侯蹤影。」

明康帝看向蘭山。

「這——」蘭山已經跪得頭暈眼花，完全想不出藉口來了。

「這樣看來，應該是蘭愛卿的那位學生看花了眼。」明康帝似笑非笑道。

蘭山跪得面色蒼白，連連告罪。

「蘭愛卿也是為了朕，朕怎麼會怪你呢？好了，愛卿退下吧，江指揮使替朕送一送蘭首輔。」

「蘭首輔，請吧。」

蘭山動作遲緩給明康帝行了個禮。「老臣告退。」

明康帝對魏無邪點點頭。

魏無邪走到屏風後。「侯爺請吧。」

邵明淵走了出來，雖等在屏風後面近一個時辰，面上卻絲毫不見焦慮之色。明康帝看在眼裡，暗暗點頭，心道這小子倒有他修道時的幾分耐心，還真是個好苗子。

「去吧，收拾收拾趕緊滾蛋，再有人在京城看到你，朕可就不輕饒了。」明康帝不耐擺手。

邵明淵一副寵辱不驚的模樣。「微臣告退。」

碧瓦朱牆外的垂柳旁，江遠朝笑意頗深。「侯爺真是好手段。」

破釜沉舟，化被動為主動，讓首輔蘭山無功而返又徹底解決無召進京的後患，他今日算是見識到了這人的另一面。

邵明淵定定看江遠朝一眼，與之擦肩而過。「江大人謬讚。」

看著遠去的挺拔背影，江遠朝彎唇笑笑。只可惜人算不如天算，黎光書一死，冠軍侯想娶到喬姑娘至少要等到明年了。

邵明淵回到杏子胡同，沐浴更衣後一覺睡到了夜幕降臨，待到用過飯，夜色就更濃了。

用繃帶在大腿根部纏了一圈又一圈，摩爛的部位疼痛得以緩解，邵明淵輕輕踢腿發現不再影響行動後露出笑容，換上親衛準備好的夜行衣，連大門都沒出，躍上自家牆頭，幾個起跳便落入了黎府內。隱藏在各個角落裡的親衛抬眼望天。

他們的將軍大人原來是這種人！不、不，他們什麼都沒看到。

喬昭渾身是傷，黎府的忙碌與悲傷皆與她無關，只能老老實實臥床休養，可是想到偷偷跑回來的那人卻無論如何都安心不了。

盯著一卷書許久沒有翻頁，喬昭乾脆把書卷往床邊一扔，問道：「冰綠，什麼時辰了？」

「亥時了。」一道溫潤如水的聲音傳來。

喬昭眼前一亮，心莫名跳得厲害。

很快那個男人就在她身邊坐下來，輕聲問道：「晚飯吃得可好？」

「好。」

「精神怎麼樣？」

「也好。」

「那傷勢呢？」

喬昭嫣然一笑。「都好。」

「那就好。」邵明淵跟著笑起來，目不轉睛凝視著他的姑娘。

喬昭忍俊不禁。「我記得某人才說過，下次再來要正大光明抬著聘禮來，不再翻窗了。」

邵明淵抬手揉揉喬昭的髮，嘆道：「我也想。這個時候我就恨不得老夫人能把黎光書逐出家門，這樣妳就不必替他服喪。」

想到這個邵明淵就心煩，本以為打敗了韃子回來就能抱得美人歸，誰成想黎光書死了，他們的婚期又要延後。想把媳婦娶回家怎麼這麼難呢？

「庭泉。」

邵明淵看向喬昭。

「你是不是要走了？」

邵明淵沉默了片刻，露出個溫和的笑容。「是呀，等會兒就走了。」

喬昭抿了抿唇，心頭生起淡淡的不捨。

「你私自進京的事……」

「我今天已經進宮面聖，這事就算揭過去了，妳放心。」

喬昭鬆了口氣。「那就好，不過這樣太冒險了，以後不要衝動了。」

人心難測，更何況是一朝天子的心思，一軍主帥私自回京這件事弄不好就是彌天大禍。喬昭想到邵明淵奔波千里回來救她雖然心暖，卻又忍不住擔心。

「好，以後我不衝動。」前提是妳不出事。邵明淵凝視著喬昭的面龐，怎麼都看不夠。

夜深了，桌臺上的蠟燭突然爆了個燭花。

邵明淵俯身親了親喬昭額頭，站起身來，啞聲道：「我該走了。」

「就這樣走了？」喬昭抬眼睨他。

邵明淵微怔。少女抬抬白皙小巧的下巴。「親我一下。」

為什麼訂婚後這傢伙反而成了一塊木頭？難不成以前都是她的幻覺？

燈光下，少女面龐白皙如玉，櫻唇小而精緻，泛著淡淡蒼白色，讓人瞧了越發憐惜。

「我——」邵明淵忽覺口乾舌燥，立在原處一動不敢動。

「你什麼呀？親我！」喬姑娘因為渾身疼痛不便動彈，只能把下巴揚得更高，眸子中映照著璀璨燈光與男人呆然的臉。

陰影突然籠罩下來，灼熱的唇落到喬昭冰冰涼涼的唇上，令她心跳加速。

許久後，燭花又爆了兩個，男人目光灼灼，呼吸急促，啞聲問道：「滿意嗎？」

少女羞紅了臉，強裝淡定。「尚可。」

邵明淵微笑起來，目光捨不得移開片刻。「那我以後多加努力，一句『尚可』，我可不滿意。」

「那我等著。」喬昭笑著回應。

「昭昭，我真的該走了。」邵明淵深深看她一眼，走到窗邊停下來回頭，認真道：「最多十天半月我就回來了，等我。」

男人消失在視窗，窗外的芭蕉葉晃動著，給紗窗投上一道道剪影。

喬昭盯著窗邊，心頭惘然若失。

冰綠探頭，壓低聲音喊道：「姑娘，婢子可以進來了嗎？」

「進來。」

冰綠躡手躡腳走進來，先跑去檢查了一下窗子，回到喬昭身邊。「將軍走啦？」

「嗯。」

冰綠看著喬昭，捂嘴笑了。

「笑什麼？」

「姑娘，您的嘴腫了。」察覺氣氛不對，冰綠忙止住笑意。

「去睡吧，這裡不用妳伺候了。」喬昭板著臉道。

「那婢子去外間睡了，姑娘有事就喊婢子啊。」冰綠一溜煙跑了，到了外間往榻上一躺，用力揉了揉臉。哎呀，姑娘與將軍實在太恩愛了，萬一有了小寶寶怎麼辦？

裡間的喬昭可不知道小丫鬟操心到哪裡去了，輕輕嗅了嗅，屋內彷彿還縈繞著那人的氣息，忍不住嘆了口氣，忽然就想到多年前祖母與祖父的爭執。

祖父自作主張把她許給邵明淵，祖母便說靖安侯武將傳家，嫡子或許會留在京城當安安穩穩的世子，次子十有八九要領兵打仗，作武將妻子定是聚少離多，擔驚受怕，她不想孫女受這苦。

現在想來，祖母確實是站在為人妻母的角度替她打算，不過她還是感激祖父替她結下的這場姻緣。比起夫妻間平平淡淡的相敬如賓，她情願遇到這麼個人，心靈相通，生死相依，哪怕相守一日也頂許多人相處一輩子。

接下來黎府忙著操辦黎光書的喪事，親戚朋友同僚陸續來弔唁，那些排隊等著請黎三姑娘過府作客的人都偃旗息鼓了，大理寺卿之妻更是氣得說出了黎家二老爺死的不是時候這種話來。

再過數日，冠軍侯領著大梁軍大勝北齊軍的捷報傳遍了京城，京城上下歡呼雀躍，前往黎府拜祭的人陡然增多，竟讓這場喪事顯得無比熱鬧。

二太太劉氏的娘家嫂子這幾日一直在黎府陪著劉氏，當她再次用充滿同情的眼神看著劉氏時，劉氏終於忍不住了。「嫂子不必這樣看我，我好著呢。」

「哎呦，小姑，我知道妳好強，妳的苦嫂子都明白呢——」

劉氏不耐煩打斷她的話。「嫂子，我有些累了，先去躺躺。」

她有什麼苦的？沒有男人的日子都過了五年多了，以後還不是照樣過嗎。真說起來，比起男人心裡有了別的女人、天天在眼前添堵，一個人過且自在些。

說起來還是去看看三姑娘身體怎麼樣了才是正經。

劉氏甩著帕子往雅和苑去了。

喬昭因為養傷一直沒有出現在靈堂，鄧老夫人對外說法便是原先偶感風寒一直未好，可時間久了不知怎地就傳變了味。

「聽說了嗎，黎家三姑娘要不好了。」

「真的假的？黎三姑娘先前參加招待西姜使節的宴會時不是挺好嗎，怎麼突然就不好了？」

「黎三姑娘病了可不是一天兩天了，早在黎家二老爺染急症而亡前就已沒法出門了，聽說連王府來請都推了呢。」

「這事我知道，當時人們還猜測是黎家不願黎三姑娘拋頭露面婉拒呢，沒想到竟是真病了。」

「肯定不會有假了，不然親叔叔死了怎麼會一直不露面呢？」

「哎，你們說，黎三姑娘要是真的不好了，那與冠軍侯的親事……」

想到這裡，不少人心思活絡起來。

北地大捷，冠軍侯的聲望更上一層，又這麼年輕，將來定然會被新君重用的。沒錯，嫁給武將風險也大，可是富貴險中求，要是能博一個滔天富貴，擔點風險算什麼？

回京路上的邵明淵並不知道自己莫名其妙又成了許多人眼中的乘龍快婿，甚至連皇宮中那位都開始琢磨起來。

「江指揮使，朕聽說冠軍侯的未婚妻重病了？」

江遠朝心頭一動，眼尾餘光盯了站在明康帝後方的魏無邪一眼。

自從義父死後他接任了錦鱗衛指揮使一位，但在皇上心中，對他的信任與對義父的信任不可同日而語，此消彼長，東廠勢力大了起來，傳到皇上耳裡的許多消息不單純來自錦鱗衛了。

皇上問這話是何意？江遠朝這一愣神被明康帝看在眼裡，明康帝眼神深沉盯著他瞧。

江遠朝很快回過神來。「微臣並沒關注此事，冠軍侯的未婚妻畢竟是閨閣少女……」

明康帝睇了江遠朝一眼，淡淡道：「看來江指揮使還年輕。」

身為天子耳目，怎能以世俗看法去區分盯梢物？閨閣少女又如何？那可是冠軍侯的未婚妻！

江遠朝心頭一凜，低頭道：「微臣失職，請皇上責罰。」

明康帝凝視江遠朝片刻，掃向魏無邪。「去把東西端來。」

片刻後，魏無邪端著一個托盤來到江遠朝面前，江遠朝面露不解。

「再有七、八日，冠軍侯就應該回京了吧？」

江遠朝不敢再遲疑，忙道：「微臣派去的錦鱗衛傳來的消息是這樣的，如今大軍已經在回京的路上了，因為沿途一直有百姓相送，拖延了些速度。」

明康帝點點頭。「江指揮使，在冠軍侯進京之前，朕希望你能把這個送到黎三姑娘面前。」

「這是——」江遠朝盯著面前托盤中的瓷瓶，眼神一縮，攏在大袖中的手輕顫起來。

明康帝悠悠道：「既然世人都說黎三姑娘不好了，何不順應民意？」

為著冠軍侯的出身，他已心煩許久，黎三姑娘這一病終於有了解決的法子：倘若冠軍侯的未婚妻沒了，他就可以招冠軍侯為駙馬，冠軍侯成為皇族一份子後總該熄了不該有的念頭吧？

嗯，八公主和九公主現在顏面都無瑕疵，無論哪一個都不錯，到時問問冠軍侯的意思好了，也算是給他一個選擇。

江遠朝面上不露聲色，心中卻已怒火中燒。去你的順應民意，皇上竟然存的是這種心思！

「江指揮使，你去吧，朕等著你的好消息。」

「皇上，黎府外有許多冠軍侯親衛保護，微臣若是派人去黎府恐會驚動他們，到時黎三姑娘出了事，冠軍侯會多心的。」

明康帝沉默片刻，輕嘆口氣：「冠軍侯對未婚妻倒是用心。」

那小兔崽子確實心眼頗多，要是對未婚妻的死產生懷疑，那就得不償失了。

這樣看來，錦鱗衛不能用。

「退下吧。」

「微臣告退。」

殿中安靜下來，明康帝伸出瘦長的手，有一下沒一下拍打著龍椅扶手，良久後忽然看向魏無邪。「魏無邪，去傳麗嬪來。」

麗嬪接到傳召的消息時整個人都是懵的。皇上居然傳召她，還是大白天，這簡直讓人以為是在做夢。說真的，她連皇上長什麼樣子都有點模糊了。

「麗嬪娘娘，請吧，皇上還等著呢。」

麗嬪跟著小太監去了乾清殿，換了魏無邪領她進去。麗嬪大氣都不敢出，更不敢東張西望，垂眉斂目小心翼翼往前走，目光觸及一片明黃衣角忙跪下去，給明康帝請安。

「愛妃請起。」明康帝命麗嬪起身，看清麗嬪的臉，微微一愣。

咦，他居然還有這麼好看的妃子，先前怎麼不記得了？對了，這個麗嬪來自皇妹府上，後來他忙著修道煉丹就給忘了。嗯，看來回頭要去後宮溜達一圈，說不準還能收穫許多美人兒。

「愛妃過來坐。」

麗嬪戰戰兢兢走過去坐下，在明康帝的注視下格外局促。

「愛妃不必如此緊張，朕叫你前來，是想問問妳九公主的事。」

麗嬪渾身一顫，不由抬眸看了明康帝一眼，又迅速垂下眼簾。

「九公主及笄了吧？」

麗嬪低頭。「及笄兩年了。」

明康帝：「……」會不會說話啊？

「十七歲確實不小了，也該招駙馬了。」

「皇上要給九公主招駙馬？」一聽到女兒的婚姻大事，麗嬪對天威的恐懼立刻散了不少，隱含驚喜問道。

「愛妃覺得冠軍侯如何？」

麗嬪一怔。

「愛妃儘管大膽說。」

「如冠軍侯這樣的駙馬……確實無可挑剔。」

明康帝微笑起來。「這麼說，愛妃很滿意冠軍侯了？」

麗嬪覺得有些不對勁，猶豫了一下道：「臣妾聽說冠軍侯已經訂婚。」

明康帝呵呵一笑。「冠軍侯是訂了親，不過朕聽說他的未婚妻患了重病，大概時日無多了。」

麗嬪渾身一顫，迎上明康帝那雙平淡無波的眼睛，忽然明白了什麼。

「魏無邪，把東西交給麗嬪。」

看到擺在面前的白瓷瓶，麗嬪面色微變，遲遲不敢動。

「朕許久不見愛妃，著實冷落愛妃了，這是朕賞賜給愛妃的禮物。」明康帝見麗嬪沒反應，把臉一沉。「怎麼，這個禮物愛妃不喜歡？」

「臣妾喜歡、喜歡。」麗嬪忙把白瓷瓶接過去。

明康帝往後仰了仰，舒舒服服靠在龍椅背上，淡淡笑道：「等朕做完晚課去愛妃那裡坐坐，愛妃先退下吧。」

「臣妾告退。」

明康帝對魏無邪點點頭，魏無邪會意，親自送麗嬪出去。

「奴婢給娘娘道喜了。」

麗嬪嘴唇發白。「魏公公說笑了。」

「怎麼是說笑呢，娘娘有了皇上的禮物，還愁九公主沒有好駙馬嗎？」

麗嬪臉色一白，只覺藏在袖中的瓷瓶猶如燙手山芋，卻偏偏不能扔出去。

魏無邪見麗嬪這樣，低低一笑。「娘娘怕什麼呢？世間如冠軍侯這樣的佳婿有幾人？一切有皇上給您做主呢。」說到這裡，魏無邪靠近一步，湊在麗嬪耳邊道：「娘娘放心，那不是立刻發作之物，一般人撐個三、五日病死，誰會知道呢？」

迎上魏無邪含笑的眼，麗嬪一顆急跳的心忽然落了下去。

對啊，她怕什麼？只要黎三姑娘「病死」了，冠軍侯就是她女兒的駙馬，到時真真的終身就有著落了。皇上願意把公主許配給冠軍侯，足見對冠軍侯的重視，真真將來不會吃苦的。

麗嬪回到寢宮把真真公主叫來，摒退了一干人等，悄悄說了明康帝的意思。

真真公主面色慘白如紙。「母妃，我不能做這種事！」

麗嬪一聽就哭了。「真真，這是妳父皇的意思，妳知道拒絕的後果嗎？妳父皇把此事交給母妃去辦，母妃若是沒有行動，妳父皇定不會輕饒的！」

真真公主頻頻搖頭。「母妃，我不能這麼做，黎姑娘治好了我的臉，她對我有恩啊！」

「有恩又如何？真真，妳還不明白嗎？妳父皇示意母妃去做這件事，若是不做妳知道會怎麼樣嗎？」

真真公主面色雪白，死死咬著下唇。

麗嬪把白瓷瓶送到真真公主面前，語氣沉重道：「這瓶藥要嘛給黎三姑娘，要嘛留給母妃。真真，妳自己決定吧。」

真真公主盯著眼前的瓷瓶睫毛猛烈顫動，好似看到洪水猛獸般步步後退。

麗嬪不催促，保持手托瓷瓶的姿勢靜靜等著。公主退到桌邊無法再退，捂嘴無聲哭起來。

麗嬪別開眼，拿帕子擦擦眼角。若是可以，她怎麼忍心這樣逼女兒，可是身在皇宮中，誰不是身不由己呢？什麼皇后貴妃，她從來沒妄想過，唯一的願望就是女兒得覓良人，她能平平安安度過餘生。她不能讓一瓶藥毀了一切！

麗嬪眼底的糾結與不忍一閃而逝，恢復了堅定。

許久後，公主緩緩站起來，擦乾眼角淚水，顫抖著手接過白瓷瓶。「我……我去……」

麗嬪露出個欣慰的笑。「真真，妳終於懂事了。」

真真公主看著母親，露出個比哭還悲慘的笑容。

麗嬪摟住真真公主。「真真，妳看皇宮裡這些金尊玉貴的人個個乾淨體面，其實能站到高位，誰手上沒染過血呢？還好妳是公主，不需要一直待在這不見天日的地方。只要過了這一關，招一個好駙馬，以後就能過清清白白的日子……」

「您別說了，我都懂。」真真公主苦笑一聲，握緊瓷瓶。「母妃，我先回寢宮收拾一下，派人先給黎三姑娘送個信兒。」

「去吧，正好黎三姑娘病了，妳去探望也在情理之中。」

「是呀，黎三姑娘幫了我這麼大忙，我去看她亦在情理之中。」真真公主喃喃道。

「真真……」

「女兒告退。」真真公主轉身離去，一直沒有回頭。

麗嬪眼巴巴看著真真公主背影消失在門口，深深嘆了口氣。如果可以，誰願意逼自己的女兒雙手染血呢？

真真公主回到寢宮，表情木然吩咐小太監去黎府送信，緩緩坐到雕纏枝玫瑰花紋的西洋鏡前，鏡中照出少女絕世容顏。她抬手輕撫面頰，從眉梢到唇角，一寸寸撫過，忽然伏桌痛哭起來。

伺候的宮婢面面相覷，其中一人上前一步，小心翼翼喊道：「殿下——」

「妳們都出去！」

宮婢們不敢再多言，默默退出去，屋內只有真真公主的哭泣聲迴蕩。

江遠朝出了宮門，面上烏雲密布，招來心腹吩咐：「給我在宮門外悄悄盯著，只要有太監出宮就跟上去看他去哪裡，務必及時回稟。」

江遠朝才回到錦鱗衛衙門不久心腹就來稟報：「大人，有個小太監出宮往杏子胡同黎府去了。」

江遠朝眼神冷如寒潭，提筆寫下一封信，想了想又把信紙撕得粉碎，叫來江鶴交代一番。

江鶴苦著臉。「您讓我去找那個晨光啊？」

一點都不想見到那小子的臉，笑得春花燦爛，實則一肚子壞水！

「怎麼，不想去？」

「去，屬下這就去！」江鶴趕忙跑了。媽呀，今天大人太可怕了，他還是去見晨光好了。

經過一番精心喬裝，一身乞丐打扮的江鶴出現在黎府附近。他掂了掂手中破碗，滿意一笑。嗯，自己扮作乞丐越來越熟練了，好歹也算一項謀生技能。

腦後有勁風襲來，他忙往旁邊一躲，轉過身去。「別動手、別動手！」

晨光拎著磚頭冷笑。「小子，你以為穿成這樣我就認不出來了？」

這些狗娘養的錦鱗衛居然還在黎府附近晃悠，三姑娘要是再出事他就直接抹脖子好了。

「真的這麼不像？」江鶴忽然開始懷疑人生了。

黎三姑娘一眼認出來也就罷了，為什麼看起來這麼蠢的小子也能一眼認出來？他不服！

「你小子化成灰我也能認出來！說吧，來這裡晃蕩存了什麼心思？」晨光雙手環抱胸前問道。

江鶴左右張望一眼，壓低聲音道：「我是來傳信的。」

晨光眼神一縮，手下意識舉起來。「傳信？傳什麼信？」

「注意你的磚頭，離我遠點兒！」

晨光揚手把磚頭扔了，冷笑道：「我都沒嫌棄你一身餿味兒，你還挑三揀四？趕緊說，我可沒空和你廢話！」

「我們大人讓你轉告黎三姑娘，留意宮中來人。」

晨光驀地眯起了眼。「什麼意思？」

江鶴得意笑笑。「你肯定是不懂的，只要黎姑娘明白就行了。」

晨光忽然笑了。「呵呵，我懂不懂無所謂，你們大人想找黎姑娘說話還不是要通過我。」

江鶴臉一黑，簡直要氣炸了。什麼人吶，你們將軍比我們大人會勾搭小姑娘了不起啊？能在我面前得意還不是沾了你們將軍的光，真是小人得志！說起來，大人真是不爭氣啊。

江鶴忽然有些心灰意冷，垂頭喪氣走了。

晨光得意收起笑容。哼，敢說他不懂？隨便一句話就刺激死你！

不過晨光不敢怠慢，忙把話傳到喬昭那裡。

喬昭對江遠朝雖滿心戒備，卻相信他不會無緣無故說這話，琢磨良久想不出個所以然來，直到宮裡小太監傳話說九公主將要來探望，才明白江遠朝的提醒在這裡。

九公主來探望她，堂堂錦鱗衛指揮使特意派人前來提醒，這其中關聯就耐人尋味了。

喬昭緩緩翻了個身，盯著帳頂銀鉤若有所思。

這麼說，九公主這次前來會對她不利？可是九公主這樣做的目的是什麼呢？

一波未平一波又起，竟沒個平靜，喬昭覺得氣悶，揚聲喊道：「冰綠，把窗子打開吧。」

冰綠打開窗子，窗外芭蕉隨風輕晃，碧綠如洗，令人望之神清氣爽。

喬昭側臥榻上望向窗外，微微彎了彎唇。

無論是什麼風雨，她等著就是。

真真公主前來黎府很低調，只帶了親衛龍影和一名宮婢。

喬昭在起居室接待公主，她本就因失血臉色一直不好，消瘦的臉頰無需修飾就是一臉病容。

「勞煩殿下來看我，實在慚愧。」

喬昭欲要起身，被真真公主攔下來。「黎姑娘不要與我客氣了，我……我原該早些來的。」

「沒想到我的事還傳到宮中去了。」喬昭意味深長笑笑。

真真公主強笑道：「黎三姑娘在招待西姜使節的宴席上大放異彩，又是冠軍侯的未婚妻，本就是世所矚目之人，宮中亦不例外。」

「原來如此，這可真令我汗顏。」

真真公主仔細打量著喬昭的臉，見她面色蒼白沒有絲毫血色，下頦尖尖幾乎能當錐子用，咬了咬唇道：「黎姑娘看起來清減許多，現在身體如何了？」

喬昭溫和笑笑。「已經好多了，前兩日連說話都沒力氣。」

「那黎姑娘可要好生養著。我聽說冠軍侯就要凱旋了，讓他看到妳這個樣子定然要擔心的。」

「多謝殿下關心，我會好好休養的。」

真真公主轉頭接過宮婢手中食盒。「這是我親手做的點心，宮裡一個老嬤嬤的家傳手藝，點心很是香甜，三姑娘不嫌棄的話就嚐嚐。」

喬昭含笑道謝。真真公主並沒有催著喬昭立刻吃點心的意思，又坐了一會兒，忽然抬眸問道：「黎姑娘，妳覺得……我們是朋友嗎？」

喬昭被問得一怔。

真真公主垂下眼簾，盯著裙襬上怒放的鳶尾花。「我和冉冉從小一起玩，自然而然就成了好友，現在想來，除了冉冉，我似乎沒怎麼和別的姑娘打過交道，與宮外同齡人接觸最多的竟然就是黎姑娘了。」她說著輕輕抬起眼睛與喬昭對視，露出個極美的笑容，「所以我也不知道，我們這樣算是朋友嗎？」

喬昭望著真真公主，一時沒有回答。

她對朋友的看法應該與真真公主不同。在她看來，肝膽相照，生死相託，或者是心有靈犀的君子之交，這樣才算是真正的朋友。而她與公主的交集並不多，甚至那些都不是什麼愉快回憶。沒有等到喬昭的回答，真真公主眼中閃過落寞，站起身來。「時候不早，我該回宮了。」

喬昭撐起身子。

「黎姑娘不要送了，我是來看望妳的，擾了妳的休息就不美了。」

喬昭卻不願在公主面前失禮，強撐著起身。「我送殿下到院門口，殿下以後出宮可以過來玩。」

真真公主緩緩露出一個笑容。「好。」

她看了一眼放在桌幾上的點心匣子，帶著宮婢往外走去，路過窗邊腳步一頓，眼睛望著窗外。「黎姑娘，妳窗外的芭蕉顏色真好。」

她不想回到那個冷冰冰的皇宮中，那裡的一磚一瓦都透著股無情味兒，黯淡無光，哪裡比得上宮外新綠呢。

「黎姑娘，止步吧。」

喬昭停下來，微微屈膝。「殿下慢走。」直到看不到真真公主背影，喬昭才扶著牆壁喘了口氣，拿出帕子把額角滲出的冷汗拭去。

冰綠撇嘴道：「這哪裡是來看姑娘，純粹是折騰人了。」

「好了，別說了，扶我回去。」

看著自家姑娘發白的唇，冰綠還是生氣，一邊小心翼翼扶著喬昭往回走一邊嘀咕道：「姑娘本來就不用送出來的，您是病人。」

姑娘身上的傷簡直嚇死人了，現在雖然結痂了，可一動就會渾身疼，實在可憐。

「她是公主。」喬昭不再與小丫鬟多說，回到屋子裡看著桌几上的點心匣子若有所思。江遠朝特意派人提醒她當心宮中來人，難道說真真公主會對這盒點心做手腳？

「冰綠，把點心匣子拿過來。」

冰綠拿過點心匣子。「姑娘，要打開嗎？」

喬昭點點頭。冰綠把點心匣子打開，裡面是一盤紅棗糕，棗糕做成玫瑰花的形狀，可以看出做這些點心的人很用心。

「公主還會做這麼漂亮的點心啊！」冰綠一臉驚嘆。

喬昭忍不住笑了。「去把我的荷包拿來吧。」

「姑娘，您的荷包。」

喬昭接過荷包，從中取出一枚銀針緩緩刺去棗糕中，不久後拔出來，銀針沒有絲毫變化。

冰綠吃了一驚。「姑娘，您這是幹嘛呀？」

喬昭盯著銀針出神。

「哦，婢子知道了，姑娘是怕公主害您吧？」冰綠盯著點心無比嫌惡。「婢子這就把這些點心倒了去。」

「別動。」喬昭捏起一點棗糕，放到鼻端嗅了嗅。

那些見血封喉的毒藥幾乎都能被銀針試出來，往往藥性溫和如迷藥之類卻是試不出的，只能通過形色味來分辨。

「姑娘！」見喬昭把糕點沫子放入口中，冰綠大驚失色，忙去阻止。

喬昭抬手止住冰綠動作，細細品味，片刻後舒展眉毛。

點心沒有問題。可就是因為沒有問題，喬昭反而茫然了。

難道說真真公主還有後招？或者說——江遠朝的提醒別有用心？

喬昭越想越覺理不出頭緒來。

「姑娘，您還是趕緊躺好休息吧。您臉色這樣差，等姑爺回來見到了一定會心疼的。」

「妳說什麼？」喬昭一愣。

冰綠眨眨眼。「我說將軍回來見到您的樣子會心疼的。現在外邊都在傳您病重了呢，一個個嘴真臭，要是讓將軍知道了該多擔心啊。」

喬昭打了個激靈，忽然明白了什麼。

現在外面傳她病重，如果她真有個什麼不好，冠軍侯就又成了世人眼中的金龜婿，且是能令天子動心的金龜婿！

對於當今天子來說，冠軍侯的罪臣遺孤身分令人膈應，還有什麼比成為自家女婿更讓人放心呢？想通了這一點，喬昭對真真公主這次拜訪的目的，以及江遠朝隱晦的提醒豁然開朗。

皇上想招冠軍侯為駙馬，那麼她這個「病重」的未婚妻怎麼能不早點讓位呢？不過一國天子肯定是不好動手的，這事便落到了九公主頭上。

可是這糕點並無問題……

喬昭心中一沉。

二二〇　下定決心

倘若真真公主打算對她出手，這次探病就是最好的機會，如果再來第二次就會惹人猜疑了。

可是對方除了留下一盒糕點，什麼都沒有做。

聯想到真真公主說話的語氣與神色，喬昭忽然冒出一個念頭：真真公主該不會是——

「姑娘，您怎麼啦？是不是哪裡不舒服？」見喬昭忽然變色，冰綠擔心地問道。

「冰綠，妳把晨光給我叫來。」

「叫這裡來？」冰綠愣了愣。

「對，快去！」

「哦，好，婢子這就去。」

不多時晨光就被冰綠拖了過來。

「三姑娘，您找我有事啊？」

媽呀，這可是三姑娘的閨房，他就這麼進來了，將軍大人知道了會殺了他吧？

「給你傳信的錦鱗衛是哪個？」喬昭問。

「就是那個江鶴，喜歡扮乞丐的。」

「你去找他，跟他說我要見他們大人。」

「啥？」晨光大驚。

三姑娘要見那個笑面虎？他才狠狠諷刺過江鶴呢，怎麼一轉頭三姑娘就要和他主子見面？

「你快些去安排，我有急事。」喬昭說得多了，牽動傷情，額頭沁出細細密密的汗珠。

阿珠悄不作聲拿起帕子替她拭汗。

「你快去啊，傻愣著做什麼？」冰綠見晨光發愣，抬腳踹了他一下。

晨光這才回神，跑到院子裡又折回來。「三姑娘，你們在哪見面啊？」

他進三姑娘閨房也就罷了，反正他是將軍的屬下，完全可以把他看成將軍大人的一把刀嘛，可是錦鱗衛指揮使是個男人！哦，這樣說好像有哪裡不對……

「就在後花園，你帶他翻牆進來。」喬昭想了想道。

她如今的身體情況出不得門，又不能光明正大在待客廳見堂堂錦鱗衛指揮使，那便只有後花園可以將就一下了。

「怎麼，有問題嗎？」見晨光再度發愣，喬昭皺眉問。

「就一個問題。」晨光伸出一根手指。

「你說。」

「您不會告訴將軍吧？」

領著別的男人翻牆在後花園與三姑娘相會，將軍大人會把他剁碎了餵狗的。

「不會，你快去，我有急事。」

等晨光走了，喬昭疲憊閉上眼睛。一個人若是存了尋死的心，她這般亡羊補牢恐怕已經來不及了，只能說盡人事聽天命。

「阿珠，幫我梳妝吧。」

「黎姑娘要見我？」另一邊江遠朝聽了江鶴稟報有些意外，當即站了起來，轉去書房裡邊脫去朱衣，換上常服。

晨光就等在外邊，見江遠朝出來，不由撇撇嘴。穿這麼齊整幹什麼，又不是和小姑娘私會。

「黎姑娘在哪裡等我？」江遠朝問晨光。

「黎府。」

江遠朝腳步一頓。以他的身分去黎府可不合適，尤其是在皇上盯上她之後。

「江大人能否快點，三姑娘找你有急事。」

江遠朝點點頭，二人很快來到黎府。

「江大人，咱們繞過這條胡同從後面進去。」

江遠朝有些詫異。「我記得黎府那邊沒有後門。」

晨光暗暗冷笑：記得真清楚！

「誰說走後門啊，翻牆！」

江遠朝：「……」

在黎府的後花園見到喬昭時，江遠朝忽然不知道該擺出什麼表情才好，於是最後便成了面無表情的樣子。「找我有事？」

「皇上想要我的命？」

江遠朝微怔，而後嘆息。「妳還是這般敏銳又大膽。」

「多謝江大人的提醒了。」喬昭微微屈膝。

江遠朝下意識伸手去扶，反應過來後硬生生收回手。「妳身上有傷，不要亂動。」

喬昭看他一眼。

「今天在這裡見我，應該不是只為對我道謝吧？」

「今天九公主來了，給我留下一盒點心。」

「妳沒碰吧？」江遠朝明知以喬昭的聰慧不會吃虧，還是忍不住從心底生起一股怒火。堂堂天子這樣對付一個閨閣女子，實在令人齒冷。

「點心沒有問題，我擔心九公主有問題。」

江遠朝揚眉。「妳是指——」

喬昭沉吟一下，說出自己的猜測：「我怕九公主尋短見，想請江大人打探一下。」

江遠朝沉默片刻道：「倘若真的這樣，如何來得及？」

「我想，即便宮中對我動手也不可能做得太過明顯，那麼十有八九會選擇慢性毒藥。如果九公主被逼服毒，那就還有施救的機會。」

「可妳為什麼這麼做？」江遠朝直截了當問道。喬昭詫異抬眸，似是不解江遠朝的發問。

「九公主要是選擇自盡，說明她知道沒有辦成事會連累別人，那麼就算她得救了，還是會面臨那樣的局面。妳救她，焉知她願意嗎？」

喬昭搖頭。「我不知她是否願意，但既然知道了這事就不能裝作什麼都沒發生，至少……」她嘆了口氣，「至少再給她一次選擇生死的機會。」

「那好，我幫妳。」

江遠朝答應得這麼痛快，喬昭反而赧然。她與他明明是兩個立場，卻又求他幫忙，說到底是她做得不妥，只是事關無辜之人的性命，她實在沒有別的法子了。

「江大人相助之情，我以後定會回報。」

凝視著少女認真的神情，江遠朝苦笑。「妳一定要撇得這麼清？」

喬昭避而不答，從袖中拿出一個瓷瓶遞過去。「這裡面是解毒丸，拜託江大人把這個送到九公主手中。」

「能解百毒？」江遠朝把玩著瓷瓶有了幾分興趣，對於真真公主的死活並不在意。

「談不上解百毒，毒類本就有相通之處，只要不是劇毒，服下此藥就能化解或壓制一部分毒性，爭取施救時間……」

喬昭解釋得詳細，江遠朝自嘲笑笑。這好像是她與他說話最多、最有耐心的一次。

「明白了，我會把這個交到九公主手上的，妳放心。」

喬昭想了想，又拿出一個瓷瓶。「這個送給江大人。」

江遠朝把瓷瓶揣入懷中，輕笑起來。這是先賄賂他一下，讓他好好辦事嗎？喬姑娘冰雪聰明，可有的時候又像個小姑娘。偏偏……他喜歡。

「那我走了，辦好了會派人給晨光傳信的。」江遠朝牽了牽唇，大步離去。

喬昭由阿珠扶著緩緩往回走。

人情難還，對自己有不一般心思之人的人情更難還，但比起一條活生生的性命，那就值了。

將來她會盡己所能把欠的這份人情還給他。

真真公主回到宮中，麗嬪正等著她。

「把東西給黎姑娘了？」摒退宮婢後，麗嬪迫不及待問道。真真公主點頭。

「放在食物裡？」

「我做了玫瑰棗糕。」

「她若是不吃……」麗嬪有些擔憂。

「那我有什麼辦法？把棗糕塞她嘴裡嗎？」真真公主冷笑反問。

麗嬪一怔，喃喃道：「真真，妳怎麼這樣和母妃說話？妳是在怪母妃嗎？」

真真公主別開眼，把湧上來的淚意逼回去。「沒有。母妃，我想休息了，您回去吧。」

「那妳休息吧，別多想，都過去了。」麗嬪拍拍她肩頭，心知女兒此時不痛快，默默走了。

真真公主仰躺到床榻上，從懷中摸出一個白瓷瓶來，打開瓶塞，裡面空蕩蕩什麼都沒有。她把手放到胸口上，一滴淚緩緩從眼角淌下。

她就要死了吧，不知道死後會去哪裡，還是化成一抔黃土什麼都不知道了。

她不想死，她才十七歲，小心翼翼活在深宮，靠著討皇祖母歡喜才有了今天的日子，她還想嫁一個心中只有她的駙馬，白首偕老，子孫滿堂。可是不死怎麼辦呢？

她可以長袖善舞，討好長輩，但是恩將仇報的事她不能幹。她是大梁的公主，為了自己去使這樣下三濫的手段，她情願去死。

她死了最好了，既不會傷害黎姑娘，也不會讓母妃為難，所有煩惱就都沒了。

翌日天光晴好，真真公主早早起身，問給她梳頭的宮婢：「我記得御花園中有一叢紫丁香，現在開了嗎？」

宮婢笑道：「今年開春早，奴婢昨日就看那株丁香開花了，一串串紫白色小花可好看了。」

真真公主起身。「本宮要去賞花。」

兩名宮婢陪著真真公主前往御花園。

那叢丁香果然開了，遠遠就有香氣襲來。公主走到丁香花叢旁，閉目輕嗅，忽然咳嗽起來。

「公主——」

真真公主擺手，止住宮婢的詢問，淡淡道：「妳們不必緊跟著，本宮想一人待一會兒。」

兩名宮婢退到遠處站著，真真公主挨著丁香花叢坐下來。其中一名宮婢嘴唇微動，想要出聲勸阻，被另一名宮婢拉住。

「算了，我瞧著公主情緒不大好，咱們還是別多話了。」

「可公主這樣失儀，被有心人看到又該嚼舌了。」

身為真真公主的宮婢，她們很清楚當公主不是那麼容易的，別的不說，像現在這樣隨便坐在地上傳出去就要遭人笑話，那些女官甚至會稟報太后。

「這個時候也沒有主子來逛園子，咱們盯著點唄。」

真真公主淡淡往兩名宮婢的方向瞥了一眼，哪怕聽不清楚也知道她們在擔心什麼，可這個時候她卻不在乎了。她都要死了，就讓那些狗屁規矩禮儀見鬼去吧。

現在想來，黎三姑娘活得比她自在多了，不管世人如何議論，如何誹謗，依然活得痛快恣意。這麼一想，死好像又不是什麼可怕的事了。

或許來生她不是公主，只是一名普普通通的女孩子會更快樂些。

「公主——」低微的聲音從丁香花從中傳來。

真真公主面色微變，聞聲看去，就見一名瘦小的小太監躲在花叢裡，正朝她擠眉弄眼示意不要出聲。大概是接受了將死的事實，真真公主從沒這麼鎮定過，一雙明眸淡淡盯著小太監瞧。小太監見公主沒有驚叫，明顯鬆了口氣，把一個小瓶子遞過去。

真真公主沒有伸手接，默不作聲看著他。

「殿下，這是您昨日拜訪過的那位姑娘，託人帶給您的。」

真真公主眼中閃過驚訝，輕聲問：「這是什麼？」

「解毒丹。」

真真公主面色大變，失聲道：「她、她怎麼知道——」

小太監沒有回答真真公主的話，壓低聲音道：「那位姑娘說死比生易，活著的人可以死去，死去的人卻活不過來了，她會等您再去找她玩。」

「你……你是誰的人？」

「這個公主就不要問了，東西已經送到了，奴婢該走了。」

小太監把瓷瓶交到真真公主手裡，從丁香花叢另一側悄悄鑽出去，很快就不見了蹤影。

真真公主盯著手中瓷瓶，剛才發生的事彷彿做夢一般。原來黎三姑娘都猜到了，猜到父皇母妃為了招個好駙馬算計她的性命，猜到自己被逼無奈服下毒藥。

「公主，有人來了。」站在遠處的宮婢快步走來提醒。

真真公主站起來，面無表情道：「回吧。」

一聲輕笑傳來。「九妹怎麼見了我就走了？」

真真公主定定看了八公主一眼，笑道：「因為妳太醜。」

「妳說什麼？」八公主愣了。她耳朵一定出問題了吧？

真真公主從八公主身側走過，淡淡道：「因為妳太醜，還耳背，所以我不想和妳說話。」真真公主說完飄然而去，留下八公主一張俏臉漲成了豬肝色。

九妹是得了失心瘋嗎，竟然會說出這種混帳話！不行，她要去找皇祖母說道說道。

「殿下，您剛剛——」兩名跟著真真公主的宮婢一臉震驚。

真真公主彎唇冷笑。「早就想對她說大實話了，可惜今天才得著機會。」

回到寢殿沒出半個時辰，就有慈寧宮的宮婢前來請真真公主去慈寧宮。

「跟傳話的人說，我病了，不想動。」

「這……」宮婢們面面相覷。

「去啊，莫不是要本宮親自去說？」

打發走了宮婢，真真公主趴在窗臺望著外邊出神。

不管黎三姑娘求了何人把藥送到她手中，這份情她領了。可是——

真真公主摸出瓷瓶，倒出一枚淡紅色的藥丸，目不轉睛盯著手心藥丸瞧。

她是可以吃下解藥求生，但母妃怎麼辦呢？她活著，母妃就要承受父皇的雷霆之怒，就是要母妃性命都是父皇一句話的事。

真真公主慘笑一聲，揚手把藥丸從窗口用力扔了出去。

麗嬪是在被太后叫過去敲打了幾句後，匆匆趕到真真公主寢宮的。

「真真，妳不舒服？」

「還好。」

麗嬪打量真真公主片刻鬆了口氣。「沒事就好。」她說完又皺眉。「既然沒有什麼大礙，妳皇祖母叫妳過去說話，妳怎麼不去呢？妳知不知道這樣會惹太后不痛快的？本來八公主跑到太后面前說妳的不是，太后是不怎麼信的，妳這樣一任性，她老人家定然要偏信八公主了……」

真真公主言簡意賅打斷了麗嬪的囉嗦：「不想去。」

麗嬪被噎得一怔。「真真，妳這是怎麼了？」

「母妃聽不明白我的話嗎？我不想去！為什麼我就要明明心裡煩著還要去討好別人？為什麼我明明瞧著一個人不順眼還要對她溫聲笑語？我受夠了，以後不想這麼幹了！」

「真真，妳知道妳在說什麼嗎？」

「母妃，我從沒像今天這樣知道自己在說什麼、做什麼。」

麗嬪臉色無比難看。「真真，妳、妳以前不是很懂事嗎？今天是怎麼了？莫不是中邪了？」

她說著去摸真真公主額頭，被真真公主偏頭躲開。「母妃，我挺好的，您回去吧，我想休息了。」

「真真——」

真真公主終於不耐煩了。「母妃，就算您想教訓我，能不能等幾天？我心裡不痛快。」到時這些糟心事她就什麼都不知道了，乾乾淨淨沒有什麼不好。

「那母妃先走了。」麗嬪想到逼女兒去做的事，滿腹的數落說不出來了，嘆口氣默默離去。

真真公主被麗嬪的到來攪得心煩意亂，拿過錦被蒙住了臉。

轉日又是晴天。

真真公主遲遲沒有醒，兩名貼身宮婢商量過後終於忍不住上前叫醒。這幾日公主實在懈怠了些，這樣下去可不行。

「殿下，該起身了。」

真真公主睫毛輕顫，緩緩睜開眼睛，待回過神，由宮婢扶著坐起來。

「扶我去洗漱。」腳落到地上，真真公主發覺渾身無力，吩咐宮婢道，誰知一開口就咳嗽起來，她忙用帕子掩口，待把帕子移開，就見上面一抹殷紅。公主把帕子攥緊不讓宮婢瞧見，洗漱完畢用過飯，坐在窗前出了一會兒神，忽然起身往外走去。

兩名宮婢面面相覷，趕忙跟上。

真真公主在涼亭中坐下，吩咐宮婢去傳親衛龍影過來。

涼亭外有一叢芍藥開得如火如荼，就好像姿態妖嬈的絕世美人兒，真真公主偏頭賞花，聽到輕微又熟悉的腳步聲轉過頭去。

身材高大的年輕男子走來，面上雖沒表情，看向公主的眼神卻專注認真。「卑職見過殿下。」

真真公主露出一抹笑容。「龍影，你過來。」

龍影有些不解，還是依然上前。

「你坐。」

看著真真公主手指的石凳，龍影愣了愣。

「叫你坐你就坐，怎麼一直像個木頭似的？」真真公主睨他一眼。

龍影老老實實坐下，因為從來沒與公主面對面坐過，顯得有些局促。

真真公主嫣然一笑。「龍影，你武功那樣高強，見了本宮怎麼總是傻乎乎的？」

龍影低頭。「您是主子。」

「龍影，你跟了我十年了吧？」

龍影點頭。真真公主望著亭外芍藥花嘆了口氣。「當本宮的親衛可沒當其他公主的親衛自在，這些年來本宮時不時就要出宮，你一定覺得麻煩吧？」

龍影心覺詫異，大著膽子看了真真公主一眼，忙又垂下眼。

真真公主輕笑。「你還是這麼嘴笨。不過本宮這麼多年來都不知被你救了多少次了，一直還沒對你道過謝呢。」

「能保護公主是卑職的造化，更是卑職的職責所在。」龍影低著頭道。

「以後——」真真公主張張嘴，卻嚥下了想說的話，轉而道：「龍影，要是你以後有機會見到黎三姑娘，替本宮向她道聲謝，就說……本宮把她當朋友呢。」

龍影不語。

「龍影，你啞巴啦，怎麼不說話？」在最熟悉的親衛面前，真真公主沒有皇宮中人熟悉的長袖善舞，而是露出幾分嬌蠻與輕鬆。

「殿下為何不親自對黎三姑娘說？您想見黎三姑娘，卑職自會隨您前往。」

真真公主眼中閃過悲傷。「你傻呀，本宮眼看就要招駙馬，再往宮外跑就要被教訓啦。」

聽到「招駙馬」三個字，龍影把頭垂得更低，不再言語。

「本宮說的話你記住沒呀？」

「記住了。」

真真公主這才露出個輕鬆的笑容。「那好，你退下吧。」

「卑職告退。」

眼看著龍影躬身低頭往外退，真真公主心頭莫名生出幾分不捨，忍不住喊道：「龍影——」

龍影腳步一頓，保持著躬身低頭的姿勢一動不動。

「雖然你這麼笨，但本宮……對你還是滿意的。好了，你退下吧。」

龍影默默退下去，真真公主收回目光，揉了揉眼角。一定是她快死了才這麼多愁善感，怎麼連個小侍衛都捨不得了，恨不得讓他陪著多說說話。

「回吧。」真真公主經過兩名宮婢身邊，淡淡吩咐道。

兩名宮婢是在轉日的清晨發現真真公主的不對勁。

這天早上，真真公主照樣遲遲不起，一名宮婢忍不住掀起床帳催促，一眼就看到雙目微闔的公主臉色發青，形容駭人。

「殿下！」宮婢心中發慌，連喊幾聲不見真真公主有反應，忙搖了搖她手臂。

真真公主勉強睜開眼睛，頭一偏猛烈咳嗽起來，一口血就噴在繡金絲牡丹的枕巾上。兩名宮婢嚇得魂飛魄散，趕忙去各處稟報。

麗嬪第一個趕來，抱著真真公主痛哭流涕。「真真，妳怎麼了？別嚇母妃啊！」

不多時御醫趕到，替真真公主把脈，臉色頓時一下變了。

魏公公從他那裡弄去一瓶藥，而九公主分明是服下那瓶藥後的症狀！牽扯到皇室隱祕，御醫只覺心底寒氣直冒，哪裡還敢說出實情，用他們給貴人們瞧病時慣常的話糊弄了過去。

很快真真公主得了急病，馬上就要香消玉殞的消息便傳遍宮中。

真真公主算是太后面前的紅人，重病消息一傳出來，各路嬪妃紛紛來探望，卻無一人能夠見到真真公主的面，很快御醫便斷言可以為公主準備後事了。

太后終於被驚動，遣太監來喜來探問，得到的是麗嬪撕心裂肺的哭聲。

「怎麼好好的就病重至此？哀家去看看。」太后想到昔日承歡膝下的孫女溫順乖巧，心生不忍，準備移駕公主寢宮，卻被來喜勸住。

「九公主的病來勢凶險，病因不明，御醫說要準備後事了，若衝撞到您就不得了……」

太后猶豫許久嘆了口氣。「罷了，來喜，你去找魏無邪，讓他把九公主的事稟報給皇上。那孩子深得哀家歡心，總不能就讓她這麼冷冷清清去了，宗人府和鴻臚寺要趕緊把喪事操辦起來，喪儀……比照一品大員……」

來喜忙去找魏無邪傳話。魏無邪一聽就傻了眼。

「魏公公，您快去稟報皇上吧，再怎麼樣那也是位公主。」見魏無邪不動彈，來喜催促道。

魏無邪一臉無奈。「咱家也想稟報皇上啊，可是皇上一大早就宣布閉關了！」

明康帝修道心切，忍了許久終於忍不住再次閉關，魏無邪已經能想像到皇上出關後聽聞公主死訊的表情了。

「這、這可怎麼辦？」來喜一聽頭就大了。

「還能怎麼辦，通知宗人府和鴻臚寺先準備唄。」

龍影正在練劍，聽聞真真公主病危後長劍「匡噹」一聲掉在地上，拔腿便往公主寢宮跑。

「龍影，你瘋了，那裡不是你能闖的地方！」其他侍衛把他攔住。

「讓開！」龍影面無表情，眼中殺意凜然。公主昨天才見了他，怎麼可能突染急症？想到真真公主昨日較之以往格外多的話，龍影一顆心像是被萬箭射穿，恨不得發狂。公主絕對不是生病，定是被人害了！

「龍影，你冷靜點，擅闖公主寢宮你會沒命的！」

「我是公主親衛，公主若是出了事，我本就不該獨活。我再說一遍，讓開，不然休怪我翻臉無情。」

「好，你要送死我們不攔著，可你要想清楚了，你這麼悶頭往裡面闖能見到公主嗎？說不準公主沒事你卻被亂刀砍死了。」

龍影垂下手，望著真真公主寢宮方向久久沒有移開目光。

「大人，九公主不好了。」一名錦鱗衛低聲向江遠朝稟報。

江遠朝微微皺眉。這樣說來，九公主並沒有服用喬姑娘的解毒丸。罷了，他算是盡了力，九公主一心求死怨不得別人。

江遠朝本要放下此事不管，可藏在袖口中的小瓷瓶卻讓他猶豫了一下。

九公主要是死了，她會傷心吧？他原就對不住她，若是能讓她少些傷心也好。

江遠朝輕嘆一聲，把小瓷瓶拿出來塞給錦鱗衛。「把這個想法子交給那個小太監，讓他交給九公主最信任的人。」

九公主若能吃下這枚解毒丸，或許就能支撐下去，這樣的話至少給御醫們爭取救治時間。他只能做到如此，剩下便看九公主的造化了。

❦

天已經暗下來，龍影在真真公主寢宮外徘徊。男女有別，他雖然是真真公主的貼身護衛，平日裡卻不能踏入公主寢宮半步，現在便成了他見到公主的最大阻礙。

龍影仰頭看著發暗的天空出神。皇宮大內的天空永遠顯得陰暗狹窄，讓人看了心生壓抑。等天徹底黑下來，他或許能找到機會。

龍影猛然轉身，揚手劈過去。「什麼人？」

「別動手、別動手。」

龍影抓住那人衣襟扯到近前，藉著已經亮起的宮燈看清是個眉眼普通的小太監。這樣的小太監在宮中隨處可見，讓人見過一次很難留下印象。

龍影不喜言語，冷冷看著小太監。

「你鬆手，我都喘不過氣來了。」

龍影把手鬆開，依然目不轉睛盯著小太監，做好隨時攻擊的準備。

小太監把瓷瓶遞過去。龍影目露疑惑。

「解毒丹，可以化解公主體內毒性。」

小太監話未說完就被龍影一把揪住脖子。「你怎麼知道公主中了毒？」

小太監捂著嘴咳嗽起來。龍影鬆開手，低聲道：「說，不然要你的命！」

小太監倒是瞧不出害怕來，冷笑道：「你再這樣動手動腳鬧出動靜，那九公主就真沒救了。我呢，就是個聽命辦事的小人物，到底怎麼回事並不清楚，你就是打死我，我還是不知道。」

「那你知道什麼？」

「我只知道這瓷瓶裡是解毒丸，給九公主服下後或許能讓她支撐下去，運氣好的話說不準就能等到太醫救治了。」

龍影緊握住瓷瓶，伸手入懷扯下一塊玉珮塞給小太監。「你還知道什麼，求你告訴我。」

這枚玉珮是公主曾經賞賜他的，他怕有磨損捨不得繫在外面就一直貼身收著，為此公主還惱過他不懂修飾。

小太監眼光不錯，一眼就看出玉珮不是凡品，見龍影這樣動了幾分惻隱之心，把玉珮悄悄收好，左右看看道：「我曾經給公主送過解毒丸。」

龍影一怔，追問道：「到底是誰送的解毒丸？」

「一位姑娘。好了，你不要再問了，再問我也不知道了。」小太監擺擺手，一溜煙跑了。

一位姑娘。龍影攥緊瓷瓶，心中閃過一個答案。

入夜，濃厚的雲遮蔽了明月與繁星，宮燈照不到的地方顯得越發黑暗。

龍影悄悄潛入真真公主寢宮，尋著若有若無的哭聲找到真真公主起居之處。

等了不知多久，哭聲漸漸止了，龍影聽到裡面聲音傳來。「娘娘哭睡著了。」

「我去拿衣裳來，妳好好守著殿下。」

宮婢的交談聲帶著濃濃哭腔，顯然都知道真真公主恐難撐過今晚，卻又無人敢說。

龍影透過窗縫看到一名宮婢雙眼通紅立在床邊守著，麗嬪則伏在床邊睡著了。他手指輕彈，一塊碎銀子打到宮婢後頸上。宮婢嚶嚀一聲軟倒在床邊，龍影趁機悄悄潛了進去。

床榻上，真真公主渾身僵直，臉色已經發黑。龍影看了一眼，喉間湧上一股熱血，被他生生嚥了下去。他接著揚手在麗嬪後頸劈了一下，又伸手去探真真公主鼻息，顫抖的手指不小心觸及到真真公主肌膚，讓他下意識往回一縮，眼神晦暗不明。

微弱至極的鼻息讓龍影變了臉色，他咬牙，摸出瓷瓶取出解毒丹，塞進真真公主口中。

腳步聲傳來。龍影一個閃身衝到前面，還未等取衣的宮婢驚呼出聲就把人打昏，放倒在地上。重新回到真真公主身邊，龍影猶豫了一瞬，彎腰把公主抱了起來，悄悄順著原路返回。

身為少時就在皇宮大內活動的侍衛，出了公主寢宮後龍影對路徑很熟悉，巧妙避開宮中巡邏回到房間，小心翼翼把公主放了下來。

真真公主躺在陌生的床榻上，沒有絲毫反應。

「殿下——」龍影鼓起勇氣握住真真公主的手，痛苦至極地低下頭去。

他管不了這麼多了，如果公主還留在那裡，根本就沒有生還的希望。

別說什麼服下解毒丸後公主能撐到太醫救治，如果那些太醫真的上心，就不會公主都這個模樣了還見不到人影。

龍影雖然沉默寡言卻心思縝密，聯想到真真公主前日對他說的那番話，篤定公主性命垂危與皇室隱祕有關，知道留公主在那裡斷無生機。凝視著公主發黑的臉色，龍影攥了攥拳。

一定要想辦法帶公主出宮！

至於麗嬪她們醒來後發現公主不見了有什麼反應，他已經顧不得了，只要麗嬪不蠢就應該把此事暫時遮掩過去，如果麗嬪蠢得叫嚷開來，大不了——

龍影溫柔凝視著床榻上安靜如畫的女子，竟露出淡淡笑容。

大不了他與公主一起死好了，無論如何他不會讓公主孤零零上路的。

龍影看了一下時間，用床單把真真公主裹住纏在身上，略略緩了緩氣。

再過小半個時辰就到了宮中侍衛換班的時候，那時是防守最鬆懈之時，只要把握好了就有很大機會逃出去。

真真公主寢宮中，取衣的宮婢最先轉醒，看到麗嬪與另一名宮婢軟倒在床邊，床榻上卻空無一人，不由花容失色，跌跌撞撞衝過去把另一名宮婢先搖醒。

「怎麼了？」另一名宮婢茫然問道。

「公主不見了。」取衣宮婢低聲道。

「什麼？」

取衣宮婢死死捂住另一名宮婢的嘴，罵道：「妳叫什麼？生怕別人不知道嗎？」

「那，那現在怎麼辦？」

「妳守著門口，我叫醒娘娘。」

麗嬪被叫醒，猛然直起身來。「我怎麼睡著了？」

她一轉頭，看到床上沒人，立刻就要尖叫，被取衣宮婢攔住。「娘娘，您冷靜點啊，驚動了別人可不得了。」

麗嬪舞姬出身，雖然姿容絕色，奈何生不逢時，趕上個一心追尋長生的皇上，後宮嬪妃們連發揮爭寵特長的機會都沒有，自然沒磨練出多少沉穩勁來，聽了宮婢的勸依然驚慌不已。「公主呢？是不是趁我睡覺公主已經——」

「娘娘，公主不見了，婢子醒來公主已經不見了。」

「這是怎麼回事？」麗嬪幾乎要抓狂。

取衣宮婢看了守在門口的宮婢一眼，壓低聲音道：「奴婢懷疑龍影帶走了殿下。」

麗嬪臉色刷白，因為心慌把唇用力咬著。「龍影不是公主的貼身護衛嗎，他為什麼這麼做？」

「奴婢也不知道，但奴婢覺得能悄悄把公主帶走的只有龍影了，別人沒有這樣做的理由和能力。且奴婢白日還聽小宮女議論，說看到龍影在寢宮外面徘徊。」

「他帶走公主做什麼？真真都那個樣子了，難道還要折騰她嗎？」

「娘娘，現在不是追問這些的時候啊，公主已經不見了，您想過該怎麼辦嗎？」

麗嬪眼睛一亮，猛然站起來。「我去稟報太后！」

取衣宮婢跪下勸阻。「娘娘三思！公主病重中無故消失，太后知道了恐怕會對公主更不利，甚至會遷怒娘娘守護不利。」

何止是遷怒麗嬪，她們這些伺候公主的恐怕無一倖免，全都會被滅口。

麗嬪稍稍冷靜下來，越發沒了主意。「這該如何是好？」

「小寧，妳過來。」取衣宮婢喊道。

守門的宮婢走過來。「阿蘭姊，咱們現在該怎麼辦呀？」

「妳先陪著娘娘，我去取些東西好想辦法。」

守門宮婢點點頭，向麗嬪走去。

就在這時取衣宮婢猛然轉身，從後面把腰帶套到守門宮婢的脖頸上。守門宮婢雙手扒著腰帶死命掙扎，卻被勒得說不出話來，只能睜大了一雙眼睛直勾勾盯著麗嬪向她求助。

「娘娘，幫忙啊！」取衣宮婢一邊用力收緊腰帶一邊喊道。

麗嬪如夢初醒，面無人色問道：「妳、妳這是做什麼？」

二二一　夜半求助

「娘娘，只有殺了她，您才能從公主失蹤這件事中脫身！」

這個時候麗嬪腦子一片混亂，完全想不通取衣宮婢這話是何意，卻在巨大的恐慌之下不由自主上前幫忙。兩人對付守門宮婢一人，守門宮婢很快就不再掙扎了，軟軟倒在取衣宮婢身上。取衣宮婢任由她靠著喘了一會兒，這才吃力抱著守門宮婢的屍體往床榻上拉。

「妳到底為什麼殺了她？」麗嬪清醒過來，低頭看看自己的雙手，不敢相信剛剛幫著別人勒死一個人。

取衣宮婢把屍首放到真真公主睡過的床榻上，拉過錦被蓋上，靠著床柱大口大口喘氣。好一會兒後她緩過氣來，跪下來道：「娘娘，公主可以薨逝，卻不能失蹤，不然咱們所有人都要陪葬的。」

「妳的意思是……」

取衣宮婢往床榻上看了一眼，咬咬唇道：「如果天亮之前宮中還沒有別的動靜，那麼就用她代替公主吧。」

「這怎麼行，公主就算薨逝太醫也要確診的。」

「公主千金之軀，太醫問診本來就有床帳阻隔，不會被發現的。昨日見過公主的人都知道公主臉色發黑，奴婢在天亮之前會給小寧化妝，盡量讓她看起來與公主相似。至於給公主淨面更衣梳頭等儀式，您完全能以公主薨逝傷心欲絕為由親自操持，這樣或許就能瞞過他人耳目了。」

「要是瞞不過呢？」麗嬪喃喃問道。

面臨生死，取衣宮婢對主子的敬畏早已消失，定定看了麗嬪一眼。「最壞也就是一開始的結果了。」她們守在這裡還把堂堂公主弄丟了，不可能還有命在，就算麗嬪也不會例外。

經過取衣宮婢的提醒，麗嬪顯然也想到了這一點，咬咬唇道：「好，妳趕緊收拾吧，等天亮……等天亮若是不行就按妳說的做。」

夜色越發深了，連天上的月都躲進了雲層裡，沒有燈光的地方漆黑如墨，伸手不見五指。

龍影單手扶著冰冷的宮牆大口喘著氣，休息片刻後露出個淡淡的笑容。

大概是上天憐憫，竟然讓他順利帶著公主出來了。

「殿下，您一定要堅持住。」龍影在心中默默說了一句，背著真真公主拔腿飛奔。

街上空無一人，路兩邊的樹木猶如鬼魅，在濃黑如墨的夜色中顯得陰森駭人。

龍影一刻不敢停，直奔西大街的杏子胡同。他無論如何都要見到黎三姑娘。黎三姑娘既然能給殿下解毒丹，就一定有救殿下的辦法！

不知狂奔了多久，伏在龍影背上的真真公主忽然「哇」的一聲吐出一口穢物。

腐臭的味道瞬間充斥鼻端，龍影卻沒有絲毫嫌棄，甚至都顧不得擦拭，繼續狂奔不已。總算見到了杏子胡同的影子，破空聲突然傳來。

龍影迅速避開，嘶聲問道：「誰？」

「你不用管我是誰，識趣的話就離開這裡，不要靠近杏子胡同。」

龍影身上背著垂危的真真公主，這個時候不可能與對方纏鬥，只得強逼著自己冷靜下來，低聲問道：「請問是不是冠軍侯的人？」

能守在杏子胡同附近，他只能這樣推測。

「這不是你該問的，再不走我就不客氣了。」

「我是九公主親衛，有十萬火急的事要見黎三姑娘，煩請替我通稟一聲。」

黑暗中傳來一聲嗤笑。「你在說笑吧？三更半夜你想見黎三姑娘？」

龍影心一橫道：「九公主現在就在我背上，她已經要不行了，無論如何請你去稟報黎三姑娘一聲，至於黎三姑娘要不要見我們，全憑黎三姑娘決定。」

「你背上是九公主？」一陣沉默後，黑暗中的人道：「等著。」

躺在外間值夜的冰綠聽到敲窗聲後醒過來，隨手抄過防身的燒火棍走了過去，壓低聲音問道：「誰？」當丫鬟也是個辛苦活，三天兩頭有人爬姑娘的窗，既要及時把諸如將軍那樣的放進來，又要提防登徒子趁亂進來。

「是我，晨光。」

窗子一下被打開，冰綠皺眉盯著晨光很是不滿。「我說晨光，你這是監守自盜吧，將軍讓你保護我們姑娘，你這窗爬得比將軍還勤快呢！」

晨光苦笑。「冰綠姊姊，妳可別亂說話，三姑娘睡了沒？」

「都什麼時候了能沒睡嗎？你到底什麼事？」

「快去和三姑娘說，九公主的親衛帶著九公主，現在就在杏子胡同外頭，三姑娘見或不見趕緊給句話。」

「啊？」冰綠一聽傻了眼。現在又是什麼情況啊？以她這大丫鬟的智慧都分析不過來了。

「別愣著了，快去問啊。」晨光催促道。

「喔。」冰綠轉身跑進了裡屋。罷了，反正姑娘比她聰明，還是交給姑娘好了。

「冰綠，有事啊？」喬昭這幾日睡得都不安穩，聽到一點動靜便醒了過來。

冰綠忙把晨光的話帶到。喬昭猛然坐了起來，略略尋思一下披上衣裳走了出去。

「三姑娘。」窗外的晨光乾笑著打了聲招呼。

喬昭快步走到窗前。「晨光，你帶他們進來。」

晨光猶豫了一下。「九公主的親衛也帶進來嗎？」

喬昭毫不遲疑點頭。「一起帶來，九公主恐怕不好了，還要從她親衛那裡問問情況。」

晨光點點頭，很快消失在窗前，只餘芭蕉葉子輕輕搖晃。喬昭靜立窗前，默默望著窗外。

冰綠已經把蠟燭點上，屋內亮堂起來，窗外反而越發黑了。

「姑娘，您為什麼說九公主不好了啊？那天九公主來探望您不還生龍活虎嗎？」冰綠走到喬昭身邊，好奇問道。

「宮中風雲變化，妳不用問這麼多。」喬昭收回目光，對冰綠笑笑。「去把藥箱拿來，喊阿珠起來準備熱水，今晚咱們大概都要熬夜了。」

「噯。」冰綠不再多問，忙去叫醒歇在廂房的阿珠。

趁著人還沒來的時間，喬昭走到屏風後面淨手，一邊仔細洗手一邊想著心事。

自從託江遠朝給真真公主送了解毒丸後她的心就一直懸著，而看今天這樣子，真真公主定然是沒有服用了。龍影居然在這個時候帶著真真公主來找她，這還真出乎她的意料。

很快輕微的腳步聲傳來。

「三姑娘，他們來了。」

龍影帶著公主進了屋，一見喬昭便撲通跪下。「殿下快不行了，求黎三姑娘救救殿下。」

「你先把人放到裡面床榻上再說。」

待真真公主被放下來，喬昭迅速檢查一番，喃喃道：「中毒已有三日，看發作情況，殿下是才剛服用了解藥？」

龍影剛要說話，被喬昭抬手止住。「別的事回頭再說，我要先替殿下施針驅毒，你們都在外面等著，阿珠、冰綠留下幫忙。」

龍影與晨光很快退出去，喬昭帶著兩名丫鬟忙碌起來。

半個時辰後冰綠走了出來，對龍影道：「稍等一下，我們姑娘因為救治公主出了一身汗，沐浴更衣後會來見你。」

「殿下如何了？」龍影迫不及待問道。

冰綠一抬下巴。「我們姑娘出手，當然妙手回春啦。」

見龍影抬腳往內走，冰綠張開雙臂把他攔住。「你站住，還有沒有規矩了，怎麼能亂闖呢？」

「我要見殿下。」龍影木著臉道。

一隻手落在他肩頭。「我說兄弟，你還是等著三姑娘出來吧，別惹我們三姑娘不高興。」

龍影看晨光一眼，緊皺眉頭收回了腳。

不多時換過衣裳的喬昭走出來，對龍影略一頷首。「隨我來書房，我有話問你。」

「你是說，昨日有人給你送了一瓶解毒丹？」聽完龍影的講述，喬昭問道。

龍影頷首，喬昭見狀凝眉思索。

江遠朝前兩日把那瓶解毒丹送到真真公主手裡後曾託人給她傳過信，無論她對江遠朝如何戒備，這一點還是信他的。那麼這瓶解毒丹又是怎麼回事？

喬昭略一思索便明白了，他應是聽聞公主不好的消息後，把她送的那瓶解毒丹拿了出來。
「也就是說，現在宮中九公主不見了，你把人帶到了我這裡來。」
龍影尷尬低頭。「是。」
他這樣做確實給黎三姑娘帶來了很大麻煩，可他已經走投無路了。
「那你想好以後怎麼辦了嗎？」
「以後？」龍影愣愣問道。
「九公主好了之後，總不能一直住我這裡吧？」
龍影眼一亮。「您是說殿下會好起來？」
先前冰綠雖然說什麼妙手回春，龍影卻不怎麼信，但對眼前少女的話，由不得他不信。或許就是因為這樣，他才毫不猶疑跑到這裡來。
喬昭輕輕點頭。
龍影彷彿重新活了過來，眼中異彩連連，喃喃道：「太好了，太好了。」
他說著跪下來給喬昭磕頭。
「你不要磕頭了，還沒回答我的話。」
一個公主莫名消失了，就算能暫時瞞住消息，真真公主也不可能再以本來身分出現在世人面前，那麼公主以後的生活就是個問題。
「我聽公主的。」龍影老老實實道。
喬昭怔了怔，而後失笑。「那好，我到時候問殿下吧。」
有這麼一位忠誠的護衛在，看來是她多慮了。
九公主薨逝的消息在轉日傳出宮外，兩日後真真公主轉醒時，京中各府已經全都知道大梁那位容色傾城的公主已經不在了。

按理說得寵的公主薨逝，皇上往往會輟朝一到三日以表哀思，但放到當朝就不必了，皇上壓根就沒怎麼上過朝，更何況此刻還在閉關，根本不知道公主病逝的消息。九公主薨逝後，一切喪儀就由太后督促著宗人府、鴻臚寺等司操辦起來。

「這麼說，世人都以為我死了？」真真公主喃喃說著，猛然抓住喬昭衣袖。「龍影呢，我要見他。」

「殿下稍等。」

喬昭對阿珠點頭，不多時阿珠領著龍影進來。

「殿下！」見到真真公主醒來，龍影喜不自禁，單膝跪地請安。

公主揚手打了他一巴掌。「龍影，你混蛋！」

龍影垂首不語，公主氣得臉色發白。「誰給你膽子這麼做？你這樣連累了我母妃怎麼辦？」

喬昭淡淡瞥了跪在地上的龍影一眼，帶著阿珠走出房間。

龍影仍是筆直跪著，一言不發。

「你說話呀，你是不是沒長腦子？」真真公主越說越氣，手腳並用去打龍影。

龍影默默承受著，好一會兒才提醒道：「殿下打輕一點兒，手會疼，或者讓卑職自己打吧。」

話音落，他左右開弓狠狠打起自己的臉來。

「你住手！」真真公主又氣又急，抓住了龍影一隻手。

龍影微愣，耳根迅速紅了，趕忙把手抽出來，像是犯了錯一樣垂下頭去，不敢看真真公主的眼睛。真真公主抿了抿唇，默默鬆開手。

一時室內鴉雀無聲，竟讓人有些不自在。公主輕咳一聲，斜睨龍影。「你說現在怎麼辦？」

龍影不敢抬頭。「公主說怎麼辦，卑職就怎麼辦。」

「你給我抬起頭來，天天拿個腦袋頂對著我，以為我愛看啊？」

龍影這才抬起頭來。

「以後也不許在本宮面前低著頭！」

「是。」

「也不許說是。」

「是——」龍影無辜看著真真公主，完全不知道該說什麼才好。

真真公主嘆口氣。「那麼宮中有什麼動靜嗎？真被瞞過去了？」

「目前看來……是這樣……」龍影想了想道：「不過黎姑娘說讓我們盡早打算。」

真真公主沉默下來。不管將來如何，既然暫時瞞過去，她的死訊也傳遍了，那麼宮中她就再也回不去，也就是說，她以後不再是公主了。

想到這個可能，真真公主竟不覺得遺憾，反而從內心深處鬆了口氣。

不當公主，她就再也不用回那個牢籠般的皇宮，能去許多她做夢都想去的地方。當然，前提是有銀子。思及此處，公主忙抬手摸了摸頭髮，發覺髮上光禿禿什麼都沒有，面色微變。「龍影，你帶我出宮時，我頭上難道連根簪子都沒有？」

龍影搖頭。真真公主一想也是，她病重定然是披頭散髮的，哪裡會戴什麼金銀首飾呢。至於手腕上的玉鐲她根本不敢賣，一賣就會暴露身分。

真真公主苦惱皺眉。

「殿下擔心什麼？」

對龍影，真真公主沒什麼隱瞞的，直言道：「皇宮我是回不去了，以後咱們靠什麼生活呢？」

「殿下稍等。」

龍影轉身跑出去，不多時拎著個小包袱進來，打開包袱露出明晃晃的銀錠和金葉子。

真真公主眼睛都直了，愣愣問道：「哪來的？」

「殿下以前賞給卑職的。」

「可這些是你的。」真真公主莫名鬆了口氣，卻忍不住道。

龍影絲毫沒有猶豫。「卑職都是殿下的，何況這些身外物。」

「你胡說什麼？」真真公主一愣，臉莫名發熱。以前怎麼沒覺著這木頭這般油嘴滑舌？莫不是想著她不是公主了，就敢放肆了？

龍影立刻單膝跪地。「殿下不要誤會，卑職的意思是卑職是殿下的護衛，這條命都是殿下的，所以這些銀錢自然也是殿下的。」

「我現在已經不是公主了，不要再叫我殿下，就叫我——」真真公主頓了一下，一時也不知道該讓龍影稱呼自己什麼合適。

「姑娘？」

「不，叫我真真吧。」

龍影呆了呆。公主別開眼，輕咳一聲道：「你別想多了，以後我們兩個人相伴出行，你一口一個『姑娘』會引人懷疑，誰家姑娘出門不帶婢女只帶名護衛啊？所以還是叫我真真好了。」

「卑職知道了。」

「那你叫一聲試試。」

龍影沉默許久，輕聲道：「真真。」

三日後，精神恢復不少的真真公主與喬昭道別。

「黎姑娘，這次添麻煩了，讓妳病著還替我施針驅毒。」

喬昭本就是皮外傷，調養這些時日氣色看起來好多了，聞言笑道：「殿下何必說這些，妳以後能過自己想過的生活，就值得了。」

真真公主忽然掩面哭了。龍影在不遠處站著，見到她哭了有些不安，但沒有上前來。喬昭亦沒有勸，只是拿出帕子遞過去。

真真公主接過帕子擦了擦眼淚，對喬昭一笑。「抱歉，我也不知道怎麼，突然就想哭了。」

今天與黎三姑娘道別，她和龍影將會遠離京城，此生大概不會再回來了。她與那個牢籠的牽扯算是徹底斷了，雖然覺得鬆了口氣，可心中還是有些難受。那是她生活了十七年的地方。

「黎姑娘，那我們走了。」

「殿下保重。」

真真公主抿了抿唇。「妳不要再叫我殿下了，連龍影都叫我真真了，難道妳還不樂意叫一聲我的名字嗎？」

喬昭笑了，由衷道：「真真，保重。」

真真公主回之一笑，忽然上前抱住了喬昭。喬昭瞬間有些僵硬。除了已經習慣了某人動手動腳，她實際上並不適應與別人太過親近。可是很快喬昭便放鬆下來，回抱了真真公主一下。

真真鬆開手，臉色微紅。「我知道以前我不討人喜歡，甚至還帶給妳不少麻煩，但現在我要走啦，想告訴妳，不管妳把不把我當朋友，在我心中是把妳當朋友的，我很慶幸認識了妳。」

黎姑娘是她十七年的公主生涯中，見過最特別的女孩子，甚至就是因為見到黎姑娘活得這般恣意灑脫，才讓她毫不猶豫拋掉公主的身分。

「我走啦。」真真公主對喬昭笑笑。

「真真——」喬昭喊了一聲。

真真公主停下來看著她。

「在我心裡，妳也是值得一交的朋友。」

「真的？」真真公主眼中閃過驚喜。

「當然。」

晨光走過來。「快走吧，趁著現在人多好出城。」

「那我們走了。」真真公主由龍影陪著悄悄離開黎府。

晨光見喬昭站在原處不動，安慰道：「三姑娘放心好了，龍影一定會把九公主照顧好的。」

「嗯，龍影忠心耿耿，這一點確實無需操心。」

晨光詫異看喬昭一眼。「三姑娘，您該不會以為龍影就是單純護主之情吧？」

見喬昭一臉茫然，他恨鐵不成鋼道：「龍影對九公主那絕對是男人對女人的感情啊！」天啊，三姑娘這麼遲鈍，他們將軍容易嗎？話說他這麼聰明機智，怎麼到現在還沒討到媳婦呢？

晨光自怨自艾，幽怨地看了喬昭一眼。

喬姑娘彎彎唇角。「冰綠，走吧。」

她沒發現怎麼了？一個大男人還這麼八卦，活該沒有媳婦嘛。

初夏已至，外面天氣晴好，一個公主的死並沒有給京城帶來什麼影響，街上照樣人流如織，熙熙攘攘。

喬裝過的真真公主與龍影混在人群中向城門口走去。

一隻手落在龍影肩頭。龍影護著真真公主霍然轉身。

「不想在這裡動手的話就跟我走。」來人壓低聲音道。

龍影看看真真公主，輕輕點頭。真真駭白了臉，身體如秋風落葉不停顫抖。這一瞬間，身分暴露的各種下場在她腦海中走馬燈般閃過，最終卻只剩下了不甘。

她都想好了接下來去哪裡，想好了和龍影兩個人以後怎麼精打細算過日子。

她懂調香，將來可以開一個小小的香料舖子，或許還能——

真真公主想不下去了，垂首躲在龍影身後，默默跟著往前走。

來人在一處僻靜巷子裡停下來。

淡青色的袍角出現在龍影視線裡，龍影看清來人的模樣臉色頓變。「江指揮使？」

江遠朝示意領二人前來的錦鱗衛去巷子口守著，一言不發打量著龍影，而後視線落到真真公主身上。龍影擋住真真公主，一臉戒備。「你要怎麼樣？」

江遠朝笑了。「解毒丸送的還及時吧？」

「原來是你！」龍影一臉不可思議。錦鱗衛指揮使為何會幫他們？

江遠朝淡淡笑了。「沒有想到你一個小護衛如此大膽，竟然從宮中帶走了公主。」

「你是來抓我們回去嗎？」

「不，我只是想問問你，你難道以為堂堂公主就這麼失蹤了，真能被遮掩過去？要知道深宮裡無端死一個宮女無關緊要，丟了一個侍衛總會有人過問的。」

「我管不了這麼多了，今日要嘛我帶公主走，要嘛你就踩著我的屍體把公主帶回去。」龍影冷冷道。

「你把我們的屍體都帶回去好了。」真真公主走出來，微抬下巴，面無表情看著江遠朝。這個人的心有多麼硬她早就領教過了，至少冉冉過世就沒見他流露過一絲痛苦，她不認為他會好心放他們一條生路。

江遠朝微微一笑。「在下沒有這個愛好。不過我想提醒你們一聲，麗嬪那些動作並沒瞞過東廠的眼睛，魏無邪已經悄悄派人出來找你們了。」

真真公主與龍影對視一眼。

「你告訴我們這些是何意？」

「只有一個目的，倘若你們沒逃過東廠的追捕，那麼不要把黎三姑娘賣出去，否則——」江遠朝收起嘴角笑意，眼中閃過寒光。「否則你們會知道為何惹上錦鱗衛會生不如死。」

真真公主上前一步與江遠朝對視，挺直脊背道：「我不知道你提到黎三姑娘的目的，不過這個不用你說，黎姑娘是我的救命恩人，我還不至於做出忘恩負義的事來。」

江遠朝笑笑。「這個我暫時信了。」

如果不是真真公主選擇服毒而不傷害她，那瓶藥他又怎麼可能送出去。

「好了，你們走吧。」江遠朝揚手扔給龍影一塊權杖。「希望你最好不要用到，倘若你們被東廠的人抓到，記得毀了它。」

江遠朝轉身大步向外走去，江鶴悄悄跟上。

「大人。」

「嗯？」

江遠朝沐浴著燦爛陽光眯了眯眼睛。

「你閉嘴！」

「管他們死活幹嘛呀？」

九公主的喪事進行到一半時，明康帝終於出關了，出關後第一件事就是招來魏無邪問話。

面對魏無邪這張熟悉的老臉，明康帝第一次覺得竟莫名有些緊張，往龍椅上靠了靠，清清喉嚨問道：「魏無邪，朕閉關的這段時日，宮外沒有發生什麼特別的事吧？」

「沒有。」魏無邪已經開始琢磨如何把九公主的死訊稟報給皇帝了。

「那就好。」明康帝顯然鬆了口氣，唯恐魏無邪看出來，端起茶盞喝了一口清茗。

魏無邪低著頭一動不動，明康帝見狀放下茶盞，長眉皺起來。「還有事要說？」

魏無邪把頭垂得更低。「啟稟皇上，宮外雖沒發生特別的事，但宮內……」

明康帝眼角一抖。「說，宮內出了什麼事？」

「九公主薨逝了。」

明康帝好一會兒沒反應。

魏無邪規規矩矩站著，一言不發。這時候主動開口就是找死啊，還是讓皇上緩緩吧。

許久後，明康帝問：「九公主是樣貌更好的那個？」

這次閉關有所進步，達到了天人合一的忘我境界，許多俗事記不大清楚了。

魏無邪一瞬間表情有些精彩，還好因低著頭未被看見。「陛下聖明，九公主容色傾城。」

「朕想起來了，她的母妃是麗嬪。」明康帝回過味來，眉皺得更深。「九公主怎麼死的？朕記得她明明活蹦亂跳的。」

「奴婢私下問過太醫，九公主應該是……死於中毒……」

明康帝眼神一縮，很快問道：「冠軍侯的未婚妻呢？」

魏無邪不得不佩服他們的皇上，平日裡看似不理俗事，關鍵事情上反應快著呢。

「冠軍侯的未婚妻大好了，昨日還出門去京中有名的書齋買過書。」

去有名的書齋買書，也就是說現在京城中人都知道冠軍侯的未婚妻大好，那麼先前皇上的想法只能落空了。說起來，那位黎三姑娘真是個聰明人。

明康帝揉了揉眉心，顯然也想到了這一點，頓覺心塞。

「你剛剛說九公主死於中毒，那麼她是被人下毒，還是服毒自盡？」

魏無邪低頭道：「九公主所中之毒，與麗嬪娘娘得到的那瓶毒是一樣的。」

明康帝便明白了魏無邪的意思。

「她瘋了不成？」

魏無邪低頭沒有接話。九公主不是瘋了，而是膽子太大了，竟然敢假死逃出宮去。那兩日他派人悄悄追查，首要目標就是黎府，誰讓九公主本來就是帶著任務去過黎府呢，回來後服毒詐死十有八九與黎三姑娘有關。

沒想到黎府周圍全是冠軍侯的人，因為他是私下調查，不能亮明東廠身分，只能與對方僵持不下。到現在依然沒有九公主的下落，他更不好向皇上稟報了。

皇上早就恨不得收拾了冠軍侯，偏偏目前大梁離不開冠軍侯，哪怕皇上再不滿都要給自己一個臺階下，他要是在沒抓到九公主之前就稟明此事，這不是給皇上添堵嘛。

皇上不痛快，作為貼身伺候的人哪裡有好日子過。

魏無邪打好了主意，抓到九公主的話就帶回來稟明皇上，為皇上將來找冠軍侯秋後算帳提供一條罪名；若抓不到人，那這件事就要以九公主的死蓋棺定論了，總之他不能給自己惹麻煩。

「真是氣死朕了！」當著心腹大太監的面，明康帝也沒什麼可隱藏的，抓起茶盞就擲到了地上。茶盞瞬間四分五裂，驚得守在門外的宮人悄悄退遠了些。

「魏無邪！」

「奴婢在。」

「難道說朕閉關的這段日子，宮裡宮外就沒有一件好事嗎？」

他閉一次關，要嘛就死一個親近的人，要嘛就被韃子打到京郊來了，這到底是什麼意思？難不成是怕他飛升成仙，丟下大梁基業不管嗎？可他並沒有想過得道成仙後獨自逍遙，而是準備長長久久把江山坐下去的，畢竟是祖宗傳到他手裡的，交給誰都沒有自己放心。

「有的、有的。」魏無邪見明康帝要發飆了，忙安慰道。

明康帝勉強冷靜下來，斜睨著魏無邪。「那你說說，有什麼好事？」

魏無邪絞盡腦汁琢磨，冷汗都快下來了，在明康帝的逼視下靈光一閃道：「睿王爺的一位侍妾有喜了。」

明康帝一聽緩了臉色。「哦，睿王這是有後了？」

他現在總共兩個兒子，睿王和沐王。倘若他長生大道沒有修成，將來這個位子還是要傳給其中一個兒子的。反正他與兩個兒子都沒怎麼見過面，睿王年長些，從禮法上自然偏向立長。只是睿王一直無後，實在讓人放心不下。睿王的侍妾有喜，確實是一件好事。

「魏無邪，你去擬個禮單，賞睿王的侍妾。」

難得有件高興的事，確實值得嘉獎。

「是。」魏無邪鬆了口氣。總算把九公主的事順順當當稟明了，他這秉筆太監當得容易嗎？

「去吧，朕想靜靜。」

他要好好思考一下閉關這件大事。

睿王最近心情頗佳，原因無他，距李神醫說的一年期限滿了以後，他便開始努力耕耘，居然發現比之以前要強許多，說是大發神威都不為過了。

身為一個男人，哪怕不是為了子嗣，這一點也實在令人高興。

睿王想，或許用不了多久，就能從別的侍妾那裡聽到喜訊了。

「王爺，魏公公來了。」奴僕稟告道。

睿王一聽魏無邪來了就驚了。

魏無邪可不是一般秉筆太監，還是東廠提督，好端端來睿王府做什麼？

他這些日子沒幹什麼出格的事啊。

「王爺，魏公公這次前來應該是好事，小的看到他帶來的幾個小太監都托著錦盒呢。」

睿王懸著的心這才放下來，趕忙迎了出去。

「恭喜王爺了。」魏無邪面對睿王笑紋都比以前多了些。「皇上聽聞王爺有了喜訊，特命咱家來給王爺道喜。」

父皇居然還記得我！睿王簡直被這個喜訊砸暈了，樂呵呵道：「同喜，同喜。」

魏無邪：「……」過分了啊，這不是往他一個無根之人心口上插刀嘛！

睿王塞了個大大的荷包送走了魏無邪，親自帶著御賜的禮品去了黎皎那裡。

「王爺。」黎皎給睿王見禮。

「不必多禮，皎娘妳看，這些都是父皇賞賜妳的，這可都是妳的功勞。」睿王笑得如沐春風，彷彿年輕了不少，拉過黎皎的手站在一起，二人看起來倒有幾分璧人的意思了。

黎皎美目中閃過異彩，卻強忍著沒去看那些賞賜，低眉順眼道：「妾不敢居功，是王爺福澤深厚，惠及賤妾。」

睿王聽了如飲甘露，忍不住放聲大笑起來，看向黎皎的眼神越發溫柔。

他這位侍妾還真是個妙人，難得性情容貌都是上等，說話又可心，稱得上是一朵解語花了，看來還是書香門第出身的女子讓人舒心。

黎皎含羞低頭，眼中閃過得色。

可見她當初的做法是對的，只要博一個子嗣，哪怕王爺一開始對她施手段心存不滿，時間久了也會被有後的喜悅沖淡，她再溫柔體貼一些，不愁王爺對她不上心。總有一天她要王爺離不開她這個人，而不是因為子嗣。

黎皎忽然對未來充滿期待。

皇上會專門賞賜她一個侍妾，可見對王爺的子嗣非常重視，說明皇上對王爺很看重。她只要一舉得男，說不準——到那時，黎三又算什麼？她回娘家省親，黎府上下都要向她磕頭。

因明康帝突如其來的賞賜，睿王府整個喜氣洋洋，沐王府卻氣氛低沉。

沐王的書房三丈之內無人敢靠近，而沐王已經把書房中那些名貴擺設砸得稀爛。

「豈有此理，真是豈有此理，老五一個侍妾有了身孕，還不知道是男是女，甚至能不能生出來都難說，父皇居然就給賞賜了，父皇這是什麼意思？是覺得老五可算有子嗣了，可以放心把皇位傳給他了？」

「王爺慎言啊。」幕僚忙提醒道。

沐王一臉陰冷。「你說父皇是何意？」

幕僚抽了抽嘴角。還能是什麼意思，一直無後的兒子有了喜訊，換到尋常百姓家當爹的也要高興壞了啊。

「對，本王也知道老五在子嗣上是老大難，聽聞他後院有了喜訊父皇開懷也是難免，可皇家能和尋常百姓家一樣嗎？父皇這麼一來，讓那些勳貴大臣們怎麼想？那些原本中立的老滑頭們定然要站到老五那邊去了！」

「王爺，您還是稍安勿躁，就像您說的，睿王爺那位侍妾能否順利生下孩子還未可知，就算孩子平安降生，是男是女亦不好說，沒必要現在就亂了陣腳。」

「本王是怕父皇一時糊塗——」

他真是人在家中坐，禍從天上來，本來安安穩穩就能坐上那個位子，誰知老五那個小妾竟然在這麼關鍵的時候有了身孕。

前任錦鱗衛指揮使江堂吃父皇的仙丹已經吃死了，說不定父皇都撐不到老五的孩子出生，就要找他的奶兄弟喝酒去了，到時那些大臣拿出「立長不立賢」的古訓來，他又失去了睿王無後這個話柄，那就太被動了。

「不行，老五那個侍妾的孩子不能留！」睿王眼神陰冷，低聲吩咐幕僚：「想盡一切法子給我把老五侍妾的孩子弄下來。」

「學生這就去安排。」

京城一時風平浪靜，而後隨著冠軍侯凱旋回京，整個京城又熱鬧起來。

邵明淵率領親衛軍回來那天，京城裡可謂萬人空巷，夾道歡迎冠軍侯大勝而歸的百姓擠成人山人海。

城門大開，一身銀甲的邵明淵騎著駿馬緩緩進來，猩紅披風在身後隨風飄揚，銀頭盔上的紅纓絡跟著擺動，後面則跟了一隊玄甲親衛，個個腰挎長刀，手握銀槍，動作整齊劃一。

圍觀的百姓自覺分開一條道路，一臉狂熱看著這支隊伍緩緩走來。

「天呀，冠軍侯真的好俊！」一名少女捂著臉尖叫道。

「那是當然，冠軍侯可是京城第一美男子。」

「不對吧，京城第一美男子不是池公子嗎？」

「你這個消息早過時了。真正的美男子是什麼？當然是冠軍侯這樣英武不凡的大英雄！看見沒，冠軍侯騎馬的姿態多英武，那些手無縛雞之力如池公子那樣的男子能比得了嗎？」

「對，冠軍侯才是真正的大丈夫，能嫁給這樣的人，就是死也值了。」

池燦聽了一耳朵這樣的話，黑著臉摸了摸下巴。真是夠了，誇邵庭泉就誇吧，為什麼非要扯上他？他怎麼就手無縛雞之力了？他也是能打倒三五個尋常漢子的好嗎！

池公子越想越生氣，好友也懶得看了，擠開人群打道回府了。

而喬昭命人早早預訂了臨街一座茶樓的雅間，此刻正站在窗邊往下眺望。

自從邵明淵走後又發生了這麼多事，他甚至還悄悄進京兩次，如今終於能光明正大回來了。

「姑娘，您快看，將軍來了！」冰綠一臉激動，用力拉著喬昭衣袖。

喬昭頗為無奈。「冰綠，妳要把我衣袖扯下來了。」

冰綠訕訕收回手。「奴婢這不是替姑娘激動嘛。姑娘，難道您就一點不激動？」

「激動啊。」喬昭坦然道，目不轉睛盯著人群中那道最亮眼的身影。

隨著邵明淵騎馬緩緩走過，少女們的尖叫聲震耳欲聾，無數香囊手帕向著年輕俊朗的銀甲將軍扔去，帶起陣陣香風。

冰綠被嗆得咳嗽幾聲，來了火氣。豈有此理，她們家姑娘還在這兒呢，這些小蹄子們賣弄什麼風騷？

小丫鬟扠著腰，雙膝略略彎曲，氣沉丹田大喊一聲：「將軍，我們姑娘在這兒呢！」

整個茶樓瞬間一靜，喬昭不由抬手扶額。正從茶樓下方走過的邵明淵頓時勒住韁繩，往茶樓的方向看來。

「姑娘，姑爺看過來了，您快甩甩手絹啊。」

哼，要不讓這些小蹄子們看看將軍花落誰家，徹底讓她們死心，她就不叫冰綠。

喬昭自然不可能甩手絹，迎上那張時而入夢的臉，嫣然一笑。

邵明淵一停下來，後面的親衛軍立刻跟著停下，跟在隊伍後面及兩旁的老百姓皆一頭霧水。

冠軍侯怎麼了？

（未完待續）

國家圖書館出版品預行編目資料

韶光慢 / 冬天的柳葉著. -- 初版. -- 臺北市：春光, 城邦文化出版：家庭傳媒城邦分公司發行, 民108.1-
冊；　公分

ISBN 978-957-9439-52-7（卷7：平裝）

857.7　　107016888

韶光慢〔卷七〕

作　　者／冬天的柳葉
企劃選書人／李曉芳
責 任 編 輯／王雪莉、劉瑄

版權行政暨數位業務專員／陳玉鈐
資深版權專員／許儀盈
行 銷 企 劃／周丹蘋
業 務 主 任／范光杰
行銷業務經理／李振東
副 總 編 輯／王雪莉
發　行　人／何飛鵬
法 律 顧 問／元禾法律事務所　王子文律師
出　　版／春光出版
臺北市 104 中山區民生東路二段 141 號 8 樓
電話：(02) 2500-7008　傳真：(02) 2502-7676
部落格：http://stareast.pixnet.net/blog　E-mail：stareast_service@cite.com.tw
發　　行／英屬蓋曼群島商家庭傳媒股份有限公司城邦分公司
臺北市中山區民生東路二段 141 號11 樓
書虫客服服務專線：(02) 2500-7718 / (02) 2500-7719
24小時傳真服務：(02) 2500-1990 / (02) 2500-1991
服務時間：週一至週五上午9:30～12:00，下午13:30～17:00
郵撥帳號：19863813　戶名：書虫股份有限公司
讀者服務信箱E-mail: service@readingclub.com.tw
歡迎光臨城邦讀書花園　網址：www.cite.com.tw
香港發行所／城邦（香港）出版集團有限公司
香港灣仔駱克道 193 號東超商業中心 1 樓
電話：(852) 2508-6231　傳真：(852) 2578-9337
E-mail : hkcite@biznetvigator.com
馬新發行所／城邦（馬新）出版集團　Cite(M)Sdn. Bhd
41, Jalan Radin Anum, Bandar Baru Sri Petaling,
57000 Kuala Lumpur, Malaysia.
Tel: (603) 90578822　Fax:(603) 90576622　E-mail:cite@cite.com.my

封 面 設 計／黃聖文
插 畫 繪 製／容境
內 頁 排 版／極翔企業有限公司
印　　刷／高典印刷有限公司

■ 2019 年（民 108）1 月 28 日初版
Printed in Taiwan

售價／320元

城邦讀書花園
www.cite.com.tw

ISBN　978-957-9439-52-7

廣　告　回　函
北區郵政管理登記證
臺北廣字第000791號
郵資已付，免貼郵票

104 臺北市民生東路二段 141 號 11 樓
英屬蓋曼群島商家庭傳媒股份有限公司
城邦分公司

請沿虛線對折，謝謝！

書號：OF0052　　書名：韶光慢〔卷七〕

請於此處用膠水黏貼

讀者回函卡

謝謝您購買我們出版的書籍！請費心填寫此回函卡，我們將不定期寄上城邦集團最新的出版訊息。

姓名：________________________

性別：□男　□女

生日：西元________年________月________日

地址：________________________

聯絡電話：____________ 傳真：____________

E-mail：________________________

職業：□ 1. 學生 □ 2. 軍公教 □ 3. 服務 □ 4. 金融 □ 5. 製造 □ 6. 資訊

□ 7. 傳播 □ 8. 自由業 □ 9. 農漁牧 □ 10. 家管 □ 11. 退休

□ 12. 其他 ________________

您從何種方式得知本書消息？

□ 1. 書店 □ 2. 網路 □ 3. 報紙 □ 4. 雜誌 □ 5. 廣播 □ 6. 電視

□ 7. 親友推薦 □ 8. 其他 ________________

您通常以何種方式購書？

□ 1. 書店 □ 2. 網路 □ 3. 傳真訂購 □ 4. 郵局劃撥 □ 5. 其他 ______

您喜歡閱讀哪些類別的書籍？

□ 1. 財經商業 □ 2. 自然科學 □ 3. 歷史 □ 4. 法律 □ 5. 文學

□ 6. 休閒旅遊 □ 7. 小說 □ 8. 人物傳記 □ 9. 生活、勵志

□ 10. 其他 ________________

請於此處用膠水黏貼